La vida que nos lleva

La vida que nos lleva

Cheryl Strayed

Traducción de Julia Osuna Aguilar

Rocaeditorial

Título original: *Torch*

© Cheryl Strayed, 2005

Publicado en especial acuerdo con International Editors Co y Houghton Mifflin Harcourt Publishing Company

Primera edición: septiembre de 2016

© de la traducción: Julia Osuna Aguilar
© de esta edición: Roca Editorial de Libros, S. L.
Av. Marquès de l'Argentera 17, pral.
08003 Barcelona.
actualidad@rocaeditorial.com
www.rocalibros.com

Impreso por LIBERDÚPLEX, s.l.u.
Crta. BV-2249, km 7,4, Pol. Ind. Torrentfondo
Sant Llorenç d'Hortons (Barcelona)

ISBN: 978-84-16498-18-5
Depósito legal: B. 14.972-2016
Código IBIC: FA

RE98185

Para Brian Jay Lindstrom y en recuerdo de mi madre,
Bobbi Anne Lambrecht, con amor

PRIMERA PARTE

Los Woods del condado de Coltrap

Pero sería tu deber soportarlo si no puedes evitarlo:
es de débiles y necias decir que una no puede soportar
lo que el destino ha querido que soporte.

CHARLOTTE BRONTË, *Jane Eyre*

1

*L*e dolía. Era como si la columna fuera una cremallera y alguien hubiese llegado por detrás, se la hubiera bajado, le hubiera entremetido las manos por los órganos y se los hubiera apretado, como si fuesen mantequilla, masa de pan o unas uvas que había que aplastar para hacer vino. Otras veces el dolor era más afilado, como diamantes o esquirlas de cristal que le labrasen los huesos. Teresa le explicó esas sensaciones al médico —la cremallera, las uvas, los diamantes y el cristal—, mientras este, sentado en su taburete bajo con ruedas, escribía en un cuaderno; siguió apuntando cosas después de que la paciente terminara, con la cabeza ladeada y muy quieto, como un perro atento a un sonido nítido pero lejano. Era última hora de la tarde, el final de un largo día de pruebas, y aquel era el último médico, el de verdad, el que por fin le diría qué le pasaba.

Teresa se puso los pendientes que tenía en la palma de la mano, unas violetas secas prensadas entre cristalitos; seguía vistiéndose tras horas de deambular de una consulta a otra vestida con la bata del hospital. Se escrutó la blusa, en busca de pelusa, pelos de gato o hilachos, y fue espulgándola primorosamente. Miró a Bruce, que estaba siguiendo con los ojos un barco en el muelle que cortaba con paso elegante y calmo la superficie del lago, como si no fuera enero, no estuvieran en Minnesota y no hubiese hielo.

En ese momento no notaba ningún dolor, y así se lo dijo al médico, que no paraba de escribir.

—Hay intervalos largos de tiempo en los que me siento

perfectamente —le dijo, y rio como tenía por costumbre hacer en presencia de desconocidos.

Le confesó que no le extrañaría estar volviéndose loca, que tal vez fuera el principio de la menopausia o quizás incluso una neumonía errante. Era su última teoría, su preferida del momento, la que explicaba la tos y el dolor. La que podía haber convertido su columna en una cremallera.

—Me gustaría volver a examinarla más detenidamente —comentó el médico levantando la vista para mirarla, con cara de salir de un trance. Era joven, más que ella. «¿Tendrá siquiera treinta años?», se preguntó.

Le pidió entonces que se quitara la ropa y se pusiera otra bata. Teresa salió de la habitación y se cambió lentamente, vacilante al principio y luego aprisa, encogida, como si Bruce no la hubiera visto nunca desnuda. La luz del sol bañaba la estancia y lo pintaba todo de violeta.

—La luz… qué bonita está —comentó, y se adelantó para ir a sentarse en la camilla. Una franja rosada de abdomen le asomó por una rendija de la bata pero lo arregló tapándola con las manos. Tenía sed pero no le dejaban tomar ni una gota de agua. Y hambre, porque llevaba sin comer desde la noche anterior—. Estoy muerta de hambre.

—Eso está bien —respondió Bruce—. Tener apetito es señal de buena salud.

Tenía la cara roja, reseca y resquebrajada, como si acabara de llegar de despejar de nieve el camino de acceso, pese a que llevaba con ella todo el día, yendo de una especialidad del hospital a otra y leyendo lo que pillaba por las salas de espera: el *Reader's Digest*, el *Newsweek* o la *Self*, sin ganas pero con voracidad y avidez, de cabo a rabo. A lo largo del día, en los pequeños intervalos de tiempo en los que también ella había tenido que esperar, le había ido contando las noticias: la de una anciana asesinada a porrazos por el chico que había contratado para construirle la caseta del perro; la de un famoso actor que se había visto obligado a vender el yate tras su divorcio; la de un hombre de Kentucky que había corrido una maratón pese a tener un solo pie de carne y hueso y otro metálico, una compleja y recia espiral encajada en un zapato.

El médico llamó a la puerta y entró al punto, sin esperar

respuesta. Se lavó las manos y sacó su aparatito negro, el de la lucecita, con el que le examinó ojos, oídos y boca. Teresa olió el chicle de canela que estaba mascando, así como el jabón que había usado antes de auscultarla. Procuró no parpadear mientras miraba fijamente la bolita de luz y luego, cuando el médico se lo pidió, siguió diestramente el bolígrafo, solo con los ojos.

—Casi nunca me pongo mala —afirmó.

Nadie le dio la razón y nadie se la quitó. Pero Bruce se puso detrás y le acarició la espalda. Al hacerlo, produjo con las manos un rasgueo contra la tela de la bata, tan ásperas y gruesas las tenía, como la corteza de un árbol; por las noches se cortaba los callos con una navajilla.

El médico no llegó a utilizar la palabra «cáncer»: o al menos ella no la oyó salir de su boca. Sí oyó naranjas, guisantes, rábanos, ovarios, pulmones e hígado. Le dijo que tenía tumores propagándosele por la columna como un reguero de pólvora.

—¿Y qué hay del cerebro? —preguntó Teresa sin derramar una lágrima.

El médico le dijo que había decidido no examinarlo porque, tal y como tenía los ovarios, los pulmones y el hígado, el cerebro era irrelevante.

—Los pechos los tienes muy bien —terció mientras se lavaba ya las manos.

Se puso colorada al oír aquello: «Los pechos los tienes muy bien».

—Gracias —respondió, y se inclinó hacia delante en la silla.

En cierta ocasión había participado en una carrera de diez kilómetros por las calles de Duluth en beneficio de mujeres cuyos pechos no estaban bien y había recibido a cambio una camiseta rosa y un plato de pasta.

—¿Qué quiere decir eso exactamente?

Tenía un tono de voz tan racional que era irracional. Sentía perfectamente cada músculo de la cara: tenía algunos paralizados y otros contraídos. Se llevó las manos heladas a las mejillas.

—No quiero alarmarla —empezó el médico, quien, a conti-

13

nuación, con mucha calma, le anunció que no le quedaba más de un año de vida.

Siguió hablando un buen rato, todo con palabras muy sencillas, pero cuyo sentido Teresa se vio incapaz de descifrar. En su primera cita le había pedido a Bruce que le explicara con mucha precisión cómo funcionaba el motor de un coche; lo hizo porque le gustaba mucho y quería demostrárselo interesándose por sus conocimientos. Él le había pintado las partes de un motor en una servilleta y le había ido diciendo qué encajaba con qué o qué partes hacían que otras se movieran, desviándose a veces del tema para explicarle qué cosas podían ocurrir cuando algo se averiaba; ella se había pasado todo el rato sonriendo y poniendo cara de entender, aunque en realidad no había comprendido nada de nada. La historia se repetía en esos momentos.

No miró a Bruce, no se veía capaz. Oyó un hipido como de llanto a su lado, seguido de una tos larga y espantosa.

—Gracias… —le dijo al médico cuando hubo terminado—, por hacer todo lo posible y esas cosas. —A continuación añadió con voz débil—: Aunque… El caso es que…, ¿está seguro? Porque… en realidad… no me siento tan mal. —Creía que habría sabido si estaban creciéndole naranjas por dentro; en sus dos embarazos se había dado cuenta al instante.

—Ya lo sentirá. Y me temo que dentro de muy poco —contestó el médico. Tenía un bonito hoyuelo en la barbilla y cara de crío—. Es una situación muy poco común…, haberlo detectado tan tarde. En realidad, que haya sido así dice mucho de su buen estado de salud general. Aparte de eso, está en excelente forma.

Acto seguido se aupó con las manos para sentarse en la mesa, con las piernas colgándole y bailándole.

—Gracias —repitió Teresa, que fue a coger el abrigo.

Despacio, sin hablar, fueron juntos hasta el ascensor, pulsaron el botón traslúcido y esperaron. Cuando llegó, entraron con paso quedo y agradecieron poder por fin estar solos.

—Teresa —dijo Bruce mirándola a los ojos.

Olía a lo poco que había comido en todo el día, lo que ella le había preparado y guardado en su bolso de mimbre, famoso por su tamaño: mandarinas y pasas.

Con mucha delicadeza, Teresa le puso entonces la yema de los dedos en la cara y él la sujetó con fuerza y la estrechó contra sí, mientras le iba tanteando la columna, una vértebra tras otra, como si estuviera contándolas, siguiéndoles la pista. Ella le pasó una mano por la trabilla trasera de los vaqueros y llevó la otra a la concha que le colgaba de un cordel de cuero en el cuello. Un regalo de sus hijos. Cambiaba de color con el movimiento y arrojaba destellos luminiscentes, como un pez tropical en un acuario, y era tan fina que en un despiste podía aplastarla. Pensó en hacerlo adrede. Recordó entonces una vez que, de adolescente, se había estrellado contra los muslos un bote de crema que olía a coco, furiosa porque le habían negado algo: una fiesta, un disco o un par de botas. En eso estaba pensando: «Como no hay cosas en el mundo...», se dijo. Intentó no pensar en nada pero enseguida pensó en cáncer. «Cáncer —se dijo para sus adentros—. Cáncer, cáncer, cáncer.» La palabra resopló en su interior como un tren que echara a andar. Pero entonces cerró los ojos y, con un regate, se convirtió en otra cosa, en una gota de mercurio o una niña con patines.

15

Fueron a un restaurante chino. Todavía podían comer. Leyeron el horóscopo en los manteles individuales, pidieron judías verdes en salsa de ajo y tallarines fríos con sésamo, y luego volvieron a leer los manteles en voz alta, el uno al otro; los dos eran caballo, treinta y ocho años. Estaban en movimiento perpetuo, animados por una fluidez eléctrica, y eran espíritus libres. Impulsivos y testarudos, la discreción no era su fuerte. Eran la pareja perfecta.

Unos pececillos nadaban en un pequeño estanque al lado de su mesa. Unos peces ancianos, de tamaño inquietante.

—Hola, pececitos —les dijo, como arrullándolos, y se inclinó hacia delante en la silla para acercarse. Los peces subieron a la superficie con sus bocas abiertas en un círculo perfecto y haciendo pequeños soniditos implosivos—. ¿Tenéis hambre? —les preguntó—. Tienen hambre —le dijo a Bruce, y repasó el restaurante con la mirada, como si quisiera ver dónde guardaban la comida para peces.

En otra mesa cercana celebraban un cumpleaños, y Bruce y Teresa se vieron en la obligación de unirse a la canción. La cumpleañera recibió un postre flambeado que elogió en voz alta y luego se lo comió con reservas.

Bruce le cogió la mano por encima de la mesa.

—Hay que ver: ahora que me muero, volvemos a tener citas —dijo en broma, aunque ninguno de los dos rio. La pena los atravesó por dentro con su erotismo, como si estuvieran rompiendo. Su entrepierna era un puño y luego, de pronto, un pantano—. Quiero hacer el amor contigo —le dijo, y Bruce parpadeó con sus ojos azules, que se le humedecieron de tal forma que tuvo que quitarse las gafas. El sexo se había reducido con los años; como mucho, una o dos veces al mes.

Llegó la comida en unos cuencos grandes y comieron como si nada hubiera cambiado. Tenían tanta hambre que no podían ni hablar, de modo que escucharon las conversaciones de la gente feliz de la mesa del cumpleaños. La mujer del flambeado insistió en que era dragón, no conejo, a pesar de lo que decía el mantelito. Al rato se levantaron todos, se pusieron sus gruesos abrigos y pasaron por delante de Teresa y Bruce admirando los peces del estanque.

—Una vez tuve un pez —comentó el hombre que tenía cogida del brazo a la señora del flambeado—. Lo llamé *Charlie* —añadió, y todos rompieron a reír estrepitosamente.

Después, cuando Bruce pagó la cuenta, cruzaron un puentecito sobre otro estanque donde se podían lanzar monedas.

Echaron varios peniques.

De vuelta en coche a casa, sintieron el golpe y rompieron a llorar. Ir conduciendo les vino bien porque así no tuvieron que mirarse el uno al otro. Dijeron la palabra pero sonó como si fueran dos: «Can» y «Ser». O la decían lentamente, diseccionándola, o no eran capaces ni de pronunciarla. Prometieron no contárselo a los chicos. ¿Cómo iban a decírselo?

—¿Y cómo vamos a no decírselo? —preguntó con acritud Teresa al cabo de un rato.

Se acordó de cuando todavía eran pequeños y podía meterse su manita entera en la boca y hacerlos reír fingiendo que iba a comérsela. Lo rememoró con precisión, desde lo más hondo —cómo le presionaban la lengua aquellos deditos—, y tuvo que doblarse sobre las rodillas, con la cabeza metida bajo el salpicadero, para sollozar.

Bruce redujo la marcha y paró la camioneta en el arcén. Habían dejado atrás Duluth y la autovía, y estaban ya en la carretera que llegaba a la casa. Le echó su peso sobre la espalda y la abrazó como pudo.

Teresa respiró hondo varias veces, para tranquilizarse, y luego se enjugó la cara con los guantes y se quedó mirando por el parabrisas la nieve bien amontonada a un lado. Tuvo la sensación de que todavía quedaba una distancia imposible para llegar a casa.

—Vamos —le pidió.

Prosiguieron la marcha en silencio, bajo un cielo negro y límpido como el hielo, pasando a cada tantos kilómetros por granjas de pavos, lecherías o casas con cobertizos con la luz encendida. Cuando entraron en el condado de Coltrap, Bruce encendió la radio y sonó la voz de la propia Teresa; los pilló por sorpresa, a pesar de ser jueves por la noche. Estaba entrevistando a una mujer de Blue River que era zahorí, Patty Peterson, y que descendía de un largo linaje dedicado a esa mágica búsqueda de pozos.

Teresa se oyó decir:

—Siempre me he preguntado cómo sería el arte (pues creo que podemos llamarlo arte o, tal vez, destreza) de escoger una vara de sauce…

Pero sin más apagó la radio. Tenía las manos sobre el regazo, en un nudo apretado. Fuera estaban a diez grados bajo cero. La camioneta rugió, muy necesitada de un silenciador nuevo.

—Tal vez desaparezca igual de misteriosamente que ha aparecido —le dijo a Bruce, cuya cara ojerosa le pareció hermosa bajo la suave luz del salpicadero.

—Quedémonos con esa idea —le respondió este, poniéndole una mano en la rodilla.

Teresa pensó en deslizarse por el asiento para acercarse y

17

poner la pierna en el hueco de los pedales, pero se sintió como anclada a su sitio junto a la ventanilla tintada.

—O puede que muera —dijo con calma, como si ya se hubiera hecho a la idea—. Es perfectamente posible.

—No, de eso nada.

—Bruce...

—Todos vamos a morir —dijo este en voz baja—, todos y cada uno, pero tú todavía no.

Teresa presionó la mano desnuda contra el cristal y dejó una marca en el vaho.

—Yo creía que moriría de otra forma.

—No puedes perder el optimismo, Ter. Espera a empezar con la radiación y luego ya iremos viendo, como ha dicho el médico.

—Dijo que veríamos lo de la quimio, si tenía fuerzas suficientes para la quimio cuando terminara con la radiación, no que veríamos si me curo o no, Bruce. Siempre oyes lo que te da la gana. —Era la primera vez que se irritaba con él aquel día, y el enfado fue un alivio, como si le echaran con mucho mimo agua caliente por los pies.

—Ah, vale —repuso el otro.

—¿Vale qué?

—Que vale, que ya veremos, ¿no? —Teresa miró por la ventanilla—. ¿No? —repitió, pero ella no le respondió.

Pasaron por delante de una granja donde varias vacas asomaban en la luz intensa de un establo abierto, apuntando con las cabezas hacia la oscuridad del bosque al otro lado, como si detectaran algo que ningún humano podía oler: una paliza.

2

A Joshua le daba vergüenza oír la voz de su madre.

—¡Esto es *Pioneros de hoy en día*! —exclamó por los cuatro altavoces del comedor de la cafetería Midden y por un quinto que había en la cocina, lleno de salpicaduras de grasa, hollín y kétchup.

El chico oía el de la cocina mientras frotaba ollas con un estropajo de acero y los brazos metidos hasta los codos en agua muy caliente con jabón. La voz de su madre le daba dolor de cabeza, como si le presionaran un objeto romo pero acabado en punta contra los tímpanos. La voz que tenía en la radio era igualita que ella: insistente, resolutiva, divertida, curiosa. Curiosidad por todos aquellos a quienes entrevistaba. «Entonces, ¿podría contarnos cómo hace exactamente para recoger la miel de las abejas?», preguntaba, por ejemplo, con voz seria pero agradable. Otras veces llevaba ella sola todo el programa, hablándoles a los oyentes sobre jardinería ecológica, cómo construir tu propia prensa para cidras, hacer colchas de *patchwork* o los beneficios medicinales del ginseng. En una ocasión incluso tocó al salterio *Turkey in the Straw*, para regalar los oídos de todo el norte de Minnesota, y luego leyó fragmentos de un libro sobre música folk nacional. No hacía mucho había informado del dinero que llevaba gastado en tampones en el último medio año, para a continuación describir otras opciones menos costosas: esponjas naturales y compresas de algodón que había confeccionado con camisetas viejas de Joshua y Claire. Y lo había dicho tal cual: «Con camisetas viejas de Joshua y Claire». Por entonces su hermana ya estaba en la uni-

19

versidad, de modo que había tenido que compadecerse él solo por aquella humillación en su primera semana del último curso de instituto.

Marcy empujó con la cadera la puerta batiente de la cocina al entrar con una pila de platos sucios con restos de comida y servilletas arrugadas. La dejó sobre la encimera que Joshua acababa de limpiar y luego se llevó la mano al bolsillo del delantal para sacar un cigarrillo. Joshua la observó de reojo, aunque con disimulo, sin dejar de enjuagar los platos. Tenía casi treinta años, casada, con dos hijos, bajita y con unos pechos grandes que la hacían parecer más corpulenta de lo que era. Joshua pasaba gran parte de su tiempo en el trabajo intentando decidir si era guapa o no. Él tenía diecisiete años, pelo claro, era desgarbado y callado pero sin ser tímido.

Su madre estaba hablando con una zahorí llamada Patty Peterson. Se fijó en el contraste entre la voz animada de su madre y la temblorosa de Patty. Marcy se quedó escuchando mientras se quitaba el delantal para volver a colocárselo mejor.

—Lo próximo será que tu madre se plante en África y nos cuente todo lo que vea. Cómo van al baño, por ejemplo.

—Le encantaría ir a África —respondió Joshua, taciturno, inalterable y serio, negándose a alimentar ni el más mínimo chiste sobre su madre, que era muy capaz de ir a África, y él lo sabía; iría a cualquier parte, jamás dejaba pasar una oportunidad.

—Por lo visto, tienen a un africano en Blue River, un niño adoptado —comentó Vern desde la puerta trasera, que mantenía entreabierta con un cubo, pese al frío.

Marcy era la hija de la dueña; Vern, el cocinero del turno de noche.

—No es africano, Vern, es negro. Y es de la capital, no de África. —La camarera se arregló el prendedor con el que se recogía el pelo rizado—. ¿Pretendes matarnos de frío o qué?

Vern cerró la puerta diciendo:

—Tu madre podría entrevistar al africano, a ver qué se cuenta.

—No seas malo —lo cortó Marcy, que se puso el cigarro en los labios y se alzó de puntillas para coger una pila de envases de poliestireno de la repisa superior—. No tengo nada en contra de tu madre, Josh. Es un auténtico encanto. Y una mujer muy interesante... Como pocas.

Con mucho cuidado, descabezó la punta encendida del cigarro contra un plato, sopló y se la guardó en el bolsillo del delantal antes de salir zumbando por la puerta.

Seis años atrás, cuando su madre había empezado con el programa, a Joshua no le daba ninguna vergüenza; más bien estaba orgulloso, como si lo hubieran levantado en una plataforma e irradiase luz, como iluminado por dentro. Creía que su madre era famosa, que todos lo eran: Bruce, Claire y él. Teresa los había hecho parte del programa: se nutría de su vida, la de los cuatro. Les obligaba a comer ajo crudo para protegerlos de resfriados y enfermedades cardiacas, les daba friegas de poleo americano para mantener a raya a los mosquitos o les hacía infusiones de nabo indio cuando tenían tos. No podían comer carne o, de hacerlo, tenía que ser la que ellos mismos hubieran cazado o matado (cosa que hicieron un invierno que sacrificaron cinco gallos que, de polluelos, habían creído que eran gallinas). Batían jarras de nata fresca hasta que cuajaban en grumos de mantequilla. Su madre esquilaba la oveja de un vecino, cardaba la lana y la hilaba en una rueca que había fabricado Bruce. Guardaba las hojas del brócoli y recogía dientes de león y las capas interiores de la corteza de algunos árboles para elaborar tintes para el hilo que sacaban. Obtenía unos colores de lo más improbable: rojos, morados y amarillos, cuando en realidad esperabas un marrón o un verde color fango. Por lo demás, su madre contaba a todos sus oyentes lo que acontecía en la familia: sus éxitos y sus fracasos, sus descubrimientos y sorpresas. «¡Todos somos pioneros de hoy en día!», decía. La gente llamaba para preguntarle cosas en directo, o a veces incluso la telefoneaban a casa para pedirle consejo.

Fue lentamente, pero un buen día, como de la noche a la mañana, Joshua ya no quiso seguir siendo un pionero de hoy en día; deseaba ser justo igual que los demás, ni más ni menos. Claire había dejado de querer ser pionera de hoy en día mucho antes; se empeñaba en utilizar maquillaje y se enzarzaba en riñas acaloradas con su madre y Bruce sobre por qué no podían tener tele; por qué, en definitiva, no podían ser como la gente normal. Eran las mismas peleas que estaba teniendo Joshua con ellos últimamente.

—Tienes que limpiar también la freidora —le advirtió Vern—. Ni se te ocurra dejársela a Angie.

Joshua volvió a la tarea y abrió al máximo el grifo del agua caliente. Le sentaba bien el vapor en la cara, le abría los poros. Le salían espinillas en la parte rosada de las mejillas y por la vasta llanura de la frente. Por las noches, acostado ya, se las rascaba hasta que le salía sangre e iba entonces a echarse agua oxigenada. Le gustaba la sensación de las burbujas, que se lo comían todo.

—¿Has oído lo que te he dicho? —le preguntó Vern cuando Joshua cerró el grifo.

—Que sí.

—¿El qué?

—Te he dicho que sí —repitió con mayor brusquedad, volviendo sus ojos azules a Vern: un desmejorado anciano con una buena panza y una narizota roja y bulbosa; llevaba en un brazo un tatuaje de una bailarina hawaiana y en el otro un ancla con un cabo alrededor.

—Vale, pues entonces contesta. Muestra un poco de respeto por tus mayores.

El cocinero estaba al lado de la puerta, con un delantal y una camiseta llenos de manchurrones color salsa barbacoa por donde se había limpiado las manos. Volvió a abrir la puerta y tiró la colilla del cigarro hacia la oscuridad. Fuera había un rellano de cemento recubierto de hielo y un callejón, donde estaban aparcadas la camioneta de Joshua y la furgoneta de Vern, en paralelo al muro trasero de Viveros Ed.

Joshua levantó el extractor del lavavajillas y el vapor salió en espirales. Sacó una bandeja de platos limpios y empezó a ordenarlos en contenedores blancos y redondos conforme los iba secando rápidamente con un paño.

—Hoy te ha pillado el toro, ¿no?

—Qué va.

Oyó a su madre reírse en la radio, y la zahorí rio también, para enfrascarse enseguida en una nueva discusión, muy serias.

—¿Ah, no?

—Que no, te he dicho.

—Me parece que vas a tener que aprender que cuando un hombre tiene un trabajo, tiene que aparecer a su hora, ¿no crees?

—Sí.

—Anoche me fijé en que le dejaste la bandeja de la lasaña a Angie. No te creas que no me doy cuenta de las cosas. Porque las veo, veo todo lo que tu cerebro frito puede pensar dos semanas antes que tú. Y sé que siempre andas tramando algo, viendo cómo puedes escaquearte. ¿O no es verdad?

—No.

Vern se quedó observando a Joshua, medio inclinado por la cintura, con un cigarro encendido en los labios, como si buscara algo más que decir, repasando la lista de cosas que le fastidiaban. Joshua conocía a Vern de casi toda la vida, por mucho que en realidad poco supiera de él. Hasta que no empezaron a trabajar juntos en la cafetería no supo cómo se llamaba: Vern Milkkinen; antes de eso lo conocía como el pollero, como casi todo el pueblo, porque se pasaba los veranos en el aparcamiento del Dairy Queen vendiendo pollitos, huevos y un surtido siempre cambiante de conservas caseras, jabón, velas de cera de abeja y su mermelada especial de cerezas de Virginia. Joshua nunca se había cuestionado en qué ocupaba el pollero —o sea, Vern— el tiempo los meses que no tenía el tenderete, hasta que entró en la cocina de la cafetería y lo vio allí plantado, con un cuchillo de carnicero en la mano.

El primer día que trabajaron juntos, Vern no dio muestras de recordar a Joshua; pareció ignorar el hecho de que en realidad lo había visto crecer ante sus propios ojos, de los cuatro a los diecisiete años, que lo había escrutado durante esos catorce veranos, al menos una vez a la semana, primero siendo crío, cuando Joshua iba con su madre a comprarle cosas al pollero, y más adelante cuando lo mandaban solo. El aparcamiento de la heladería era lo más parecido que había en Midden a la plaza del pueblo, porque lo compartía con el Kwik Mart, la gasolinera y La Cabaña de la Hamburguesa de Bonnie. Todas las semanas se saludaban con un ademán, aunque fuera el más mínimo alzamiento de barbilla o de la mano. En cierta ocasión, cuando Joshua tenía diez años, el pollero le preguntó si le gustaban las niñas, si ya tenía novia, si había besado a alguna y si prefería a las rubias o las morenas.

—O las pelirrojas. Con esas hay que andarse con cuidado: son las que tienen el chichi más tirante —le había dicho Vern, que había estallado en una risotada. Después le enseñó el tatuaje del ancla y le preguntó si le sonaba Popeye el Marino.

—Sí —había respondido muy solemne Joshua, al tiempo que le tendía el dinero que le había dado su madre.

—Pues soy yo, ese soy yo —le había contado Vern, con los ojos idos y velados de misticismo, como si lo hubieran transportado al recuerdo de una época en que había sido un héroe secreto—. Pero yo soy el original, no el de dibujitos. —Y entonces había vuelto a soltar una risotada monstruosa mientras Joshua forzaba una sonrisa.

Al chico le había costado varios años desembarazarse de la idea de que el pollero era realmente Popeye, a pesar de que la vida real de Vern estaba a la vista de todos; tenía un hijo que se llamaba Andrew y era veinte años mayor que Joshua. En el trabajo, cuando estaba de buenas, le contaba historias sobre Andrew de pequeño: cuando disparó a su primer ciervo, sus legendarias habilidades baloncestísticas o el día que Vern le partió el brazo cuando lo pilló fumando hierba en octavo.

—Cogí a ese pillín y le retorcí el brazo hasta que pegó un chasquido. Si hubiese podido, se lo habría arrancado. Aprendió bien. Yo no me ando con chiquitas. Esa no es forma de criar a un hijo. Si creen que estás de broma, no se hacen fuertes nunca.

Joshua apenas conocía a su padre, que vivía en Texas. Había ido una vez a visitarlo con su hermana cuando tenía diez años, pero no vivía con él desde los cuatro; por entonces no se habían mudado todavía a Midden, seguían en Pensilvania, donde su padre trabajaba en una mina de carbón. Se fueron a vivir a Midden, de cuya existencia tuvieron noticia poco antes de llegar en una sucesión de autobuses Greyhound, cuando a su madre le salió un trabajo de limpiadora en la residencia El Buen Descanso a través del primo de una amiga.

Marcy volvió a la cocina y se sentó sobre un cubo del revés que utilizaban a modo de silla.

—Hoy voy a querer solomillo de cerdo, Vern. Con una patata asada. Los guisantes te los puedes ahorrar. ¿Te queda una patata para mí?

Vern asintió y cerró la puerta, que había vuelto a abrir.

—¿Qué, tiene pinta de nevar ahí fuera? —preguntó la camarera mirándose las uñas.

—Hace demasiado frío para que nieve.

Los tres se quedaron escuchando a Teresa, que le preguntó a Patty Peterson cuáles eran las perspectivas de futuro de la rabdomancia. La zahorí le respondió que se trataba de un arte moribundo. El programa de radio no era el verdadero trabajo de su madre, que lo hacía de manera voluntaria, como casi todos los que trabajaban en la emisora. El de verdad era servir mesas en el Mirador de Len, un área de descanso de la autovía 32 donde llevaba diez años trabajando, desde que cerró la residencia El Buen Descanso.

Marcy le cogió la gorra que tenía puesta y volvió a ponérsela, pero torcida.

—Dile a Vern lo que quieres de cenar para que podamos largarnos de aquí cagando leches cuando sea la hora. Voy a ir barriendo.

—Aros de cebolla, por favor —pidió, y cargó otra bandeja de platos sucios.

En la radio su madre preguntó en qué año fue proclamada flor oficial del estado de Minnesota la orquídea zapatilla de dama.

—Mil ochocientos noventa y dos —dijo Vern. Acto seguido abrió el horno, sacó con las manos una patata envuelta en papel de aluminio y la dejó en un plato.

Al final de la emisión su madre planteaba siempre una pregunta y, mientras esperaba a que llamaran para adivinar la respuesta, les contaba a los oyentes de qué iría el programa de la semana siguiente. Ensayaba las preguntas con ellos tres, Claire, Joshua y Bruce. Les hacía nombrar a los siete enanitos, definir «escrupulosidad» o que le dijeran la ciudad más poblada de India. Los oyentes que llamaban clamaban victoria cuando daban con la respuesta correcta, como si ganaran algo, cuando en realidad no había ningún premio. Lo único que conseguían era que Teresa les preguntase desde dónde llamaban, y que ella repitiera el nombre del pueblo, entre encantada y sor-

25

prendida. Nombres de gélidos pueblos perdidos de origen indio, o con nombres de animales, ríos o lagos: Keewatin, Atumba, Castor, Lago Ciervo…

—¿Mil novecientos diez? —respondió sin mucho convencimiento una voz en la radio.

—Nooo —susurró Teresa—. Pero caliente, caliente.

Vern llegó delante de Joshua con la cesta de la freidora cogida con unas pinzas y la soltó en el fregadero vacío.

—Aquí tienes faena.

—Mil ochocientos noventa y dos —dijo otra voz, y Teresa dio un gritito alegre.

Vern apagó la radio y Joshua sintió una gratitud fugaz. No tendrían que oír quién era el oyente ganador de la semana, ni a su madre decir lo que decía todas las semanas cuando terminaba el programa: «Y así, amigos, llegamos al final de una hora más. Trabajad duro, haced el bien y sed increíbles. ¡Y volved la semana que viene a por más *Pioneros de hoy en día*!».

—Ha llegado tu amigo —le anunció Marcy a Joshua cuando volvió a la cocina para coger el abrigo—. He cerrado por delante, así que el último que salga por detrás.

—Hoy le va a tocar al muchacho —dijo Vern quitándose el delantal—, porque está más claro que el agua que no voy a ser yo.

Joshua se quitó la ropa mojada en la misma cocina cuando Vern se hubo ido y se llevó el plato de aros de cebolla al comedor, donde R. J. estaba jugando al Ms. Pac-Man.

—He averiguado cómo jugar gratis —le dijo cuando su amigo se quedó sin vidas.

—Ya no tengo más ganas de jugar. ¿Puedo coger un refresco?

Joshua sirvió dos Mountain Dew del grifo. Se estaba bien en la cafetería sin las luces de arriba y solos R. J. y él. Todas las sillas estaban colocadas del revés sobre las mesas. Su amigo llevaba unos vaqueros y una camiseta larga de deporte sin remeter, sobre su cuerpo achaparrado. Era de padre ojibwe y madre blanca. Como a todos los ojibwe de Midden, en otoño Reebok le regalaba unas zapatillas, lo que suponía que los del instituto a veces lo arrastraban a los servicios, le metían la cabeza en un váter y tiraban de la cadena. Pese a todo, era su mejor amigo desde que estaban en quinto.

—Tengo algo para cuando quieras estar despierto toda la noche. —R. J. se sacó del bolsillo un sobrecito de papel vegetal, de los que se utilizan para guardar sellos—. Me lo ha dado Bender. —El novio de su madre.

—¿Qué es?

R. J. abrió con cuidado el sobrecito y se echó el contenido en la mano regordeta. Cayeron unos cristalitos grises del tamaño de la sal.

—Metanfetamina, cristal. Lo ha cocinado Bender —le dijo R. J., que se puso colorado—. No se lo cuentes a nadie. Lo hacen mi madre y su novio. Es solo para que lo veas. —Tenía los ojos oscuros y bulbosos. Se parecía a su padre, un hombre al que R. J. había visto solo un par de veces.

—Vamos a probarlo —propuso Joshua.

De vez en cuando fumaba hierba pero eso era lo más que había probado. La madre de R. J. y su pareja abastecían de marihuana a todo Midden. La cultivaban en un sótano que tenían debajo del porche delantero cuya existencia solo conocían R. J., Joshua, Bender y la madre de su amigo.

—¿Ahora? —R. J. removió el cristal con un dedo.

—¿Qué te hace?

—Te despierta y te pone hiperactivo. —Joshua se lamió el dedo, lo metió en el cristal y se lo llevó a la boca—. Pero ¿qué haces?

—Restregármelo por las encías. Se supone que tienes que ponértelo en las encías para que vaya entrándote en el organismo —le explicó Joshua, que, aunque no lo sabía con seguridad, recordaba vagamente haber oído algo parecido o haberlo visto en una película.

—No, se supone que hay que esnifarlo. Me lo ha dicho Bender. —Joshua lo ignoró y fue a sentarse en un reservado, donde cerró los ojos como si estuviera meditando—. Tío, tú estás fatal de la cabeza.

—El que está fatal eres tú —le dijo Joshua, aún con los ojos cerrados—. Estoy haciendo que entre en mi organismo, so capullo.

—¿A qué sabe?

—A medicina.

—¿Notas algo?

Joshua no le respondió. Sintió una especie de vahído leve pero no supo si era real o eran solo las ganas de sentirlo. En cuanto abrió los ojos, desapareció.

—Vamos a dar un voltio con el coche.

Con mucho cuidado, R. J. devolvió al sobre casi todo el cristal y luego lamió lo que le quedaba en la palma.

Joshua conducía. Atravesaron todo el pueblo sin cruzarse con ningún vehículo en movimiento. Las diez de la noche eran como la una de la mañana. Pasaron por delante de las tiendas a oscuras: la farmacia de Ina, el supermercado Búho Rojo, el Vídeos y Rayos, la pista de patinaje Universo, el Dairy Queen, el colegio y el ambulatorio del pueblo, que estaba en el aparcamiento del propio colegio, una caseta de obra reconvertida, el doble de ancha que las normales. Pasaron también por lo único que estaba abierto, el Kwik Mart y La Guarida del Punk, donde Joshua sabía que estaría Vern (iba todas las noches). Al salir del pueblo, pasaron a marcha lenta por el motel La Arbolada, donde estaba Anita en su sofá de flores de la recepción, que hacía también las veces de salón, viendo el telediario. Salieron de la autovía 32, pasaron el Mirador de Len, donde trabajaba la madre de Joshua, y continuaron otros veinticinco kilómetros en dirección este, solo para que R. J. viera si el coche de Melissa Lloyd estaba aparcado delante de su casa, y después otros veinticinco de vuelta al pueblo, donde Joshua dejó a su amigo. Desde allí, tenía otros cuarenta kilómetros al sur hasta su casa. Cuando se quedó solo en el coche, notó que le dolía la mandíbula, porque había estado apretándola sin darse cuenta. Intentó dejarla floja, como si le colgara del resto de la cara. No se sentía colocado, sino más bien muy consciente de los bordes de todo lo que le rodeaba y de su interior, y le gustaba la sensación y supo que querría volver a sentirla.

Cuando aparcó en el camino de entrada y se bajó de la camioneta, oyó que *Rucio* y *Espía* lo saludaban con sus ladridos desde la casa y que estaban empujando la puerta desde dentro para recibirlo. Se apresuró a entrar e intentó acallarlos para no despertar a Bruce y a su madre. No encendió ninguna luz mientras iba sigilosamente a la cocina, donde abrió la nevera para ver qué había, a pesar de que no tenía hambre. Cogió una manzana, le dio un mordisco y, aunque se arrepintió en el acto, siguió comiéndosela.

—Josh —lo llamó su madre.

Oyó que se levantaba de la cama.

—Ya he llegado —le contestó irritado, porque no quería verla. Pensó en salir disparado por las escaleras. Le encantaba encerrarse en su cuarto.

—Llegas tarde —le dijo Teresa asomando por la cocina con su camisón largo de franela y sus zapatillas de piel falsa. Los perros corrieron hacia ella y le restregaron el hocico por las manos para que los acariciara.

—Hemos cerrado tarde. Justo cuando íbamos a cerrar, llegaron tres mesas. —Lanzó la manzana a la basura y supo por el sonido que no había encestado, pero no fue a recogerla—. De todas formas mañana no tengo instituto. Los profesores tienen un curso.

—Se supone que tienes que llamarnos si vas a llegar más tarde de las diez. Fue el trato que hicimos cuando empezaste a trabajar.

—No son ni las once. —Se echó un vaso de agua y se lo bebió entero, de un trago largo, consciente de que su madre estaba observándolo—. ¿Quééé? —le preguntó volviendo a llenar el vaso y dejando correr el agua con fuerza.

—En realidad no estoy cansada —dijo la madre, como si su hijo le hubiera pedido perdón por despertarla—. ¿Quieres un té? —le preguntó encendiendo ya el hervidor—. ¿Has visto la luna cuando volvías?

—Sí.

Cogió dos tazas de los ganchos de encima del fregadero y puso una bolsita de té en cada una sin encender siquiera la luz.

—Seguro que una manzanilla nos da sueño.

El hervidor empezó a silbar. Lo cogió, echó el agua en las tazas y se sentó a la mesa.

Joshua también fue a sentarse y arrastró la taza caliente por la mesa para cogerla.

—Es que me preocupo cuando llegas tarde, con la de hielo

29

que hay por la carretera —le dijo mirando a su hijo bajo la tenue luz de la luna que entraba por las ventanas—. Pero ya estás sano y salvo en casa, y eso es lo más importante.

Sopló sobre la superficie de la infusión pero no bebió y Joshua hizo otro tanto. Llevaba los auriculares alrededor del cuello, deseando poner el discman a todo trapo. En vez de eso se imaginó la música, tarareando una canción en la cabeza, y la sola idea fue un rayo de luz.

—Entonces, ¿habéis tenido mucho jaleo esta noche?

—No mucho —contestó, y entonces recordó la mentira de antes—. Hasta justo antes de cerrar, que se ha llenado de repente.

—Siempre pasa lo mismo. —Teresa rio en voz baja—. Cada vez que estoy a punto de salir de lo de Len, aparece un autocar lleno de gente.

En cierta ocasión su madre había intentado dejar el trabajo y había montado un negocio por cuenta propia vendiendo sus cuadros en mercadillos y tiendas de segunda mano. Paisajes del norte de Minnesota: patos, margaritas, arroyuelos, árboles, prados y campos de varas de oro. La mayoría colgaban ahora de las paredes de la casa, para gran vergüenza de Joshua. Una vez su madre le había hecho una visita guiada a R. J., sin que este se lo pidiera, y le había ido contando qué le había inspirado cada cuadro y cada título. Los títulos eran casi tan bochornosos como los cuadros, reflejo de todo lo que le desquiciaba de su madre: finos y grandilocuentes, aniñados y exagerados —*Arbusto de uvas espinas silvestres en marisma estival*, *El sencillo balanceo del arce*, *Cuna del Padre Misisipi*—, como si cada uno reivindicara directamente su propia grandeza.

Joshua probó a beber y recordó un juego al que jugaba con su hermana cuando su madre les preguntaba «¿qué estáis bebiendo?». Les hacía refrescos con agua, azúcar y colorantes cuando no tenía dinero ni para comprar Kool-Aid y luego les pedía que le dijeran qué estaban bebiendo, con una sonrisa expectante, y ellos le decían lo primero que les venía a la cabeza, todo lo que se les ocurría; decían «Martini», aunque no sabían ni lo que era, y su madre entonces fingía con muchos aspavientos que les ponía una aceituna. Decían «batido de chocolate» o «zarzaparrilla» o nombres de bebidas que ellos mismos se inventaban y ella les seguía la corriente, y adornaba la historia, haciendo que también a ellos el agua les supiera distinta. Eso fue antes de conocer a Bruce, al poco de mudarse a Midden, cuando vivían en el apartamento de encima del Mirador de Len. El apartamento no era tal cosa y el pueblo todavía no les parecía un pueblo, porque ese primer año vivían muy en las afueras y no conocían ni a un alma, en un sitio donde todos conocían a todos. Tenía una única habitación grande, con la cocina que Len les había instalado a lo largo de una pared, y fuera, detrás, había una ducha con sauna y un váter. Para dormir, desplegaban un sofá cama y dormían los tres juntos; además, como normalmente no lo recogían, el piso era en realidad una cama gigante, una isla en medio de su nueva vida en Minnesota.

Por las tardes, cuando Claire y Joshua volvían de la escuela y su madre subía del trabajo, se tendían en la cama a charlar y a jugar a cosas que se inventaban: como cuando jugaban a que no podían salir de la cama porque el suelo era en realidad un mar infestado de tiburones; o su madre cerraba los ojos y preguntaba, con una voz rimbombante que reservaba para tales ocasiones: «¿Quién soy ahora?». Y entonces Joshua y Claire chillaban: «¡Frau Bettina Von Mengana!», y empezaban a transformarla. Con cuidado, le tocaban los párpados y los labios, las mejillas, la cara, mientras decían en voz alta los colores que iban aplicándole y dónde, y de vez en cuando su madre abría los ojos y decía: «Creo que Frau Bettina Von Mengana llevaría más colorete, ¿no os parece?»; le acariciaban la cara un poco más y entonces ella preguntaba: «¿Y qué vamos a hacer con el pelo de Frau Bettina Von Mengana?, y se apresuraban a pasarle los dedos por el pelo para peinarla y fingían arreglárselo con laca o le hacían nudos de verdad. Cuando terminaban, su madre se incorporaba y decía, con su voz más exageradamente rimbombante: «¡Querrridos! Frau Bettina Von Mengana está encantadísima de conoceros». Y Claire y él se tiraban al suelo de la risa, histéricos.

Joshua lo recordaba ahora con cierta vergüenza y una sensación cercana a la rabia. De pequeño había sido un tonto, y no pensaba seguir siéndolo.

—¿En qué piensas? —le preguntó de pronto Teresa con suspicacia, como si supiera realmente qué le pasaba por la cabeza.

—En nada.

—¿Tienes novia?

Joshua notó en la voz de su madre que estaba sonriendo y, sin poder evitarlo ni saber por qué, quiso borrarle esa sonrisa de la cara.

—¿Por qué? —preguntó con acritud.

—Me preguntaba si sería por eso por lo que has llegado tarde.

—Ya te lo he dicho. Han llegado varias mesas.

Los perros estaban tendidos a sus pies, entre ambos, y de vez en cuando les ponían en el regazo las patas, que apartaban en cuanto conseguían los mimos que querían.

—Además, si tuviera novia, llegaría más de una hora tarde.

—Me imagino —dijo su madre pensándolo por un momento y soltando luego una risa larga y profunda.

Muy a su pesar, también él se echó a reír, aunque con menos efusividad.

32

Teresa se quitó la alianza y la dejó en la mesa antes de ir al fregadero para ponerse crema en las manos. Joshua veía su silueta en la penumbra; parecía una bruja buena, con un pelo que daba repelús, aplastado por un lado de la cabeza, de tenerlo contra la almohada.

—Ten —le dijo tendiéndole la mano y volviendo a sentarse—. He cogido demasiada.

Se enjugó la crema sobrante de las manos y la echó en las de su hijo; después se la extendió con un masaje por la piel de manos, muñecas y antebrazos. Joshua recordó cuando se resfriaba de pequeño y su madre le daba friegas en el pecho con aceite de eucalipto mientras canturreaba con voz muy cómica: «Tu enfermedad está pasando a mis manos. Toda la enfermedad de Joshua está abandonando su cuerpo y ahora y por siempre jamás morará en las manos de su pobre y anciana madre». Tuvo la sensación de que también ella estaba recordándolo. De pronto se sintió muy apegado a ella, como si hubieran atravesado juntos el país y llevaran hablando toda la noche.

—¿Te sienta bien?

—Sí.

—A mí me encanta que me masajeen las manos, más que nada en el mundo… —comentó su madre.

Joshua le cogió las manos y se las apretujó un momento, pero luego las soltó.

—¿Cómo te ha ido el día?

—Bien. En realidad he estado en Duluth, con Bruce. Hemos ido a comer al Jardín Feliz. —Le dio un sorbo al té—. Te quiero pedir una cosa, cielo. Un favor que necesito que me hagas. Mañana viene Claire y me gustaría que cenaras con nosotros para que comamos todos juntos, en familia.

—Tengo que trabajar.

—Ya lo sé. Por eso te lo estoy pidiendo ahora, para que libres mañana por la noche.

—No puedo. A Angie no le va a dar tiempo a encontrar quien me cubra. —Cogió la taza entre las manos: estaba vacía pero seguía caliente.

—Es un favor que te pido. ¿Acaso te pido muchas cosas?

—Bastantes.

—Josh.

El chico le acarició la coronilla a *Rucio*. Intentó mantener la calma en la voz a pesar del enfado.

—Pero tampoco es para tanto que venga Claire a casa, jolín. Se pasa aquí la vida. Vino hace dos semanas.

—No digas «jolín».

—¿Por qué?

—Porque soy tu madre y te digo que no. —Lo miró unos instantes y luego añadió con calma—: «Jolines» es una palabra tonta, para eso di «joder», no «jolines». Aunque tampoco hace falta que la digas.

—No he dicho «jolines», he dicho «jolín». «Jolines» no lo dice nadie.

—Míralo en el diccionario —repuso muy seria su madre—. Existe, pero, en comparación, no es la opción más apropiada.

Joshua se volvió a retrepar en la silla todo lo que pudo, tanto que tuvo que agarrarse por debajo de la mesa con una rodilla, pero su madre no le dijo que parara, ni siquiera pareció fijarse. Volvió a apoyar las cuatro patas de la silla y le dijo:

—Desde que va a la universidad, parece que Claire es la reina del mambo.

—Esto no tiene nada que ver con tu hermana. —Se fijó en que a su madre le temblaba la voz—. Tiene que ver con hacer algo que te he pedido, tiene que ver con hacerme un favor, joder.

Se quedaron callados unos instantes.

—Vale —cedió Joshua por fin.

Fue como si alguien hubiera entrado y hubiera cortado una cuerda.

—Gracias. —Teresa recogió ambas tazas, las llevó al fregadero y las fregó. A continuación, mientras se secaba las manos, añadió—: Será mejor que durmamos un poco.

—No tengo nada de sueño.

—Yo tampoco —le susurró—. Es por la luna.

Joshua se levantó, se estiró y extendió los brazos como si fuera a lanzar una pelota de baloncesto; acto seguido saltó, tocó el techo y aterrizó delante de su madre. Le acarició la coronilla. Le sacaba más de un palmo de altura y entonces se enderezó para sacarle aún más. El reloj de cuco que había construido Bruce asomó la cabeza y pio doce veces.

—¿Todo bien? —le preguntó su madre cuando el reloj terminó de dar la hora.

—Sí —le dijo, y, al recordar la metanfetamina, sintió una oleada de inhibición. A su madre no se le escapaba nada.

—Perfecto —contestó esta ciñéndose más la bata—. Y seguirá estándolo.

—Ya.

—Porque os lo he dado todo, a Claire y a ti. Todas las herramientas que necesitaréis en la vida.

—Ya lo sé —repitió el chico sin comprender, y con cierta paranoia por no parecer colocado, en ese momento más que nunca, porque acababa de darse cuenta de que lo estaba.

—¿De verdad?

—Sí —insistió, sin recordar qué era lo que sabía.

Se sentía desorientado pero, al mismo tiempo, en plena posesión de sus facultades; igual que cuando fue al cine a plena luz del día y al salir vio que, sorprendentemente, a pesar de que era de esperar, el día había dado paso a la noche.

—Y os he dado mucho amor —prosiguió Teresa—, a ti y a Claire.

Joshua asintió. Por la ventana de detrás de su madre vio las siluetas de tres ciervos en el prado, lamiendo la piedra de sal de *Lady Mae* y *Beau*.

—Lo sabes, ¿verdad?

—Mamá —le dijo señalándole los ciervos.

Teresa se giró y ambos se quedaron unos instantes contemplándolos sin decir nada.

Y entonces los ciervos levantaron la cabeza y desaparecieron de nuevo por el bosque, haciendo que el mundo volviera a su ser.

35

*L*a tarde estaba soleada. El hielo pendía de los árboles, con sus destellos, y de vez en cuando caía de repente de las ramas en grandes montones. Claire estaba en la ventana al fondo del Mirador de Len, mirando el abeto balsámico, la pícea azul, los pinos noruegos y los álamos, con el abrigo todavía puesto y la bufanda al cuello, sin saber que estaba viendo un abeto balsámico, una pícea azul, pinos noruegos o álamos. Sin saber nada. Ni siquiera que no sabía.

A sus veinte años era alta y tenía los ojos azules y una melena rubia oscura que le llegaba por los hombros, así como otra cuerda de pelo más larga, con mechas azul eléctrico, hilada en una fina trenza bordada con cascabeles de color plata mate. Pero, así y todo, parecía una chica de campo —«una granjera bien hermosa», le había dicho una vez a modo de piropo su novio, David, mientras la cogía por las caderas desnudas—, por mucho que no quisiera y no creyera parecerlo. Tenía las uñas de las manos pintadas de negro y las de los pies de un verde desvaído y sin vida. En la aleta derecha de la nariz llevaba un pendiente con un zafiro falso. Se lo revolvió en el agujerito fláccido y le dio un sorbo al refresco. Su hermano, al otro lado de la mesa, bebió también mientras miraba los árboles. Pasaban ratos largos sin hablar, sintiéndose solos y a la vez en compañía, rodeados por el gentío del bar, igual que cuando eran pequeños y esperaban allí lo mismo que en esos momentos: a que su madre terminara de trabajar.

Claire sorbió lo que le quedaba del refresco con una pajita

roja, hasta producir un sonido irritante y vacío, y luego dejó el vaso en la mesa.

—¿Tienes más priva en la reserva? —le preguntó a su hermano mientras acuchillaba el hielo con la pajita.

Joshua había añadido muy discretamente un poco de tequila de una botellita que llevaba en el bolsillo del abrigo al zumo de naranja que les había puesto su madre.

El chico negó con la cabeza, cogió el monito de plástico que había encaramado al borde del vaso de su hermana y se metió la cola en la boca, dejando que el resto sobresaliera. Qué delicado era, se fijó Claire, una escultura más bonita que el cristal. Se habían pasado años coleccionando esos monos en todos los colores, así como sirenas y afiladas espadas en miniatura o sombrillitas de papel que se abrían, tensas y gráciles, en la punta de un mondadientes. La chica se preguntó entonces qué habría sido de ellos, de la colección —la de su hermano y ella— por la que habían suplicado, sobornado y peleado.

—Debería ir a ayudar a mamá —comentó Claire pero no se movió. Sabía lo que había que hacer: había trabajado allí cuando iba al instituto.

El local estaba lleno, siendo como era un viernes de la temporada de nieve. La mayoría de las mesas estaban ocupadas por gente a la que no conocían, con los relucientes cascos de sus motonieves bajo las sillas y sus todoterrenos apiñados en el aparcamiento. Gente de Minneapolis y Saint Paul —«las Ciudades Gemelas»—, de sus barrios residenciales. «Catetos de ciudad», como los llamaban los lugareños, no siempre con mala intención.

—No me parece que le pase nada a mamá —comentó Claire quitándose la bufanda.

Ambos se quedaron mirándola avanzar con aplomo por la sala, con tres botellines de cerveza cogidos por los cuellos en una mano y dos platos con comida en la otra.

—¿Y quién ha dicho lo contrario? —preguntó Joshua.

—Ella, por su tono de su voz. Ya te lo he dicho. Hablaba como si hubiera muerto alguien.

—¿Y te dijo que tenía que contarnos algo?

Claire asintió chupando un cubito de hielo; tuvo que esperar`a que se derritiera para hablar, con los ojos lagrimeándole mientras intentaba que el hielo no le rozara los dientes.

—Yo ya te he dicho lo que pienso —añadió Joshua, con el monito todavía en la boca—. Es totalmente factible, y lo sabes.

En esos momentos Teresa estaba al lado de la pequeña abertura en la barra donde guardaban las guindas, las limas, los limones y las aceitunas en un contenedor compartimentado. Fue poniendo con cuidado copas en la bandeja, una a una, con los lazos del delantal verde atados en un recio nudo por detrás de la cintura. Cuando se volvió, los vio mirándola, les sonrió y levantó una mano para indicarles que casi había acabado; a continuación se alejó y desapareció entre la multitud.

—Hazme caso, no es eso —insistió Claire—. Se ligó las trompas. —Volvió a mirar por la ventana. Había una canoa que Len y Mardell utilizaban en verano como abrevadero para los osos y que estaba ahora sepultada bajo un cúmulo de nieve—. Las trompas de Falopio, vamos —siguió, volviendo la vista a su hermano.

—Creo que sé de qué trompas me hablas, lista.

—Lo decía por decir.

—¿Qué te crees, que soy subnormal?

Claire no contestó; en cierta ocasión lo había convencido para que tragara comida de perro, asegurándole que aquellas bolitas duras eran un nuevo revuelto de galletitas que habían sacado. Cogió el librito de cerillas del cenicero vacío que quedaba entre ambos, encendió una, se quedó mirando cómo ardía y luego la sopló justo antes de que la llama le quemara los dedos.

—No quiero broncas, Josh. Ahora no —dijo con voz seria, a pesar de no tener la sensación de que pasara nada grave.

Se sentía ligeramente eufórica, como si estuviera a punto de ocurrir algo emocionante. En el camino desde Minneapolis había sentido justo lo contrario: cuatro horas llenas de temores, imaginando lo que podía estar pasando, repitiendo una y otra vez en su cabeza las palabras que le había dicho su madre por teléfono la noche anterior —cuando la había llamado y le había ordenado que volviera a casa a primera hora de la mañana—, diseccionándolas por partes, en un esfuerzo por determinar dónde estaba exactamente el peligro. Una vez

38

Bruce se había cortado la punta del pulgar con la caladora; en otra ocasión se había caído del tejado, se había partido tres vértebras y se había dado un porrazo en la cabeza tan fuerte que estuvo casi un mes sin recordar quiénes eran Claire y Joshua mientras que Teresa solo le sonaba vagamente. Sabía que podían pasar cosas así; se había sentido atenazada por su enormidad mientras se dirigía al norte, con la calefacción de su Cutlass Supreme echándole aire caliente a la cara con la fuerza de un viento del desierto. La rejilla estaba rota y, o no salía nada, o lo tenía que poner al máximo, de modo que iba pasando del frío al calor todo el rato, una y otra vez, congelándose o asándose, sin estar nunca a gusto. Se había imaginado a Bruce encamado e inconsciente, con las extremidades suspendidas de un artilugio del techo, como la vez que se partió la columna. No era su padre, ni el padre de nadie, pero lo quería como si lo fuera y, mientras conducía, imaginó lo que diría de él en su funeral y le entró tal berrinche que por un momento pensó que iba a tener que parar en el arcén. Pero se recompuso y se sonó la nariz en un puñado de servilletas del Taco Bell que había encontrado remetidas entre los asientos. Encendió la radio y se sintió más tranquila y como reanimada por el llanto. Desde esa atalaya nueva y más sensata, recordó que la llamada de teléfono con la que se enteró del accidente de Bruce se había parecido mucho a la del día anterior de su madre: autoritaria, inquietante y de una vaguedad espantosa, pero de las que se ve a la legua que te cambiarán la vida, por mucho que el accidente de Bruce, a la larga, no se la hubiera cambiado, cuando por fin los reconoció a los tres como miembros de su familia. La única secuela que le había quedado era una espalda achacosa. Y del accidente con la caladora, un pulgar recortado, con una punta nueva y rosada tan reluciente y suave como la piel de un pimiento morrón.

Sin embargo, para cuando se adentró por el camino de acceso, había recaído en un estado de ansiedad considerable. La casa familiar estaba en medio del bosque, en lo alto de una colina, a kilómetro y medio del vecino más cercano. Bruce y Teresa la habían construido con sus propias manos, muy lentamente, con la ayuda esporádica y desfallecida de Claire y Joshua, quienes por entonces eran demasiado pequeños para ser de utilidad. Había atravesado el umbral con el corazón acelerado, sin saber qué iba a encontrarse, pero, nada más entrar, había visto a Joshua como si tal cosa, en el sofá, descalzo y en pantalón de chándal, comiendo metódicamente un mejunje asqueroso que le encantaba hacerse a base de compota de manzana, rodajas de plátano, germen de trigo, avellanas, una chocolatina machacada y leche, todo mezclado en un cuenco enorme. Se había puesto furiosa al verlo y comprender que su madre y Bruce estaban trabajando. Que al final no había pasado nada de nada. Después le había insistido a su hermano para que la acompañara al Mirador a ver a su madre.

—Bueno, entonces, ¿de qué querrá hablarnos mamá? —le preguntó Joshua.

Claire, que estaba ensimismada retorciendo la trenza por delante de la cara, escrutándola y toqueteando los cascabeles, levantó entonces la vista. Tenía la cara más blanca e impoluta que una pastilla de jabón nueva.

—No vuelvas a repetir esa palabra, hazme el favor. Me cago solo de oírla.

—¿Qué palabra?

—«Hablarnos.» Si tenemos que hablar, vale, hablemos. No entiendo qué hago aquí sentada viendo a mamá ir de un lado para otro si tan urgente es que hablemos. Para eso, podía habérmelo contado por teléfono. —Se recostó en la silla con un brazo extendido sobre la mesa—. Yo sé perfectamente de qué coño va esto: no es más que una estratagema para traerme de vuelta a casa, mamá reclamando atención.

Barajó la posibilidad de meterse en el coche y volver directamente a Minneapolis, a su piso, que compartía con David en la planta baja de una casa. Él se alegraría de verla, sería una sorpresa, y querría saber qué había pasado, por qué su madre le había insistido para que fuera. «Para dar por culo», le diría, y se reirían, y él le haría café turco y se pasarían las horas muertas oyendo reggae.

Leonard, el dueño del Mirador de Len, apareció con un plato de patatas fritas en la mano, del que cayeron unas cuantas en cascada sobre la mesa cuando se paró en seco delante de ellos.

—Buenas, muchachos. Vuestra madre ya casi ha terminado. He pensado que os apetecería algo de picar.

Puso el plato entre ambos y luego le dio un beso en la coronilla a Claire. Siempre llevaba botas de vaquero, sin importarle el tiempo que hiciera, así como un reloj bañado en oro que comprimía la carne de su gruesa muñeca. Tenía la piel de un amarillo macilento por algunos puntos y rosa reluciente por otros. Para Joshua y Claire era una especie de tío, y Mardell, su mujer, una tía, aunque, por su edad, bien podrían ser sus abuelos.

—Tengo entendido que Mardell se va a Butte —comentó Claire.

—¿Y eso? —se extrañó Joshua.

—Para ver a su hermana pequeña —les dijo desde lejos, ya de vuelta a su puesto tras la barra.

Estaba enganchado a las novelas de James Michener, que alineaba en una repisa tambaleante de la oficina que tenía detrás de la cocina y que releía una y otra vez. De pequeña, cuando iba al bar con su madre los sábados, Claire se colaba en ese cuarto, donde había una mesa con una calculadora de la que salía un rollo largo de cinta y una figurilla de una mujer desnuda con el vestido caído por los tobillos y, por encima, claveteada a la pared, la piel de una vaca angus. A lo largo de su adolescencia, Claire había leído todos los libros de James Michener sentada en un taburete de la barra mientras esperaba a que su madre saliera de trabajar. Entre novela y novela, leía libros que sacaba de la biblioteca ambulante que pasaba por el pueblo. Optimistas manuales de cómo ser una buena animadora, cómo prevenir los granos o cómo saber cuándo es el momento apropiado para perder la virginidad. Leía novelas sobre chicas de su edad que escapaban de casa y se hacían prostitutas, o de otras que trabajaban alquilando ponis en verano, o se volvían locas y tenían que ir a un terapeuta de Nueva York y, para cuando empezaba el nuevo curso, ya estaban repuestas del todo. Joshua siempre se ponía a su lado mientras leía, dándose vueltas en el taburete a toda velocidad, hasta que empezaba a crujir como si el asiento fuera a partirse en dos y su madre le mandaba parar. Ponía sus indios y sus vaqueros de plástico encima de la barra, o los

41

G. I. Joe, y se inventaba violentas reyertas entre ellos, murmurando para sí y haciendo soniditos cuando simulaba alguna explosión.

A su lado, en la barra, se sentaban hombres; por lo general, parroquianos, los mismos que estaban también ahí ese día: Mac Hanson, Tom Hiitennen, los primos Svedson. «Se te va a derretir el cerebro de tanto leer», le decía Mac, con los ojos velados, rojos y llorosos como los de un sabueso; a veces le pedía que le contara la trama del libro y luego se dedicaba a echarla por tierra. «¡Y esa gente se creerá que tiene problemas! Lo que necesitan es una buena patada en las posaderas o trabajar un día como Dios manda.» Sostenía un cigarro entre el pulgar y el índice, a pocos centímetros de la boca, bien acodado en la barra. «Pregúntale a un servidor —le decía clavándose un dedo en el pecho, viniéndose arriba mientras Claire volvía a su libro—. Yo sí que puedo contarte más de una historia.»

Con los años, fueron acercándosele otro tipo de hombres; de los que pasaban por allí, forasteros, o de los que rara vez iban al Mirador de Len pero, cuando lo hacían, era para emborracharse. Le tocaban el pelo o intentaban ver de qué color eran sus ojos para luego decirle que tuviera cuidado porque las mujeres que los tenían azules eran las más peligrosas para los hombres; le decían cómo pensaban que sería cuando tuviese dieciocho años; le decían que les gustaría verla con esa edad; le advertían de que no engordase y luego le pellizcaban el costado para ver si ya estaba entrada en carnes. Su madre aparecía entonces y, si los conocía, les preguntaba por sus mujeres y sus hijos, y a los que no, por el tiempo. Cuando trabajaba, hablaba con una voz distinta, más aguda y suave, del mismo modo que en la radio utilizaba un tono más profundo, sobrio y confiado y, en la casa, otro completamente distinto.

—Estoy pensando que sí —terció entonces Claire mirando por la ventana. El sol había desaparecido y el cielo se había cubierto. Miró de nuevo a su hermano y observó en silencio cómo se echaba un chorro de mostaza en una servilleta—. Que mamá puede estar embarazada. A lo mejor tienes razón. Hoy en día se pueden desligar las trompas y quizá le haya dado por ahí. —Joshua se comía las patatas de dos en dos, mojándolas en la mostaza—. Y, si quieres saber mi opinión, me parece ridículo. Creo que ya es mayorcita para ir por ahí teniendo hijos. Porque, a ver, ¿qué pasa con la facultad?

—Yo voy a hacer un ciclo.

—No tú, ¡mamá! —Cogió una patata más larga de lo normal y la arrastró con parsimonia por el lago de mostaza.

—¿Va a ir a la facultad? —preguntó él.

—¡Tierra llamando a Joshua! Tú eres el que vive con ella. ¿De qué habéis hablado este último año? Quiere ir a la facultad cuando tú termines el instituto. ¿Qué crees, que tiene pensado ser camarera toda su vida?

—Es pintora.

Claire le puso mala cara y luego apartó la mirada. Se llevó la mano al collar, un colgante de piedra que la protegía de todo.

—Te hablo de lo que en realidad quiere hacer en su vida. Para ganar dinero. O a lo mejor quiere estudiar Bellas Artes. ¿Nunca se te ha pasado por la cabeza?

Joshua no contestó. Su madre estaba al otro lado de la sala, atendiendo una mesa. Llevaba en la mano una jarra metálica con agua y tenía la cadera ladeada para apoyar el codo y ayudarse a sostenerla. Claire no la oía desde allí, pero sabía lo que estaba diciendo. Todas las cosas que no quedaban. «Diles primero lo que no queda —le había aconsejado su madre cuando le enseñó a servir mesas—. Así no habrá posibilidad de decepción.»

Su hermano sacó un paquete de tabaco del abrigo, lo agitó, sacó un cigarrillo y se lo encendió.

—¿Desde cuándo fumas?

—¿Desde cuándo te importa lo que hago?

—Vale. Mátate si es lo que quieres —bufó Claire, y entonces, con menos inquina, añadió—: No es que me importe. Pero como te vea mamá sí que le va a importar.

Miró por la sala con la esperanza de que su madre estuviera viéndolos. Por las paredes había colgadas ampliaciones de fotografías en blanco y negro hechas décadas atrás, todas enmarcadas en madera. Hombres agachados junto a la cornamenta de los ciervos que habían cazado o con un pie sobre montañas de coyotes y lobos muertos, apilados como troncos, o con pipas en la mano, cabestros de caballos relucientes o postes de cercas sin gracia.

Joshua le dio una calada deliberadamente larga al cigarrillo y luego se llevó la mano al regazo, bajo la mesa.

—Es un asco cuando vienes a casa —le dijo en voz baja, sin mirarla.

—Yo también te quiero —le respondió su hermana con voz chillona—. A mí también me da asco. —Se levantó, se puso el abrigo con una dignidad sobreactuada y cogió la bufanda, los mitones y el bolso de encima de la mesa.

—¿Adónde vas?

—Me largo —le dijo, convencida a medias.

Salió del bar antes de que su hermano pudiera añadir nada más. Ya en el aparcamiento se dio cuenta de que no podía volver a Minneapolis ni aunque quisiera. Habían ido al Mirador en la camioneta de Joshua. Estaba nevando, con copos que caían en remolinos perezosos y empezaban a acumulársele en el pelo. Se tomó su tiempo para enrollarse la bufanda por el cuello y después puso cara de alegrarse de estar dando un paseo.

Se paró en la linde del aparcamiento, al lado de una compacta montaña de nieve acumulada allí por el quitanieves. Oyó por detrás que alguien salía del bar. Si era su hermano, no pensaba hablarle. Puso la espalda muy tensa, preparándose para el encuentro, pero entonces oyó un gritito y se volvió para ver a un niño que estaba cogiendo nieve con las manos y tirándosela a un segundo crío; este último se agachó detrás de un coche para recoger un puñado de nieve con el que contraatacar.

Miró hacia una ventana que había encima del bar. Seguía colgando la misma cortina que cuando vivían en el apartamento de arriba. Estaba hecha con la tela de un vestido suyo de pequeña, celeste y salpicado de cerecitas diminutas. Su madre le había cosido primero el vestido y luego había hecho las cortinas con la tela sobrante. Caminó por la nieve hacia las dos construcciones pequeñas que quedaban detrás del local; a una solían llamarla el cobertizo y la otra el reservado. En el cobertizo Leonard y Mardell guardaban el cortacésped, los rastrillos, las palas y una máquina de *pinball* rota que llevaban años queriendo arreglar. En el reservado había una sauna, un váter y una ducha, los mismos que utilizaban cuando vivían en el apartamento de arriba. Joshua y ella habían abierto un caminito alrededor, de tanto jugar a pillar. Cuando se fundía la nieve, seguía viéndose el rastro. Se sentó en el banco detrás del reservado, de cara al bosque, a la canoa que Leonard y Mardell utilizaban de abrevadero para los osos y al barril ennegrecido en el que quemaban la basura. Si su hermano estaba mirando en esos momentos por la ventana, estaría viéndola. La canoa no estaba cuando vivían en el apartamento; la habían puesto después, para atraer a los osos y, de paso, a los clientes. En verano Leonard y Mardell colocaban al lado de la carretera un letrero de madera que decía «¡VEAN OSOS EN LIBERTAD!» y rellenaban la canoa con lo que sobraba de la comida y la grasa de la freidora. La gente entraba en el Mirador y se sentaba tras la cristalera, desde donde podían ver los osos. Pero cuando Claire y Joshua eran pequeños, iban a sentarse al banco de fuera, a pesar de que nada los separaba de los animales, más allá del matojo de hierbas en lo alto de una montañita de escombros de cuando habían allanado el aparcamiento.

Si los osos los miraban directamente, salían corriendo y gritando, aunque sabían que eso era justo lo que no tenían que hacer. También los animales salían disparados, asustados por el sonido, moviéndose con torpeza en su huida, como ancianas ágiles, de vuelta a la espesura; después se volvían y se quedaban mirando un rato, balanceando sus pesadas cabezas de un lado a otro para regresar luego a paso lento al abrevadero, con andar grácil e indolente. Hacían un extraño gruñido al mascar, siempre el mismo sonido, digno y señorial. Los de piel negra eran tan oscuros que hacía falta verlos con buena luz para poder distinguir el resto de colores que tenían: azules, morados y verdes. A Claire le hacían pensar en Dios, pese a su educación laica: solo había ido un par de veces a la iglesia, confundida y enfadada, sin saber cuándo tenía que levantarse o sentarse o cómo encontrar los cantos en el libro o qué tenía que responder cuando le decían algo. Pero lo que sentía era a Dios. Le pasaba lo mismo cuando miraba los campos de varas de oro o de alfalfa, o trozos de cielo, o árboles, no todos, algunos en concreto, los pequeños y solitarios, los jóvenes y frágiles, o los vetustos, robles majestuosos que podían matar a cualquiera si se desplomaban.

Se levantó y atravesó el aparcamiento con la idea de volver pero al final siguió por la carretera, rebasando el bar, en dirección a su casa. Iba dejando un rastro de huellas por la nieve recién caída. Por la carretera arreciaba más el viento y tuvo que bajar la cabeza y remeter la barbilla por la bufanda, mientras buscaba cosas por la cuneta como por instinto, igual que solía hacer con su hermano cuando, de pequeños, salían de expedición. Con los años habían juntado una colección de zapatos desparejados, camisetas llenas de grasa, bolígrafos rotos y mecheros sin gas. Una vez se encontraron un billete de diez dólares; en otra ocasión, una cinta de los Foghat que todavía escuchaban de vez en cuando su madre y Bruce. Otra, todo un misterio, se vieron ante un ganso del Canadá que acababa de morir y a Joshua no se le ocurrió otra cosa que cogerlo por las patas y escribir su nombre y el de su hermana en la gravilla con la sangre que le salía del pico en un chorro continuo.

Claire detuvo entonces el paso y se planteó regresar cuando, de pronto, vio que el coche de su madre se acercaba y paraba en el arcén.

—Eh, gominola —le dijo Teresa cuando subió.

—¿Dónde está tu camioneta? —le preguntó Claire a su hermano, que iba en el asiento trasero pero no respondió; tenía la música puesta a todo trapo por los auriculares.

—Se le ha quedado sin batería… Se dejó las luces encendidas —le explicó su madre. Cuando Claire se puso el cinturón, volvió a la carretera.

—¿Puedes hacer el favor de decirme qué es lo que pasa? —Se fijó en que su madre se había retocado el pintalabios, un color rosa glaseado, como si fuera camino del trabajo y no de vuelta a casa, y aquello le pareció un indicio más—. ¿Estás embarazada? ¿Es eso? Josh cree que estás embarazada. Le he dicho que era imposible. Lo es, ¿verdad?

—Claire, por favor.

—¡Por favor tú, mamá!

Los copos se fundían en cuanto aterrizaban en el cristal. Teresa puso los limpiaparabrisas al máximo.

—Me da que las carreteras van a empeorar. Han dicho que van a caer quince centímetros de nieve y van a bajar las temperaturas.

—¿Qué hay de lo de ir a la facultad? ¿En qué ha quedado todo eso? —le preguntó Claire.

—Por Dios, hija, cállate un rato. —Claire miró a su hermano por el retrovisor pero este no podía oírla—. Os estáis poniendo muy pesados. Ya hablaremos cuando lleguemos a casa. Hasta entonces será mejor que te tranquilices.

—Yo estoy muy tranquila —replicó intentando que le saliera la voz relajada. Se quedó un rato callada, mirando la carretera, y después se quitó los mitones y sacó un pañuelo de papel del bolso—. Es solo que creo que tengo derecho a saberlo —dijo entonces limpiándose la nariz con el pañuelo—. Creo que conducir cuatrocientos kilómetros como una loca para plantarme aquí me da cierto derecho…

—Yo no te dije que condujeras como una loca.

Pasaron por delante de la granja de los Simpson. Becka, que estaba con una pala delante de la casa, los saludó.

—Toca el claxon, mamá. Está ahí Becka.

Volvieron a sumirse en el silencio, de regreso a casa. Las hileras de árboles pasaban volando, con los troncos empotrados en la nieve mientras, a sus espaldas, invisible desde la carretera, discurría el río, el Misisipi. Claire lo sentía todo al pasar sin necesidad de verlo, cada brizna de hierba y cada piedra, cada tramo de ciénaga y cada árbol; incluso de noche los sentía, así de familiares le eran. Se miró en el resquebrajado retrovisor lateral y recordó cuando hacía muecas en los viajes largos con su madre, o en los primeros años de instituto, en la época en que su madre estuvo trabajando de chica Mary Kay. Recorría todo el condado de Coltrap haciendo reuniones en las que intentaba convencer a la gente para que comprara productos de belleza Mary Kay. Se presentaba pertrechada con una mesa plegable que cubría con una tela rosa y con un exhibidor de cartón. Cuando las mujeres de las reuniones estaban listas, sentaba a la niña en una silla en medio del grupo y la maquillaba, explicándoles lo que iba haciendo mientras daba pinceladas cuidadas y enfáticas. Claire se sentía glamurosa e importante, por mucho que fingiera justo lo contrario, como si estuvieran sometiéndola a algo que no era desagradable pero casi. «Ser guapa está al alcance de todas», decía su madre cuando terminaba de aplicar el maquillaje y las mujeres de la habitación le dedicaban sonrisas radiantes a Claire. Con todo, en realidad su madre no creía que le favoreciera a nadie.

47

Cuando acababa la reunión y volvían al coche, Teresa se incorporaba en el asiento para mirarse en el retrovisor y quitarse lo que podía con un pañuelo y la crema facial que llevaba en el bolso. Después le tendía un pañuelo limpio a Claire y le decía: «Ten. Quítate esa porquería de la cara».

—Bueno, ¿y qué tal todo? —le preguntó a su hija—. ¿Cómo está David?

—Bien.

—¿Y la facultad?

—Muy bien.

Vieron un ciervo en la linde del bosque, al lado de la cuneta. Teresa levantó el pie del acelerador y pasaron lentamente a su lado.

—¿Y a ti cómo te va? —le preguntó Claire, volviéndose hacia su madre, que tenía la cara cansada pero estaba guapa, con el pelo recogido en una trenza de color tostado—. Estás más delgada, ¿no?

—No sé, no creo —replicó Teresa, que se llevó una mano enguantada a la cara—. ¿Se me ve más delgada?

—Un poco, pero tienes buena cara, mamá.

Claire encendió la radio. Solo se sintonizaba una emisora, la KAXE, que transmitía desde Grand Rapids, donde su madre hacía el programa. Era la hora de la música clásica, una explosión de flautas, violas y violines.

—Bruce está haciendo la cena —comentó Teresa en voz alta—. Macarrones con queso.

Claire apagó la radio.

—Dime solo una cosa: ¿hay una razón para que me hayas hecho venir, o ni siquiera eso? —Se quedó mirando a su madre, que iba concentrada en la carretera—. Porque si no la hay, me voy a enfadar. —Lo dijo con calma y esperó a que respondiera pero, al ver que no lo hacía, añadió—: Para tu información, tengo una vida y no puedes ordenarme que vuelva a casa cada vez que te dé la gana.

—Ya sé que tienes una vida.

—Ya no soy una cría, ¿sabes?

—No eres una cría, pero eres mi hija. Y siempre lo serás. Tanto Josh como tú.

—Eso no tiene nada que ver con lo que estamos hablando.

¿A ti te ha dicho lo que pasa? —Se volvió para mirar a su hermano, que la miró unos instantes y apagó el reproductor de cedés—. ¿Te lo ha contado? —repitió.

—¿Estás embarazada, mamá? —le preguntó Joshua con perplejidad.

—¡Claire, ya está bien!, ¿quieres? —Teresa miró por el retrovisor—. No estoy embarazada. —A continuación, con voz más calmada, añadió—: Tengo que daros una noticia, eso es todo.

—¿Una noticia?

—¿De qué tipo? —preguntó Joshua pero Teresa no respondió.

—¿Por qué nos torturas así? —insistió Claire.

Su madre frenó el coche y paró a un lado de la carretera y luego giró el contacto pero dejó los limpiaparabrisas en marcha.

—¿Le ha pasado algo a Bruce? —preguntó Joshua, que se quitó los auriculares y se los dejó colgados alrededor del cuello.

—Bruce está bien. —Teresa apagó el motor y se quitó los guantes—. Todos estamos bien, lo que pasa es que… —Vaciló unos momentos y entonces prosiguió, como si no hablara con ellos sino consigo misma—. Vale.

—¿Qué es lo que vale? —preguntó con brusquedad Joshua.

—¡Cuéntanoslo! —exigió Claire, a la que se le saltaron las lágrimas, más enfadada que triste, más asustada que enfadada.

Por un momento creyó que cuando su madre volviera a hablar sería como cuando en los cuentos de hadas el hechizo se rompe y lo que momentos antes ha sido una pesadilla de pronto desaparece y todo el mundo se libra de la maldición.

Pero su madre no habló. Cogió el volante entre las manos, como si fuera a arrancar y proseguir la marcha. Los tres se quedaron unos momentos mirando en silencio por el parabrisas la carroña de un mapache muerto, aplastado en la carretera, con unos finos mechones de pelaje agitándose en el viento.

—¿Qué pasa, mamá? —susurró Claire con tacto, como quien intenta convencer a un niño.

El motor empezó a chasquear, y por unos segundos no se oyó nada más, hasta que paró de nuevo y, aparte del viento, todo se quedó en silencio.

Teresa se giró en el asiento para poder verlos a ambos y sonrió.

—Mis niños —dijo de pronto con voz cantarina, y alargó las manos para tocarlos.

Claire no tuvo tiempo de pensar en eso, en lo que hizo cuando notó el peso de la mano de su madre: en que, muy delicadamente, reculó.

4

*E*l sol caía en picado y recalentaba los plásticos que cubrían las mosquiteras del porche haciendo que las moscas, que por la mañana parecían muertas en los quicios de las puertas, se removiesen. Giraban en círculos desquiciados sobre las alas, las patitas, cables negros que se removían frenéticamente en el aire, hasta que alguna, por fuerza de voluntad o pura suerte, lograba ponerse derecha. Se dedicaban a golpearse contra el plástico grueso hasta que el tenue calor de enero moría tras las nubes y con él, también los bichos.

Bruce estaba en la fría mecedora del porche, escuchando el zumbido de las moscas. Era lo único que oía, ese zumbar, interrumpido de vez en cuando por los perros, que arañaban la puerta para que les dejara salir o entrar, del recibidor al porche y de ahí al patio, y vuelta adentro. La mayor parte del tiempo, sin embargo, se quedaban a su lado y se dedicaban a atormentar a las moscas.

Bruce se lio un cigarrillo y se lo fumó. Luego se hizo otro y se lo dejó entre los dedos sin encenderlo. Llevaba un gorro azul marino con orejeras que se abotonaban bajo la barbilla o por encima de la cabeza, pero las tenía sueltas, de modo que le colgaban a los lados de la cara. Era huesudo pero fuerte, con extremidades largas, duras y pálidas como los postes blanqueados de un muelle. Tenía el pelo rubio y ralo y lo llevaba siempre recogido en una larga cola que le serpenteaba en un fino río por los hombros. Estaba muerto de frío, pero no quería entrar, de modo que se quedó en la mecedora de madera mirando su camioneta, aparcada en el camino de entrada.

Barajó la posibilidad de cogerla y volver al trabajo, a la cabaña del lago Nakota donde estaba reformando el cuarto de baño de una pareja de Minneapolis. Se había pasado allí la mañana despedazando la habitación con el martillo, la palanca y sus propias manos, arrancando el lavabo, la bañera, la cabina de la ducha y el linóleo del suelo. Nada quería salir, estaba todo casi nuevo. Y al día siguiente empezaría a instalar el baño que quería la pareja, un puzle de cosas viejas que habían encontrado en anticuarios y en tiendas de menaje especializadas: una enorme bañera de hierro con garras plateadas por patas, un lavabo de porcelana en forma de tulipán y una solería que parecía de ladrillos de barro auténticos.

Podría estar poniéndola en esos momentos. Había vuelto a la casa después de comer pensando que se encontraría a Claire y Joshua, con la idea de ahorrarle el suplicio a Teresa y contarles las malas noticias, a pesar de lo que habían decidido —decírselo juntos esa noche después de cenar—, pero al llegar se había encontrado la casa vacía y que la camioneta de Joshua tampoco estaba.

Cuando se levantó, los perros lo imitaron y salieron juntos fuera, donde había empezado a nevar. Volvió la cara hacia el cielo, como un niño. Siempre lo había hecho, buscando cosas, encontrándolas, conociéndolas y señalándoselas a las chicas u, otras veces, a su padre: la Vía Láctea, las Pléyades, la Estrella Polar y Orión. Y todas esas veces había creído conocer el cielo, aunque en esos momentos tenía la impresión de no saber nada salvo lo que sentía: su cuerpo frío por dentro y por fuera y los copos que le caían suavemente en la cara. No eran más que huellas dactilares húmedas, ninguna idéntica a otra, milagros que aparecían y se derretían.

Era demasiado temprano para dar de comer a los caballos, pero aun así lo hizo. Después le tocó el turno a las gallinas, que estaban ya acurrucadas en la oscuridad del corral, sobre sus lechos de heno y jirones de lana, sus plumas marrones pegadas a sus bonitos cuerpos. Arrulló a la primera por su nombre, aunque no estaba seguro de que fuese ese, nunca conseguía distinguirlas. Teresa sí sabía. Las bautizaba ella: *Ama Linda, Prudencia Agarrada, Floriana de Tal* y el *Señor Otrogallo*, aunque por supuesto no había ningún señor, era otro chiste de los suyos.

Fue metiendo la mano por debajo y encontró dos huevos calientes; se guardó cada uno en un bolsillo. Tenía que agacharse para no darse en la cabeza con el techado del gallinero, una construcción a dos aguas que en otros tiempos había estado al fondo del largo camino de entrada, a modo de refugio para Claire y Joshua mientras esperaban el autobús del colegio. Bruce lo había convertido en gallinero cuando dejaron de usarlo: un hábito que tenía y que se le daba bien, convertir una cosa en otra, según las necesidades. Convertir monovolúmenes en camionetas, tocones en pebeteros, barriles metálicos en estufas de leña.

Salió por la puerta del corral, donde lo esperaban los perros. La nieve, que caía ya con más fuerza, se acumulaba sobre sus lomos negros y relucientes y luego, cuando se movían, revoloteaba hasta el suelo. Arrastró los pies hacia el porche y encendió el cigarrillo que se había liado antes y que había llevado todo el rato colgado de los labios. Ya había preparado la cena, la había puesto en una bandeja de horno y la había reservado para meterla a gratinar cuando se acercara la hora. Miró el reloj. Eran las tres en punto y ya empezaba a anochecer. Sentía las entrañas pesadas, lastradas por la culpa de no estar donde debía a esa hora de un viernes por la tarde. Cerró los ojos y vio aparecer una lista con todo el trabajo que tenía que hacer. Teresa y él habían decidido que, a pesar de todo, tenían que seguir trabajando. Los dos.

—No podemos hacer otra cosa —le había dicho ella la noche anterior, tendida a su lado en la cama, tras acostarse temprano, agotados por el día en Duluth. Ella no lo dijo ni él tampoco, pero ambos sabían por qué era tan importante seguir trabajando: por el dinero—. Trabajaremos hasta el último minuto de cada día que podamos.

—Tú no. Yo. Tu trabajo es ponerte bien.

Teresa no le contestó, pero Bruce supo que la cabeza le iba a mil por hora. El lunes tenía que empezar el tratamiento con la radiación pero podría seguir trabajando. Había conseguido que la citaran bien entrada la tarde para tener tiempo de hacer el turno de mediodía y recorrer luego la hora y media que la separaba de Duluth. Joshua la llevaría al salir del instituto, tendría que pedir una baja en la cafetería. Eso era lo que habían

53

decidido hasta el momento, cosas que habían repasado tendidos en la cama después de intentar hacer el amor sin conseguirlo: estaban demasiado tristes. Había sentido cómo ella lo repasaba todo en la cabeza mientras le tenía la mano cogida bajo las mantas y le masajeaba la parte más suave de la cadera con el dorso de la mano: le había parecido que hasta la cadera estaba pensando.

—Todo va a salir bien.

—Ya lo sé —respondió Teresa, que se giró sobre el otro costado. Él también se dio la vuelta y rodeó el cuerpo de su mujer con el suyo—. Ten cuidado —le susurró, algo cortante.

—Ya lo tengo.

Le agarró con suavidad el pequeño montículo de la barriga. Solo llevaba puesto el sujetador. Tenía que dejárselo para proteger el vendaje que tenía en el pecho y le cubría los puntos que le habían dado ese día tras hacerle una biopsia de un bulto que había encontrado el médico. Había resultado ser benigno, al contrario que todo lo demás. Le dio un beso en el hombro, dejándole saliva en la piel, y luego volvió a besarla donde estaba mojado y empezaba ya a enfriarse. «Éramos una persona —pensó—, no dos.»

—Deja —le dijo Teresa, que se sentó al borde de la cama, con la espalda muy blanca bajo la luz de la luna, la palidez acentuada por los tirantes negros del sujetador—. No quiero ir a ninguna parte —le dijo al cabo de un rato, como si él se lo hubiera preguntado—. Ni a París, ni a Tahití ni a ninguna parte. Creía que en teoría, cuando uno se entera de que va a morir, te da por ir adonde siempre has soñado con ir.

—Tú no vas a morirte. —Las palabras apenas le salían de la boca, como si estuviera diciéndolas desde el fondo de una canoa, como un mentiroso de mierda.

El cuerpo de Teresa se movió mínimamente, un gesto glacial, y recordó las palabras que les habían dicho ese mismo día; palabras corrientes y alegres que se habían convertido de pronto en dagas de fuego: «Un mes, un año, puede que para verano». Se la imaginó muriendo al mes siguiente, en febrero, pero apartó la idea de la cabeza inmediatamente, como si lo abrasara por dentro. Se la imaginó muriendo al cabo de un año —todo un año, un año sagrado—, y le pareció muy lejano y creyó que, si lo supiera con seguridad, que viviría un año más, podría soportarlo; es más, haría lo que fuese por ello, renunciaría a todo lo que tenía. «Septiembre —pensó—. Como pronto en septiembre.» Otra primavera y otro verano. Podía vivir con la idea de septiembre. De pronto septiembre le llenó de alegría por dentro. Y entonces pensó: «Siempre hay una posibilidad». ¿Cúal? ¿De una entre diez mil? ¿Una entre cien mil? Fuera la que fuese, estaba ahí: la posibilidad de que viviera, de que siguiera con vida, de que el cáncer languideciera y desapareciera y envejecieran juntos y se rieran de eso o se estremecieran al recordar ese horrible invierno de cáncer. Y al mismo tiempo estarían agradecidos; por lo mucho que les habría enseñado; por lo mucho que los había unido, a Claire, Joshua, Bruce y Teresa. Y se darían cuenta de lo mucho que se querían, de lo intricadamente unidos que estaban, de que cualquier conflicto, división o divergencia no eran nada —nimiedades—, en comparación con el amor, y no solo el que se tenían, sino su amor por el mundo. Amor por cada hombre y mujer, por cada animal e incluso Dios, pero no solo por uno único, sino por todos, porque entonces conocerían el sentido de la vida, tan cerca habían estado de que se la arrebatasen… ¡la vida!

La otra opción era que él muriese antes que Teresa, independientemente de cuándo lo hiciera ella. Saber que podía morir al día siguiente —que cualquiera puede morir de pronto de cualquier cosa en cualquier momento— y le pareció de lo más reconfortante, casi un alivio absoluto. Y entonces le sobrevino la idea de lo que haría cuando ella muriese: morir también. La sintió como una mano fría sobre su frente.

—Es curioso pero me he acordado de Karl —dijo Teresa todavía en el borde de la cama—. En si intentará ponerse en contacto con los chicos. Después, me refiero.

—¿Y cómo iba a enterarse?

—No sé, si se entera de alguna forma…

A Bruce no le gustaba pensar en Karl, el exmarido de Teresa, el supuesto padre de Joshua y Claire, un hombre al que los niños solo habían visto una vez desde el divorcio. Cuando conoció a Teresa, le dijo que iba a ir a Texas a buscarlo y matarlo de parte de ella porque una vez, estando casados, le había partido la nariz. Le había roto más huesos, en otras ocasiones a lo largo del matrimonio, pero Karl había intentado compensarle por lo de la nariz comprándole una nueva, la que tenía ahora, la única que Bruce se imaginaba en ella. Le había puesto nombre y todo: Princesa Ana. La había escogido ella misma de una vitrina con varias filas de narices con etiquetas debajo, igual que los muestrarios de pintura. Había estado dudando entre una de nombre Audrey y otra llamada Surfera. Le contó lo de su nariz y el resto de narices cuando estaban enamorándose, y Bruce le dijo que tenía la nariz más bonita del mundo, y ella se echó a llorar. Por entonces trabajaba en la residencia El Buen Descanso, asegurándose de que los internos se tomaran sus pastillas, de limpiarles las cuñas, cambiar y lavar sábanas, de todo lo que hacía falta. Bruce tenía allí a su tía Jenny. Iba a verla cada dos semanas y le llevaba botellas de Orange Crush y el regaliz negro que le gustaba a la anciana y se sentaba con ella en la sala común a ver la televisión o jugar a las cartas.

La primera vez que la vio, Teresa estaba en el pasillo fregando un charco de zumo de tomate que había caído de un carrito.

—Hola —le dijo ella, y se rio por lo bajo.

La segunda vez que la vio, estaba en pleno bochorno estival en la puerta de El Buen Descanso y llevaba en la mano un destornillador de mango amarillo claro, casi transparente, como de miel cristalizada. Más tarde sabría que siempre lo llevaba encima para poder abrir y cerrar la puerta de su coche metiéndolo por la rendija donde antes estaba la manija.

—Hola —le dijo Teresa por segunda vez. Llevaba unos pendientes con plumas de verdad que le revolotearon por el pelo al pasar a su lado.

La tercera vez que la vio, estuvieron una hora juntos en el aparcamiento de El Buen Descanso, un momento inesperado, mientras él le arreglaba la manija de la puerta del coche.

Se enamoraron. Con paso quedo y secreto, durante las horas que Claire y Joshua estaban en el colegio. No se los presentó hasta al cabo de unos meses y, cuando decidieron irse a vivir juntos —porque ninguno creía en el matrimonio—, hicieron una ceremonia, una boda oficiosa, que unía a Bruce no solo con Teresa sino también con sus hijos. En la ceremonia leyeron votos que habían escrito juntos y luego cada uno de los cuatro escogió un ramito de lilas de una misma rama y lo echaron por turnos al río Misisipi, como símbolo de la unión familiar. Bruce Gunther con Teresa, Joshua y Claire Wood. Esa noche ella le regaló un cuadro que había pintado —*Los Woods del condado de Coltrap*—, tres árboles en la nieve, uno grande y otros dos más pequeños. Lo tenían colgado en la pared a los pies de la cama y llevaban doce años viéndolo todos los días al despertarse y al acostarse.

—¿Quieres que Karl lo sepa? ¿Te gustaría que lo llamase si llega la hora? —le preguntó.

—No —le dijo volviéndose ligeramente hacia él, pero no lo suficiente para mirarlo a la cara—. A no ser que Josh y Claire quieran… Ni siquiera sé dónde vive exactamente.

Le acarició la espalda con la yema de los dedos y recordó entonces que ella no quería que la tocasen, de modo que paró, pero dejó las manos a su lado en la cama. Sintió una tirantez ardiente en su fuero interno, por las entrañas, en celo y a la vez dolorido, deseándola, deseando hacerle de todo, empujar, sacar, lamer, montar, penetrar, succionar, pellizcar y acariciar. No siempre lo sentía así y sabía que a ella le pasaba lo mismo. Había temporadas en que casi tenían que obligarse a follar, sus cuerpos crujiendo juntos de buena gana, en un acto tan familiar y esperado como el agua en la boca. En esas épocas se satisfacían el uno al otro como expertos, con amor y calidez pero sin urgencia ni lujuria. A veces, cuando caminaba desnuda por la habitación, no le excitaba más de lo que podía hacerlo la visión de un gato que entra a hurtadillas, pero en aquel momento fue justo lo opuesto: podía haberle hecho el amor una y otra vez durante días, sin parar.

—Josh llega tarde.

—Ya vendrá. ¿Por qué no duermes un poco?

—Ahora —le había respondido con voz ronca y sin moverse.

Oyó el ronroneo de la camioneta que bajaba ya por el camino, por la gravilla helada y la nieve cuajada, y más copos que caían. Conforme el vehículo fue avanzando, supo que no eran ni Teresa ni Joshua, sino Kathy Tyson. No le sorprendió mu-

57

cho oír el motor desacelerar y ver luego la camioneta doblar por el camino de acceso. Los perros ladraron, e intentó calmarlos en vano, antes de salir al porche para recibirla. La conocía de toda la vida, por mucho que en realidad no supiera de ella mucho más que sobre cualquier otra vecina. Había terminado el instituto unos años después que él y se había puesto a trabajar con su padre, inseminando vacas. Vivía en una cabaña a unos tres kilómetros por esa misma carretera, a la mitad de un largo caminillo que subía por una colina hasta la casa de sus padres, donde se había criado.

—Buenas tardes —lo saludó alegremente por la ventanilla abierta, pero sin salir. Bruce se acercó a la portezuela—. No esperaba encontrarme a nadie en casa a estas horas.

—Yo me vuelvo ahora. Solo he venido a coger unas herramientas.

—El asfalto está empezando a helarse. —Tenía los ojos castaños, igual que el pelo—. Quería traeros unas cosas. —Le pasó a Bruce un tarro vacío de conservas—. Dale otra vez las gracias a Teresa por el sirope de manzana. Y me ha llegado esto, no sé por qué. —Le tendió un sobre.

—Gracias.

Examinó la carta: no era más que propaganda a su nombre, con una letra manuscrita de ordenador, un truco con disfraz de autenticidad.

—¿Tenéis planes para el fin de semana?

—No muchos, la verdad.

Kathy metió la marcha atrás.

—Saluda a Teresa de mi parte.

—Y tú a tus padres —le gritó mientras la mujer giraba ya marcha atrás por el recodo.

Abrió el sobre y leyó la carta que intentaba convencerlo de que necesitaba cambiar todas las ventanas de su casa. La rompió en dos y se metió los papeles en el bolsillo, donde se encontró con el huevo que se había guardado antes, ya frío. La nieve había formado una capa de cinco centímetros de grosor. Pasó la mano enguantada por el maletero del Cutlass de Claire, apartando la nieve, limpiándolo sin razón aparente, y se quedó un rato mirando su grupa granate, el único color visible.

Abrió la puerta trasera, se metió dentro del coche y se tendió en el asiento con las rodillas dobladas y los pies encajados en el suelo. La nieve cubría el contorno de las ventanillas y hacía que pareciera el interior de un capullo. El coche había pertenecido a sus padres, que habían muerto hacía unos años; primero su padre y luego su madre, a los dos meses. Bruce se lo había regalado a Claire cuando esta se mudó a Minneapolis para ir a la facultad. Cuando sus padres lo compraron, Bruce ya se había independizado, de modo que no había viajado mucho en él, pero estar allí dentro le hacía sentir como si estuviera de nuevo en presencia de sus padres. Habían muerto mayores, rondando los ochenta. Bruce era hijo único, concebido tardíamente, cuando ya habían abandonado toda esperanza. El coche olía bien, como todos, en su opinión, como si toda su vida estuviera concentrada en una habitación; una mezcolanza de metal, gasolina, trozos de comida, velvetón, vinilo, agujas de pino falsas y plástico donde había habido gente, donde habían puesto sus manos una y otra vez. En la tela que cubría el techo del coche había un desgarrón que hacía que se hundiera por el medio. Cerró los ojos y al poco los perros empezaron con sus ladridos extáticos al oír que el coche de Teresa se acercaba. Bruce se quedó allí metido mientras el vehículo entraba por el camino de la casa y remontaba la colina. Siguió con los ojos cerrados y la lista volvió a formarse, pero no con el trabajo que tenía que hacer o el dinero que debía ganar, sino con lo que Teresa y él se disponían a hacer, lo que habían decidido decir y cómo.

Cuando el motor se detuvo, los oyó salir; nadie dijo nada, ni siquiera a los perros. Se disponía a incorporarse y salir pero algo lo retuvo. Los oyó caminar por la nieve y subir al porche. Se le pasó por la cabeza la idea de quedarse allí. Pensarían que estaba en el establo. ¿Cuánto tiempo pasaría hasta que salieran a buscarlo? Tenía las manos entumecidas por el frío. Se incorporó lentamente y uno de los huevos del bolsillo se le cayó al suelo. Volvió a guardárselo y se bajó del coche. Al cerrar la puerta, toda la nieve que había pegada a las ventanillas cayó como un largo telón.

La luz de fuera se encendió y Teresa salió al porche sin el abrigo.

—Ah, ahí estabas —le dijo y se quedó esperando a que llegara a su altura.

Se abrazaron sin mirarse y ella lo retuvo más tiempo de la cuenta; cuando se separaron, le dijo:

—Lo saben. Se lo he contado de camino a casa. No me he podido aguantar.

Bruce se fijó entonces en que había estado llorando. Teresa bajó la vista, se dio la vuelta y volvió a la casa. Él la siguió sin quitarse las botas, directo al salón, donde Joshua y Claire estaban sentados cada uno en una punta del sofá. *Sombra* había trepado al regazo de la chica, que acariciaba a la gata como si estuviera muy concentrada en seguir la misma línea todo el rato, mientras las lágrimas le caían sigilosas por la cara.

—Hoy en día cáncer significa muchas cosas —dijo Teresa para animarlos, y se sentó entre sus dos hijos—. Puede hacer distintas cosas. No sabemos lo que hará el mío.

Claire y Joshua rompieron a llorar a la vez y ambos se dejaron caer por el sofá hasta el suelo, a los pies de Teresa, cada uno con la cabeza apoyada en una rodilla recubierta de pana. Bruce apretó los labios para que no le temblara la boca, pero entonces la mandíbula empezó a tiritarle y tuvo que toser en las manos. Plantó la vista en los pañitos dorados que cubrían siempre los brazos de su sillón orejero para disimular las partes donde la tela estaba gastada. Los alisó con sus manos gruesas y los colocó en su sitio mientras intentaba poner la mente en blanco para no oír a Teresa, que seguía hablando, su voz como una banda que tocara una marcha, recitando los números, las fechas, las estaciones, las estimaciones, especulaciones y cálculos, los septiembres, los marzos y los mayos tal vez inexistentes.

Por fin dejó de hablar y Bruce la vio acariciar el cabello de sus hijos, que seguían llorando, acariciándoselo de todas las formas que se lo había visto hacer en todos esos años: rozándolo como si fuera tela, rastrillándolo como si fueran hojas, cogiéndolo en pequeños bucles y tirando de ellos con delicadeza, igual que si tocara las cuerdas de un arpa. Sintió un vuelco en las entrañas, que se quedaron quietas por un momento antes de dar un nuevo vuelco, mientras pensaba en qué decir pero no decía nada. El dolor lo embargó a oleadas al ver la pena de los chicos, y el consuelo hizo otro tanto, justo por la misma razón.

—Vamos a superar esto —dijo por fin con voz fantasmal, como de hojalata, un eco lejano.

Teresa lo miró agradecida, con los ojos en llamas y al mismo tiempo en calma, como si hubiera llegado al escenario de un accidente, dispuesta a ayudar. Se contaron cosas con los ojos, domésticas y románticas, grandiosas y mundanas, pero más que nada, sin que ninguno se sorprendiera, se dijeron: «Cáncer. Cáncer. Ahora sí que es cáncer». La constatación se resquebrajó sin ambages entre ambos, de una punta a otra de la habitación. A Bruce le pareció verla —la palabra en sí—, como si la comprendiera por primera vez. Cargada de horror. Y también de belleza, porque vivía en el interior de Teresa, nadando como un pez o ardiendo como un zafiro de carbón.

—Vamos a superarlo —repitió, mareado de pronto, creyéndolo, que el cáncer podía ser bonito, que Teresa viviría—. Entre todos.

—Entre todos —corroboró Teresa en voz baja y dejando de acariciar.

Y entonces se volvió, como si estuviera sola en el salón, y apoyó la cabeza en el terciopelo ajado del sofá.

61

SEGUNDA PARTE

Buena

El rostro de aquel amor era tranquilo a la par que bestial.
Era un acto despiadado, aunque no culpable. Una riada
o una inundación no son ni culpables ni inocentes:
simplemente ahogan gente a su paso.

MARY LEE SETTLE, *Charley Bland*

5

El reloj de la mesilla de noche de Bruce era implacable. Las dos y doce, decía su terrible cara roja. Teresa alargó la mano para coger la taza fría de té verde de la repisa de su lado, se incorporó para sentarse y le dio un buen sorbo. Se había quedado dormida pero la había despertado un sueño sobre una masa pringosa y marrón que se le pegaba a la blusa y no había manera de quitar. «Cáncer», pensó de nuevo. Su primer sueño de cáncer.

—¿Bruce? —lo llamó con una gotita de agua por voz, sin querer despertarlo. Pero a este ni siquiera se le alteró la respiración, que siguió siendo profunda y segura.

Volvió a dejar la taza de té en la repisa y luego se tendió, con el lateral del brazo rozando apenas el cuerpo de Bruce bajo las mantas. Era una noche de domingo, o más bien las tantas de la madrugada de un lunes, el día en que iría a Duluth a su primer tratamiento de radiación.

Cerró los ojos y se concentró en relajar el cuerpo, en dejar que su peso se hundiera en la cama y en sentir el recorrido de la sangre por dentro. Pero entonces volvió a abrir los ojos, incapaz de sentir nada. Tenía la impresión de estar hecha de aire y té verde frío; su cuerpo, un recipiente que solo contenía esas dos cosas. Se quedó mirando las sombras del techo y recordó los demás sueños que había tenido: un gato en la mediana de la autovía que tenía que rescatar y otro en el que estaba limpiándole el polvo a un gong. Comprendió que tal vez también fueran sobre cáncer y que, a partir de entonces, todos sus sueños lo serían.

Tendría que preguntarle a su hermano, Tim, quien creía saberlo todo sobre sueños: qué significaba que algo fuera rosa, qué quería decir estar en un tren o en un barco. A veces coincidía con su análisis pero otras le parecía un puñado de patrañas New Age. Ya casi nunca hablaba con él. De pequeños habían estado muy unidos, mientras que de adultos, aunque tenían cosas en común, no tenían mucho que contarse. Cuando hablaban, el tema principal eran sus padres —Tim vivía cerca de ellos y la mantenía al corriente—, sobre cómo estaban de salud o si habían vuelto a meterse con Laura, la novia de Tim desde hacía veinte años, con la que regentaba una tienda de rocas. Vendían cristales, ágatas, piedras semipreciosas, cosas con las que Claire y Joshua se volvían locos de pequeños. Se imaginaba que Tim ya lo sabría —su hermanita tenía cáncer—, por suerte sus padres se habían ofrecido a contárselo; decírselo a ellos había sido todo lo más que podía soportar. Su hermano también lo sabía todo sobre lo que significaban las piedras, sobre sus poderes curativos. Teresa estaba segura de que le mandaría alguna por correo urgente; para que la guardara en el bolso o en el bolsillo o se la pusiera al cuello.

Se llevó la mano al collar —una concha que colgaba de un cordel de cuero— y lo asió en la oscuridad, una costumbre que tenía cuando pensaba. Casi nunca se lo quitaba. Joshua y Claire habían cogido la concha de la playa y se la habían regalado aquella única vez que habían ido al mar. Estaba destinada a ser un colgante: pequeña, bonita y con un agujerito por arriba. Los había llevado a Florida, no sabía ni cómo había conseguido el dinero. Intentó recordarlo: la devolución de la renta. Normalmente se la gastaba en algo más práctico, en ropa para los niños o en otra porquería de coche usado, pero ese año —después de dejar por fin a su marido— quiso llevar a Claire y Joshua de vacaciones, y así lo hizo. Cogieron un Greyhound de treinta y pico horas desde Minnesota a Florida, a la playa, a un cámping de aspecto desolado llamado Vistalmar, cerca del pueblo de Port Saint Joe, donde montaron la tienda que le había dejado un amigo; había tenido que pedirlo todo prestado: los sacos de dormir, el cámping-gas, las linternas, el toldo, incluso la maleta enorme con ruedas donde lo había metido todo. Estuvieron casi una semana y solo fueron al pueblo una vez, para reponer comida; hicieron autoestop y los recogió una pareja de ancianos que estaban acampados al lado, en una autocaravana destartalada.

Por la noche jugaban a las cartas —a las parejas o al pesca— en una mesita de pícnic, enfocando con las linternas para poder ver. Teresa tenía veinticuatro años, Claire casi siete y Joshua, cinco. Fueron sus primeras vacaciones de verdad.

Se pasaban los días en la playa. Era bonita en su desolación; casi siempre la tenían para ellos solos. Por donde terminaba la arena crecían unos extraños juncos afilados, una especie de marisma que impedía que se construyeran casas. Recorrían la playa de cabo a rabo, en busca de conchas y trocitos de cristal gastados y pulidos por el mar. Los niños hacían piruetas y cada dos por tres le gritaban para que mirase: la voltereta lateral, el puente, cosas que ensayaban en equipo y luego las exhibían. A los dos les salía el salto mortal hacia atrás, en una voltereta que aterrizaba en la misma posición vertical de la que partían. «Otra vez», les decía ella, asombrada siempre. Pero entonces, al rato, les mandaba parar, cuando ya lo habían hecho mucho e iban a acabar cansándose, tropezando, cayéndose de cabeza, rompiéndose el cuello y muriendo. Tenía una imagen muy nítida en la cabeza del aspecto que tendrían sus hijos con el cuello partido. Los agarraba de los hombros y les prohibía saltar si no estaba ella delante. Los niños se reían de su madre, con continuas risitas. Sus hijos se pasaban el día riéndose así, como si unas manos invisibles estuvieran haciéndoles cosquillas, y también brincaban, arriba y abajo, abajo y arriba: con tanto salto y tanta risita a veces creía que acabaría volviéndose loca.

Cuando salían corriendo por la orilla, Teresa caminaba muy lentamente, a conciencia, para poder fingir por un rato que era una persona normal, no una madre. Que esos niños en la distancia eran hijos de otra. Que era una mujer en la playa contemplando cosas, dejando pasar el día o saludándolo con calma, pensando en el futuro o en el pasado, y no en el tiempo de presente infinito en el que vivía. O sin pensar nada, o pensando: «¿Existirá Dios?». Y entonces los niños llegaban corriendo, con sus risitas, sus saltitos y sus gritos: «¡Mamá, mamá! ¡Mira lo que hemos encontrado!».

Joshua le tendía sus palmas llenas de arena mojada y los

dos le decían que escarbase, que tenían una sorpresa, y ese día encontró la concha con el agujerito perfectamente horadado. Lo llevaría al cuello el resto de su vida.

—Gracias —les dijo con las lágrimas saltadas.

—¿Qué pasa? —preguntaron ambos, a coro, por el camino de vuelta al cámping.

—Nada —les contestó, pero se echó a llorar con más fuerza—. Es que somos muy felices —dijo por fin, y les puso las manos en la cabeza.

Los tres tenían el mismo pelo; ni rubio ni castaño, sino entre medias: el amarillo desvaído de la hierba donde se ha echado a dormir un animal.

De vuelta a Minnesota se pararon en Memphis para ver a sus padres. Cuando llegaron, bronceados de Florida y cansados del viaje, los abuelos estaban tan contentos de verlos que los cinco se agarraron en un gran abrazo único. No eran ricos, pero Claire y Joshua pensaban que sí, y corrían triunfantes por la casa, porque no estaban acostumbrados a esas cosas: coches sin óxido, paredes sin grietas, cuartos con camas en las que no dormía nadie, comida en la despensa como bolsas de Doritos o galletas Chips Ahoy que no habían sido abiertas y consumidas en cuanto se habían comprado. Teresa no se había criado en Memphis pero por esa época su padre trabajaba allí. Mientras era pequeña, se habían mudado por todo el país siguiendo el trabajo de su padre, que vendía una pintura especial que soportaba la exposición a temperaturas extremas. El último sitio donde había vivido con sus padres había sido El Paso, cuando, con diecisiete años, se quedó embarazada a pocos días de acabar el instituto.

Sus padres no la apoyaron cuando decidió seguir con el embarazo. Le dijeron que sería de la peor clase de madre que pudiera existir —adolescente y soltera—, y luego, cuando se fugó con Karl para casarse, tampoco lo aprobaron, porque el muchacho era un minero del carbón que había arrastrado a su hija hasta Pensilvania para vivir en una casa prefabricada. Tampoco les pareció bien la primera vez que lo dejó, ni la segunda, ni la tercera o la cuarta, porque, cuando uno se casa, no se separa, pase lo que pase; pero tampoco la apoyaban cuando volvía con él porque ¿cómo podía seguir con ese fracasado? No la respaldaron cuando lo dejó por quinta y última vez y se mudó a la otra punta del país, a un pueblo perdido que no salía ni en los mapas, porque ¿cómo iba a arreglárselas ella sola? Y luego, por supuesto, tampoco le dieron el visto bueno a Bruce ni que se comprometieran en lo que ellos llamaban «una farsa de matrimonio hippie».

Había vivido su vida con ese telón de fondo. Unas veces los odiaba y otras los quería. Hablaba con ellos por teléfono todos los domingos y, en ocasiones, después de colgar, decidía que no volvería a hablarles, pero entonces al domingo siguiente los llamaba una vez más. Era una esclava de los domingos.

«¿Cómo estáis?» «Bien. ¿Y vosotros?» «Bien.» «¿Cómo están los niños?» «Estupendamente.»

Su madre escuchaba en un teléfono, sentada en la colcha aguamarina que cubría su cama extragrande, mientras su padre cogía el supletorio del comedor, con el reloj de pared sonando por detrás.

Varias veces al año le mandaban cajas con cosas de las que querían deshacerse. Trastos que decían creer que le servirían: toallas viejas, cacharros de cocina imposibles que tenían una única función, cortar queso o triturar fruta; o retales horribles que a Teresa le costaba varios minutos comprender que eran cortinas (frente a otros igual de horribles que al principio había creído cortinas pero que habían resultado ser unos pantalones que su madre se ponía en los años setenta). Con todo, muy de vez en cuando, en medio de toda aquella porquería, había una camisa que le gustaba mucho y que se ponía, se ponía y se volvía a poner. Sus padres les habían hecho un seguro de vida a Claire y Joshua, para cubrir sus funerales, pero a Teresa no le daban un centavo. Ni en Navidades ni en su cumpleaños. Cuando se casó con Karl, le dijeron que ya era una adulta; cuando lo dejó, le dijeron que tenía que desbrozar el jardín que ella sola había plantado.

Y eso hizo. Lo desbrozó entero. Tuvo millones de trabajos. De camarera, de ayudante de enfermería, de peón de fábrica, de conserje. Sus millones de trabajos siempre constistían en hacer una de esas cuatro cosas, solamente el sitio cambiaba millones de veces. Resultó que Claire era inteligente, se le daba bien la escuela, las matemáticas y leer, sacaba buenas notas y se quedaba con todo, su mente era una cinta atrapamoscas. Iría a la facultad y destacaría en algo. Se haría rica y le compraría a su madre una casa en Tahití, decían, sin que ninguna de las dos supiera exactamente dónde estaba. Sería la primera presidenta de Estados Unidos. «¿Te lo imaginas?» Se lo imaginaban. Consiguió una beca para la Universidad de Minnesota. Todo pagado, y allá que se fue, para especializarse en ciencias políticas, danza, español, inglés, y luego, una combinación de las cuatro cosas.

Joshua no era ninguna lumbrera pero era un chico amable, trabajador, honrado y de buen corazón. En el primer curso del colegio había sufrido un problema auditivo —no oía lo que decía el profesor— y habían tenido que sentarlo en primera fila. Teresa lo llevó a que lo examinaran. Tubos. Tenía cierta dislexia, escribía «jarde» en vez de «dejar». Le gustaba imaginarse cosas, que tenían piscina o una jirafa por mascota llamada *Jim*. Se le daba de maravilla dibujar coches con mucho detalle, a lápiz, dibujos muy hermosos y perfectamente escalados. Sabía de todo sobre coches y camionetas: modelos, años, marcas. Al igual que Bruce, era de Chevrolet, y todo lo que hacía Ford era una mierda. También sabía arreglarlos. Sus manos eran unas delicadas herramientas, desmontaban cosas y luego volvían a montarlas mejor que antes.

Su padre le dijo un domingo al teléfono: «Es una pena que el cerebro de la familia se desperdicie en Claire. Si solo te sale uno en la familia, lo suyo es que sea el chico. Es como contigo y Tim: el seso se desperdició en ti».

Teresa colgó el auricular sin decir nada más, pero lo hizo con calma, no de golpe. ¿Por qué eran tan capullos? ¿Qué les había pasado? Había tenido una infancia bastante feliz, con sus barbacoas y sus fiestas de cumpleaños, y eso de agujerear un plato de papel con un alfiler y dirigirlo hacia el cielo en el patio trasero para ver el eclipse solar.

Cuando llamó al domingo siguiente, nadie mencionó el domingo anterior.

Los años pasaron. Cumplió los treinta y luego los treinta y cinco. Lenta y cicateramente fue perdonándolos sin que ellos lo supieran. Aceptó cómo eran las cosas —la manera de ser de sus padres— y comprendió que la aceptación no era como la había imaginado: no se trataba de una sala donde podía acomodarse, ni un campo que pudiera atravesarse, sino que era pequeña y cutre, y había que estar reparándola constantemente. Era igual de diminuta que el agujerito en el plato de papel del eclipse solar, un puntito de luz a través del cual podía irradiar todo el sol, tan brillante que, si lo mirabas, te cegaba. Ella miró, y ocurrió algo extraordinario: los quiso y se sintió querida por ellos, el amor en un ir y venir por aquel pequeño hueco. Vio a sus padres en su esencia más destilada, siendo ni más ni menos que lo que siempre habían sido: esa gente que le mandaba basura por correo; la que la hacía llorar los domingos; la que daría de buen grado su vida para salvar la de ella. Los únicos que harían eso, por siempre jamás: su madre y su padre.

Les había contado lo del cáncer la mañana anterior. No sabía por qué pero le pareció mejor contárselo por la mañana. Cuando se lo había dicho a Claire y a Joshua, solo se había permitido derramar unas lágrimas, pero, en cuanto oyó las voces de sus padres, lloró tan a pleno pulmón que le costó varios minutos que le saliera la frase entera: «Te... ten... tengo...».

Su padre se lo tomó con calma y su madre con histeria, en un reflejo de la personalidad de cada uno desde que Teresa tenía uso de razón. Su madre golpeó algo, el cabecero de la cama o una mesa, Teresa pudo oírlo por teléfono; y le dijo que, en cuanto colgara, saldría por la puerta y cogería el primer vuelo a Minnesota. Su padre hizo hincapié en que era solo el principio, en que en esos días el cáncer se curaba sin problema, que era joven y no debía —y él tampoco lo haría— preocuparse todavía. Para cuando colgaron, habían decidido ir al cabo de un mes; que llamarían a Tim para contárselo y le pedirían que los acompañara y así se juntarían todos por primera vez desde hacía una eternidad. Teresa colgó el teléfono sintiéndose ligeramente mareada y con el estómago revuelto, como siempre ante la perspectiva de una visita de sus padres.

Se quedó en vela en la cama, pensando en qué les pondría de comer cuando fueran. Eran de carne y patatas, mientras que Bruce, los chicos y ella eran vegetarianos. Era siempre una historia, a pesar de que, cuando iban de visita, ella les ponía sin falta ternera, pollo, cerdo..., una carne distinta todas las noches.

71

Bruce se volvió de costado y dejó escapar un pequeño gruñido.

—¿Estás despierto? —le preguntó Teresa incorporándose.

Al ver que no contestaba, se quedó observándolo en silencio, mientras calibraba si tendría energía para salir de la cama y prepararse algo de beber. Miró el cuadro de los árboles colgado a los pies de la cama. Lo había pintado ella: tres árboles en invierno, sin una hoja en las ramas. Pelados, negros y grandes como niños contra un paisaje nevado. Un árbol representaba el amor, el otro la verdad y el tercero la fe. No recordaba cuál era cada uno, a pesar de que, cuando lo había hecho, había padecido muchos pesares y desvaríos para pintarlos. Hasta dónde debían llegar las ramas, cómo de gruesos debían ser los troncos... Incluso había hecho pequeñas imperfecciones en puntos por donde un animal podía haber arañado o mordisqueado la corteza. Pasó tanto tiempo mirando el cuadro en la penumbra que empezó a ver cosas extrañas: siluetas de rostros abatidos, una bota larga y desgarbada, un hombre con una vela en una palmatoria visto por detrás.

—No puedo dormir —le dijo en voz alta a Bruce, quien inspiró con fuerza, alargó la mano para buscar la suya y se la agarró por debajo de las mantas—. He tenido un sueño y me he levantado pensando en eso y ahora no me puedo dormir. —Volvió a tenderse y se acurrucó al lado de Bruce—. He soñado con un pringue marrón que no podía quitarme, y luego con una mujer a la que le iba a limpiar, la señora Turlington. Pero no en el sueño, en la vida real, cuando era joven. Me acuerdo que iba después del instituto. En la casa había un gong que al parecer había pertenecido a no sé qué emperador japonés. Yo tenía que limpiarle el polvo todos los días con un plumero de plumas de verdad. Y eso es lo que he soñado... que limpiaba ese gong. —Se quedó callada un momento, pensando si debía contarle el sueño sobre el gato en la mediana de la autovía—. Al final me despidió, no recuerdo por qué. De todas formas, yo me mudé cuando me casé. —Se quedó mirando al techo—. Me regaló un gallo de cerámica. La cabeza era un tapón y tenía crema por dentro.

—¿Cuando te despidió?

—Cuando me casé.

Bruce le acarició la pierna.

—Venga, a dormir. Necesitas descansar. Mañana es un día importante.

Teresa cerró los ojos pero al punto volvió a abrirlos, enfurecida por lo del gallo.

—Ahora que lo pienso es absurdo. ¿Para qué me despide y luego me regala un gallo? —Se le quebró la voz, se incorporó en la cama y se echó a llorar.

Bruce intentó acariciarle la espalda pero ella le apartó la mano. Fue al buró, de donde cogió varios pañuelos de una caja y se sonó la nariz. Tenía la cabeza embotada después del fin de semana entero de hablar, llorar y consolar a todo el mundo.

—Perdón. No pasa nada. Es que no puedo parar de pensar en mil cosas.

—Pero son cosas del pasado —replicó Bruce, ya desvelado del todo—. No deberías estar pensando en esas cosas.

—No estoy pensándolas.

—Ha sido solo un sueño.

—Ya lo sé. —Se agachó y tanteó el suelo a oscuras en busca de los calcetines que se había quitado antes de acostarse—. Vuelve a dormirte —le dijo mientras ella se sentaba para ponerse los calcetines en el banco acolchado que había a lo largo de la pared.

—Si tú no duermes, yo tampoco puedo.

—Claro que sí.

Desde la ventana distinguió a *Lady Mae* y *Beau*, muy pegados entre sí, justo a las puertas de la cuadra, calentándose el uno al otro.

Cuando Bruce empezó a roncar, salió sigilosamente del cuarto. La casa estaba a oscuras, pero la sentía viva, como siempre que caminaba por una casa con las luces apagadas y ella era la única despierta. Claire y Joshua dormían en la planta de arriba. Por la mañana su hija volvería a Minneapolis, y Teresa tenía la sensación de que su partida marcaría una nueva era en sus vidas: aquella en la que realmente tenía cáncer. En ese momento no sentía casi nada: el cáncer no podía ser real porque su cuerpo no lo era. Se sentía entumecida, embalsamada, nublada, ingrávida pero lastrada. Como si le hubieran rellenado las venas con plumas mojadas. Llevaba

73

sintiéndose así todo el fin de semana, borrosa y muy triste, al tiempo que se esforzaba por asegurarles a Joshua, Claire y Bruce que estaba perfectamente.

Atravesó el salón, donde *Espía* y *Rucio* levantaron las cabezas del sofá y menearon la cola. Ya en el baño cerró la puerta, encendió la luz y se vio en el espejo, hecha una pena: tenía los ojos hinchados, la piel arrugada y pálida, con una franja de feas protuberancias por las mejillas. Abrió el grifo del agua fría y la dejó correr con fuerza hasta que salió helada. Enchufó la estufa del baño. Puso una toalla bajo el chorro del agua, la estrujó, se la apretó contra los ojos y luego se echó en el suelo, sobre una alfombrilla de ganchillo que había hecho ella misma, y se colocó la toalla en los ojos. Era una costumbre que había adquirido en otra época, cuando Karl le daba palizas. Lo recordó entonces, con la precisión con la que recuerda un cuerpo, a pesar de que apenas se acordaba de su exmarido. En su cabeza la vida con él parecía una obra de teatro que hubiera visto hacía años. La primera vez que le pegó llevaban tres días casados. No volvería a pasar. Volvió a pasar. La nariz, la clavícula, un diente. Tenía sus días buenos y sus días malos, lo mismo que ella, y que ellos. Debía pensar en los niños, y él nunca les había hecho daño, al menos no directamente. Una vez su hijo se había cortado el pie al pisar una arista de plástico de un transistor que Karl había estrellado contra la pared. Y a Claire tuvieron que darle puntos en el labio cuando su trona se volcó en una de las riñas. Pero ellos no se acordaban. Cuando pasaron unos años, su hija le había preguntado sacando hacia fuera el labio inferior y examinándose la cicatriz que tenía por dentro: «¿Cómo me hice esto?». «Con la bañera —le había contestado Teresa más suave que la seda—. Te escurriste cuando eras muy pequeña.»

Pero se acordaban de otras cosas, y ella nada podía hacer al respecto. Recordaban cómo Karl casi la estrangula, y tener que correr descalzos a la casa de los vecinos para despertarlos en plena noche. Dormir en el coche en marcha y que Claire tuviera que vestirse para el colegio dentro del vehículo. Recordaban las cosas que la ropa no escondía: rajas, moratones y laceraciones. Pero al final había salido de todo aquello, y eso era lo importante. Estaba dándoles buen ejemplo con su relación con

Bruce. Así sabrían lo que era un buen hombre, lo que significaba el amor, lo que no debían aceptar.

Pero Karl les había dejado huella. Claire había escrito un artículo sobre él en una clase de estudios feministas en su primer año de la facultad. Empezaba así: «Mi madre fue una mujer maltratada y mi padre un maltratador. ¿En qué me convierte eso a mí? En una superviviente». Cuando lo leyó, a Teresa se le hizo un nudo en el estómago y sintió la boca rara, como si de pronto se le hubiera llenado de sangre, como si hubieran contado una mentira sobre ella, como si no hubiera caído en la cuenta hasta ese momento.

—¿Qué es esto? —le preguntó.

—Nada que te incumba, eso es lo que es.

Claire le arrancó el artículo de las manos y, hecha una furia, lo rasgó en dos. Su madre lo había cogido sin saber qué era de una pila de folios y libros amontonados sobre la cama.

—Pues yo diría que no puede incumbirme más —le dijo intentando sonar conciliadora y maternal, superior pero afable, a pesar de sentirse como si la hubieran golpeado—. Cielo, no deberías pensar en esas cosas.

Se sentó en la cama, en la colcha que le había hecho a su hija para su decimotercer cumpleaños, con trozos de vestidos que había gastado durante su infancia. Bajó la vista, casi avergonzada, y pasó la mano por una tropa de vitaminas bailarinas que en otros tiempos habían sido los pantalones favoritos de Claire.

—No sé, en realidad creo que tuviste una infancia muy feliz, ¿no te parece?

No le parecía. Claire se recogió el pelo en una cola larga y le dijo a su madre que su infancia más bien le parecía «mixta».

—¿Mixta? —preguntó Teresa. Le vinieron cosas a la cabeza, muchas, y la mayoría pasaba por querer encerrar a su hija en la casa hasta que admitiera que su infancia no había sido «mixta».

—A ver... siempre supe que me querías —concedió la chica, que luego añadió—: Pero estaba papá, y eso fue duro. Me pasaba la vida preocupada por ti y sintiéndome responsable. A los seis años o así ya estaba totalmente padrificada.

—¿Padrificada?

Claire asintió.

—Es cuando un niño que todavía es un niño no puede serlo del todo porque tiene que asumir responsabilidades que normalmente no tienen por qué recaer en un crío. Es muy típico en familias monoparentales, en las que el niño tiene que cuidar de hermanos menores, hacer la comida y cosas así. —Miró a su madre con cariño—. Pero yo no te culpo a ti en concreto.

Teresa no movía un músculo. A veces odiaba a su hija.

—Yo creía que te gustaba cocinar —repuso con voz chillona.

Los años con Karl habían sido duros, eso no podía negárselo. A veces su vida era una pesadilla. Aunque en honor a la verdad no podía decir que lo hubiese querido de verdad —más allá del romance de instituto—, lo cierto era que habían formado una familia y, de un modo u otro, habían sido pareja. Hubo temporadas en las que habían intentado ser felices. Habían tenido dos hijos, habían alquilado pisos, habían cenado juntos, ido a parques, hecho el amor. Y todo a pesar de la realidad: que Karl estaba loco. Cuando por fin lo dejó definitivamente, una parte de ella pensaba que iba a matarla, mientras que la otra creía que se suicidaría. No hizo ni lo uno ni lo otro, aunque la separación no estuvo exenta de dramatismo. Entró en su piso nuevo, en la otra punta de la ciudad, y se lo saqueó entero. Intentó secuestrar a los críos. Se convenció de que Teresa estaba acostándose con un pobre hombre llamado Ray, el cocinero del restaurante donde trabajaba de camarera. Una vez, un día que este libraba, Karl se presentó en su casa, le dio una paliza y luego fue al restaurante y arrastró de los pelos a Teresa hasta el aparcamiento. Le dio una paliza mientras todos los clientes miraban desde lejos y gritaban indignados: «¡Oiga!».

Por supuesto, no estaba acostándose con Ray. Lo último que le pasaba por la cabeza era el sexo. No pensaba volver a tocar a un hombre en su vida. Seguiría soltera y célibe por siempre jamás. Pero, al comprender que Karl nunca la dejaría en paz, empezó a pensar en largarse lejos. Una amiga tenía una prima en Minnesota que iba a dejar su trabajo en un pueblo llamado Midden, rodeado de bosque, a un par de horas al oeste de Duluth. Hizo un par de llamadas, y a la semana iba ya con los niños en un autobús, con una maleta y una almohada por persona.

El viaje duró varios días, y fueron conociendo gente: buenas personas que le contaban la historia de su vida y la ayudaban a acomodar a los niños; ancianos malolientes y mujeres enormemente gordas que dejaban que Claire y Joshua se estirasen y durmieran en sus regazos y, cuando se despertaban, les daban dulces, regaliz, cacahuetes y paquetes de chicles Juicy Fruit. En ese viaje —en realidad, durante toda esa etapa de sus vidas—, se sintió más como una hermana mayor que como una madre, tan intimidada estaba por verse sola en el mundo. El vaivén del autobús le daba náuseas y tenía que vomitar en la bolsa de plástico del tasajo de ternera. Se quedaba mirando por la ventanilla, viendo pasar Ohio, Indiana, Chicago, Madison, contemplando Minnesota y sintiendo que la aguardaba en silencio, en la penumbra, como un iceberg gigante capaz de partir en dos un barco, tal era el frío. Eso era lo único que sabía: la de frío que podía hacer en Minnesota.

Pero cuando llegaron hacía calor, era agosto. Se quitó el jersey que llevaba puesto por el aire acondicionado del autobús. Los dejaron en el aparcamiento de gravilla de delante de un bar llamado el Mirador de Len, a kilómetro y medio del pueblo. Se quedó plantada allí, mirando alrededor y con las maletas a los pies. Hacía unos instantes habían pasado por el pueblo, Midden. Era más pequeño de lo que había creído: en el letrero de la carretera ponía «Población: 408», y pensó lo que siempre pensaba cuando leía un número tan absurdo: «¿Quiénes serían los ocho?». El pueblo consistía en una escuela de ladrillo visto, varias casas y tiendas en edificios bajos y un depósito o torre de agua con una eme gigante pintada que sobresalía por encima de los tejados, y, ante todo, de los árboles y la espesura que rodeaban todo el pueblo, como si la naturaleza estuviera ganándole terreno, como si hubiera llegado hacía poco y no al revés. El Mirador de Len estaba en medio de la foresta, la única edificación a la vista.

Joshua y Claire corrieron hasta la puerta del bar y luego volvieron con su madre. Le preguntaron si podían entrar, si podían comprarse una lata de refresco. Teresa miró el bar escudándose los ojos con la mano, para resguardarse del sol cega-

77

dor. La cristalera delantera estaba llena de carteles —anuncios de la fiesta del Primero de Mayo, de la degustación de maíz de la asociación Lion's Club, otra cosa de veteranos del ejército, alguien que tenía una gestoría, otro que les limaba los cascos a los caballos— y de neones con marcas de cerveza.

Se encaminó hacia la puerta tirando de las maletas. El hombre que los recibió se llamaba Leonard, les dijo nada más llegar, y por su manera de conducirse Teresa supo que había estado observándolos desde que habían bajado del autobús. Era el dueño del local, junto con su mujer, Mardell. Antes había sido de sus padres. Se llamaba así por su padre, el primer Leonard. Sirvió un Shirley Temple para cada uno y no le dejó pagar. A los niños les puso un bol con cacahuetes y le ofreció otro a Teresa, que lo rechazó y, en cambio, le preguntó si tenía algún diario a la venta.

—¿Un diario?

—Sí, un periódico —le aclaró, y le dio un trago a su bebida.

—Ah. —El hombre se echó a reír—. Tenemos el *Coltrap Times*, que sale todos los miércoles, pero lo mejor es que pregunte lo que quiera saber; si no, para cuando llegue al periódico, ya será agua pasada.

Le contó lo del trabajo en la residencia El Buen Descanso y le dijo que tenía que buscar un sitio donde vivir. El hombre se quedó mirándola un rato largo, apoyado en la barra de madera, tanto tiempo que Teresa pensó que no diría nada más y era el momento de irse.

—Déjeme que le enseñe una cosa y luego me dice qué le parece.

Lo siguieron por detrás de la barra, atravesaron la pequeña cocina, equipada con unos muebles enormes, salieron por la puerta de atrás y salvaron un tramo de escaleras que subía por el lateral del edificio hasta un apartamento. Las cajas vacías se apilaban al azar por toda la estancia. Al lado de la puerta había una batidora gigante que parecía rota. Tenía solo una habitación grande y poco más. Había un pequeño arco con una nevera de medio cuerpo, una estufa y un armario que sobresalía del hueco. Teresa dio una vuelta con aire contemplativo y aplastó un mosquito que le había aterrizado en el hombro desnudo. Joshua tocó la cuchilla de la batidora con un dedo.

—No toques eso —le riñó Teresa, que a punto estuvo de darle una palmada en la mano como hacía cuando eran más chicos, antes de leer que pegarles, aunque fuera un gesto mínimo, les enseñaba que la violencia era la forma de resolver los problemas.

Había cosas pequeñas como esas de las que se arrepentía, cosas que hubiera debido hacer de otra forma. Como cuando estuvo unos cuantos años alimentando a sus hijos a base de sopa de lata, sobres de pasta y cantidades ingentes de una salsa de queso que ya ni siquiera se vendía.

—¿Hay…?

—El baño está fuera —le explicó Leonard, que señaló por una ventana una casucha que había abajo—. Es una caseta de baños. Tienen ducha, váter y sauna. Mardell y yo encendemos la sauna una vez a la semana y a veces invitamos a amigos. Podéis sumaros cuando queráis. O ponerla vosotros cuando queráis. Nuestro hijo, Jay, nos aprovisiona de madera.

La «caseta de baños» era blanca, de madera, con tejas color melocotón maduro. Más allá, la civilización acababa y todo era bosque cerrado, que se hundía hasta un río del que se vislumbraban pequeños destellos.

—Es el Misisipi —le dijo Leonard, como si le hubiera leído la pregunta en la mente.

Sin preguntar, Claire y Joshua corrieron a la puerta y bajaron a ver las termas.

—Podría dejárselo por doscientos al mes, gastos incluidos. Podrá ir andando a trabajar cuando no haga mucho frío (la residencia está a kilómetro y medio), y si quiere una cama, Mardell y yo tenemos un sofá-cama que podemos prestarle.

—Perfecto.

Los paquetes llegaron a la oficina de correos a la que ella misma se los había mandado desde Pensilvania. Mantas, ollas, sartenes, tenedores, cucharas y los cuchillos buenos. El apartamento era precioso por las tardes, cuando le daba el sol, y por las mañanas olía a las tartas y dulces que hacía Mardell en la cocina de abajo. El ruido del bar no llegaba a ser excesivo y a Teresa le gustaba la música de la gramola que se colaba por el suelo.

Todo el mundo sentía curiosidad por saber por qué estaban en el pueblo y quiénes eran. Parecía que nadie se hubiese mudado a Midden en los últimos ochenta años, cuando habían llegado todos los que no descendían de los ojibwe. La mayoría eran originarios de Finlandia, otros muchos de Suecia y unos pocos de Dinamarca o Noruega. En la residencia El Buen Descanso Teresa oía historias de cosas que habían pasado hacía muchos años —tormentas de nieve e incendios, trenes y bailes, bodas, muertes y nacimientos—, mientras fregaba los suelos, limpiaba cacharros o entraba en las habitaciones de los internos para cambiar las cuñas. La mayoría eran mujeres con nombres como Tyme y Hulda y apellidos que Teresa no era capaz de pronunciar si no los leía sobre el papel. Tenían decenas de fotografías pegadas a las paredes, por detrás del cabecero de la cama. Instantáneas de sus hijos, sus nietos y sus bisnietos. Les apenaba enterarse de que Teresa no tenía ni un hueso finés en el cuerpo, aunque les aliviaba saber que al menos el padre de sus hijos era sueco. Ser sueco era mejor que nada. Le dijeron que era guapa para ser irlandesa, aunque, hasta que no le preguntaron, ni se les había pasado por la cabeza pensar que lo fuese.

Para cuando llegó el invierno, se había olvidado de lo de no volver a tener sexo. Conoció a un hombre llamado Larry, que no vivía en Midden, pero que iba varias veces a la semana a repartir cosas a la residencia. Lo hacían en el camión de reparto. Lo hacían en la cama encima del Mirador de Len cuando Claire y Joshua estaban en el colegio. Lo hacían sobre una manta en la hierba a la orilla del río, que corría a un par de cientos de metros del bar, por el bosque. En cierta ocasión el tal Larry le dijo que no le gustaba la idea de que tuviera hijos.

—¿La idea? —repuso Teresa con una risa fría, mientras se ponía la camisa—. Son algo más que una idea, Lar.

Se pelearon, él le pidió perdón y le aseguró que en realidad estaba loco por Joshua y Claire. Para demostrarlo les regaló un gorila de peluche morado, como una silla de grande. Aparte del sofá, era el único sitio del piso donde podían acomodarse y los niños se peleaban por ver a quién le tocaba sentarse en su regazo. Le pusieron de nombre *King Larry*, y les duró un montón de años —mucho después de que el Larry de carne y hueso se perdiera del mapa—, hasta que un día empezaron a salírsele las bolitas blancas de dentro, por el pliegue donde las piernas se unían al tronco, y Teresa lo tiró.

Después de Larry, salió con un hombre llamado Asesino al que nunca le preguntó por qué le habían puesto ese apodo: «ASESINO», ponía en su brazo en un tatuaje en letras cursivas. Era un hombre guapo y promiscuo con un cuerpo increíblemente delgado y fibroso. Le encantaba la pasta gratinada con atún que hacía Teresa. Le gustaba tanto que rebautizaron el plato como pasta a la asesina. Era bueno en la cama, el primer hombre que le provocaba orgasmos de verdad. También lo llevaba al río, por un sendero que empezaba detrás del bar, transitado por Joshua y Claire durante el día. Ella iba por las noches, mientras los niños dormían, sintiéndose algo culpable por dejarlos solos en el apartamento, aunque, a la vez, escandalosamente libre. Dejaba una luz encendida que podía ver más o menos por entre los árboles si se subía a una roca grande que había a la orilla del río. Ver la luz le daba la relativa seguridad de que estaban a salvo. Se sentaban en la piedra y se fumaban un porro, follaban y se fumaban otro, y en esa época Teresa tuvo la sensación de que aquella podía ser su nueva vida, y aquel su hombre, a pesar de que, a la luz del día, sabía que era pura fantasía. Él bebía demasiado y fumaba demasiada hierba; era motero y le regaló un top de tiras de cuero para su cumpleaños que en teoría debía ponerse cuando se montara en la moto con él.

Hubo un largo tramo de nadie y luego conoció a Bruce.

Bruce Gunther, Bruce Gunther, Bruce Gunther. Su nombre era como una cura que le hubiese costado un siglo hallar. Tenían los mismos años, veintisiete. Se había fijado en él en la lavandería, un día que él estaba bebiéndose una lata de coca-cola. Después había vuelto a verlo en la residencia El Buen Descanso, en una ocasión en que Bruce fue a ver a su tía Jenny. «Hola», le dijo él. «Hola», le dijo ella. Tenía los ojos muy claros, azules y simpáticos; y un cabello muy fino y rubio, como de muñeca. Le arregló la manija del coche para que no tuviera que seguir abriéndolo con el destornillador. Era carpintero, hijo único y el año anterior había roto con una mujer llamada Suzie Keillor que daba clases en la escuela. Al principio no quiso presentarle a sus hijos, ni tampoco lo llevó al río por las noches. Se había vuelto más cautelosa, recelosa de los hombres, y tampoco quería que nadie se hiciera ilusiones, de modo que mantuvo en secreto la relación hasta que se enamoraron de verdad. Y entonces lo invitó a cenar con sus hijos. Le dio instrucciones de que no la tocara ni actuara como si fueran algo más que amigos. Cuando aparcó la camioneta abajo, los niños corrieron a recibirlo, mientras ella se quedó esperando arriba en el rellano.

Y sin más, se puso a jugar a algo con ellos y les enseñó una canción. Teresa terminó de hacer la cena mientras oía los chillidos de alegría de sus hijos por la ventana abierta. Bruce los perseguía alrededor de la caseta de baños, por el camino que habían hecho los niños. No subió hasta que ella no los llamó para cenar. Se sentaron en el sofá, los cuatro, con *King Larry* enfrente, contra la pared beis. Los niños apenas pudieron comer de lo emocionados que estaban con Bruce.

Después, cuando se levantó para irse, la habitación se hizo más pequeña con él de pie. Les chocó las manos con un saludo especial que habían inventado a su llegada. Le estrechó la mano a Claire, a Joshua y por último a Teresa, pero esta lo agarró y le plantó un beso.

Los niños brincaron y rieron, risas y brincos.

—Adiós —le dijo extasiada, mientras bajaba las escaleras.

«Ahí lo tienes», se dijo para sus adentros.

Se levantó con la toalla mojada sobre la cara. En el baño hacía más calor que en una sauna por culpa de la estufa, que seguía zumbando al máximo. Comprendió que habían llamado a la puerta y por eso se había despertado. Se incorporó y miró la puerta cerrada.

—¿Ter? —la llamó Bruce desde el otro lado.

Teresa abrió la puerta, alargando torpemente la mano, sin levantarse del sitio en la alfombrilla, donde se había despertado en calcetines y sujetador y con el camisón hecho un guiñapo a su lado.

—Me he quedado dormida —dijo cuando Bruce entró en el cuarto, con los ojos entornados por la luz—. ¿Qué hora es?

—Las cuatro y pico.

—¿Qué haces, que no estás durmiendo? —le preguntó poniéndose en pie.

—He venido a mear.

Teresa se miró la cara en el espejo mientras Bruce orinaba.

—Creo que me voy a dar un baño. —Se quitó el sujetador y sintió una sensación tirante por donde los puntos hacían fuerza contra el peso del pecho. Se despegó lentamente el esparadrapo que sujetaba el vendaje y tapaba los puntos de la biopsia—. Esto ya me lo puedo quitar.

—Ven. Déjame a mí.

Se puso delante de Teresa y tiró del esparadrapo con más suavidad que ella, desprendiéndolo trozo a trozo, para pasar luego a quitarle la gasa. El elástico del sujetador le había dejado unas líneas rosas por la piel y tenía otras marcas con mal aspecto por donde había pasado el esparadrapo. Sintió frío y humedad en la piel recién descubierta. Tenía un pequeño cardenal en el centro, donde los puntos, y la piel le amarilleaba conforme se alejaba de ellos. Se metió en la bañera y abrió el grifo sin poner el tapón en el desagüe. Humedeció la toalla de mano y se la pasó por los puntos; después cerró el grifo y se reclinó en la bañera vacía. Bruce se sentó a su lado en el suelo y le acarició el brazo, masajeándole los músculos.

—¿Quieres hacer el favor de parar? —le pidió con dureza—. Estoy harta de tanta caricia. No quiero que me acaricien, ¿vale? Es como si de pronto te hubieras convertido en mi masajista particular.

La dejó. Solo llevaba puestos los bóxers y por la apertura delantera abierta se veía su pene flácido entre un nido de vello. Teresa apartó la vista y la fijó en el fondo de la bañera, en sus pies apoyados a ambos lados del grifo.

—Quiero que sea como siempre. Necesito que me trates como siempre.

Se volvió para mirarlo. Él llevaba mirándola todo ese rato, no le había quitado ojo, y entonces ella volvió la vista con la misma intención. No pensaba apartarla, ni él tampoco. Eran niños jugando a un juego de poder y al cabo eran enemigos hostiles. La hacía rabiar y al punto sentía que enloquecía de amor. Sus ojos hacían todo eso, lo decían, cambiaban de una cosa a otra como un testigo que pasa de mano en mano.

Bruce se agachó a su lado, inclinándose sobre la bañera, y se dobló en dos para presionar la lengua contra los puntos del pecho. Un dolor la atravesó hasta la clavícula y luego le bajó por los canales del cuerpo, hacia todas partes, haciéndose enorme, colmándola y al mismo tiempo permaneciendo pequeño, como si todo su ser estuviera concentrado en la boca de Bruce. Su lengua era un cuchillo o una llama que la abría de par en par.

Lo atrajo hacia sí en la bañera y lo envolvió con las piernas, gimiendo en voz baja y suave contra su pecho, y entonces Teresa se removió y él la penetró y se dejó mecer contra él. Se daba rítmicos golpes en la cabeza contra el borde de la bañera, hasta que se incorporó sobre los codos y follaron así hasta que las rodillas de Bruce dijeron basta, y rieron y salieron de la bañera y se enredaron en la alfombrilla, donde follaron un rato más. Con ímpetu y suavidad, lento y rápido. No como si tuviera cáncer. Follando de la misma manera que llevaban haciéndolo los últimos doce años. Los embargó la alegría, y luego el éxtasis. En el salón, los perros levantaron la cabeza. Arriba, Claire y Joshua se despertaron un segundo para dar media vuelta en sus camas y volver a dormirse. *Sombra* saltó sobre el respaldo del sofá en el salón y miró por la ventana al ciervo que iba todas las noches a la piedra de sal de los caballos y después se dio media vuelta sin más y se quedó escuchando atentamente cómo daba las cinco el cuco.

Para entonces Teresa y Bruce se habían quedado dormidos con los cuerpos entrelazados sobre la alfombrilla del baño, los ojos cerrados contra la luz del techo, que ninguno había apagado porque no tenían fuerzas. A pesar de su intensidad, no parecían notar la forma en que la realidad arremetía contra ellos sin piedad.

6

«¿*Q*ué me deparará el futuro? ¿Cuáles son mis intereses profesionales? ¿Qué busco en una esposa? ¿Tendré hijos? ¿Cómo armonizaré las exigencias del trabajo y la familia?» Joshua miraba fijamente las preguntas de la pizarra mientras dejaba que Lisa Boudreaux —su supuesta esposa— hiciera el trabajo. Esta escribió las preguntas en su cuaderno y luego en el de Joshua. En teoría, después tenían que debatir sobre esas preguntas, con las mesas pegadas, al igual que el resto de «matrimonios» de la clase, y debían asumir compromisos como las parejas de verdad.

—¿Y si uno quiere ser campesino y el otro estrella de Hollywood? —les había preguntado con una sonrisa el señor Bradley, haciéndose el confundido—. ¿Y si uno odia la nieve y el otro se dedica a correr con trineos? ¿Y si a Cindy le gusta salir de fiesta y a Jimmy hacer panes? —Dio unos pasos por el aula, se paró en seco y los miró con aire expectante de presentador de televisión. Su propia mujer, la de verdad, también trabajaba en el instituto, daba matemáticas. Dejó la tiza sobre el borde metálico de la pizarra con mucha parsimonia y volvió a encararlos—. Bienvenidos, señoras y señores, a «Vida, amor y trabajo».

Joshua se miró el antebrazo, que tenía cubierto por una intrincada telaraña que se había dibujado con un bolígrafo azul. Acababan de terminar el tema «Vida y valores personales». Cuando acabaran «Vida, amor y trabajo», pasarían a «Vida y dinero», una especie de proyecto de ver la luz al final del túnel en el que a cada uno le asignarían cinco mil dólares imaginarios para invertir en bolsa. La asignatura en sí se llamaba «Vida», ni más ni menos. Era obligatoria en el último semestre del último curso del instituto Midden, incluso para los que estaban en educación especial.

—¿Qué te gustaría ser? —le preguntó Lisa cuando juntaron las mesas. Tenía un bolígrafo con un chisme de peluche rosa en la punta que se pasaba contemplativamente por la mejilla pálida.

—Astronauta —dijo tras pensarlo un poco.

Lisa lo apuntó en la libreta.

—Pues yo también seré astronauta. Y ganaremos una pasta. —Cogió la libreta de Joshua y escribió: «¡Los dos somos astronautas!»—. Podríamos ir en los mismos vuelos y todo ese rollo —añadió—. Seríamos la superpareja espacial.

Dejó el bolígrafo de peluche en la mesa, sacó un Ricola de cereza del bolso y lo chupó sujetándolo entre los dedos. Ambos miraron a su alrededor. Joshua sabía que había tenido suerte; por lo menos estaban en el mismo escalafón social: sin ser extremadamente populares, tampoco eran impopulares. La mayoría de las parejas no habían sido tan afortunadas: a miembros del club de teatro, de música o del concurso de cultura general, los habían emparejado con pesos pesados como Jordan Parker o Jessica Miller, que tenían cara de mortificación. Y, debido a la escasez de chicas, Tom Halverson y Jason Kooda habían tenido que aceptar que los casaran.

—¿Cuántos hijos deberíamos tener?

—Seis.

—No —repuso Lisa, balanceándose en la silla—. Por lo menos diez o así. —Y escribió «diez» y lo subrayó dos veces.

Joshua le sonrió. En realidad estaba buena, y era enrollada y agradable. No era perfecta pero estaba buena. Tenía un cuerpo como un tallarín largo, alto, delgado y plano, y todo lo que se ponía acentuaba esa forma. Tampoco era tan descabellado que fuera su mujer; en séptimo habían sido novios dos semanas, su relación más larga antes de salir medio año con Tammy Horner durante el curso anterior. Lisa rompió con él porque pensaba que estaban yendo demasiado en serio en muy poco tiempo en sus citas después del instituto, antes de las sesiones prácticas de magreo en el fondo de la sala de música donde todo el mundo se enrollaba, a oscuras y donde en teoría Tammy Horner y Brian Hill habían llegado a la última pantalla hacía unos meses. A Joshua, Brian le caía como el culo, y estaba encantado con que este hubiera resultado ser el mayor damnificado de «Vida, amor y trabajo», porque lo habían obligado a jugárselo a suertes con Tom Halverson y Jason Kooda y había acabado casado con alguien que no solo no era una chica, sino ni más ni menos que el señor Bradley.

—Vale, ya en serio, tenemos que meterle caña a esto, Josh. Tengo que sacar excelente como sea.

Lisa abrió la sección de anuncios clasificados del *Star-Tribune* que les había dado el profesor. Tenían que encontrar un piso que pudieran permitirse según sus sueldos y el número de hijos. Luego había que recortar el anuncio, pegarlo en un folio y escribir por qué habían escogido esa casa, dónde estaba ubicada —podían vivir en el sitio que quisieran—, cuánto pagaban de alquiler o hipoteca y qué porcentaje de sus sueldos suponía, y si cubría o no las necesidades de la familia.

—Creo que deberíamos vivir en Florida, ¿no te parece? Se despega desde allí.

—¿El qué despega?

—Los astronautas, tío…, de donde lanzan los cohetes.

Joshua empezó a dibujarse una araña a boli en el brazo, encima de la telaraña. Sin levantar la vista dijo:

—Podíamos vivir en Port Saint Joe.

—¿Dónde está eso?

—En Florida. Estuve una vez de vacaciones.

«Port Saint Joe —escribió en la libreta y entonces cogió la de la chica y escribió—: Los señores Wood viven felices y comen perdices en Port Saint Joe.»

—Oye, ¿quién te ha dicho que vaya a cambiarme el apellido? —le preguntó Lisa pegándole un puñetazo en el brazo.

Joshua la cogió de la muñeca enclenque y se la apretó con fuerza para que no pudiera apartarla.

—¡Señor Bradley, mi marido me está maltratando! —chilló. Tenía una muñeca muy blanda, parecía de juguete—. ¡Señor Bradley! —volvió a gritar, pero el profesor, enfrascado en una conversación con Brian Hill, la ignoró—. Quiero el divorcio —le dijo pegándole a Joshua con la mano libre hasta que la soltó.

87

Tammy Horner se dio la vuelta, los miró un momento y se giró de nuevo. A Joshua se le aceleró el corazón, pero se le fue parando y rio con fuerza para que lo oyera, a sabiendas de que comprendería que la risa era solo para ella. En otros tiempos había estado colado por Tammy, pero ahora la odiaba. A veces se dibujaba un tatuaje con su nombre en la mano y luego se lo borraba.

—Bueno, entonces, ¿vivimos en Florida o qué? —preguntó Lisa.

El chico asintió. En la vida real Lisa estaba prometida con Trent Fisher, un tío mayor, de veintiséis años, leñador. Técnicamente, como ella no había cumplido todavía los dieciocho, según la ley, cada vez que lo hacían era una violación, pero a nadie le importaba. Llevaban saliendo desde que ella estaba en octavo. Lisa había tenido que rodear de hilo el anillo de la graduación de Trent para que no se le saliera.

—¿Vas a cambiarte el apellido por Fisher? —le preguntó.

—Es probable —respondió la chica vacilante mientras se ponía bien el pasador del pelo—. ¿Por qué?

—No, por curiosidad.

Cogió el bolígrafo de peluche de la mesa de la chica y lo miró para ver cómo estaba enganchado el chisme de plumas. Olía a una mezcla de colonia y chicle, como la propia Lisa Boudreaux.

A la séptima hora se dedicó a pasear por el pueblo, sin importarle que lo vieran cuando en teoría tenía que estar en la sala de estudio. Era lunes, el primer día de la última semana en la que tenía que llevar a su madre a Duluth para que le dieran radiación. Llevaba dos meses haciendo ese trayecto de lunes a viernes, volviendo a casa después del instituto en lugar de ir a lavar platos a la cafetería Midden. En esos momentos pasó por delante del local y vio a Marcy por la cristalera, pero la camarera no lo vio. Pensó en entrar para saludar —era el día libre de Vern y estaría también Angie—, pero no lo hizo, por miedo a su reacción al verlo. El instituto seguía siendo un territorio bastante seguro. Había poca gente que supiese que su madre tenía cáncer. Las calles estaban vacías porque la gente seguía en el instituto. Le habría gustado tener que ir a trabajar, aunque normalmente iba con cierto miedo, preparándose para las regañinas y la cháchara de Vern y la perspectiva de una monótona noche fregando ollas. Cuando le dijo a Marcy y a Angie que tenía que tomarse tres semanas libres, lloraron como locas y le dijeron que se cogiese cuatro, si quería. Pero no quiso. Volvería en cuanto su madre terminase con la radioterapia y le erradicaran el cáncer. Trabajaría y ahorraría dinero. Dinero para junio, cuando acabaría el instituto, se mudaría a California y escaparía de Midden, que para él casi no era ni un pueblo. La biblioteca ni siquiera era tal cosa, sino un camión de la leche pintado de verde que estacionaban dos días a la semana en el aparcamiento de la pista de patinaje Universo. El alcalde no era alcalde, sino Lars Finn, que en realidad trabajaba en una tienda de comestibles. Los bomberos tampoco eran tal, sino cualquiera que se ofreciera voluntario, tipos con un par y una soltera llamada Margie. Hasta el ambulatorio era una farsa; ninguno era médico, por mucho que siempre llamaran doctor a quienquiera que estuviese trabajando. El doctor Minnow, la doctora Glenn, el doctor Johansson, la doctora Wu: un rosario de caras siempre cambiantes que iban a cumplir unos trámites para ser practicantes y conseguir, a cambio, una prórroga en sus préstamos estudiantiles. La mayoría eran mujeres. Una fue a darles una charla sobre partos al instituto y les contó que, antes de que el niño saliera, la cérvix de una mujer tenía que dilatarse diez centímetros, y luego cogió un transportador grande con un trozo de tiza encajado y dibujó un círculo perfecto de diez centímetros en la pizarra. Se quedó allí varias semanas, el círculo, y luego el fantasma del círculo, que seguía viéndose aunque hubiesen borrado la pizarra.

89

Joshua reconoció que su madre no era muy distinta a esas mujeres, tan abiertas sobre tantas cosas. Ya se lo había contado todo sobre el sexo y el cuerpo de hombres y mujeres. Creía que era importante conocer «los hechos de la vida», como ella los llamaba. Le contó que había perdido la virginidad a los diecisiete años y le aconsejó que no lo hiciera antes de los veintiuno. No le dijo que era demasiado tarde, que ya lo había hecho a los dieciséis con Tammy Horner. Durante la charla, Joshua no dijo nada y miró a todas partes menos a su madre, que le aconsejó que utilizara siempre condón, por mucha prisa que tuviese, por el sida, y después le dio una caja: se la tendió en una bolsita de papel con el recibo dentro. Él la escondió al fondo del cajón, debajo de las camisetas.

En los trayectos de ida y vuelta a Duluth su madre le preguntaba por Tammy Horner, si todavía la quería o si le interesaba alguna otra. No había estado tanto tiempo a solas con Teresa desde pequeño —antes de empezar la escuela, cuando Claire estaba todo el día en el colegio—, pero la mayor parte del tiempo no hablaban de nada porque su madre estaba demasiado enferma. La primera vez que fueron, a la vuelta, le pidió que parara en el arcén para salir a vomitar, con una mano apoyada en el lateral del coche. Joshua apagó el motor, se bajó y rodeó el coche para ver si podía hacer algo.

—Déjame. No quiero que me veas así —le dijo Teresa. Y cuando se quedó mirándola, le gritó—: ¡Que te vayas!

Al cabo de unos días ya le daba igual vomitar delante de él. Llevaba en el coche una jarra de plástico, con la tapa quitada pero el asa intacta, para vomitar mientras conducía. Tenían decenas de jarras iguales por toda la casa para la comida de los perros, el maíz para los pollos y la avena para los caballos. Para entonces su madre había tenido que dejar de trabajar en el Mirador de Len. Joshua no sabía qué le esperaba, ni ella tampoco. «Lo que vamos a hacer es esperar a ver», le había dicho limpiándose la boca y obligándose a tomar otro trago de Gatorade.

Aunque la radiación le provocaba náuseas, le encogería los tumores que le crecían por la columna y le aliviaría el dolor. El enfermero, que se llamaba Benji, se lo explicó el primer día. Antes de darle la primera sesión, les enseñó la sala a madre e hijo.

—Aquí es donde sucede la magia —les dijo abarcando la sala con la mano.

Había una mesa plateada y, colgando por encima, un artilugio metálico que culminaba en un brazo que se alargaba con un ojo redondo y bobo, ancho y cónico, tal y como Joshua imaginaba un rifle para cazar elefantes. A un lado de la estancia había una pared que no era en realidad tal cosa, sino un cristal de algún tipo especial a través del cual se veía a la gente de la sala de espera sin ser visto.

—Así tu madre puede vigilarte —comentó Benji pegándole una fuerte palmada en el hombro a Joshua—. Para asegurarse de que no andas ligando con las chicas.

Miró la sala de espera pero no había ninguna chica. Vio a un puñado de gente de pelo cano que llevaba abrigos muy coloridos y botas astrosas de goma y piel falsa, así como una mujer con una escayola en un pie que mecía con el otro a una cría en una cesta de plástico.

Su madre se le acercó y dio un golpecito en el cristal.

—Yujuuu —canturreó, probando a ver si llamaba la atención de alguien, pero nadie se movió ni miró—. Supongo que es seguro —comentó y soltó una risa.

—Mucho —corroboró Benji, que le tendió una bata.

Joshua fue a sentarse al lado de una pecera en la sala de espera; al rato se levantó y escrutó en el interior, con la sensación de que su madre seguía todos sus movimientos. Desde ese lado, la pared de cristal era negra de arriba abajo. Pegó la cara y formó un túnel con las manos en torno a los ojos, para impedir que pasara la luz de la sala de espera.

—¿Me has visto mirando dentro?

—¿Ah, sí? No, he estado girada hacia el otro lado casi todo el rato. ¿Qué has visto?

—Nada.

Prosiguieron la marcha en silencio. Eso fue el primer día, varios minutos antes de que su madre le dijera que parara el coche para vomitar en la cuneta. Notó que empezaba a flaquear cuando apoyó la cabeza en el asiento.

—Y… ¿te ha dolido… la radiación?

—No. La radiación no duele, cielo, no es más que…, ¿cómo te digo yo?, como rayos de sol muy potentes.

—¿Y qué has sentido cuando te los disparaban?

Reflexionó unos instantes mientras se abanicaba la cara con los guantes.

—Nada.

Cuando vio todos los autobuses que atravesaban el pueblo para hacer cola delante del instituto, se mezcló entre los chicos que inundaban como un río el aparcamiento para evitar que lo vieran y subió a la camioneta. Antes de arrancar, vio a R. J. caminando hacia él. Lo saludó con la mano y esperó a que su amigo subiera.

—Te han pillado de marrón. Spacey te ha visto largarte. Estaba justo delante de la ventana cuando te has ido.

—Me da igual. ¿Qué haces ahora?

—Nada.

Cuando pararon delante de la casa de R. J., Joshua también bajó.

—¿No tienes que ir a Duluth? —le preguntó su amigo, que se puso colorado; era incapaz de aludir a la enfermedad de su madre sin ponerse colorado.

—Dentro de un rato.

En el interior de la casa, la madre de R. J., Vivian, estaba sentada en el suelo con los codos apoyados en la mesa baja de centro, liando porros. Había una montañita bien apilada, como troncos, dentro de una caja de lata.

—¡Mis niños! ¿Cómo están mis chicos?

—Bien —le respondió Joshua, que se sentó en una silla al lado del equipo de música.

R. J. fue a la cocina y volvió con un tubo de masa de galletas que había abierto y del que fue cortando trozos y comiéndoselos directamente con la hoja del cuchillo.

—¿Quieres? —le preguntó ofreciéndole un corte de masa a Joshua, que lo cogió y se lo comió de un bocado—. ¿Quieres, mamá? —le preguntó a Vivian.

—¡Así cómo quieres no estar gordo, joder! —espetó la mujer, que llevaba el pelo con la raya en medio, una media melena veteada con capas castañas a ambos lados de la cabeza.

Terminó de liarse un porro, se lo encendió, le dio una calada y se lo pasó a Joshua, que estaba ya ciego —habían fumado en el coche—, pero aun así le dio un par de caladas antes de pasárselo a R. J., que se lo devolvió a su madre sin fumar.

—Es buena mierda —comentó esta con el humo saliéndole de la boca—. La partida especial de Bender. —Se lo pasó otra vez a Joshua—. Yo ya estoy.

—Yo también.

—Quédatelo —le dijo Vivian, repanchingada en el sofá. Tenía las uñas de los dedos recién pintadas de rojo y tan largas que las puntas se le curvaban hacia las palmas—. Un regalito de mi parte.

Joshua apagó con cuidado la punta del porro en el cenicero que había en el brazo del sillón. Se guardó lo que quedaba en el bolsillo del abrigo.

—Bueno, ¿te ha contado R. J. nuestro pequeño plan? —le preguntó la madre a Joshua.

—Todavía no es nuestro plan, te dije que tenía que pensarlo —repuso su hijo, que tenía el tubo de masa en el regazo y estaba sentado en un sillón gemelo al de Joshua, tapizado con una tela de cuadros marrones que picaba.

—Bender y yo hemos pensado que vamos a dejar que les vendáis a vuestros colegas y conocidos. Bolsitas de diez y porros sueltos, lo que quieran. —Se encendió un cigarro y se recostó, fumando y mirando fijamente a Joshua, pero como en una ensoñación—. Nos hemos imaginado que os podría venir bien el dinero cuando terminéis el instituto y todo eso, y así la casa no parecería Grand Central Station. La verdad es que estoy empezando a ponerme paranoica con que entre y salga tanta gente. A fin de cuentas la mitad son colegas vuestros.

—No son colegas —replicó R. J., que cogió el mando del televisor e intentó encenderlo. Lo golpeó contra el sillón y por fin funcionó.

—Bueno, son compañeros, gente que conocéis. —Desprendió la ceniza del cigarro—. ¿Qué dices, Joshua?

—Me parece guay —contestó mirando a R. J. para sondearlo—. Siempre y cuando no demos mucho el cante.

—Por supuesto. Ni se os ocurra dar el cante. Tiene que ser todo muy discreto, nada en plan camello. El rollo sería pasarle de tranqui a la peña y que os saquéis un poco de pasta.

—Yo no necesito pasta —contestó R. J.

Vivian se lo quedó mirando y luego aplastó el cigarro en el cenicero.

—¿Tú de qué vas?

—Voy de que no necesito pasta —respondió en voz baja, y luego apagó el televisor.

—¡Y una mierda no necesitas! ¿Quién te crees que va a comprar la comida que te metes en la boca, so gordo? ¿Eh? ¿Crees que lo haré yo el resto de tu vida? Pues bien, ya te diré yo una cosa, zampabollos. Ya te la diré el día que cumplas los dieciocho.

R. J. se levantó.

—Pues yo también, ese mismo día —le gritó de camino a la cocina.

—Qué miedo —contestó Vivian con sorna mientras le sonreía a Joshua—. Me muero por saber qué será —le gritó, y se dobló sobre el costado, riéndose en el sofá.

Joshua se levantó y se quedó mirando un folleto del periódico que había en el suelo, donde promocionaban las cosas rebajadas del Búho Rojo: manzanas Granny Smith, un pack ahorro de papel de cocina.

—Tengo que irme —anunció, y luego, a voz en grito—: ¡R. J., me largo!

—Voy contigo —dijo este volviendo al salón.

No quería que su amigo lo acompañase, pero tampoco quería decir nada que volviera a ponerlo de malas con Vivian.

—Venga —respondió, y salieron de la casa.

Lo dejó en la bolera, donde jugaría a las maquinitas y luego bajaría la calle hasta la cafetería Midden para ir a echar unas partidas al Ms. Pac Man. Era lo que hacía casi todas las noches.

Cuando estuvo solo en la camioneta, Joshua condujo sin prisas, convenciéndose de que tenía tiempo. De sobra. Todavía media hora antes de tener que estar técnicamente de camino a Duluth con su madre. Su casa quedaba a veinte minutos del pueblo cuando la carretera estaba bien. Iba diciéndose todo eso y mirando el reloj que había pegado al salpicadero pero le sobrevino un pánico extraño por dentro. ¿Por qué había perdido el tiempo después del instituto? ¿Por qué no había ido a su casa en la séptima hora, en lugar de vaguear por el pueblo? Se dio cuenta de que echaba de menos a su madre y sentía un dolor por dentro. Le vino a la cabeza la idea de encontrársela muerta al llegar y no pudo quitarse eso de encima. Intentó calmarse imaginándosela haciendo lo que probablemente estaba haciendo: echada en el sofá, guardando fuerzas para el viaje a Duluth. Se imaginó entrando por la puerta y cogiéndole la mano; se la imaginó diciéndole lo que le preguntaba todos los días cuando volvía a la casa: «¿Cómo han ido las clases?». «Bien», le respondería él, como hacía siempre.

Sin embargo, cuando entró por la puerta su madre estaba viva y de pie en la cocina, bebiendo un vaso de agua. No se acercó para cogerle la mano.

—¿Cómo han ido las clases?

—Bien —le dijo desde el umbral de la cocina, intentando conservar un tono inexpresivo y desganado—. ¿Estás lista para irnos?

Iba vestida con un estilo que ella llamaba «enrollado» o «hippie perdida», un atuendo que abochornaba y repelía a Joshua por igual: botas de vaquero, medias moradas, una minifalda negra y un jersey lila pegado que le llegaba por la cintura pero se completaba con una cascada de flecos de hilo que llegaban casi hasta el dobladillo de la falda. Las medias le hacían las piernas huesudas y enclenques, como las de una adolescente.

—Pues yo tampoco he tenido mal día. He rastrillado los establos y todo. No tengo tantas náuseas. Creo que es por el fin de semana sin radiación.

Se había pintado los labios de color óxido; no tenía la cara maquillada, lo que hacía que el óxido destacara aún más y los ojos parecieran más azules. Se puso el gorro de terciopelo con estampado de leopardo, otra prenda «enrollada», un regalo de «mejórate» de su amiga Linea.

—Voy para el coche.

—Espera, corazón. Ya voy yo también.

Espía y *Rucio* menearon las colas y remolonearon alrededor de Teresa mientras esta se ponía el abrigo.

—¿Qué, os creéis que venís con nosotros, eh? —les dijo con la voz infantil que solía poner y agachándose para dejar que le lamieran la cara—. «Nosotros también queremos ir», eso es lo que decís. «¿Dónde van mamá y Joshie?» ¿No? Sí, claro que sí.

—Mamá, anda, no están diciendo nada. Que son perros.

—*Espía* cree que Joshie está hoy de morritos —dijo con la voz de puchero infantil.

—Que no me llames Joshie —replicó lleno de rabia—. Te lo he dicho. No me vuelvas a llamar así.

Salió y pegó un portazo tan fuerte que la corona de flores secas que colgaba del porche se descolgó del clavo. Volvió a ponerla torcida. No sabía lo que estaba haciendo. Lo único que sa-

95

bía era que su madre lo enfurecía, sobre todo con su costumbre de contar lo que los animales pensaban y decían, como si su mente fuera médium de todos ellos: de las gallinas, los caballos, los perros y los gatos... Su madre proporcionaba un hilo continuo de traducción para todo el que pudiera oírla: incluso para R. J., Tammy o quienquiera que llevase a casa.

Teresa salió al porche.

—¿Qué te pasa a ti hoy?

—A mí no me pasa nada. Es a ti. ¿Se te ha ocurrido alguna vez que a lo mejor eres tú?, ¿que tal vez no sepas lo que están pensando los perros? ¿O que no lo sabes todo sobre el universo?

—Ah, pero a lo mejor sí que lo sé —contestó como una hechicera, sonriendo e impasible a su mal humor.

Aquello lo enfureció aún más. Se montó en el asiento del conductor y arrancó.

Su madre se subió por el otro lado y se puso el cinturón.

—Bueno, ¿y cómo ha ido hoy la clase del señor Bradley? —le preguntó alegremente, dándole una palmadita en la rodilla—. ¿Quién te ha tocado de esposa?

A la mañana siguiente en el instituto la señora Keillor lo interceptó por el pasillo antes de entrar en clase.

—Wood, vente conmigo —le dijo como si tal cosa.

—¿Para qué? —La profesora se volvió y echó a andar hacia el lado contrario—. Yo no he hecho nada.

Así y todo, la siguió por el pasillo, pasando por delante de los servicios y las fuentes, una baja y otra alta. Fueron atravesando las puertas del gimnasio y el mundo resplandeciente, apacible y color miel del gimnasio vacío, hasta la puerta del fondo, que tenía una advertencia estampada encima —«No abrir la puerta: la alarma se disparará»—, aunque nunca sonaba cuando la señora Keillor la abría con la llave que llevaba colgada de una pulsera amarilla que semejaba un cable de teléfono. El despacho del director estaba en una caseta detrás del instituto, y la misión de Keillor consistía en escoltar a los alumnos hasta allí, ir de aquí para allá con papeleo y llevar la contabilidad del comedor.

—Pasa tú primero —le dijo, sujetando la puerta, pero, una vez dentro se adelantó.

Medía poco más de metro y medio y estaba rellenita, como un osito de peluche.

—No hace falta que me acompañe. Sé por dónde es —le dijo, pero la mujer lo ignoró.

Joshua le quitó el envoltorio a un chicle Big Red y se lo metió en la boca.

Detrás del edificio principal había dos casetas de obra, ambas con una especie de porche construido por los alumnos de taller. Una era para el director y su secretaria, con las fotocopiadoras y las taquillas de los profesores, y la otra era donde daban clase los alumnos de educación especial y con problemas de desarrollo. Por detrás estaba el patio de los de primaria y, al otro lado, un campo de fútbol con gradas, todas recubiertas de nieve. La señora Keillor subió las escaleras hasta la puerta y le anunció:

—El señor Pearson está esperándote. Díselo a Violet. —Joshua asintió y esperó a que la mujer se apartara y le dejara entrar—. Quería decirte que he sabido lo de tu madre y que lo siento mucho. —El chico volvió a asentir, con menos ahínco esa vez, mascando el chicle de canela, tan fuerte que casi le escocía. ¿Qué pretendía que dijera?—. No coméis carne, ¿verdad?

—¿Cómo?

—En tu familia. Sois vegetarianos. —Estaba acostumbrado. Asintió una vez más—. Hemos pensado en prepararos algo de comer y mandároslo a casa… A las mujeres del instituto nos gustaría ayudar de alguna manera. Se nos ha ocurrido una bandeja de patatas gratinadas con algo en lugar de jamón. Guisantes o zanahorias, por ejemplo.

Joshua no conseguía mirarla a los ojos. Se concentró en las Adidas blancas de la mujer.

—¿Qué te gustaría más?

El viento se levantó y un jilguero tallado en madera que colgaba de un hilo de pescar en el alero golpeó rítmicamente la pared exterior de la caseta. Alargó la mano para detener el pajarito.

—Eso no es tuyo —le dijo la señora Keillor. El chico soltó

el pájaro—. Bueno, ¿y por qué creíste ayer necesario saltarte la séptima hora?

—Porque creí necesario dar un paseo hasta el río y ponerme ciego.

En la cara de la mujer se dibujaron unas manchas rosadas que se le extendieron como un sarpullido por el cuello.

—¿Por qué dices eso? ¿Cómo se te ocurre?

Joshua se encogió de hombros y también se puso colorado, sorprendido por su propia confesión.

—Sabes que hay gente con la que puedes hablar sobre esto, Joshua. Tienes al señor Doyle, que está precisamente para estas cosas, para los temas de problemática social. —Se llevó las manos a los bolsillos del abrigo—. Las drogas no son buenas para el cerebro, no creo que tenga que recordártelo. —La cara le fue volviendo lentamente a su color crema original—. Vale, será mejor que entres. Y le diré a las cocineras que hagan las patatas gratinadas. ¿Qué prefieres, zanahorias o guisantes? —No prefería ni lo uno ni lo otro pero le dijo que guisantes—. Eso había pensado yo. Además los guisantes dan un toque de color estupendo. Y…, bueno, queríamos ayudar. Yo sé que en épocas así todas las familias necesitan un poco de ayuda.

Se quedaron parados un momento en el porche. Joshua puso la mano en el pomo. No sabía qué decir. ¿«Adiós. Estoy deseando probar esas patatas»? Tenía la mente en blanco.

—Gracias —dijo finalmente, y entró en la caseta.

Tuvo que comerse el almuerzo en el aula de castigo y comprarlo en el comedor a las once menos cuarto, antes de que llegara el resto de alumnos. Se encontró con Lisa por el pasillo vacío mientras volvía al aula de castigo.

—Mi marido está preso —bromeó esta.

El pelo, más negro que el ala de un cuervo, como un caballo canadiense, le resaltaba la palidez de la cara.

—Spacey no me deja ni a sol ni a sombra —le dijo con la bandeja en la mano.

Ambos miraron la comida, un plato de *chow mein* recubierto de una salsa marrón pastosa que había formado una película sobre la superficie.

—¿Has hecho la redacción?

—¿Qué redacción?

—La que tenemos que entregar hoy. —Lo miró, molesta pero sonriendo—. Se supone que tenemos que escribir nuestros sueños y compartirlos, para ver si encajamos. ¿Es que no te has enterado? ¿Qué voy a hacer hoy si no vienes a clase?

Llevaba en la mano un bloque de madera del tamaño de un rodillo con un PERMISO DE PASILLO escrito en rotulador rojo por los cuatro lados.

—Ahora la hago.

—Pero ¿cómo vamos a comentarlas si no vienes a clase? Tienen que encajar, si no, no nos saldrá bien. —Cogió un trozo de manzana de su bandeja y se la comió.

—¿Qué sueños has puesto? Cuéntamelos y así yo escribo lo mismo.

Le pareció una escena muy íntima, los dos allí solos compartiendo comida. Lisa llevaba una camiseta casi tan negra como su pelo, con las mangas traslúcidas y salpicadas de brillantina.

—A ver… Soñamos con ser astronautas y tener un montón de críos. Eso ya lo había puesto. Y luego, lo importante que es que nos llevemos bien. —Lisa lo miró—. Esos son mis sueños.

—También los míos.

—¡Joshua! —le gritó la señora Stacey desde una puerta al fondo del pasillo.

La mesa del aula de castigo estaba rodeada por su propio cubículo, con tres medias paredes alrededor. Se comió el *chow mein* y lo que quedaba de manzana y se bebió dos cartoncitos de leche de espaldas a la señora Stacey.

—¿Cómo está tu hermana? —le preguntó esta cuando hubo terminado de comer y fue a dejar la bandeja.

—Bien.

Los profesores solían preguntarle por Claire. Era una especie de leyenda local. Aparte de conseguir una beca para ir a la universidad, había sido la primera de su clase y la reina del Baile de la Nieve, y sus compañeros la habían votado como la chica con más posibilidades de triunfar en la vida y la de los ojos más bonitos, una distinción que, según Joshua, había pro-

99

piciado en su hermana horas de contemplación en el espejo del cuarto de baño. «¿Te parece que tengo los ojos bonitos?», le preguntaba ignorando sus súplicas para que le dejara entrar en el baño. «No», le contestaba él y tiraba de ella hacia la puerta. Se había pasado la infancia y la adolescencia acosado por su hermana para que le dijera si la veía gorda, si debía ponerse reflejos en el pelo, si tenía el culo enorme y feo o los muslos demasiado gordos. Dijera lo que dijese, nunca lo creía ni seguía su consejo; se limitaba a preguntarle lo mismo una y otra vez.

—¿Y no tiene pensado venir a casa, para ayudaros y esas cosas? —quiso saber la señora Stacey, que en el acto se puso colorada.

Fuera donde fuese, todo el mundo aludía al cáncer de su madre y se ponía colorado, avergonzados por tener que mencionarlo.

—Los fines de semana. Tiene facultad.

—Claro, normal… Llegará muy lejos, estoy convencida. —Miró a Joshua, que todavía tenía la bandeja en la mano, como si lo viera por primera vez—. Los dos os parecéis mucho, casi gemelos… igual que tu madre. Sois trillizos.

Joshua asintió; se sentía humillado pero se veía incapaz de llevarle la contraria. Llevaban diciéndoselo toda la vida: los mismos ojos, el mismo pelo, narices protuberantes que eran variaciones de un mismo tema.

En ese momento sonó la campana y oyó el estruendo de estudiantes saliendo al pasillo, camino del comedor. Habría dado cualquier cosa por estar entre ellos.

—¿Puedo ir a llevar la bandeja? Así no tiene que llevarla usted.

La señora Stacey le sonrió, divertida.

—No sé: ¿puedes?

La miró por un momento con cara de tonto y luego le preguntó:

—¿Podría?

—No —respondió como si tal cosa, y se dio la vuelta—. No puedes. Ya voy yo.

Cuando salió de la clase, Joshua fue a la mesa de la profesora, que había dejado el bolso en un cajón abierto; en el interior entrevió un estuche de gafas, una agenda pequeña de espiral y una gruesa cartera de cuero roja. Fue a la puerta: el pasillo estaba vacío, aunque se oía el tenue bullicio proveniente del comedor. Empezó a andar sin pensar en lo que estaba haciendo, avanzando con calma pero con paso apresurado hacia las puertas laterales que había al fondo del edificio, hasta salir al aparcamiento y dejar atrás su camioneta.

Cruzó la calle y sintió un vuelco en el estómago, feliz de estar libre. Pasó por delante del motel, por el aparcamiento de la panadería, por el letrero metálico de SE VENDE, que se agitaba y chirriaba al viento, hasta la carretera. Puso rumbo al sur, en dirección al Mirador de Len, pero, antes de llegar al bar, dobló por el bosque para que Leonard y Mardell no lo vieran. Siguió a través de la nieve un camino que transitaba todos los inviernos, hasta el río, hasta el claro de la orilla detrás del Mirador que Claire y él reivindicaban como propio cuando eran pequeños. El río serpenteaba por el pueblo, bajo las carreteras, a la vera de las casas y los edificios, por un montón de poblaciones, hasta Minneapolis y Saint Paul, y más al sur, hasta el golfo de México, pero aquel punto del Misisipi era suyo —de Joshua y Claire—, y cuando hablaban de él y decían «el río», los dos sabían a qué sitio se referían exactamente. Ya nunca iba con Claire, pero iba a menudo solo y otras veces con R. J.

Se subió a una roca muy cerca de la orilla helada. Se oía el agua bajo el hielo, un gorgoteo, como si bajara por una tubería gigante. Fumó de una pipa pequeña que llevaba en el bolsillo y bajó hasta el río. El hielo estaba derretido por algunos puntos y se veía el agua embravecida por debajo. Metió la mano para ver si estaba fría —helada—, y luego la sacudió y se la llevó mojada al bolsillo del abrigo.

Los tres pueblos del condado de Coltrap estaban regados por el río. Flame Lake estaba a treinta y dos kilómetros al norte de Midden, mientras que Blue River se encontraba a cuarenta y ocho al sur. El cauce era muy estrecho al principio y a su paso por Midden era más un arroyo que un río, que no dejaba adivinar lo que era o sería más adelante: «El prodigioso Misisipi —lo llamaba su madre—, el padre de todas las aguas». En Blue River celebraban todos los años un festival en honor al río, como si fuera suyo y fuese azul, y no color lodo 365 días al año, como si no pasara antes por Flame Lake y Midden.

101

Cuando Claire y Joshua vivían encima del Mirador de Len y el río era su principal patio de recreo, tenían un juego al que llamaban «Me meo en Blue River». Lo empezó un día Claire.

—¡Estás meando! —había exclamado Joshua, nadando como loco para alejarse de ella y salpicándole de agua con los pies.

—Chiss... Que estoy haciendo una cosa. Estoy diciendo: «Me meo en Blue River».

Tenía cara seria, concentrada, pero luego enloqueció, asalvajada, y se puso a girar y chillar hasta ir a zambullirse río arriba.

Desde ese día, cada vez que orinaban en el río cantaban «¡Me meo en Blue River!» y reían como hienas. Cuando estaba demasiado frío o iba demasiado bravo para meterse, tiraban cosas, peladuras de naranja o corazones de manzana, trozos de cuerda y briznas de hierba y gritaban «¡Me meo en Blue River!», mientras veían cómo se lo llevaba la corriente. Experimentaban una sensación de poderío, de rabia justificada. En Blue River tenían Burger King, hospital, cárcel. Había un juzgado con el reloj roto, un parque con un kiosco pintado de blanco... Los que vivían allí se creían mejores que el resto de los habitantes del condado de Coltrap, más listos y estilosos.

Joshua cogió entonces un palo, una rama del tamaño de su brazo, y la metió en el agua por un punto donde el hielo se había resquebrajdo.

—Me meo en Blue River.

La rama se enganchó en el hielo, medio sobresaliendo en el agua. Le tiró una piedra pero no se movió. Ojalá Claire volviera a casa, por mucho que se peleasen siempre que se veían. Llevaba yendo todos los fines de semana desde que su madre tenía cáncer, y el resto de días llamaba varias veces. Cuando su madre no tenía fuerzas para hablar, Joshua se ponía al teléfono.

—¿Cómo está? —le preguntaba, con la seriedad de una actriz de cine, de nueva adulta.

—Yo qué sé. Supongo que bien.

—¿Bien? Define «bien».

—Bien como en «de puta madre», ¿vale? —le gritaba, con ganas de colgar.

Las últimas veces había llegado a hacerlo pero entonces su hermana volvía a llamar, más enfadada que antes.

Se preguntó qué podía hacer. Eran las doce pasadas. Se quedó mirando el río y vio que la rama que había tirado al agua se había liberado del hielo y había desaparecido.

Bender estaba en casa. Su semirremolque estaba aparcado en el camino de entrada. Solía desaparecer varios días seguidos y luego volvía sin más y se quedaba varias semanas.

—¿Os han dejado salir antes de clase? —le preguntó Vivian cuando abrió la puerta.

La siguió a la cocina, donde Bender estaba comiéndose un taco.

—Hazte uno si quieres —le ofreció este señalándole los cuencos y los platos de comida sobre la mesa.

El chico cogió una tortilla, la rellenó de queso y salsa y se la comió de pie.

—¿Y tu socio, por dónde anda? —le preguntó Bender.

—En el instituto. A mí me habían castigado, así que me he dicho «a la mierda».

Bender asintió. Era un hombre bajito con cara de elfo. Al callarse los dos, Joshua pudo oír el murmullo de la voz de su madre en la radio de la encimera, contando algo sobre curas naturales para el insomnio. La emisora había decidido reponer sus programas hasta que se mejorara. El volumen estaba tan bajo que, si se esforzaba, casi podía ignorarla. Pero la oyó decir:

—Bueno, pasemos ahora a los remedios homeopáticos. ¿Nos recomienda alguno en concreto?

Joshua carraspeó para acallar el sonido.

—Vivian me ha contado lo de tu madre. Qué movida... —comentó Bender.

El chico asintió y dijo:

—Ya está mejor. Le están poniendo la radiación.

—Dale un beso de nuestra parte —intervino Vivian, que desprendió la ceniza del cigarro en una lata vacía de coca-cola.

—Yo se lo doy.

—Justo estábamos oyendo su programa —apuntó Bender señalando la radio.

103

—Está de baja hasta que acabe con la radiación —les explicó Joshua—. Ya solo le quedan tres sesiones.

—Siempre me ha gustado ese programa.

—Es muy informativo —apuntó Vivian.

Joshua apagó la radio. No solía ser brusco pero no pudo evitarlo.

—Por cierto, Viv me ha contado que a lo mejor R. J. y yo podemos pasar.

Bender se rio. Estaba moreno, a pesar de ser pleno invierno, pero la cara se le puso roja de la risa.

—Claro, tengo un montón para vender. Además, he traído cosas nuevas. Estamos diversificando el negocio. R. J. me dijo que te enseñó el cristal que cociné.

—¿Dónde lo hiciste?

—Ahí fuera, en el garaje. El cristal da mucha más pasta que la hierba.

—No nos fiaríamos de cualquiera, Josh —le dijo Vivian—. Espero que lo entiendas. Porque si nos jodes, te cortamos los huevos.

—Lo sé.

—Bien —aprobó la mujer poniendo una mano en el hombro de Bender—. Porque para nosotros eres como un hijo.

Al día siguiente volvió al instituto como si tal cosa.

—Mira a quién tenemos por aquí —dijo la señora Keillor al verlo por el pasillo. Luego añadió sin darle tiempo a saludarla—: Vente conmigo.

Fueron hasta la caseta del señor Pearson sin mediar palabra. Cuando llegaron a la puerta, la mujer la abrió y le dijo:

—Tengo una bandeja para que te la lleves a casa. Se la mandaré a última hora a la señora Stacey.

El chico entró en la caseta y atravesó la mullida moqueta color crema hasta la mesa de Violet. Antes de que esta apartara la vista de la pantalla, el señor Pearson apareció en el umbral de su despacho.

Entraron sin hablar. Joshua se sentó en la silla de madera barnizada donde se había acomodado el día anterior... y una semana antes.

—Has estado faltando a clase. Y ahora vas y te saltas el castigo.

Se quedó mirando a Joshua como si esperara la respuesta a una pregunta que hubiera formulado. El chico intentó cruzar la mirada con él pero en el último momento la desvió a la mesa, hacia una hilera de bolas metálicas que colgaban de cables en un cachivache. Cogió una de las bolas y la soltó para que golpease las demás, se balanceasen y chocaran.

—¿No tienes nada que decir? —le preguntó el director.

—No mucho, la verdad —respondió Joshua intentando parecer educado. En realidad no tenía nada en contra del señor Pearson y pensó en decírselo.

—¿Perdona?

—He dicho que no, que no tengo explicación para estar faltando a clase.

—Y saltándote el castigo.

—Me aburría.

El señor Pearson sonrió.

—Vaya, qué lástima. Me apena saber que no te tenemos lo suficientemente entretenido.

—No he dicho que tengan que entretenerme.

Volvió a hacerse el silencio.

—Sabes qué es lo siguiente, ¿verdad? —Joshua sacudió la cabeza—. Pues yo creo que sí que lo sabes, que eres perfectamente consciente de lo que te espera. De hecho, lo sé porque te lo dije ayer.

El chico aguardó.

Pearson se reclinó en el respaldo de la silla para apartarla de la mesa. Se quitó las gafas y las dejó sobre la rodilla. El pelo castaño le crecía solo en un aro alrededor de la cabeza.

—Te lo has buscado tú solito, ¿lo entiendes?

—Sí.

—Vas a pasarte el resto del día castigado. Y me da igual si te aburres. Me importa un comino. Tienes que quedarte en el aula, y mañana no te molestes en venir. No aparezcas por aquí hasta el jueves que viene. No eres bienvenido, ¿me comprendes? Estás expulsado por una semana. Esas son las consecuencias, Josh. Lo sabes perfectamente. —El señor Pearson lo miró unos instantes y luego volvió a ponerse las gafas y se levantó—. La señora Keillor mandará una carta a casa de tus padres y apuntará las tareas que tendrás que hacer el tiempo que estés sin venir. Estar expulsado no significa que no te responsabilices del trabajo que pierdes. Tienes que hacer los mismos deberes que tus compañeros. Violet te acompañará fuera.

Joshua se pasó el resto de la mañana dibujando motores, carburadores, filtros de aire y bidones hasta que la señora Stacey vio lo que estaba haciendo y le quitó todos los papeles. Leyó un rato *La antología de poesía Norton*, poemas que en teoría tenía que haber leído tres días antes. Repasó la lista y fue tachando los que leía, veintiséis en total, poemas de Stevie Smith, W. H. Auden y HD. No tenía ni idea de qué iban, aunque por lo menos, la mayoría eran cortos. Cerró el libro y se dedicó a escribirse la palabra PORNO en el antebrazo y a dibujarse al lado un hombre con una barba larga y unos cuernos.

Cuando sonó el último timbre del día, la señora Stacey entró con una bandeja de barro recubierta de papel de aluminio.

—La señora Keillor me ha pedido que te dé esto. —Luego, cuando el chico la cogió, añadió—: Ya traerás la bandeja la semana que viene cuando vuelvas.

Salió al pasillo lleno, mortificado por llevar la bandeja en las manos. Vaciló, barajando la posibilidad de dejarla encima de la máquina de refrescos y largarse. Los chavales reían, charlaban, corrían y gritaban a su alrededor, felices de que se hubieran acabado las clases. No habló con nadie mientras iba con la bandeja en las manos, un silencio que lo hizo casi invisible. Fue hasta su camioneta en el aparcamiento. No vio a R. J. por ninguna parte. Tal vez hubiera faltado a séptima hora. Justo cuando salía del aparcamiento, entró Trent Fisher y vio a Lisa Boudreaux por el retrovisor, que corrió desde las puertas del instituto hasta el Camaro de Trent.

—He traído comida que me ha dado la señora Keillor, de parte de las cocineras. Una patatas gratinadas —le dijo a su madre al entrar.

—Qué amables —contestó tendida muy quieta en el sofá—. Puedes cenar eso. —Si se movía, si cualquier cosa de la habitación se movía, si la luz cambiaba, le dolía. Joshua lo notó—.

¿Cómo han ido las clases? —le preguntó con los ojos cerrados.

—Bien. ¿Estás lista para irnos? —Teresa tardó un rato en contestarle, hasta que abrió los ojos, como sorprendida de verlo—. ¿Estás lista?

—Ah… creía que te lo había dicho… Hoy no tenemos que ir. Decidieron que me tomara un día libre porque la radiación estaba dándome demasiadas náuseas.

Joshua fue a sentarse a su lado en el suelo, junto a los perros. Dejó la mano cerca de la de su madre, donde *Sombra* dormía, aovillada como una habichuela contra la cadera de su dueña.

—Creía que la radiación servía para ponerte buena.

—Y me pondrá, cielo. Lo que pasa es que tarda en hacer efecto. Bruce está trabajando en casa de los Taylor…, tiene mucho trabajo…, pero quiere terminar hoy. No piensa volver hasta que acabe, así que vendrá tarde. Ve cenando tú de lo que has traído.

—Vale.

Sombra meneó la cola lentamente, de arriba abajo, acariciándole la mano al chico.

—Te ha llegado la solicitud para los ciclos formativos.

—Ya lo he visto.

—Seguro que te va de maravilla. No te hace falta ni ir, con todo lo que sabes de coches, pero hoy en día a los empresarios les gusta que la gente tenga su título.

Joshua se quitó los zapatos y los calcetines.

—Hoy he escuchado tu programa. —Su madre no respondió ni dio muestra alguna de haberlo oído—. Era en el que hablabas de no tomar somníferos, de que en vez de eso lo suyo es tomarse una manzanilla. —Llevaba años haciéndolo con ellos, preparándoles una manzanilla antes de acostarse. Hasta tenía plantada en el jardín—. ¿Quieres una infusión? —le preguntó, a pesar de que parecía dormida.

—No, gracias. —Teresa abrió los ojos—. ¿No tienes hambre?

—Un poco.

—Pues come, hijo. Pero antes ayúdame a ir a la cama. Creo que voy a pasarme la noche en la cama para coger fuerzas. A ver si puedes ponerme bien las almohadas.

Joshua acompañó a su madre al dormitorio y, cuando la dejó acomodada, se fue al sofá y se comió las patatas gratinadas, apartando los guisantes. Ni los perros los querían. Lavó el plato, lo secó y lo guardó, intentando colaborar. Llenó un vaso de agua para llevárselo a su madre y dejárselo en la repisa al lado de la cama, para que lo viera cuando se despertara, pero no logró entrar en el cuarto, sintiéndose de pronto extraño y tímido. Vio desde el pasillo los pies descalzos de su madre, que sobresalían de las mantas. Le asombró lo familiares que le resultaron, incluso las durezas por el interior de los pulgares. Sintió una punzada en el estómago, muy consciente de todos los sonidos que emitía su madre, los pequeños gemidos y las toses roncas, su cuerpo moviéndose en la cama. Volvió al salón y se sentó en el nido de mantas que había dejado Teresa en el sofá. Ojalá tuvieran tele. Nunca perdonaría a su madre y a Bruce por negársela.

Estaba todo en silencio salvo por el regulador de la estufa de leña, que chasqueaba cuando el fuego empezaba a apagarse. Se levantó, atizó la leña y fue al teléfono. ¿Por qué no llamaba nadie..., ni Claire ni Bruce? Marcó el número de su hermana y contestó David, que le dijo que Claire estaba trabajando y no volvería hasta medianoche, pero que «le encantaría saber que había llamado». Cuando oyó aquello, le entraron ganas de arrancar el teléfono de la pared por alguna razón que no comprendía. ¿Qué sabía David sobre Claire y ella? ¿Qué sabía David sobre nada?

—¿Quieres que le diga que te llame cuando llegue? ¿Es urgente?

Se lo imaginó sentado con una libretita y un bolígrafo, esperando para anotar lo que iba a decir. Le dijo que no, gracias, y colgó. Llamó a R. J., que respondió al momento.

—¿Qué haces? —le preguntó.

—Nada —le contestó su amigo—. ¿Y tú?

—Nada.

—¿Les has contado que te han expulsado?

—Qué va. —Al lado del teléfono había un tablón de corcho y Joshua formó una jota con las chinchetas.

—¿Qué vas a hacer mañana?

—Nada.

Cuando colgó, apagó la lámpara y se echó en el sofá. La luz de la luna arrojaba sombras por las paredes, por el contorno de los muebles y los cuadros de su madre. Se incorporó y se quedó mirando por la ventana a *Lady Mae* y *Beau*, que estaban en el prado. Al rato volvió a echarse y se tapó con las mantas.

Un par de horas después se despertó sobresaltado. Se dio cuenta de que su madre se había levantado y estaba en el baño con la puerta abierta, por donde salía un rayo de luz que dibujaba un rectángulo luminoso en el suelo, a varios palmos de él. La oyó toser y vomitar acto seguido en el váter. Joshua se incorporó, a la escucha, plenamente despierto.

—¿Mamá? —la llamó, pero no se levantó para ayudarla.

Teresa no le contestó y siguió vomitando, dando arcadas ya, ahogándose y vuelta a las arcadas. Cuando terminó, la oyó llorar en voz baja, todavía apoyada contra la taza del váter, su voz retumbando en la taza.

Poco a poco fue recostándose y cerrando los ojos, esforzándose de tal manera por seguir dormido que empezó a creérselo, aunque no tanto estar dormido como ausente; igual que, cuando jugaban al escondite de pequeños, creía ser invisible para Claire, aunque se le viera desde lejos.

Por fin su madre dejó de llorar y se sonó la nariz. Oyó el chirrido del grifo del agua fría, cómo caía, y a ella cogiéndola con las manos y echándosela en la cara varias veces, hasta que cerró el grifo y lo llamó.

No le contestó. Se quedó tan quieto que apenas se permitía respirar. Se obligó a relajar las manos, que tenía apretadas con fuerza sobre el pecho, las soltó un poco e intentó que parecieran las de alguien dormido.

—Joshie —repitió, y luego añadió—: Estoy mal, cielo. —La voz le flaqueaba, le salió un gallo y dio paso a las lágrimas—. Estoy muy mal, necesito que me ayudes…

Estaba dormido. No podía ayudarla porque no sabía que lo necesitaba. Entraría en el cuarto y lo vería. Apretó los ojos y la esperó, deseando que entrara. Respiró por la nariz, concentrándose para que el aire pasara más allá de la parte superior de los pulmones. No acudiría. Nada en él lo haría. Su madre se las arreglaría, Joshua lo sabía, y entonces iría al salón, lo vería en el sofá y él fingiría despertarse en respuesta a su presencia y ella le di-

109

ría: «¿Por qué no te vas a la cama?», y entonces pasaría arrastrando los pies a su lado y subiría las escaleras, un esquema que los dos repetían al menos un par de noches por semana.

Pero no fue así. Con fuerzas renovadas repitió:

—Josh, necesito que busques a Bruce. Tengo que ir al hospital. Estoy muy mal. Estoy muy, muy mal.

Delicadamente, sin mover las manos, primero un dedo y luego otro, se presionó el pecho, como si tocara un teclado. Aquello lo tranquilizó. Se presionó con más fuerza las costillas, con un dedo y luego otro.

—Ay, Dios… —gimoteó su madre—. Solo te pido una cosa: no me dejes morir… No quiero morir… —A continuación se le quebró la voz y gimió con fuerza.

Nunca la había oído sollozar de esa manera. Nunca nadie había sollozado así. Con tal velocidad, tanto rato… Sollozó con tal ímpetu que *Rucio* y *Espía* se levantaron a la vez de su sitio a los pies de Joshua y fueron corriendo, las uñas tintineando en el suelo, y se pusieron a ladrar a su lado.

—Chisss —quiso callarlos Teresa.

Joshua se imaginó las manos de su madre. Que se las llevaría a la cara para restregarse las lágrimas, que se pasaría el pelo por detrás de las orejas, se recompondría. Oyó entonces que les rascaba el cuello a los perros, como a ellos les gustaba, con tanta fuerza que se oyó el repiqueteo del metal de los collares.

—No pasa nada —les dijo con soniquete infantil, volviendo a ser ella—. Estáis preocupados por mamá, ¿verdad? Mamá os ha puesto tristes pero no pasa nada. Mamá está bien. Y ahora hay que callarse, y tenéis que ser buenos perros. No querréis despertar a Josh, ¿verdad?

7

A las cinco de la mañana Claire estaba dándose un baño largo. Cerró los ojos y casi se quedó dormida, pero entonces se despertó, confundida, creyendo por un instante que estaba en su piso de Minneapolis. Pero llevaba ya dos semanas en casa, en Midden, yendo y viniendo a Duluth, turnándose con Bruce para hacerle compañía a su madre en el hospital. Él hacía las noches y ella los días. Volvía a casa agotada, en plena oscuridad, pero luego era incapaz de dormir. Paseaba por la casa encendiendo las luces de los cuartos que no usaba para luego volver a recorrer la casa apagándolas; se arrebujaba con los perros; les tiraba con entusiasmo fingido los mordedores de nudos que le ofrecían para jugar. Le habría gustado que Joshua volviera a casa y hablaran, por mucho que, cuando aparecía muy de vez en cuando, luego prefiriese que no hubiera ido.

Salió de la bañera y se vistió a la luz de la vela que ardía en una botella de vino vacía. Unos minutos antes había oído la camioneta de Bruce por el camino de acceso y a él entrando en la casa. Joshua también estaba, dormido todavía. Encendió la estridente luz de arriba y se miró en el espejo mientras se cepillaba con solemnidad el pelo mojado. Pensó en su madre sola en el hospital, una imagen que no podía soportar. Por lo general, Claire intentaba estar a esas horas ya en el hospital pero ese día le había costado salir de la bañera.

—¿Cómo está? —le preguntó a Bruce cuando entró en la cocina.

—Igual —respondió este.

Estaba amaneciendo pero seguía oscuro. Abrió la nevera y sacó un cartón de huevos.

—¿Que cuándo?, ¿que ayer?

—Sí, que ayer. —Bruce estaba bebiendo café de la tacita metálica del termo.

Claire preparó unos huevos revueltos con tostadas y los sirvió en dos platos que llevó a la mesa. Bruce se hizo un sándwich con lo suyo y se lo comió devorándolo, a grandes bocados, con los codos apoyados en la mesa.

—Bueno, entonces, ¿a qué te refieres con igual que ayer? —le preguntó la chica, que aún no había tocado la comida—. Porque cuando salí ayer por la noche estaba bien, aunque había tenido varios bajones durante el día.

Bruce dejó el sándwich en el plato, la miró y puso cara tensa, como si fuera a decir algo, pero se lo pensó mejor y, en lugar de eso, alargó la mano para acariciarle el hombro.

—Está muy cansada —dijo al poco.

El día anterior Teresa había empezado a decir cosas raras, a ver gente que no estaba y a insistir en que el teléfono estaba sonando cuando no era así. Uno de los médicos le había pedido a Claire que lo acompañara al pasillo para poder decirle que «la cosa no pintaba bien». Se había enfrascado en una fastidiosa conversación con él, centrado en su intento por hacerle definir sus términos. Todos y cada uno. ¿A qué se refería con «la cosa»? ¿A qué se refería con «pintar»? ¿Qué quería decir con «bien»? Hacía dos semanas habían ingresado a su madre en el ala de cuidados paliativos del hospital, pero no porque fuera a morirse, sino porque en oncología estaban todas las camas llenas; sin embargo, ahora que habían quedado varias libres, los médicos habían decidido que no merecía la pena trasladarla.

Joshua llegó vestido a la cocina, aunque apenas despierto, con el pelo disparado en distintas direcciones.

—Buenas.

—Te he dejado huevos —le dijo Claire señalándole la hornilla.

Joshua cogió un plato, se sirvió de la sartén y se sentó a la mesa.

—Podrías venir hoy conmigo, Josh. A mamá le gustaría.

Su hermano masticó lentamente la tostada, untada con la

mermelada de cerezas de Virginia que había hecho su madre el otoño pasado.

—Pensaba ir a ver a Randy para lo de la camioneta.

—Puedes ir a verlo luego —repuso Claire, que miró a su hermano fijamente mientras este seguía comiendo—. Por favor. Porfa, porfa… —Y entonces, al ver que seguía comiendo sin dar su brazo a torcer, le dijo furiosa—: Hay cosas más importantes en la vida que las camionetas. Mamá es más importante que una camioneta.

—Es que la necesito. Te lo dije ayer. Mañana iré a ver a mamá.

Se quedó mirándola unos instantes, como desafiándola. Su hermana llevaba unos pendientes plateados en forma de manos que daban vueltas y se le enganchaban en el pelo.

—A tu madre le gustaría verte —intervino Bruce con mucho tacto.

—Por eso mismo voy a ir mañana.

Claire se metió un bocado de huevos en la boca y tuvo que obligarse a masticarlo, como si fuera un puñado de pastillas blandas. Era consciente de que, aunque estaba comiendo, parecía una persona que fingía comer. Se levantó y vació el plato en el de los perros. *Espía* y *Rucio* entraron a trompicones en la habitación y los huevos desaparecieron en un visto y no visto.

—Me voy —anunció Claire poniéndose el abrigo.

—Nos vemos esta noche sobre las ocho —le dijo Bruce.

—Venga.

—Ya te dije que no podía ir hoy. No sé por qué tienes que ponerte así —terció Joshua.

—No me pongo de ninguna manera —repuso Claire; a veces odiaba a su hermano con toda su alma. Pensó en decírselo: «Te odio con toda mi alma». Ya se lo habían dicho antes, de pequeños.

Se había puesto el abrigo dando muestras de estar ofendida, pero entonces se calzó las botas con más tranquilidad, como para demostrarle que no iba a dejar que le afectara su actitud.

—¿El coche te va bien? —le preguntó Bruce.

—Sí, sí. —Fue a la puerta y la abrió—. Adiós —gritó desde el porche.

—Las carreteras resbalan mucho —le advirtió Bruce.

—Saluda a mamá —le dijo Joshua a su hermana cuando esta cerraba la puerta.

En marzo el trayecto hasta Duluth se hacía en noventa y cinco minutos. Claire los tenía contados. Siete minutos para llegar al asfalto, trece hasta Midden y luego una hora y cuarto rumbo este hasta Duluth. La mayor parte del tiempo la carretera estaba vacía. Cuando se cruzaba con algún otro coche, lo saludaba aunque no lo conociera y siempre le devolvían el saludo, pero, conforme se acercaba a Duluth y se cruzaba con más coches, menos gente la saludaba, hasta que llegaba al tráfico fluido de la mañana en el centro y tampoco ella saludaba a nadie.

Aparcó al lado del hospital Saint Benedict. Cuando se acercó a las puertas, estas se abrieron con una bocanada de aire caliente. Pasó por delante de la recepción, de la floristería, del carrito de los cafés y de la tienda de regalos y fue directa a los ascensores que la llevaron cuatro plantas más arriba, hasta la habitación de su madre.

—Qué guapa —le dijo Teresa al entrar—. Pareces Caperucita Roja.

Tenía los ojos abiertos y despejados; desde que le ponían morfina, Claire no sabía a qué iba a enfrentarse cada día al llegar: su madre podía estar sumida en un sopor profundo y al cabo de una hora volver a su antiguo ser.

—Me he puesto tu abrigo.

Claire se quedó al borde de la cama y le masajeó los dedos de los pies. Era la única parte a la que podía acceder libremente, sin el enredo de tubos, bolsas con líquidos y carritos con las máquinas que había a la cabecera de la cama.

—Siempre fue mi favorito —comentó Teresa—. Me lo ponía para patinar sobre hielo cuando estaba en el instituto.

Claire metió las manos en los bolsillos del viejo abrigo de su madre, que era de lana roja. La habitación estaba llena de jarrones con flores, que despedían el olor de sus botones negros, exuberantes, angulosas y luminosas.

—Te lo ponías más veces. Te lo recuerdo puesto todo el tiempo.

—Ahora me lo pongo para dar de comer a los pollos y a los caballos. Es mi abrigo de establo.

—Ya —dijo Claire.

De pronto temió que su madre empezara de nuevo a delirar, a pesar de que todo lo que acababa de decir era cierto. El día anterior había jurado que alguien llamado Peter había intentado afeitarle las piernas. Claire se sentó, se quitó el abrigo, cogió el libro que estaba leyendo y quitó la hoja prensada con la que había marcado la página. Giró la hoja seca por el tallo y la sostuvo en alto.

—¿Qué es esto? —le preguntó a su madre para poner a prueba su cabeza.

—Una hoja.

—Sí, pero ¿de qué árbol?

Teresa respiró hondo y aguantó el aire, como si estuviera haciendo yoga, y luego lo soltó lentamente.

—De álamo temblón —contestó mirando a Claire en lugar de a la hoja. Los brazos apenas se le movían de la cama y tenía las muñecas parcheadas de esparadrapo para sujetar las vías—. También conocido como chopo.

—Correcto —le dijo Claire, que en realidad no sabía si era de álamo temblón o no, porque nunca se había molestado en aprender esas cosas.

—*Populus tremulus* —apuntó Teresa arrastrando las sílabas latinas.

Una vez había hecho un especial de *Pioneros de hoy en día* sobre los nombres botánicos de los árboles y las hierbas más comunes en el norte. La semana antes de emitirlo los había examinado a los tres sobre el tema. Claire intentó recordar alguno, para demostrarle a su madre que había prestado atención, pero no pudo.

—¿Dónde está Bruce?

—Se fue hace un par de horas, mamá. Tiene que ir a trabajar. ¿Te acuerdas?

—Ah, ya me acuerdo. Pensé que lo había soñado. ¿Dónde está Josh?

—Te manda saludos. Vendrá mañana.

Claire se puso a ordenar los objetos que había sobre la mesita para no tener que mirar a su madre: una barra de cacao para los labios, una caja de Kleenex, una taza de Gatorade caliente. Su madre llevaba dos semanas ingresada en el hospital y Joshua no se había dignado a ir ni una sola vez.

—Te he traído una cosita —le dijo al rato, y rebuscó en su mochila.

Sacó una piruleta de miel y jengibre que había comprado en la tienda de comida ecológica y se la dio a su madre, que llevaba tres días sin comer. El tratamiento con la radiación había empezado a descomponerle el estómago y vomitaba trozos en una palangana amarilla que tenía enganchada a un lateral de la cama.

—Gracias —le dijo su madre, que se llevó la piruleta con mano temblorosa a la boca. Se le habían formado ampollas grandes en los labios, quemados por el ácido del estómago—. A lo mejor me sienta bien. Por cierto, el jengibre es bueno durante el embarazo. Es una cura natural para las náuseas.

—Ya lo sé. —Y era verdad: también eso había salido en *Pioneros de hoy en día*—. Y la menta —añadió, y su madre sonrió a modo de asentimiento.

Claire apartó la percha de la vía hacia la pared para poder acercarse a su madre y acariciarle la cabeza. Tenía el cabello encrespado y seco como los juncos que crecen entre las grietas de las rocas.

—Ay —gimió Teresa—, no me toques, que me duele. Me duele todo… No puedes ni imaginártelo… —Cerró los ojos; seguía con la piruleta en la mano—. Vamos a quedarnos sin decir nada. Eso es lo que más quiero ahora mismo. Estar juntas y descansar.

Claire le cogió la piruleta a su madre. Al rato de tenerla en la mano empezó a comérsela.

Teresa se quedó tendida con los ojos cerrados. Tenía la cara colorada, como si tuviera fiebre. Otras veces estaba más blanca que la nieve. Claire pensó en cantarle una nana pero no se sabía más que un par de frases de alguna que otra. No recordaba que su madre les hubiese cantado nanas de pequeños. Les tarareaba otras cosas, canciones de risa, o con letras que iba inventándose al vuelo. O baladas tristes de Joan Baez o Emmylou Harris. Pensó que su madre no querría escucharlas en ese momento, de modo que se quedó a los pies de la cama, lamiendo la piruleta y escuchándola respirar, a la espera de oír la regularidad que le anunciaba que dormía. Cuando por fin la percibió, miró la cara de su madre en busca de señales de alivio, pero no aparecieron. Su expresión era de tensión permanente. Claire no distinguía si era algo nuevo, por el cáncer, o si siempre la había tenido así, enmascarada por la luz corriente del día. Tenía la barbilla hundida, lo que le dejaba fofa la carne de debajo, mientras que la boca estaba extrañamente alerta, arrugada y un poco manchada de vómito. Pensó en los anuncios de televisión con niños hambrientos, a los que se les pegan las moscas en el rabillo del ojo pero no tienen ni fuerza para espantarlas. Qué insoportable era ver aquello, más que cualquier otra cosa, más que todo lo demás, que la falta de comida, de agua, de amor, que eran mucho peores.

Cogió una toallita, la humedeció y le limpió la cara con cuidado.

—Gracias, cielo —dijo Teresa sin abrir los ojos, sin moverse ni dar más indicio de estar despierta. Y entonces añadió—: Anoche estuve pensando en un montón de cosas. Como aquella vez que me encerré en el baño.

—¿Qué vez?

—Tienes que acordarte. —Teresa abrió los ojos y miró a su hija.

117

—No me acuerdo.

—Estaba enfadada con vosotros. Tú tendrías cinco años. No sé qué es lo que habíais hecho. Seguramente se juntaron varias cosas. —Le sonrió. Incluso en esos momentos su belleza era como un farolillo chino colgado de un roble—. Fue justo antes de dejar a tu padre definitivamente. El caso es que… Nadie te dice cómo va a ser. Estaba tan cabreada que quería haceros daño, y me refiero a daño físico. Bueno, en realidad no, no habría podido, pero en esos momentos me veía capaz. Eso no te lo cuentan cuando te conviertes en madre, nadie quiere hablar de algo así, pero todo el mundo tiene su límite, incluso con los niños. Especialmente con los niños. —Rio sin fuerzas—. Total, la cosa es que me encerré en el baño para calmarme.

—Probablemente fue buena idea —dijo apática Claire, que se había sentado en el sofá de vinilo con la toallita mojada al lado.

—¡Ay, cómo te pusiste! ¡Qué rabieta! No soportabas que no te dejara entrar. Arremetías contra la puerta con toda tu fuerza. Pensé que ibas a hacerte daño, que te romperías algún hueso. Tuve que salir para evitarlo. —Siguió con una sonrisa en la cara y se quedó mirando fijamente a Claire. Al rato añadió—: A veces, cuando erais pequeñitos, se me pasaban locuras por la cabeza. Cosas que no haría, y que no sé ni de dónde me venían.

—¿Como qué?

—Cosas horribles. Como estar cortando verduras y pensar en cortaros la cabeza.

—¡Mamá!

—No pensaba hacerlo pero me venía a la cabeza. Creo que es natural, que era la forma que tenía la naturaleza de ayudarme a asimilar la responsabilidad.

Claire extendió la toalla en el brazo de madera de la silla para que se secase.

—Cuando *Sombra* era pequeñita y la llevaba en brazos, a veces me daba la sensación de que iba a dejarla caer y la idea me asustaba hasta que la ponía en el suelo.

—Sí, algo parecido. No es lo que quieres hacer, sino lo que podrías hacer.

Claire cogió un sobre.

—Los de la radio te han mandado una tarjeta.

—Qué amables.

—¿Quieres que te la lea? —le preguntó rasgando ya el sobre.

—Luego, si eso…

Claire contempló a su madre mientras dormía o lo intentaba. Cuanto más la miraba, más extraña le parecía, como si no la conociera de toda la vida. Había sentido ese mismo desconcierto hacía años, cuando le habían explicado cómo se hacían los niños. Lo que le pareció confuso no eran los hechos, ni el misterio del sexo, el parto o la procreación, sino el porqué: ¿por qué tenía que existir la gente?, ¿o los peces, los leones o las ratas, ya puestos? Sintió entonces que un nuevo interrogante se apoderaba de ella. Si tenía que existir la gente, los peces, los leones y las ratas, ¿por qué tenían que morir? ¿Y por qué, ante todo, tenía que pasarle a su madre? Se levantó queriendo apartar la idea de la cabeza y atravesó lentamente la habitación para ir a mirar la calle por la ventana. Se quedó muy quieta y estirada, muy consciente de su quietud y su estiramiento. No entendía cómo pero todo aquel padecimiento le había mejorado la postura. También, y eso era más comprensible, había adelgazado. Tenía la sensación de que el cuerpo se le había convertido en algo frágil, como la rama de un árbol o el mango de una escoba.

Se apartó de la ventana y cogió la tarjeta de los amigos de la emisora. Tenía por delante una fotografía en sepia de una mujer en una carreta tirada por bueyes. Dentro había una constelación de mensajes, todos con la misma misiva: «Ponte bien pronto». Colocó la tarjeta en la repisa de la ventana y salió del cuarto dejando a su madre dormida.

Ya estaba familiarizada con los pasillos, las salas del hospital y los pequeños rincones donde podía ir si quería algo de intimidad o distraerse un poco. Las enfermeras le sonreían cortésmente al verla. Iba todos los días a la tienda de regalos y se quedaba mirando los vasos de chupito, los llaveros, los relojes sonrientes y los ositos de peluche. Había una cesta llena de juguetitos y estaba obsesionada con uno en particular, pero no se decidía a comprarlo: una bandejita de cubos con letras con los que se podían formar palabras. Tenían que ser todas de cuatro letras. Se quedaba en la tienda y jugaba a deletrear «vara», «tiro», «lago», «agua», «velo», «mear», «gato», y así hasta que la dependienta parecía molestarse y entonces dejaba el juego y se iba. Recorría los largos pasillos hasta el ala de maternidad: tras una serie de puertas y un ascensor, pasaba por cardiología, radiología y neurología y atravesaba un puente interior que salvaba la calle de abajo. Los bebés eran diminutos y no especialmente bonitos, aunque al menos la animaban. Los miraba desde el otro lado de la cristalera, sin quererlos pero con unas ganas locas de cogerlos en brazos. Olían bien, a pesar del cristal, como a verduras cuando todavía tienen tierra.

—¿Algún sobrinito? —le preguntaba todo el mundo.

—No, solo estoy de visita —les respondía también jovial.

Y luego se iba, daba un rodeo por el hospital de día y volvía a cuidados paliativos a través de oncología. Había pocos pacientes más aparte de su madre, una sola mujer de la edad de Teresa y los demás, un puñado de ancianos. Los entreveía al pasar por delante de las habitaciones y había llegado a conocerlos como se conocen las casas de una calle familiar: la mujer con el agujero en la garganta, la mujer calva que no paraba de dormir, el hombre que siempre estaba liándola y tenían que atarle las extremidades a la cama, el otro que saludaba y gritaba «¡Jeanie!» a todo el que pasaba, hasta que un día Claire se paró.

—¿Jeanie? —preguntó el hombre.

Tenía voz joven, a pesar de su edad. Muy mayor, como casi todos: gente que era tan vieja que ya nadie la conocía, o en caso contrario, solo recibía visitas los domingos.

—Sí —asintió Claire, que se quedó en el umbral mirándolo por la puerta abierta.

—Jeanie —repitió aliviado el hombre.

—Sí.

—¿Jeanie?

—Sí. —Claire removió las manos en las muñecas del jersey.

—Tú no eres Jeanie —dijo por fin el hombre, con suavidad, como si temiera herir los sentimientos de la chica—. Yo conozco a mi Jeanie y tú no eres.

Una enfermera apareció entonces con la bandeja de la comida y empujó la puerta pasando al lado de Claire.

—¿Está molestándote?

—No.

—No le hagas caso.

—Ay, Dios —exclamó el hombre, incorporándose en la cama y dejando colgar por el borde los pies, que tenían un extraño color morado y unas uñas que necesitaban un buen corte.

—Que te entre por una oreja y te salga por la otra —le dijo la enfermera, que se rio estrepitosamente.

Al fondo del pasillo había un cuarto reservado para los parientes de los que estaban en cuidados paliativos. Tenía un cartelito de madera en la puerta con letras en relieve que decía: SALA DE FAMILIAS. Dentro, el mismo pintor había dibujado un arcoíris gigante en la pared y, en una punta, una olla dorada con un elfo gordito bailando una giga. Había también un sofá naranja, una nevera, un microondas, una cafetera y un dispensador de agua caliente y fría.

Claire solía ir a beber té de hierbas en vasitos de papel y a leer el tablón de anuncios. Había carteles que anunciaban grupos de apoyo para gente con sida, con fatiga crónica, para padres de bebés prematuros o gemelos, para drogadictos y anoréxicos. Los leía a diario, como si los viera por primera vez. Había también un televisor, pero no tenía fuerzas para encenderlo. Por lo general tenía el cuarto para ella sola. Un día apareció un hombre.

—Hola. Me llamo Bill, Bill Ristow.

—Yo soy Claire, Claire Wood. —Le dio la mano mientras sostenía en la otra el vasito de papel vacío; era tan maleable, suave y húmedo como el pétalo de una lila.

—Mi mujer está en la cuarenta y nueve. Tiene cáncer. —Se rascó la cabeza con un dedo rosado—. Debes de ser nueva por aquí.

—Más o menos. Llevamos aquí…, mi madre, dos semanas. No teníamos ni idea. Sobre el cáncer, me refiero. Llevaba un tiempo con un resfriado muy fuerte que no se le quitaba y, de pronto, tenía cáncer por todo el cuerpo. —Se detuvo y miró al hombre; tenía los ojos castaños y hundidos en las cuencas. Le sonrió, borró la sonrisa y prosiguió—: El caso es que hace poco más de un mes que nos enteramos de que tenía cáncer y ahora parece que no hay nada que hacer.

Se quedó mirando los refuerzos demasiado toscos de la puntera de los zapatos. No sabía qué decir o dejar de decir. No le pareció que fuera a llorar. Había perdido el control sobre ambas cosas.

—Dios santo —dijo Bill, jugueteando con unas monedas en el bolsillo. Estaba haciéndose un café. El agua caía gota a gota en la jarra—. Bueno, pequeña, siento decírtelo pero en cierto modo tienes suerte. No es ningún camino de rosas cuando se alarga. Nance y yo… llevamos seis años bailando la danza del cáncer.

Era mayor que ella, sin ser viejo, sino más bien de la edad de su madre. Pensó que quizá había practicado lucha en el instituto, porque tenía un cuerpo ancho y musculoso que le recordaba una pared de piedra o algo parecido; también su cara era… primitiva. No era guapo pero tampoco feo. Bill cogió una taza en la que ponía ¡WYOMING! del armario y otra con un corro de verduras cogiéndose las manos y las llenó ambas de café. Le pasó a Claire la de ¡WYOMING! sin preguntarle si quería.

—Tú y yo tenemos mucho en común —le dijo.

Claire no respondió ni se bebió el café. No le gustaba, pero se quedó la taza entre las manos. No le importó nada.

Por la tarde llamó a David desde la cabina que había al lado del puesto de enfermeras. Marcó el número de la casa que compartían, por mucho que, pese a haber pasado muy poco tiempo, ya no tuviese la sensación de vivir allí. Mientras esperaba a que respondiera, se dio cuenta de que había una mujer a su lado. Al volverse para mirarla, esta le sonrió y la saludó con la mano con mucha energía, como si estuviera muy lejos en vez de incómodamente cerca.

—Hola —susurró Claire, todavía con el auricular pegado a la oreja, mientras seguía sonando el tono de llamada una y otra vez.

—Esperaba poder pillarte —dijo la mujer tendiéndole la mano—. Me llamo Pepper Jones-Kachinsky. Soy la terapeuta, la especialista en duelo. El otro día conocí a tu padre... a tu padrastro... Bruce.

—Ah —dijo Claire, que colgó el teléfono—. Hola.

Pepper se acercó más, le cogió la mano y se la estrechó, pero no se la soltó.

—¿Cómo estás? —le preguntó la mujer con ojos tristes y vidriosos—. Claire, quiero que sepas que..., ay, qué horror lo de tu madre..., y me gustaría que supieras que mi puerta está siempre abierta si quieres que hablemos sobre lo que estás pasando. Las veinticuatro horas, los siete días de la semana, como suele decirse.

—Gracias —respondió educadamente Claire. No quería que la consolaran, lo único que quería era una cosa: que su madre siguiera con vida—. Lo que pasa es que no sé si servirá de algo. —Pepper seguía con los ojos clavados en su cara y cogiéndole la mano—. Me refiero a que... —tartamudeó—, no es que no quiera hablar con usted...

—Me encantaría. Me encantaría que lo hicieras. —Tenía dos trenzas grises enrolladas en sendos moños y cogidas a ambos lados de la cabeza.

—Pero no puedo, eso es lo que pasa. Estoy muy liada todo

el día, tengo que estar con mi madre. —Claire notaba la mano caliente y empapada; hizo un intento infinitesimal por zafarse del agarre de Pepper.

—No tienes que pedirme cita. Estoy a tu entera disposición. Yo no soy de trabajar de ocho a cinco. —Se llevó un dedo a los labios y las patas de gallo se le arrugaron en un gesto pensativo—. Veamos… ¿qué tal ahora?, ¿por qué no vamos ahora mismo a mi oficina?

—Hum… —titubeó Claire señalando la cabina—, en realidad estaba a punto de llamar a alguien…

—Ah, vaya —dijo Pepper decepcionada, como si no se hubiera fijado en que había estado todo el rato en la cabina.

—Aunque a lo mejor… —empezó a decir Claire, que no quería herir los sentimientos de Pepper; tal vez, si nadie hablaba con ella, la echarían del trabajo—. Un ratito.

—¡Estupendo! —exclamó Pepper, que encabezó la marcha hacia la oficina.

Primero hablaron de Joshua. De por qué no estaba nunca, por qué no iba a visitar a su madre al hospital, por qué cada vez que lo veía estaba fumado. Pepper le explicó que aquello se llamaba disociación, la forma que tenía Joshua de sobrellevarlo. Estaban sentadas en sendas mecedoras de madera con mantas afganas de muchos colores sobre los respaldos. Claire se meció sin parar durante un rato y luego se detuvo en seco.

—¿Y qué me dice de usted? —preguntó con timidez Claire, cuando parecieron no tener nada más de que hablar.

—¿De mí?

—Sí, bueno… No sé, ¿cuánto tiempo lleva trabajando aquí?

Pepper le contó que antes había sido monja pero que se había casado con un enfermero llamado Keith que había conocido en una reserva india de Nuevo México. Le contó que este se había enganchado al juego cuando su primera mujer lo dejó.

—Cada cual tiene su forma de vivir el duelo —le explicó—. Y esa fue la de mi marido. Tu hermano tiene la suya y tú la tuya. No hay una mejor que otra, ni ninguna mala. Todos los caminos llevan a la cima de la montaña.

—¿La cima de la montaña?

Pepper no respondió. Se reclinó en la mecedora, entrelazó

123

las manos en el regazo y miró con cara de experimentar un asombro extraordinario, que era, tal y como Claire acabaría comprendiendo, la forma en que siempre miraba. Como si tuviera en la mano un rubí gigante; como si cayera una lluvia muy fría y suave sobre su cabeza caliente y agradecida.

Sin previo aviso, Claire se echó a llorar. Lo único que había hecho había sido coger aire pero, cuando fue a exhalarlo, rompió a sollozar, boqueando, jadeando y berreando con fuerza. Avergonzada, alargó la mano para coger un pañuelo de la mesa que había entre las dos, se sonó la nariz y cogió otro. Para reponerse, se concentró en la fila de muñecas hechas con hojas de maíz que había al borde de la mesa de Pepper y fue a la repisa de la ventana, desde donde se veía el puesto de enfermeras.

—Dios está contigo y está también con tu hermano —dijo por fin Pepper—. Y con tu padrastro y con tu madre. Dios está al lado de cada uno de vosotros, cogiéndoos de la mano, seáis conscientes o no.

—No lo creo —gimió Claire. Estaba tomando pequeñas bocanadas de aire e intentando recuperar el control—. A lo mejor para usted, pero no para todo el mundo.

Pepper se quedó mirándola con aquella manera que tenía: alegre, sagrada, asombrada y con los ojos clavados en quien estuviera mirándola, lo que impedía que Claire cruzara con ella la vista por mucho tiempo seguido. La terapeuta cogió la manta afgana del respaldo de la silla y se la echó por los hombros, aunque no tenía frío.

—Tú no eliges a Dios. Dios te elige a ti —dijo Pepper, y Claire se echó otra vez a llorar, si bien con más suavidad, dejando caer borbotones de lágrimas silenciosas—. Eres especial para Dios, Claire. Sé de corazón que lo eres, y tu madre también.

—Pues yo no lo sé —la cortó la chica presionándose el pañuelo contra la nariz—. Es que… yo no siento su presencia. Ni siquiera sé si es un él. Podría ser una mujer, ¿sabe? ¿Alguna vez se lo ha planteado? O a lo mejor ni siquiera es una persona. ¿Y no se supone que Dios tiene que ayudarnos, que protegernos o algo así? Yo no me siento nada protegida. ¿Y qué sentido tiene Dios si no lo sientes? —Lloró con unos pequeños jadeos hasta que volvió a calmarse y se sonó la nariz—. Me parece todo tan… indirecto… Yo necesito más que eso.

Pepper sonrió con amabilidad.

—Dios no es una línea telefónica de ayuda. Uno no marca su número sin más. No. El problema es que tú, bueno, yo también, todos y cada uno, esperamos felicidad. Dios tiene un plan para todos y cada uno de nosotros y puede que en este momento, para ti, pastelito, su plan no sea la felicidad. Estamos a merced de lo Divino. ¡Hasta el último de nosotros! —Miró con tristeza a la chica, cruzó las piernas y se alisó la tela de los pantalones por los muslos—. ¡Mira tú!, se me ha desatado el zapato. —Se agachó para atárselo.

Claire no dijo nada. Las lágrimas le caían a raudales por la cara y le bajaban en ríos calientes que le goteaban por la barbilla mientras Pepper la observaba en silencio, hasta que, de pronto, se levantó de la mecedora y se inclinó para abrazarla.

—Ay, angelito, qué pequeña. Sé que es duro. Lo sé.

Pepper le cogió la cara con ambas manos y la besó en la frente. Luego se sentó en el suelo y le frotó los tobillos. Cuando terminó, apoyó las manos detrás y le habló de su vida cuando era monja. La llamada, cómo lo supo, cómo lo sabía desde que tenía diez años, que quería ser monja, a pesar de que sus padres no la apoyaban. Su familia tenía una gran empresa que manufacturaba productos de papel. Habían sido la familia más rica de Duluth durante más de un siglo. Calles, barcos, parques y hasta un museo al que Claire había ido de excursión en sexto llevaban su apellido. Pepper había renunciado a todo eso y había sido monja durante treinta y dos años, de los veintidós a los cincuenta y cuatro. Había vivido en Chicago y luego en Green Bay. Pero la mayor parte de esos años había estado en El Salvador llevando una granja de cabras con otras tres monjas estadounidenses y tres salvadoreñas, hasta que un día una banda de hombres había asaltado la casa y había secuestrado a todas las monjas menos a Pepper, que casualmente estaba fuera dando de comer a las cabras cuando había empezado la conmoción. Se metió en un barril de avena y se quedó allí dos días, intentando no hacer ruido ni pensar en agua. Entretanto, el resto de monjas fueron raptadas y violadas repetidamente, torturadas con tijeras, varios cigarros y una picana eléctrica, para después ser tiroteadas en la cabeza, regadas con gasolina y quemadas.

125

Claire se enjugó la cara con el pañuelo hecho una bola. Le entró hipo y escuchó con mucha atención. Fue de gran ayuda.

—O sea, que ahora eres amiga de una fanática religiosa —le dijo su madre a la mañana siguiente y, antes de que Claire pudiera responder, añadió—: Y pensar que te crie yo...

—Pepper no es una fanática. Además..., ¿quién dice que sea mi amiga? Solo he hablado con ella una vez. Yo a eso no lo llamo ser amigas.

—No pienso decir nada al respecto —dijo Teresa, acariciándose un pie con otro—. Nada más lejos de mi intención decirte lo que tienes que hacer. Te he criado para que pienses por ti sola. Si quieres un dios, ve a dar un paseo por el bosque. Lee un libro. ¡Lee a Emily Dickinson! ¿Qué estás leyendo últimamente? No me digas que estás con alguna patraña religiosa...

—Mamá...

Claire le contó que un escuadrón de la muerte de extrema derecha casi asesina a Pepper, y lo de la reserva navaja y su reciente casamiento con Keith.

Teresa se rascó el brazo, ablandándose.

—No es que esté en contra de la fe —dijo fatigada—. Estoy en contra de pensar que los humanos son malos e indignos. Todo eso ya me lo sé, muchas gracias. Me lo metieron por la boca en el desayuno, la comida y la cena durante dieciocho años, pero quise que Joshua y tú vivierais aparte de todo eso.

—Entonces, ¿por qué nos bautizaste?

Teresa volvió la cara hacia Claire, alarmada, como un águila con las plumas erizadas.

—Me encontraba muy débil por el parto, para que lo sepas. Aturdimiento por maternidad, como quien dice. Y era la costumbre por entonces, listilla. Además, en caso de que todo ese rollo macabeo de ir al infierno resulte ser verdad, ya me darás las gracias. Estaba salvaguardándote contra la condena eterna.

—Bueno, no se puede estar en misa y repicando, mamá.

—Vale, soy una madre horrible. Lo he hecho todo mal. Perdóname.

—No estoy diciendo eso. Solo digo que Pepper no es una fanática religiosa.

—Eso parece —musitó Teresa a regañadientes.

—¿El qué?

—¡Que he dicho que vale!

Claire se sentó en el ancho poyete de la ventana.

—¿Qué tiempo hace ahí fuera? —preguntó Teresa.

—Está nevando.

Se quedaron calladas varios minutos y entonces Claire dijo:

—No es nada, mamá. Solo he hablado con ella, no me voy a meter a monja ni nada de eso.

—Ya lo sé, cielo. —La morfina le provocaba una voz cantarina que Claire había llegado ya a reconocer—. No quería discutir. Te entiendo perfectamente. Eres igualita que yo. Una buscadora.

A breves intervalos, fue volviendo la cabeza hacia Claire, que seguía en la ventana.

En cuanto su madre se quedó dormida, Claire fue a dar un paseo por el corredor, pero con otra disposición, con un vagar más cohibido, buscando a Bill sin permitirse reconocerlo. Pasó por delante de la habitación de su mujer, mirando hacia el frente y luego, al rato, oyó que la llamaban por su nombre.

—¿Quieres ir a comer algo? —le preguntó Bill acercándose. Tenía un lado de la cara lleno de arrugas, como si hubiera estado echado.

Fueron a un local a un par de manzanas del hospital que se llamaba Salón Ribera. Era un bar oscuro, sin ventanas, iluminado solamente por unas tenues bombillas amarillas y letreros de cerveza Leinenkugel. Pidieron dos vodkas con zumo de pomelo y fueron a sentarse a un reservado. Aparte de ellos solo estaba la camarera de la barra y una anciana con las cejas pintadas que veía la tele sentada en un taburete.

Bill le contó a Claire que se había criado en Fargo, se había enrolado en la Marina y había pasado casi dos años en Oriente Medio, metido en un barco. Antes de enrolarse se había casado con su novia del instituto, una tal Janet, y, para cuando volvió, esta se había hecho un tatuaje en el culo de un dragón echando fuego por la boca y estaba liada con un tipo llamado Turner, que era el líder de una banda de moteros de Manitoba.

127

—Así es la vida —sentenció dando un sorbo vacilante a su bebida. Para él era importante que bebiesen lo mismo; en un principio había pedido una cerveza—. ¿Te importa que te pregunte una cosa? ¿Tienes algún tatuaje?

Claire negó con la cabeza. Bill se arremangó entonces la camisa y le enseñó el interior del antebrazo: un puma, listo para saltar.

—Hazme caso y no vayas a hacerte ninguno. Es mala idea, sobre todo para las mujeres.

—Pues me lo he planteado. Tal vez una cadeneta de margaritas...

—En fin..., el caso es que después de la historia con Janet, me fui con mi corazón roto a Alaska para trabajar en una envasadora de salmón. Se gana dinero pero es un trabajo muy duro. Algunos llaman trabajo a cualquier cosa. Como los que van al curro en camisa blanca. Allí conocí a Nancy, que trabajaba también en la envasadora (es muy común que haya mujeres), pero no fue entonces cuando empezamos a salir. Nos encontramos unos cinco años después, cuando me mudé a Duluth por un trabajo (organizo los horarios de entrada y salida de los barcos en el puerto) y pensé: ¿a quién leches conoces en Duluth? Y en realidad no había llegado a olvidarme de Nancy. La había conocido tiempo atrás y seguía pensando en ella y sabía que era de aquí, así que la busqué en el listín telefónico y pensé: ¿por qué leches no la llamo? Y el resto, como dicen, es historia...

Bill le preguntó a Claire dónde vivía, sobre su familia, si le gustaban los inviernos de Minnesota, si había ido alguna vez a California. Quiso saber cuál era su película favorita, si creía que existía vida en otros planetas y si quería tener hijos.

—Nosotros estábamos pensando en tener hijos cuando ¡bum!... Le encuentran el cáncer a Nancy. —Miró a su alrededor; tenían enfrente una hilera de maquinitas donde se repetían en bucle pantallas con bolas que se quebraban, cohetes que explotaban, coches que chocaban y hombrecillos encapuchados que blandían hachas—. Bueno, ¿comemos o no? —le preguntó.

—Se me ha pasado el hambre.

—A mí también. ¿Quieres otra copa?

—No sé. —Sentía la primera corriéndole por dentro y era agradable. Tenía la sensación de que todo iba a salir bien, de que su madre no estaba tan mala como parecía y, si lo estaba, Claire lo aceptaría con calma y sensatez—. Me da igual una cosa u otra. Si tú te la tomas, te acompaño.

—No me hace falta —dijo Bill, y ambos compartieron un silencio.

En ese momento entró en el bar una mujer con sarpullido en la cara y un cubo de flores en la mano y les preguntó si querían una. Le dijeron que no pero Bill se lo pensó mejor, volvió a llamarla y le compró un ramo. Claveles rojos con un arreglo de hojas y velo de novia. Las dejó en una silla a su lado.

—Es agradable hablar contigo, Claire.

—Ya.

—No hay mucha gente con la que hablar…, gente en esta situación, por decirlo de alguna manera.

—No.

—Nadie quiere escucharlo. Sí, claro, quieren saber qué pueden hacer por ti y todo eso, vale, pero en realidad nadie quiere escucharlo.

—No —coincidió Claire. Estaba sentada sobre sus manos. Se mecía hacia delante de vez en cuando para beber de la pajita—. Sé perfectamente a lo que te refieres. —Había nombres y mensajes tallados en la mesa: «Tammy Z., zorra», ponía delante de ella.

Bill se tosió en el puño y luego le preguntó:

—¿Tienes novio en Minneapolis?

Claire le contó sobre David, que estaba estudiando en la facultad, una combinación de ciencias políticas y filosofía, literatura e historia, sin estudiar nada de eso por separado.

—Ya sé de lo que hablas. Humanidades —dijo Bill tosiendo un poco más—. ¿Salís mucho de copas?

—No, no mucho. En realidad cumplí los veintiuno hace unas semanas.

—¡Venga ya! —exclamó. Pescó un cubito de hielo de su vaso y se lo metió en la boca—. Pareces mayor. Yo te habría echado veinticinco. Se te ve como una señorita sofisticada, con un aire muy adulto.

Bill tenía poca barriga y firme y un matojo espeso de pelo

cano en la cabeza. Por las cejas, las narices y el dorso de las manos le nacían mechones de vello. Tenía las orejas coloradas y grandes, parecían alitas. A Claire le recordaba un elefantito, pero le resultaba agradable, con un aire noble y al mismo tiempo ridículo.

Claire cruzó las piernas bajo la mesa y removió los hielos.

—Deberíamos ir volviendo. Mi madre ya se habrá despertado.

—Vale. Ha estado bien salir un poco. Todo el mundo tiene derecho de vez en cuando. —Se metió las manos por el pelo, peinándose como si se hubiera despertado de una siesta.

Claire era muy consciente del cuerpo de Bill al otro lado, y del suyo, rozándose excitado contra el vinilo arrugado.

—¿Dónde vives?

—No muy lejos. A kilómetro y medio.

Bill puso las manos sobre la mesa y tamborileó con los nudillos. Claire alargó entonces las suyas y las puso sobre las de él con cuidado. El hombre se quedó quieto por un momento pero luego le dio la vuelta a las manos de la chica y entrelazó sus dedos con los de ella.

—¿Vamos? —le preguntó al rato.

—Sí, vamos.

La casa de Bill estaba pintada de blanco y rodeada por una valla de madera cercada a su vez por unos pinos. Quedaba unos palmos por debajo de la calle, pero por encima de todo lo demás, de los edificios del centro de Duluth, del lago… Claire pudo ver a lo lejos el tejado del hospital y se lo señaló a Bill. Estaba helando. Aunque temblaba entera, el frío le era indiferente.

—La nieve centellea como diamantes —dijo tontamente.

—¿Diamantes? —Bill le sonrió y la miró con curiosidad.

—Me refiero a los cristalitos de hielo, que centellean —precisó, y se puso colorada—. Me gusta la palabra «centella», ¿sabes? Es una de mis preferidas. A veces me da por una palabra sin saber por qué…, como que me suena bien. O me gusta cómo queda sobre el papel.

—Creo que te entiendo —dijo Bill guiándola hasta el porche—. «Centella» tiene un timbre bonito.

Entraron en la casa. Claire se sentía ligeramente mareada pero estaba alerta, no parecía haberse tomado una copa en ayunas a mitad del día. Se quitó el abrigo y los guantes. Quería quitárselo todo cuanto antes para que se le pasaran los nervios. Llevaba unos vaqueros y una camisa que dejaba a la vista una porción de su bajo abdomen, a pesar del frío, y unas botas que resonaban contra el suelo de madera conforme seguía a Bill de habitación en habitación, en una visita guiada por la casa.

—Es preciosa —no paraba de decir.

Era cierto. Cada habitación estaba pintada de un color, pero todos eran bonitos y no se mataban entre sí. Se llevó la mano al pendiente de la nariz —a veces se lo retorcía cuando estaba nerviosa—, pero no lo tenía puesto. Cada vez eran más los días en que se le olvidaba ponérselo antes de ir al hospital. Se cogió en su lugar la trencita y tiró de uno de los cascabeles mientras Bill le enseñaba los armarios empotrados que había construido, el sitio donde antes había un tabique que Nancy y él habían tirado abajo para que entrara más luz en el comedor, el parqué que habían acuchillado y restaurado ellos mismos.

En el baño, donde por fin Bill la dejó sola, había un cuenco con pétalos de rosa secos en una repisita y una fotografía de Bill y Nancy —ambos calvos— con las cabezas apoyadas el uno en el otro. Claire se lavó las manos y la cara con una pastilla de jabón verde que olía a *aftershave* y después volvió al salón.

—¿Te gusta Greg Brown? —le preguntó Bill con un disco en la mano. Le sopló el polvo y lo puso en el tocadiscos.

—Me encanta.

—Este es uno de los antiguos —dijo, y la música empezó a sonar.

—Ya no se suelen ver vinilos.

—Yo los colecciono. —Abrió un armario con varias repisas llenas de discos—. Tengo todo tipo de música..., lo que se te ocurra: *country*, *rock*, clásica, *bluegrass*, de todo.

—Yo también. Vamos, que a mí también me gustan todos los géneros. —Sentía la piel de la cara tirante por el jabón. Se sentó en un sofá azul y casi al instante se levantó de nuevo—. Bueno..., acércate —le dijo sonriendo como una loca.

Bill le cogió las puntas del pelo, se las acercó a la nariz y se las olió. Enredó los dedos, atrayéndola hacia él, y la besó. Tenía la boca fría, temblorosa y extraña, pero era agradable, más que cualquier otra cosa. Claire le metió las manos en los bolsillos traseros del vaquero y le sobó el culo.

—Me alegro de haberte conocido —terció Bill.

—Yo también. Quítate esto —le ordenó con picardía, tirándole de la camisa.

Bill la cogió entonces de las muñecas y la llevó al dormitorio. Las paredes eran del mismo color que la colcha de la cama. Ámbar, con un punto de gris azulado.

—Venga —le dijo él desabrochándole la camisa.

Se rieron incómodos, mientras se manoseaban. Bill se inclinó para besarle los pechos y morderle los pezones, primero con ternura y luego con más fuerza. Vacilaron y por fin se metieron en la cama.

—¿Tienes condones? —le preguntó él.

—No.

Pero aun así siguieron adelante. Parecía imposible que se quedara embarazada, que pudieran trasmitirse algo ni que ese algo arraigara o viviera en ellos. Ella lo sabía y él también. Aunque no tenía sentido, estaban haciendo lo correcto.

Claire se fijó en la cara de Bill mientras follaban. La tenía demacrada y tensa, como si estuviera concentrado en otra cosa muy lejana o muy cercana, como si intentara quitar una astilla o enhebrar una aguja o partir un cristal en Francia por telepatía. Cuando él notó que lo observaba, su cara volvió a animarse, carnívora y con los ojos muy abiertos, hasta que se arrugó, igual que si fuera a echarse a llorar como un loco, y se corrió.

—Ha sido agradable —le dijo al rato, mirando desde abajo a Claire.

Estaba a horcajadas sobre él pero se volvió y se tendió a su lado. Un móvil de chefs gordos colgaba sobre sus cabezas, y más allá, por encima de sus pies, una jaula sin pájaros. Bill se tumbó de costado y le puso la mano en la barriga con delicadeza. Encontró su marca de nacimiento y la acarició y la repasó con el dedo, como si la conociera de toda la vida.

—¿Se te ha hecho raro? —le preguntó Claire.

—Raro no es la palabra.

—¿Qué te ha parecido?

Bill se puso de pie y se enfundó los vaqueros.

—Me ha sentado de maravilla.

—Al fondo del pasillo hay una mujer que es profesora de instituto —le dijo Claire a su madre, a pesar de que parecía dormida.

Estaba al lado de la ventana, mirando la calle de abajo, de donde acababa de volver. Hubo un silencio largo y entonces su madre habló en voz baja:

—¿Cómo se llama?

Claire se volvió y se acercó a la cama de su madre.

—Nancy Ristow.

—¿Es familiar o paciente? —Esbozó una sonrisa leve pero hermosa.

—Paciente. Es profesora de historia.

Eran casi las cuatro. A Claire le había entrado el pánico después de volver con Bill a toda prisa, pero, en cuanto estuvo en el cuarto de su madre, fue como si nunca se hubiera ido.

—Pregúntale qué cree que le pasó a Amelia Earhart.

—¿A quién?

—A esa profesora, a Nancy.

—¿Para qué? —espetó Claire.

—¿No has dicho que da clase de historia? La historia me interesa. Tengo curiosidad por saber si tiene una teoría, ya que es especialista. Siempre me ha gustado Amelia Earhart. —Abrió los ojos e intentó incorporarse en la cama para apoyarse contra las almohadas, con los tubos balanceándose a su alrededor—. Cuando me la imagino despegando de esa manera... ¿Te lo puedes creer? No, de verdad, imagínatela, sin saber qué iba a pasar... Tuvo que ser tan valiente... Era una de mis heroínas particulares.

—Es.

—¿Cómo?

—Es, mamá. Es una de tus heroínas particulares.

—Eso, es. —Se quedó un momento escrutando a Claire antes de preguntarle—: ¿Dónde has estado?

—En ninguna parte. Estabas durmiendo y me he ido a dar una vuelta. —Siguió mirándola. Tenía la cara pálida, chupada, regia—. ¡¿Qué pasa?!

133

—Tú has ido a algún sitio.

—Ya te lo he dicho.

—Estás distinta.

Esa noche, cuando volvió a casa, llamó a David.

—¿Cómo va la cosa? —le preguntó este—. ¿Cómo está tu madre?

—Mal. Es… horroroso. —Se echó a llorar y él la escuchó al teléfono. Se oía música de fondo—. Parece que está cada vez peor. Cada día es peor cuando llego. Se nota la diferencia. Y Josh sigue comportándose como un capullo… Anoche vino a casa y lo he visto esta mañana, pero se ha escaqueado y no ha venido conmigo al hospital.

—Vaya mierda.

Claire estaba a la mesa de la cocina tirando del cable del teléfono para que llegara hasta allí. Dibujaba flechas, triángulos y espirales en el envés de un sobre. Llevaba dos días sin hablar con David pero no se le ocurría nada que contarle.

—Pareces muy lejos.

—Y lo estoy —respondió David, que rio.

—No, me refiero a lejos de verdad. En Rusia o algo así. Parece que estuviéramos en planetas distintos.

—Pues estamos en el mismo —dijo irritado.

—No solo tú y yo, sino yo y el resto del mundo. Como si yo estuviera en otro planeta, en un sueño, una pesadilla. Es lo que dice la gente siempre: «Fue como vivir una pesadilla», y es justo eso. Como si fuera a despertarme en cualquier momento.

—Ya sabes que estoy aquí para lo que necesites.

La música de fondo había parado y Claire oyó entonces un crujido remoto en la línea, un sonido misterioso y celestial que la hizo sentirse más sola aún.

—¿Lo oyes?

—¿El qué?

—El teléfono. Está haciendo un ruido. Da un poco de yuyu. Di algo, háblame.

—Te quiero.

Pensó que ella también, pero no se sintió con ganas de repetírselo, como solían hacer, todos los días, en un toma y daca, un pimpón de palabras. «Te quiero.» «Y yo a ti.» A veces, no podía evitar desear que alguno de los padres de David estuviera enfermo o muerto o hubiera desaparecido de su vida tiempo atrás. No le parecía justo que él tuviera dos padres amorosos, todavía casados y perdidamente enamorados, vivitos y coleando, a pesar de tener quince años más que su madre.

—Puedo leerte, si quieres —le propuso David; era algo que hacía por las noches, un libro cada vez.

—Venga —aceptó de mala gana.

David empezó la lectura y Claire escuchó las palabras como no había escuchado nada antes: con toda su atención, y al mismo tiempo olvidando cada detalle nada más registrarlo: quién estaba casado con quién, cuánto tiempo llevaban y por qué los personajes vivían donde vivían. No importaba. La historia la mecía en una especie de trance.

Cuando colgaron, entró en el cuarto de su madre y de Bruce, encendió todas las lámparas y se tendió de lado en la cama, con los pies colgando por fuera. Ojalá su hermano estuviera allí. Pensó que tal vez apareciera en plena noche y que así podría hablar con él por la mañana y convencerlo de que fuera con ella al hospital. Sonó el teléfono y esperó a que saltara el contestador con la voz de su madre diciendo «hola, deja tu mensaje por favor», y luego la voz sombría de la vecina, Kathy Tyson, ofreciéndose para cuidar a los animales si hacía falta. Llevada por un impulso, Claire saltó a por el teléfono, pero para entonces Kathy ya había colgado. Se le había ocurrido que quizá quisiera pasar a tomarse un té con ella y así se distraería de tanta pena. Podían hablar de hombres y de los pocos partidos decentes que había en Midden, como habían hecho el año anterior, en el convite de la boda de Gail Nystrom, cuando las pusieron juntas en la mesa de solteras porque había muy pocos hombres para hacer una mixta. Kathy le confesó que había puesto un anuncio en una página de contactos para solteros a los que les gustaba la vida rural y que al día siguiente iba a ir a Norway para conocer a un hombre que había respondido.

Claire no se sabía su número y buscarlo le pareció un esfuerzo enorme, de modo que colgó y se levantó. Se dio cuenta entonces de que seguía con el abrigo rojo de su madre puesto, que no se lo había quitado en las dos horas que llevaba en casa.

135

Se metió las manos en los bolsillos y se encontró con la cinta que se había guardado antes. La sacó y la miró por primera vez. «Kenny G», decía. La había cogido ese día de la casa de Bill. No sabía por qué. Estaba al lado de la cadena de música del dormitorio, entre el montón de las últimas cintas que Bill y tal vez Nancy habían debido de escuchar. Había cogido una como por instinto y se la había guardado en el bolsillo. En ese momento se incorporó, abrió el cajón de la mesilla de noche, la metió dentro y volvió a cerrarlo.

Al día siguiente estuvo dos veces con Bill. La primera justo pasadas las diez, y luego a última hora de la tarde. En las dos ocasiones fueron a su casa y lo hicieron justo de la misma manera que el día anterior. Ya tenían un ritual: después de vestirse se sentaban en la cocina y bebían sidra caliente y comían tostadas con mantequilla de cacahuete, mientras se contaban historias sobre los amantes que habían tenido. La lista de Claire era corta, solo cuatro hombres, mientras que la de Bill era más interesante, la que menos tenía que ver con ella. Era una lista larga y compleja, agrupada en gran medida en categorías, más que individuos. Él le contó que había perdido la virginidad con Janet en un armario donde su madre guardaba las cosas de la limpieza; le habló de prostitutas con las que se había acostado en varios puertos durante sus años en la Marina; de varias alcohólicas de Alaska; y también de Nancy. Le contó que habían ido a Puerto Rico para celebrar su décimo aniversario; se habían pasado los días en la cama, haciendo el amor y comiendo una bolsa de ciruelas que habían comprado por la calle. Bill le había puesto una en broma en la vagina pero se le coló hacia dentro y luego no podían sacarla.

—Bueno, al final salió —le contó sin parar de reír, restregarse la cara y vuelta a reír, tanto que se le llenaron los ojos de lágrimas.

Claire le sonrió y picoteó de la tostada.

—Es que hay cosas —pudo decir cuando por fin se controló y se enjugó las lágrimas—, hay cosas en la vida que son irrepetibles.

Y

En todo el día siguiente no lo vio. Su madre se encontraba tan mal que Claire apenas salió de la habitación.

—Estás interrumpiéndome —le había dicho su madre con un deje extraño en la voz al verla esa mañana.

—¿Cómo?

—Eso es lo que haces. Me interrumpes. —Teresa giró la cabeza hacia su hija. Sus ojos azules, amados, pintados con la incomprensión de un águila ratonera.

—Mamá.

Bruce, que no se había ido, estaba dormido en la cama plegable y se incorporó en ese momento, sobresaltado y confundido.

—¿Qué hace aquí esta? —quiso saber Teresa, que pegó un puñetazo contra los barrotes de la cama con tanta fuerza que tiró la cuña amarilla que había enganchada.

Bruce alargó la mano para acariciarle el hombro.

—Es Claire, Ter.

—Soy yo, mamá. ¿Qué pasa?

Teresa se quedó un rato tranquila y cerró los ojos.

—Mamá, soy yo, ¿vale? ¿Me entiendes?

Su madre abrió los ojos, ya más relajados, de vuelta a la normalidad.

—Sí, lo entiendo. Eres tú. Me alegro.

—Quédate conmigo, mamá, no te duermas.

—Vale —contestó, pero cerró los ojos y se durmió.

Durmió toda la mañana y hasta bien entrada la tarde, y Claire estuvo todo el rato a su lado, sin leer ni ver la televisión, sin hacer otra cosa que mirarla. Empezó a decir una oración para sus adentros pero se perdió porque no recordaba cómo era. «Padre Nuestro, que estás en los cielos, santificado sea tu nombre...» y «Jesusito de mi vida, eres niño como yo»... Cuando el cielo vespertino empezó a oscurecerse, Claire no pudo contenerse ya. Sacudió a su madre con fuerza hasta que consiguió abrir los ojos y dejarlos abiertos.

—Hola —susurró.

—Hola —le respondió su madre como si estuviera hipnotizada.

137

—Te echo de menos. —Teresa no dijo nada. Claire extendió los dedos; en uno tenía un anillo del humor que era de su madre—. ¿Qué significa cuando está rojo?

—Que tienes las manos frías —contestó Teresa, que volvió a cerrar los ojos.

Claire se giró el anillo en el dedo. Cuando presionó su superficie oval, se puso verde tirando a morado.

—He estado rebuscando por la casa. ¿Te acuerdas de los pendientes de macramé con forma de pluma que me hiciste? —Teresa no respondió ni abrió los ojos pero giró la cabeza hacia su hija—. Los he encontrado. Y también esa falda que me hiciste con tus vaqueros.

—Puedes quedártelos. Coge lo que quieras.

—Vale —le dijo, aunque ya lo había hecho, todo lo que había querido, una figurita de un león, un chal trenzado con cuerda.

Había sentido el impulso de hurgar entre las cosas de su madre desde que la habían ingresado en el hospital, como una niña a la que dejan sola en casa por la tarde, sin saber lo que va a encontrar, pero sabiendo luego lo que encuentra, sorprendida una y otra vez por aquella excavación en la vida de su madre. Lo que recordaba y lo que había olvidado: cuentas de colores chillones desprendidas de collares, un trozo de encaje, una foto de un antiguo novio de su madre al que llamaban Asesino. Había encontrado todo eso y más, sin ser nada misterioso pero sí asombroso por su familiaridad, como si se las hubieran bordado directamente a la piel.

—También he encontrado esto.

Se tocó la hebilla de peltre del cinturón que llevaba. Era un círculo perfecto, grabado con la imagen de una mujer con el pelo suelto y una pluma enganchada, una reliquia de su infancia. La hebilla estaba unida a un cinturón de cuero trenzado que había hecho su madre.

—Puedes quedártelo —le dijo Teresa, que pareció dormirse al instante.

Claire se levantó, sin dejar de mirar a su madre y de pasarse las yemas de los dedos por el grabado de la hebilla. Desde que su madre tenía cáncer, se había vuelto supersticiosa. Creía que todo lo que hacía estaba directamente relacionado con la supervivencia de su madre, que llevar ese cinturón la salvaría. De pequeña creía que la mujer de peltre con el pelo suelto con una pluma enganchada era su madre. En la práctica tenía cierto sentido. Su madre había llevado el pelo suelto un tiempo. Se ponía collares, pendientes y tops de plumas. Pero Claire no lo creía por eso, sino porque su madre era igual de omnipotente y omnipresente, y su poder sobre ella absoluto. Volvía a creerlo, o tal vez nunca había dejado de hacerlo.

Su madre: Teresa Rae Wood. Todo lo que salía de su boca era verdad.

Unos minutos después Claire se levantó y fue a la sala de familias para hacerse un té. Bruce regresaría al cabo de un par de horas, quizá con Joshua. Fue pasando los dedos por la pared al andar, como para no perder el equilibrio. Sentía el cuerpo liviano, como si, en lugar de andar, flotara por el pasillo, un bello fantasma. No vio a Bill al pasar por la habitación de Nancy, la puerta estaba cerrada, pero se imaginó a la mujer detrás, en la cama, con la cadera muy fina, un triángulo, y el pelo rizado y rubio en un nido aplastado por la nuca. Claire se acordó de la ciruela; se la imaginó en el interior caliente, como si estuviera allí todavía: algo que no iba a soltar. Morada, roja y negra. Dulce, suave y encarnada.

La puerta de la sala de familias también estaba cerrada pero entró. Se encontró con Bill, que estaba vaciando su balda de la nevera, con una bolsa de papel en la mano.

—Hola —la saludó, como en una ensoñación.

—Buenas —le respondió Claire, restregándose la cara con las manos.

Eran solo las seis pero parecía de madrugada. Su vida se había convertido en una madrugada continua.

—Ya está —dijo Bill—. Ha muerto.

Claire cerró la puerta y echó el pestillo. Se quedó tan impresionada que no pudo ni hablar, como si aquella muerte fuera una sorpresa enorme. Abrazó a Bill y con él, la bolsa de papel.

—Madre mía, lo siento mucho. Lo siento muchísimo.

—No me lo esperaba así.

—¿Y cómo lo esperabas?

Dejó la bolsa en el suelo.

139

—No me lo voy a llevar. Son precongelados. Quédatelos si quieres.

—Vale —dijo seria Claire.

Bill tenía la cara blanca e hinchada. Olía a chicle de menta gastado y a patatas fritas. Lo abrazó y le cogió la nuca con una mano y él dejó caer el peso como un crío que no puede mantener la cabeza recta.

—Mira —musitó en un hilo de voz casi imperceptible—, creo que debo disculparme.

—¿Por qué? —Claire lo soltó y retrocedió un paso.

—Por lo que ha pasado entre nosotros.

—No hay nada de que disculparse.

—Tengo la sensación de haberme comportado mal.

—No. —Se quedó mirándolo—. Nadie ha hecho nada malo.

Bill respiró hondo varias veces, casi en un jadeo, apoyado con la mano en la encimera.

—No quería salir de la habitación. Se la llevaron…, su cuerpo, hace un par de horas. Ha venido gente a verla, a despedirse. Sus padres, sus hermanos y un par de sus mejores amigas. Y luego se la han llevado y yo no quería salir de la habitación, ¿sabes? Esa habitación…

—Es normal —le dijo con tacto Claire, que estaba abrazada a sí misma, con los brazos cruzados y cogiéndose la cintura con las manos—. Se entiende perfectamente.

—De todas formas, ¿sabes lo que te digo? Que nunca había engañado a Nancy hasta ahora, y Dios es testigo. Tú no lo sabes pero en trece años y pico nunca la engañé. Un par de veces estuve a punto pero al final no lo hice. Es una tentación humana, es normal, puede pasar en cualquier matrimonio. Pero no lo hice. Fui fiel a los votos. —Le tembló la voz e intentó respirar hondo una vez más—. En otros tiempos los votos significaban algo. —Se detuvo—. Y no me malinterpretes. Tú no tienes la culpa de nada. No te hago responsable en lo más mínimo. Eres una chica bonita, una jovencita de primera. Yo era el que estaba casado. No tiene nada que ver contigo.

La bolsa de precongelados se movió sin que nadie la tocara.

—Yo no te he quitado nada de lo que tenías con Nancy. Nunca se me ocurriría.

—No, claro que no. Yo siempre he estado con ella. No te lo tomes a mal. Creo que eres estupenda, eres una chica muy guapa y lista. Buena persona. —Se agarró del borde de la encimera—. ¿Y en qué me convierto cuando Nancy más me necesita? Soy un viejo patético.

—No eres viejo.

—No, pero para ti sí. Soy demasiado viejo para ti. He perdido la decencia.

Claire se quedó mirando el suelo, donde había una cucharilla tirada, llena de pelo y lo que parecían restos resecos de mousse de chocolate.

—Además, ¿qué creía que hacía saliendo por ahí mientras ella moría?

—Estaba dormida. Ni siquiera sabía si estabas allí o no.

—No, sí que lo sabía. Lo sabía. —Se llevó la mano a la frente y se la presionó con fuerza.

—Pero no estabas saliendo por ahí. Estábamos en tu casa.

Siguió con la mano pegada a la frente. Claire se agachó para recoger la cucharilla sucia y la dejó en el fregadero sin hacer ruido.

—Bueno, te deseo lo mejor. Ojalá ocurra un milagro con tu madre.

—Gracias.

Claire le tocó la mano que tenía en la encimera y se quedaron mirándose, con una seriedad animal en los ojos. Bill le cogió la mano, se la besó y luego la atrajo hacia sí y la abrazó con fuerza. Tenía la respiración pesada y la chica creyó que iba a echarse a llorar pero, cuando lo miró, vio que tenía los ojos en calma y secos.

—Claire —dijo, pero no añadió más.

Empezó a acariciarle la garganta lentamente con los dedos, por encima del torso, por los pechos, tocándola apenas. De pronto le cogió la cara entre las manos y la besó con furia pero se detuvo bruscamente.

—¿Qué estoy haciendo? —preguntó apenado, pero acto seguido volvió a atraerla hacia sí y le agarró las caderas, el culo, los muslos.

—Para entonces —lo retó Claire, que le desabrochó el cinturón, le bajó la cremallera de los vaqueros y se arrodilló.

141

—Esto no está bien.

—Párame entonces —dijo entre dientes.

Se metió la polla en la boca. Tenía la sensación de que iba a pegarle; de que iba a abofetearla con fuerza o arrastrarla por los pelos. También sintió que quería que lo hiciera, por mucho que nunca hubiera querido que un hombre le hiciera nada parecido. Quería algo que fuera claro, justo, y quería que fuese él quien lo hiciera.

—Dios —murmuró Bill, que apoyó la espalda en la pared y se agarró para no caerse.

Olió sus olores masculinos, los de su polla: un salado amargo, a intenso fango subacuático. Se corrió sin decir una palabra y Claire se echó hacia atrás sobre los talones y tragó con fuerza. Le acarició los pelos de los muslos y le besó una rodilla.

Bill le cogió la cara entre ambas manos.

—Ay —gimió—, no puedo.

142   —Viéndote ahí sentada al lado de la ventana hay algo que me recuerda a cuando eras pequeña —le dijo Teresa a su hija mientras el sol salía por las ventanas—. A veces te miro a la cara y te veo justo como eras de pequeñita, y otras veo cómo serás de mayor. ¿Sabes a lo que me refiero? ¿A ti te pasa lo mismo?

—Sí, sé a qué te refieres —respondió Claire, volviendo la vista de la ventana a su madre, agradecida de que hubiera hablado tan seguido—. ¿Te encuentras mejor? Estábamos preocupados. Ayer apenas te despertaste. Dormiste como veinte horas seguidas… Y luego estabas rara.

—Necesitaba dormir. ¿Dónde está Bruce?

—Tomando café. Son las seis de la mañana, mamá.

—¿Dónde está Josh?

—No lo sé —le respondió cortante, pero luego se reconvino y siguió con más amabilidad—: Llegará dentro de nada. —Se bajó del poyete de la ventana y acercó una silla hasta su madre, serpenteando entre las vías intravenosas.

—Eso, vente aquí a mi lado —le dijo su madre arrastrando las palabras por la morfina—. Me alegro de esto, de que estés aquí conmigo. Nunca olvidaré que estuviste aquí en los peores momentos. Y viéndote ahí sentada en la ventana…, qué cosas, me ha hecho pensar en lo pequeños que erais y en lo adultos que os habéis hecho.

—No somos adultos.

—Casi. Ya casi lo eres.

Claire tiró de un hilo que colgaba del filo de la manta de su madre, pero se enganchó, no quería soltarse.

—Es igual que cuando te sentabas en aquella ventana en Pensilvania. ¿Te acuerdas del poyete que había delante de la ventana en el piso de Pensilvania?

Claire sacudió la cabeza.

Teresa sonrió.

—Ya, normal. Eras muy pequeña, es normal que no te acuerdes. Pero era tu sitio. Te gustaba sentarte en el poyete y esperar a que llegara el cartero. —Hizo una pausa, como si fuera a venirle una arcada, pero siguió—: Te gustaba verlo aparecer, cómo metía las cartas en el buzón, y siempre querías bajar tú a cogerlas. ¡Tenías que hacerlo tú! Siempre te ha gustado implicarte, ayudar, estar en todo.

—No me acuerdo —respondió Claire, que se echó hacia delante para apoyar la cabeza en la cama, la coronilla contra la cadera de su madre.

—Pues así eras. Y así eres.

—¿Cómo?

—Como te he enseñado a ser: buena.

Teresa levantó la mano de la cama y, con suavidad, le acarició el pelo a su hija.

143

8

*B*ruce no le daba vueltas. Lo tenía claro. No le quedaba ni la más mínima duda sobre lo que haría cuando Teresa muriera. Lo veía proyectado en su cabeza como una película con él como único protagonista, una estrella que nadie eclipsaba. Lo supo antes de que muriera, justo siete semanas después de ese día, para desgracia y sorpresa de todos. La certeza sobre lo que haría no le sobrevino al instante, cuando se enteraron de que tenía cáncer, sino algo más tarde esa misma noche, a las tantas de la madrugada, después de salir del hospital e ir a comer —por extraño que pareciera— a un restaurante chino, volver a casa y meterse en la cama pensando en hacer el amor pero sin conseguirlo, porque estaban demasiado hechos polvo y a Teresa le dolía mucho la espalda.

Era más que doler.

«Doler» era una palabra demasiado corta para abarcar lo que le pasaba en la espalda. La «mataba», había dicho antes de que descubrieran lo del cáncer. En cierta ocasión lo había dicho también después, como a la semana de saber lo del cáncer, cuando la realidad se hubo asentado para quedarse. «La espalda me está matando», había mascullado volviéndose hacia él en la cocina, con dos vasos de agua, uno para cada uno, en el corto intervalo de tiempo en el que algo como coger dos vasos de agua aún no se había convertido en un esfuerzo hercúleo. La miró y ambos vacilaron por un momento, como si fueran a respirar al unísono. Llevaban follando como locos desde mediodía. La espalda estaba matándola ¡literalmente!, comprendieron y entonces casi se cayeron al suelo de la risa histérica que les entró. El agua se volcó, los vasos se hicieron añicos… A partir de entonces fue una casa de locos. A nadie le importaba ya una mierda un vaso menos.

Era como una cremallera, le había explicado al médico el día que se enteraron; que su columna era una cremallera y alguien estaba detrás de ella subiéndola y bajándola sin piedad. Casi había llorado mientras lo decía, le faltó postrarse y suplicarle al médico. A Bruce se le encogió el corazón. Se levantó, fue a su lado y se puso a frotarle la espalda sin que sirviera de nada. El médico asintió con la cabeza, como si ya supiera lo de la cremallera, como si todos los días entrara gente por su puerta que se quejara de tener cachivaches mecánicos incrustados en la columna.

Más tarde supieron que sí, que era una cremallera que el cáncer arrancaba y volvía a coserle de un modo que no podía entenderse. También los pulmones eran una cremallera, al igual que el hígado, los ovarios y partes de su cuerpo que ni siquiera sabían que existían. Era como una raíz que creciera y creciera, obstruyendo el camino allá por donde intentaban cavar. Incluso el médico utilizó esas palabras: la cremallera, la raíz. No eran ninguna metáfora: con el cáncer de Teresa, hasta las cosas más absurdas eran literales.

Y por eso también Bruce, por pura necesidad, era literal. No bromeaba cuando decidió que, a la muerte de Teresa, se suicidaría. En su vida, en su vida Antes del Cáncer de Teresa, nunca había sido de esas personas que dicen «antes muerto» o «me entraron ganas de morirme» ni ninguna de esas frases ridículas que dice la gente cuando en realidad no tiene intención alguna de morir (porque se creen graciosas o quieren exagerar algo).

Bruce no era de los que exageran: él pensaba morir de verdad de la buena.

Esperaría a que pasara el funeral para hacerlo. Lo pensó con la idea de darles un respiro a Joshua y Claire, aunque no el suficiente, ni de cerca, para empezar a aceptar la realidad. Eso sería la realidad para ellos, perder en una semana de pesadilla a su madre y a su padre; no al que llamaban su «padre auténtico», un hombre llamado Karl al que apenas conocían, sino a su padrastro, su Bruce, el hombre al que habían querido como

145

a un padre desde que tenían seis y ocho años. Por supuesto a su madre la llorarían más, y no podía culparles, pero aun así sabía que su muerte sería un golpe muy duro. No le alegraba pensar en los chicos y en lo que sería de ellos cuando se quedaran solos; es más, le partía el corazón. Pero ese dolor palidecía en comparación con el de tener que seguir viviendo sin su madre, y por eso estaba decidido. Si quería que funcionase, no podía permitirse la compasión ni tampoco la piedad. Ni por Claire, ni por Joshua ni por Teresa.

Se arrepentía de haberle prometido cosas a Teresa que simplemente no iba a poder cumplir. Cuando lo hizo, no mentía. Lo había hecho sin llantos y sin vacilar, esa primera noche que comieron en el restaurante chino, antes de saber lo que iba a hacer. Por supuesto él se encargaría de criar a sus hijos, aunque en realidad estaban ya prácticamente criados.

«Pero todavía necesitan a su madre», había dicho Teresa con una vocecilla, perdiendo la compostura casi por completo. Unos años atrás le había contado su secreto para no venirse abajo: pensar en cosas que no tenían nada que ver con nada. Tenía la costumbre de pensar «lata de habichuelas», «lata de habichuelas», una y otra vez, cuando no quería echarse a llorar. En el restaurante chino, al verla mirar los peces de colores, se preguntó si estaría pensando «lata de habichuelas». No lo parecía. Parecía realmente preocupada por los peces. Se preguntó en voz alta si tendrían hambre y miró alrededor, como buscando comida, y luego volvió a clavar los ojos en él.

Teresa le dijo que quería discutir la cuestión una única vez, cuanto antes, y no volver a hablar del tema.

Sí, Claire y Joshua podían contar con él, le había prometido Bruce. Sí, sería su padre y su madre. A esas alturas todavía ninguno de los dos había asimilado la información de que iba a morir muy pronto. Se lo habían dicho pero aún no se lo creían. En aquella hora gloriosa en el restaurante chino su vida futura como viudo se desplegó ante él con la suavidad de un sueño bueno. Era el film que veía en su mente antes de que lo sustituyera la película en la que se suicidaba. Consolaría a Joshua y Claire en su duelo. Los abrazaría, lloraría con ellos y les recordaría todo lo que había dicho y hecho su madre. Les contaría cosas que no sabían de ella, como que solía pensar en «latas de habichuelas» cuando no quería llorar. Se irían de acampada los tres juntos, tal vez recorrieran en canoa el río Namekagon, como habían hecho varias veces en familia…, o irían a Florida, a Port Saint Joe, donde habían estado con su madre antes de conocerlo a él. Aquel viaje sanaría su duelo. Reirían, llorarían y volverían más fuertes a casa y prácticamente recuperados. Harían el viaje todos los años para conmemorar el aniversario de su muerte. Cuando se casaran, él los llevaría al altar y les daría una flor especial que simbolizaría a su madre. Sus hijos lo llamarían «abuelo» o simplemente «buelo», como él llamaba al padre de su padre.

En el restaurante chino, Teresa había puesto las manos sobre las suyas.

—No estoy dudando de ti, espero que lo entiendas. Sé lo mucho que los quieres pero necesito oírlo de tu propia voz. —Apartó las manos, volvió a mirar la pecera y ahí acabó todo.

No tenían ningún trámite burocrático del que encargarse. No había hecho testamento, pero ¿para qué? No tenía seguro de vida. La finca y la casa serían algún día de los chicos; eso ni se les ocurrió tener que hablarlo.

Más tarde, esa misma noche, casi todo lo que había prometido se diluyó con el nuevo plan. Decidió que viviría cinco días o a lo sumo seis sin ella. Celebrarían el funeral y esperaría un día, para que todos durmieran por lo menos una noche bien, y entonces haría su jugada.

Cuando le vino la idea, le llevó cinco minutos decidirse entre la cuerda o la pistola. Se quedó con la primera. Él no cazaba, y la pistola que tenían en casa solo se había utilizado con tres propósitos: para espantar a los mapaches que de vez en cuando iban a atacar a las gallinas, para espantar a los puercoespines que iban a roer los escalones del porche y para enseñarles a todos a disparar el arma con la idea de que, cuando fuera necesario, espantaran a su vez a mapaches y puercoespines. Con la pistola, siempre cabía la posibilidad de fastidiarla. Pero un nudo sí que sabía hacerlo. De hecho, sabía hacer diecisiete tipos de nudo, todos ideales para una u otra tarea. Era gracias a su madre, que era hija de un marinero de los Grandes Lagos y había insistido en que aprendiera todos los que su padre le había enseñado a ella.

147

Primero decidió el nudo concreto que iba a utilizar y luego se imaginó el árbol concreto. Sería un arce. Uno que crecía en un punto de la finca al que llamaban «el claro», un pequeño prado, el único en cuarenta acres de bosque, un lugar ideal para morir. Aquel sitio le transmitía calma. Los cuatro habían pasado allí muy buenos momentos. Cuando por fin pudo imaginarse colgando muerto del arce del claro, sintió más pena que nunca por Claire y Joshua. Pero en eso tenía que ser egoísta. Sabía lo que podía y no podía hacer y era incapaz de seguir su vida sin Teresa por mucho que quisiera a los niños.

Tenía la esperanza de que no fueran ellos quienes lo encontraran. Pero ¿quién si no? Se los imaginó atravesando el bosque mientras iban gritando su nombre, aunque cuando había decidido suicidarse no sabía lo rápido que moriría Teresa, de modo que no tenía claro si habría nieve o no, pero, por la cuenta que les traía, esperó que sí. Pero no la de ese año, sino la del siguiente. Una nieve que aún no se había formado, que no estaba pensando ni remotamente en caer, nieve que se haría en el cielo y caería a la tierra en el tramo más lejano del tiempo que el médico había predicho que Teresa viviría. Un año. Y así, en la nieve del siguiente invierno, Claire y Joshua estarían abriéndose camino por el bosque, gritando su nombre. No les había dicho que se llamaba Bruce nada más conocerlo. Habían estado esperándolo en el aparcamiento del Mirador de Len, pero, cuando por fin apareció con el coche, salieron corriendo asustados como animalillos salvajes que fueran a ser domados al instante en cuanto dijera sus nombres.

—¿Eres Bruce? —le preguntó Claire entre risitas y brincando sobre un pie.

—No. Mi verdadero nombre es Bruce... Brabrebribruselas Brabrebribrunildo de Brabrebribrunéi —canturreó.

Rieron encantados cuando terminó y le pidieron que volviera a cantarlo. Luego les enseñó a componer una con sus propios nombres. Le dio un poco de miedo, la rapidez con la que lo quisieron, cómo le agarraban las manos mientras cantaban, cómo más tarde, en la cena, no quisieron sentarse a su lado, sino encima, peleándose por ver quién se subía a su regazo.

Esos críos a quienes había conocido cuando tenía veintisiete años, esos críos que habían nacido en un estado adonde él nunca había ido, esos críos a los que había dado órdenes y engatusado, besado y reñido, castigado y aplaudido, enseñado a cambiar las marchas, serían su partida de rescate de dos.

No creía que fuesen a armar mucho jaleo. Primero creerían que estaba triste y había salido a cortar leña; era un hombre trabajador, siempre lo habían visto trabajar, y asumirían que se refugiaba en el trabajo para superar el duelo. Lenta y sutilmente, se preguntarían por qué no se oía ni la sierra mecánica ni el hacha. Primero lo llamarían desde el porche y luego desde el camino de acceso. Por último, antes de que anocheciera, saldrían a buscarlo. Claire llevaría la bufanda que le había hecho su madre, una roja de lana suave y con una estrella blanca en cada punta. Le moquearía la nariz y echaría vaho por la boca y todo se le congelaría en la barbilla y en la bufanda. Los hermanos se detendrían por momentos para ver si lo oían y al no hacerlo seguirían gritando su nombre. Se mirarían y luego contemplarían desesperados los árboles de alrededor. No le extrañaría que Joshua, como por un instinto visceral, hubiese llevado la pistola.

Intentó no imaginarse sus caras al toparse con su cuerpo colgando del árbol, pero no pudo evitar que la imagen se le apareciera en la mente, y lo atravesó tal pena mientras estaba allí tendido en la cama, al lado de Teresa, que a punto estuvo de decidir vivir.

Pero entonces se le ocurrió que podía dejarles una nota.

Claro que podía, y eso haría. Se la dejaría encima de la mesa de la cocina para que la encontraran mucho antes de empezar a preguntarse dónde estaba. En la nota les insistiría para que no fuesen solos al bosque. Les prohibiría que lo hicieran. Les ordenaría que llamaran al sheriff. Para eso precisamente estaba. Les diría por escrito lo mucho que lo sentía y que podían quedarse con todas sus pertenencias: la camioneta, las herramientas, la casa y la tierra. Asumía que ellos lo asumirían pero, como no tenían relación de sangre ni ningún vínculo legal con él, no quería que luego tuvieran complicaciones. Aquella nota haría las veces de testamento. Les diría otras cosas que ya sabían pero que necesitaba que oyesen por última vez: que quería a su madre y los quería a ellos como a sus propios hijos desde el primer día; les diría que no se distanciaran nunca y

149

que se cuidaran entre sí —ya solo se tenían el uno al otro—
y que algún día, dentro de muchos muchos años, todos volverían a reunirse como una familia en el cielo. No era que creyese necesariamente en el cielo, y ellos lo sabían, pero tampoco
era que no creyese, y esperaba que también supieran eso. Si
hacía falta, se haría creyente por Joshua y Claire. Creería en un
cielo que amortiguara el golpe.

Esa primera noche en la cama junto a Teresa, y más tarde,
cuando pasaba los días a su lado en el hospital o se echaba en la
cama plegable que le habían puesto las enfermeras en la habitación, fue escribiendo la nota en su cabeza una y otra vez. Intentaba prestar atención a los detalles, a cosas que pudieran ha-
bérsele pasado. Se imaginaba colgado del árbol. Y entonces, en
medio de la imagen, aparecían corriendo los perros. Qué suerte
estar planeándolo con tiempo. Tendría que dejar dentro a *Espía*
y *Rucio*, encerrados en un cuarto, para que no salieran disparados cuando Joshua o Claire entrasen en casa y no fueran di-
rectos al claro para aullar como locos ante su cuerpo colgado
del árbol, y acabar atrayendo hasta allí a los chicos, que no podrían evitar seguirlos, por curiosidad, animados, antes de haber
podido ver la nota.

Haría todo lo posible para que vieran la nota. Era un voto
solemne, su versión de mantener la promesa que le había hecho a Teresa. Sus hijos nunca tendrían que ver a su «padre»
colgado de una cuerda, con el cuello partido y pendiendo
muerto de un árbol.

Al final del todo, le confesó su plan a Teresa, mientras esta
yacía en la cama de la planta de cuidados paliativos, pero no le
respondió. La textura de su piel recordaba al polvo y tenía un
cuerpo que parecía el de un recortable de papel. Bruce le pellizcó el brazo con fuerza —a veces tenía que hacerlo para
mantener la cordura—, y abrió entonces los ojos como una borracha para, casi al instante, volver a cerrarlos y dormir. Habían llegado a un punto en que la dosis de morfina era tan alta
que la mayor parte del tiempo dormía o, cuando se despertaba,
decía cosas incongruentes —que ni ella misma les encontraba
el sentido, cuando la obligaban a explicarse—, aunque había
ocasiones en que estaba muy consciente y lúcida, como si acabara de despertarse de una larga siesta reparadora.

—Voy a suicidarme —le dijo casi a gritos, y entonces apoyó la cabeza en la cama, demasiado agotado para llorar.

Una vez más Teresa no hizo ni dijo nada. Era casi media noche. Acababa de colgar con Claire, que había llamado para decirle que a la mañana siguiente estaría allí y que por fin, creía, iría con Joshua. Llegarían por la mañana y entonces empezaría la larga espera, la vigilia que los tres mantendrían día y noche en el hospital hasta que todo —«qué palabras más ridículas», pensó Bruce, que ni siquiera quería usarlas— terminase. Poco antes, esa misma noche, un médico le había pedido que saliera al pasillo y le había informado de que «no había vuelta atrás».

Después de eso no regresó a la habitación, sino que echó a andar sin rumbo. La luz por los pasillos era tenue, suave, ideal para morir, iluminados como estaban solo por los pilotos de las máquinas expendedoras y atravesados por las luces más fuertes que se colaban de vez en cuando desde las habitaciones de los pacientes y el puesto de enfermeras, un faro en medio de todo. Pasó por delante de la del hippie furioso que no parecía estar muriéndose porque se pasaba casi todas las noches arrastrando el gotero por la terraza de la tercera planta donde estaba permitido fumar. Pasó por la de un anciano que tenía las cuatro extremidades atadas con correas a la cama. Por la de una mujer rubia con el pelo rizado que vio que había desaparecido, que su cama estaba hecha, con sábanas blancas y limpias y el cuarto estaba vacío. Había hablado una vez con el marido, Bill. Se imaginó que su mujer había muerto. Se lo imaginó y no sintió nada. Igual que tampoco sintió nada por el hippie furioso ni el anciano con las cuatro extremidades atadas a la cama. A una parte mínima de él, la más dura, no le importaba si sufrían o morían. Lo sentía pero no era capaz de expresarlo. Apiadarse de ellos habría sido condenar a su mujer.

Parecía no tener control alguno sobre hacia dónde se encaminaban sus pies; lo llevaron hasta la escalera y le hicieron bajar cinco tramos, cada uno replegándose sobre sí, y los siguió hasta donde pudo. Llegó a la puerta por la que se volvía al hospital y la empujó.

Acabó en la planta sótano, donde la luz era muy distinta a la de cuidados paliativos. Brutal y fluorescente: todo un consuelo para él. Atravesó el largo corredor. No había nadie. «Tal

151

vez sea aquí donde está la morgue», se dijo. Un poco más adelante, en ese mismo pasillo, en una cocina de tamaño industrial, una mujer negra vestida de blanco removía una olla gigante con un cucharón. Pasó por delante de varias puertas
naranja sin ventanas, todas cerradas. En sus primeras fantasías
sexuales aparecían ese tipo de puertas misteriosas que ocupa-
ban espacios públicos pero aparentemente prohibidos. A los
nueve años un amigo de su hermano mayor le contó que tras
esas puertas esperaban grupos de bellas mujeres desnudas, ha-
renes de bellezas ávidas de sexo, que estaban encerradas y deseando que un hombre atravesara la puerta. Llevaba años sin
acordarse, y un dolor remoto y perverso lo desgarró por dentro. Dejó atrás una cabina de teléfono pero, de pronto, se detuvo y volvió sobre sus pasos para marcar el número de casa.
Claire no lo cogió hasta que saltó el contestador y empezó a
hablarle a la máquina.

—Bruce —dijo con la voz tomada, como si estuviera resfriada, aunque sabía que no era eso.

—¿Qué ha pasado?

—Nada, que Josh…, al parecer ha ido a pescar en el hielo
con R. J. Eso me ha dicho Vivian. Estoy esperando a que vuelva
para salir mañana a primera hora para allá. ¿Cómo va por ahí?

—Las cosas han… —¿Cómo iba a decírselo? Se decidió por
lo primero que le había dicho el médico—. Parece que ya está.
—No iba a decirle lo segundo que había dicho el médico, que
«no había vuelta atrás».

—¿Ya está? —gimió Claire, que hizo un ruido, como si se
ahogara y buscara aire, pero Bruce prosiguió.

—Así que vente con Josh en cuanto puedas.

—¡Pero está pescando! —gimoteó entre llantos, con la voz
chillona y entrecortada—. El Cutlass se me va a quedar varado
si voy a la casa de hielo a buscarlo.

—Bueno, pues entonces espera a que vuelva. Tenemos
tiempo, Claire. Ven cuando puedas.

—Vale —respondió, concentrada, como si acabara de darle
una lista de instrucciones complicadas, y acto seguido colgó sin
despedirse.

También él colgó y retomó la marcha por el pasillo, en la
misma dirección de antes, sin saber todavía adónde o por qué

iba. Tal vez encontrara una puerta que diera al párking. Iría a mirar coches.

—Perdone —lo llamó una voz de mujer a su espalda.

Bruce se dio la vuelta, con la sensación de que iban a reprenderle por algo. Allanamiento de morada, por ejemplo.

—¿Le importaría echarme una mano?

Era la cocinera de antes, la que removía con el cucharón. Sin darle tiempo a moverse o responder, la mujer se volvió y desapareció por la puerta por la que había salido. Bruce recorrió apresuradamente el largo tramo de pasillo hasta la altura de la cocina, entró, avanzó entre una maquinaria de cocina enorme y llegó adonde estaba la mujer.

—Necesito un par de manos fuertes —le explicó esta.

Tenía el pelo recogido en una redecilla de plástico traslúcida. Llevaba unos pendientes dorados en forma de tortugas con unas gemas verdes por ojos.

—No sé si se lo han dicho, pero normalmente los de mantenimiento me echan una mano cuando me hace falta, porque en este turno estoy dos horas sola.

Bruce la siguió hasta la olla gigante que estaba removiendo antes. Llena de un líquido verde: gelatina sin cuajar.

—Tengo que pasar esto de la olla a las bandejas. —Le señaló más de una docena de bandejas sobre una larga encimera de madera—. Pesa como un muerto, hacen falta dos personas.

Le tendió unos guantes aislantes plateados y requemados por los pulgares. Bruce se los puso y cogió el asa de un lateral de la olla mientras la mujer agarraba la otra, y entre los dos fueron volcando el líquido en las bandejas, avanzando con cuidado por la encimera, rellenándolas todas.

—Gracias —le dijo la mujer cuando terminaron de vaciar la olla. Se quitó los guantes y se enjugó el sudor de la frente con el dorso de la mano—. ¿Qué, te va gustando?

—¿El qué?

—El trabajo de mantenimiento. ¿No eres el nuevo?

Bruce se metió las manos en los bolsillos y meneó la cabeza.

—Solo estaba dando un paseo.

—¡Ah! —La mujer rio con ganas, echando la cabeza hacia atrás—. Bueno, lo mismo da. Se ve que me la has colado bien…

153

—bromeó despidiéndose ya con la mano mientras volvía a su gelatina—. Se ve que eres solo un buen samaritano.

Bruce se quedó unos instantes más, mirándola cargar las bandejas en un carrito con varias repisas, una encima de otra. Cuando vio que la cocinera empezaba a empujar el carro, tirando de él con todo su peso, se adelantó para ayudarla.

—Voy bien —le aseguró esta empujando con más fuerza para apartar el carrito de las manos de Bruce. Después abrió una puerta que daba a una cámara frigorífica y lo metió dentro—. Feliz día de San Patricio —dijo. Salió de la cámara y cerró de golpe tras ella—. Es mañana. Por eso la he hecho verde.

Pero para entonces Bruce ya se había ido.

Cuando volvió a la habitación de Teresa, se encontró a Pepper Jones-Kachinsky sentada a su lado, cogiéndole el brazo inerte y con dos dedos puestos en la muñeca.

—Estoy tomándole el pulso —susurró sin levantar la vista.

Bruce la observó unos instantes, la concentración silenciosa de su cara, mientras contaba los latidos de su mujer, que no se movía ni daba muestra alguna de ser consciente de que Pepper estaba a su lado ni de la presencia de Bruce en la habitación. A efectos prácticos no había conocido a la terapeuta.

—Es una antigua práctica china —le contó cuando terminó—. Un método holístico. Se cree que es posible saberlo todo sobre el estado de un paciente por su pulso y actuar así en consecuencia.

Bruce asintió. No tenía cuerpo para preguntarle si había sacado algo en claro. Lo único que quería era estar a solas con su mujer. Pepper iba todas las tardes a verlo, e imaginaba que había podido ser de cierto consuelo para Claire durante el día. Tenían que estarle agradecidos. La terapeuta tenía buenas intenciones, por mucho que, cada vez que estaba en su presencia, tuviese la sensación de que hubieran soltado una avispa en la habitación.

—¿Cómo estás? —le preguntó entonces, levantándose y acercándosele.

La mujer le cogió ambas manos, se las apretó y lo miró a los ojos sin apartar la vista ni por un instante. Tenía esa costumbre.

154

—Bien.

Bruce volvió la cara hacia Teresa y Pepper lo imitó. En reposo, el rostro de Teresa parecía tan delicado y tranquilo como un caparazón.

—¿Cómo es que ha venido tan tarde?

Le hizo un gesto a la mujer para que se sentara en el sofá de vinilo mientras él iba a sentarse enfrente, en una silla.

—He querido pasarme. He pensado en ti y he creído que tenía que venir. Que tal vez quisieras rezar. —En el acto cerró los ojos y empezó—: Dios mío...

Bruce inclinó la cabeza y bajó los ojos sin llegar a cerrarlos del todo, mientras la oía rezar en un murmullo constante y le miraba las zapatillas. Unas Keds lilas con la goma blanca y reluciente en forma de media luna. Él no creía en Dios, ni tampoco Teresa. O al menos no en la versión de este que Pepper parecía promover, pero no se veía con fuerzas para decirle que no. Rezar no podía hacerle daño a nadie, aunque se sentía remotamente hipócrita, y también remotamente le recordaba al crío que había sido, al que obligaban a ir a misa los domingos, a confesarse cada vez que pecaba. Pepper rezó por la salud y la recuperación de Teresa, por su transición pacífica si no recuperaba la salud, por que Bruce fuera fuerte ante el sufrimiento, y por toda la gente que quería a Teresa. Le pidió a Dios que cuidara «de todos los niños del mundo y en especial de Claire y Joshua», y siguió con una oración formal, una plegaria trillada que a Bruce le resultó vagamente familiar. Después la mujer se santiguó, alargó la mano, todavía con los ojos apretados, y le agarró una rodilla.

—Amén —dijo Bruce, y la mujer murmuró otro amén, con fuerza, casi rabia, sin quitar la mano de la rodilla. Cuando pasó un tiempo prudencial le dijo—: Se lo agradezco... que haya venido. Pero no tiene por qué... En realidad... he creído que debía decirle que mis creencias —miró de reojo a Teresa—, las nuestras, en cuanto a Dios, no son muy firmes... A ambos nos educaron como católicos pero no hemos seguido practicando. No somos religiosos, de ningún tipo. Por eso rezar... —No supo cómo seguir sin ofenderla. Abajo, en la calle, se oyó sonar un claxon varias veces y luego paró—. Rezar no nos va a servir de mucho a nosotros.

Pepper no dijo nada y en cambio fue a la mesita del cuarto, donde ponían todas las tarjetas de mejórate, y cogió una y la leyó. Tenía una fotografía en color sepia de una carreta. Bruce quiso arrancárselas de las manos arrugadas.

Lo miró con cara de sorpresa y dejó la tarjeta en su sitio, colocándola justo como estaba.

—¿Quieres una rosquilla? —le preguntó mirando una caja grande que tenía al lado del abrigo y del bolso. Fue a cogerla para ofrecerle y la sujetó a su altura para que escogiera.

No tenía hambre pero, como no había comido desde el desayuno, cogió una, la primera que pilló, una trenza glaseada, y la royó sin ganas, como un animalillo de campo. Cuando se la terminó, cogió la taza del café, ya frío, y le dio un sorbo. Estaba cargado, y su idea era beber toda la noche. No quería dormirse. Nunca más.

—Gracias —le dijo dejando la taza en la que ponía ¡WYO-MING! en los lados; la había cogido de la sala de familias al fondo del pasillo.

156

—Han sobrado del grupo con el que me reúno los lunes por la noche. —Volvió a acomodarse en el sofá y le hizo una seña para que se sentara a su lado. Bruce la obedeció—. Por cierto, quería comentártelo. Para luego... Tenemos un grupo: «La pérdida de un ser querido y otros cambios vitales». Es un grupo de familias y nos reunimos una vez por semana. Podéis venir los tres juntos. Tengo la sensación de que... —Se interrumpió, con cara de haberse dado cuenta de algo—. En fin, que hacemos cosas que tal vez os interesen. De hecho es algo que me gustaría compartir contigo.

Se levantó y fue a por el bolso. Se arrodilló y sonrió viendo el contenido mientras buscaba con la luz tenue de la habitación por todos los compartimentos. Se la veía muy en forma para tener setenta años. Llevaba vaqueros de cinturilla elástica y un sujetador deportivo que le unía los pechos en un firme atado. Parecía estar siempre a punto de girar un volante.

—¡Aquí está! —exclamó—. Qué cruz de bolso... La de trastos que puede una llevar encima... —Se levantó y se acercó a Bruce con lo que este vio entonces que era un rotulador morado. Lo destapó—. Es un ejercicio que hacemos. Baja la cabeza —le ordenó, como si estuviera a punto de hacer un truco de magia.

Le separó el pelo con la mano que tenía libre y, antes de que él le diera permiso, presionó la punta del rotulador contra su cuero cabelludo.

—Bien —dijo retrocediendo y tapando el rotulador—. Quiero que recuerdes ese punto cuando te sientas triste o solo. No puedes quitártelo. Una vez que está ahí, se queda para siempre. Es un recordatorio de que eres una persona especial, que eres hijo de Dios y eso significa que nunca estarás solo, Bruce. Ni un minuto. Que eres un hombre querido que vive a la luz del amor de Dios, como todos.

—¿Cómo están los animales? —preguntó de pronto Teresa, con una voz clara como una cuchara contra un bote.

Los otros dos se volvieron, sorprendidos. Bruce corrió a su lado.

—¿Los animales? Bien. —Le puso la mano en el hombro—. ¿Acabas de despertarte? Te echan de menos… como todos. Los perros están con Kathy Tyson, hasta que podamos volver a casa todos.

—¿Kathy Tyson? —Levantó hacia él los ojos, que parecían más jóvenes y azules porque el resto de ella había envejecido sobremanera.

—Para que no estén solos. Como no estamos nunca, necesitan compañía.

Teresa le sonrió y la sonrisa fue como los ojos: las únicas dos partes de ella que seguían siendo suyas.

—¿Te gustaría rezar? —le preguntó Pepper desde los pies de la cama, todavía con el rotulador en la mano.

—Mira, la verdad es que preferiríamos que… —la cortó Bruce irritado.

—Sí —respondió Teresa sin apartar la vista de él.

Esa noche, pese al café, Bruce durmió. Y se despertó, y volvió a dormir y a despertarse, una y otra vez, como si una mano tonta pero insistente unida a un palo estuviera azuzándolo. Por fin se despertó del todo, en un instante, y se incorporó en la camita como si la mano le hubiera abofeteado. Sabía perfectamente dónde estaba. No lo había olvidado en ningún momento. La habitación estaba en silencio, pero desde hacía poco.

El silencio era un bien de lujo, como en la estela del horrible sonido que lo había precedido. Teresa estaba dormida, bañada por las luces suaves de las máquinas que tenía instaladas alrededor de la cabeza. Se le quedó mirando la cara y entonces el sonido volvió —el que había debido de despertarlo—, y se acercó hacia el horrible pitido que salía de una de las máquinas. Pulsó los botones planos del panel lleno de numeritos y comandos indescifrables hasta que el sonido paró. Miró fijamente la pantalla. No sabía lo que había hecho para acallar el ruido pero por la pantalla habían empezado a parpadear rítmicamente una sucesión de ceros.

—Estás despierto —le dijo el enfermero al entrar sigilosamente en el cuarto.

Se llamaba Eric. Llevaba una bandeja con un plato cubierto por una tapadera en forma de bóveda. Teresa comía a la hora que fuera…, o más bien intentaban que lo hiciera, porque se había vuelto prácticamente imposible. La noche anterior había dejado que Bruce le metiera una cucharada de melocotón en almíbar en la boca y luego la había masticado obediente, sin dar muestras de estar saboreándola en ningún momento. El enfermero dejó la bandeja en la mesa junto a la cama de Teresa y después se acercó adonde estaba Bruce para pulsar varios botones del panel que hicieron desaparecer los ceros.

—Antes, cuando he pasado, estabas roncando como un león.

Bruce lo miró como en trance, incapaz de comprender lo que decía. Su vida despierta había adquirido rasgos de sueño y su vida dormida rasgos de realidad.

—¿Cómo te va el coche? —le preguntó al cabo de un rato.

—Va bien —contestó Eric.

Era un chaval gordito recién salido de la escuela de enfermería. Bruce lo había ido conociendo en esas semanas hechas de noches que había pasado en el hospital y le caía simpático. La presencia de Eric no le exigía nada y, lo que era más importante, no le trasmitía preocupación. No había intentado convencerlo para que recurriera a un terapeuta, no le había dicho lo mucho que lo sentía ni que había gente allí «para él», ni tampoco que lo mejor era que su mujer se muriera cuanto antes para que no sufriera. Eric apenas había reconocido que

Bruce tuviera algún problema; de hecho, le había cargado con los suyos propios: un coche que a veces no arrancaba o que traqueteaba cuando aceleraba. Había bajado con Eric dos veces al párking para investigar qué le pasaba al coche.

—¿Se ha despertado?

—No. Bueno, una vez. Sobre las diez y media, pero solo un momento. Cinco minutos o así.

Eric le cogió la muñeca a Teresa para tomarle el pulso sin dejar de mirar el reloj.

Bruce tuvo la sensación de que estaba nevando. La sensación de que oía caer nieve fuera o tal vez la olía. Fue a la ventana, apartó las cortinas y miró la calle.

—¿Cómo tiene el pulso? —le preguntó a Eric.

—Bien.

—Por lo visto hay unos médicos que lo basan todo en el pulso, en cómo curar enfermedades a partir de eso y cosas así.

Eric asintió con un gesto amable y escribió algo en la carpeta que guardaba en una cestita metálica atornillada a la pared, junto a la puerta.

—Son chinos. Mi mujer está metida en cosas de esas. Movidas alternativas. He estado pensando en echarle un ojo, por si sirve de algo.

Eric empezó a cambiar la bolsa del catéter de Teresa. Bruce volvió a la ventana y miró por la rendija entre las cortinas. Tenía razón. Estaba nevando a pesar de que solo quedaban unas semanas para primavera. La madrugada del 17 de marzo, como una hora antes de salir el sol. Los padres y el hermano de Teresa llegarían esa tarde; habían planeado la visita hacía unas semanas, sin saber lo enferma que se pondría su hija, y a qué velocidad.

—En fin, nunca se sabe, supongo que merece la pena intentarlo.

Se metió las manos en los bolsillos. Estaba vestido del todo, con vaqueros, camisa y botas. Llevaba durmiendo así dieciséis noches seguidas. Notó una vez más el punto morado en la cabeza que le había hecho Pepper. Lo sentía húmedo, como si fuera a corrérsele si lo tocaba. Y también como si fuera un pequeño lastre, un libro que tuviera en equilibrio sobre la cabeza. Después de irse la terapeuta, había entrado en el baño y había intentado en vano vérselo en el espejo. Por supuesto, no lo vio. Pero estaba ahí. Se quedaría. Lo notaba clavado en él como una bala de una pistola de fogueo.

Se pasó una mano por el pelo y le dijo a Eric:

—Ya no voy a ir más a trabajar. Me quedo aquí hasta que esto se resuelva. Los niños están también de camino. —Pensó en Claire y Joshua en el coche rumbo a Duluth, con suerte. Estaba deseando verlos.

—Entonces, ¿vais a necesitar dos supletorias más? —Bruce asintió—. Rellenaré una solicitud antes de irme.

Volvió a dejar la carpeta en su sitio y luego se quitó los guantes, desenfundándoselos de dentro para fuera, de modo que ninguna parte que hubiese tocado a Teresa lo rozara. Después salió del cuarto.

Bruce descorrió las cortinas con la idea de que la luz despertara a Teresa cuando apareciera, notando ya la fuerza que tendría, el sol de la mañana recortándose contra la nieve recién caída. Se sentó en la silla a su lado y abrió el cajón de la mesilla de noche, de donde sacó el listín telefónico. No tenía ni idea de por dónde empezar, de modo que buscó primero por «chino», pese a saber que no tenía sentido. Después pasó a «médicos» y hojeó la sección, abrumado por la larga lista. Se quedó unos instantes pensando y luego repasó los nombres en busca de alguno que sonara asiático. Encontró al doctor Yu. Eran las cinco de la mañana pero ese tipo de cosas no iban a amilanarlo a esas alturas. Marcó el número. «Necesito un sanador», había pensado decir. Tal cual. A lo mejor el médico chino sabía; tal vez tuviese un amigo dispuesto a ir a comprobar el pulso de Teresa. El tono sonó y sonó, tanto que el pitido acabó y se produjo un cuasi silencio que contenía cuasi sonidos: crujidos apagados, destellos de voces y conversaciones de otras líneas. Colgó el auricular y miró fijamente a Teresa, quien, en silencio, había abierto los ojos. Dijo su nombre y la sacudió ligeramente. Pero se quedó quieta como una estatua.

—Despierta, cariño —le dijo zarandeándola con más fuerza.

Le puso la mano en la cara y en ese último momento parpadeó. Aunque tenía los ojos abiertos, no estaba ni mirándolo ni no mirándolo. Le recordó una muñeca antigua, de esas con pestañas que se cierran cuando las echas hacia atrás y las abren cuando las pones rectas. De pequeño, su madre tenía una, Holly, que le estaba prohibido tocar sin supervisión, aunque a él rara vez le entraban ganas de tocarla, porque le daba un poco de miedo. Cogió los almohadones de la camita supletoria y los remetió por detrás de Teresa para auparla y que mirase hacia sus pies en lugar de al techo. La mandíbula le caía floja y le dejaba la boca ligeramente abierta. Se la cerró pero, en cuanto la soltó, volvió a abrírsele.

—Vienen los chicos. Josh también... Por lo visto, había salido a pescar en el hielo. Y tus padres y Tim llegarán sobre las tres.

Si al menos hiciera el más mínimo sonido, un movimiento ligerísimo, si diera una señal remota... Con eso se contentaría. Llevaba todos esos días deseando que abriera los ojos y los dejara abiertos, y ahora que por fin lo hacía deseó que los cerrara. Le tapó los ojos con la mano pero por debajo seguían abiertos.

—¿Lista para desayunar? —Levantó la tapa de la bandeja que había llevado Eric: un cuadrado de gelatina verde en un cuenquecito encima de un plato. Cogió un poco con la cuchara y se lo acercó a la boca—. Esto es para ti, Ter. Abre. De verdad, qué gracia... He ido a dar una vuelta y resulta que he acabado en el sótano, donde está la cocina y... —Teresa parpadeó—. Toma —le dijo empujando la cuchara contra la boca—. Tienes que comer. ¿Cómo quieres ponerte buena si no comes nada?

Ríos de gelatina verde empezaron a surgirle de la boca y caerle por la barbilla pero Bruce se negaba a mirarla. Volvió a llenar la cuchara y a metérsela en la boca, y así varias veces más. Hasta que se detuvo y lanzó la cuchara contra la pared con toda su fuerza, detrás de la cabeza de Teresa. Rebotó, salió disparada hacia un lado y cayó tintineando en el suelo bajo la cama.

Al cabo de unos minutos cogió la toallita que tenían siempre a mano y la humedeció en el lavabo para limpiarle la cara, para quitarle las manchas verdes de la barbilla y la garganta. Abrió la barra de cacao que había en la mesita de noche y se la untó en los labios agrietados.

—¿Qué quieres? —le preguntó pasándole los pulgares por las cejas, como a ella le gustaba. Teresa tosió una vez, cerró los ojos por un instante y volvió a abrirlos—. ¿Quieres que te diga que no pasa nada si mueres? —Pepper se lo había dicho, que Teresa tal vez necesitara su permiso; que los moribundos a menudo esperan a que sus seres queridos los animen a rendirse—. Porque no, Ter. Sí que pasa. Tienes una vida por delante y nosotros también, todos te necesitamos, no puedes rendirte sin más, ¿me oyes?

No hizo ningún movimiento ni dio muestras de haberlo oído. Se quedó en silencio mirándola hasta que la luz empezó a filtrarse por la habitación desde la ventana, suave y pálida, morada al principio y luego azul.

Se agachó para quitarse las botas, se sacó los vaqueros, se desabrochó la camisa de franela y lanzó ambas cosas a su camastro. Después se metió en la cama con Teresa y colocó bien las mantas. Solo tenía puesto el camisón del hospital. Bruce se lo quitó para poder sentir su piel contra la suya.

—Vamos a ver salir el sol —le susurró al oído, y acto seguido cerró los ojos.

Le acarició el brazo, bajando lentamente con los dedos hasta la muñeca, hasta que le encontró el pulso. Era fuerte, tal y como esperaba. Y fiero, pequeño y rápido. Como una fuerza que era imposible parar, cambiar, ayudar o dañar. Como el de una mujer que viviría para siempre.

TERCERA PARTE

Días de fango

En realidad, la juventud no existe, solo están la suerte
y la enormidad de algo que puede pasar, de ahí que
las personas, cualesquiera, se vean arrastradas cada vez más
a las profundidades, a lo más hondo de la pena, y cuando llegan,
no pueden volver, tienen que quedarse a vivir allí, y hacerlo
en plena oscuridad, mientras intentan encontrar algún destello.

EDNA O'BRIEN, *Río abajo*

9

Ocho días después de morir Teresa, Bruce se despertó en medio del campo.

Seguía con vida. Le costó unos instantes comprenderlo mientras yacía entumecido por el frío bajo el cielo azul de la mañana. Los caballos se cernían sobre él resoplando con sus hocicos marrones y calientes, los sintió con los ojos aún cerrados. Durante esos instantes no tuvo ni pasado, ni vida ni mujer muerta. Era nadie en tierra de nadie, y la realidad una secuencia trémula de fotografías en un sueño que no se remontaba más allá de la noche anterior. A cómo se había bebido una botella de Jack Daniel's en el porche; a lo que había sentido cuando la carne de la mejilla se le desgarró contra la roca al caer en el campo. Cómo era Teresa. Cómo había llegado hasta él. En silencio, pero lo había hecho. Sus ojos eran las estrellas, su cabello, el cielo negro, su cuerpo, los árboles en la linde del campo, los brazos, los abetos con ramas como látigos que lo rodeaban.

Se agarró a uno de esos árboles con ambas manos y empujó el tronco nervudo con toda su fuerza, produciendo un gruñido que asustó a los caballos, que echaron a correr y se detuvieron más lejos para observarlo. Empujó con tal fuerza que, del esfuerzo, se cayó de bruces al suelo, como si no fuera él quien empujara el árbol, sino al revés. Lo soltó y volvió a su posición vertical, plantado en la tierra helada.

Al abrir los ojos, sintió que una esquirla de cristal le atravesaba la cabeza. Era su vida, que volvía a él. A su lado un charco de vómito, congelado y casi solidificado. Se puso en pie muy lentamente. Cuando estaba de rodillas, tuvo que inclinarse, apoyarse en las manos y volver a vomitar. Luego se sentó sobre los talones y se restregó la boca con la manga. Se tocó la cara con los dedos entumecidos, repasando la costra que se le había formado.

Por fin se puso en pie y dio un par de pasos vacilantes. Los caballos habían empezado a pastar pero levantaron entonces la cabeza de la hierba y se quedaron mirándolo expectantes, hasta que los llamó por su nombre y fueron al instante a su lado y le restregaron el hocico en la mano, y le pareció que tenía cogidas unas manzanas.

Los tres emprendieron el camino de vuelta a casa, por el sendero que habían hecho los caballos; el que sin duda Bruce había seguido la noche anterior, aunque no lo recordara. Cuando el establo apareció a la vista, *Lady Mae* y *Beau* salieron trotando hacia sus cuadras, esperando a que les diera de comer. Les echó la avena y luego fue al gallinero a recoger los huevos, pero no había ninguno.

Cuando entró en la casa, vio que Joshua no había vuelto la noche anterior. Seguían encendidas todas las luces que él no había apagado y en la radio sonaba música de violín a tal volumen que pensó que tendría que volver a vomitar antes de poder llegar a la cadena y apagarla. Hasta que no entró no se dio cuenta del frío que tenía. Hizo un fuego en la estufa de leña. Joshua habría dormido en casa de su nueva novia, imaginó. Claire había regresado a Minneapolis la tarde anterior: tenía que volver al trabajo, y Bruce esperaba que, con el tiempo, también a la facultad. En teoría tanto Joshua como ella terminaban en junio, Claire la facultad y Joshua el instituto. Durante la enfermedad de su madre ambos habían dejado de ir a clase. Teresa no se había percatado y Bruce, aunque vagamente consciente, no había logrado reunir la energía suficiente para preocuparse por ello. Claire le había hecho mucha falta. ¿Qué habría hecho si hubiera seguido yendo a la facultad? Imaginaba que no tardarían en volver cada uno a lo suyo y que ahí quedaría la cosa. Necesitaban tiempo para superarlo, otra razón para llevar a cabo pronto su plan de suicidio —no lo había olvidado—, para que pasaran el duelo y siguieran con sus vidas.

La yesca prendió y el calor de las llamas le sentó bien en la cara al acercarse a la puertecita abierta de la estufa. La raja de la mejilla empezó a palpitarle. Ya habían pasado dos días del día de su supuesta muerte. La noche anterior había estado dispuesto a morir, pero ahora comprendía que beber y medio congelarse hasta la muerte no era la mejor forma de hacerlo. Era poco digno, y además podía malinterpretarse y que pensaran que no había sido deliberado. Haría lo que pretendía hacer, ni más ni menos. Tenía la cuerda lista, con el nudo a punto y hecha un ovillo en el baúl del establo donde guardaban los arreos.

Pero ese día no era su día de morir, decidió. Hasta el momento todos los días habían sido así. Era una cosa y luego otra. El día después del funeral, que en teoría debería haber sido su último en la tierra, la camioneta de Joshua se averió y tuvo que ayudarlo a arreglarla. Hubo que encargar una pieza de repuesto que tardó cinco días en llegar. Además, no habría podido ahorcarse estando todavía de visita los padres y el hermano de Teresa. En los días que siguieron al funeral había hecho todo lo posible por ser un buen anfitrión, a pesar de las circunstancias. Los llevó a Flame Lake a ver el museo ojibwe, a Blue River a comer lucio en el club de caza… Habían recibido un golpe terrible cuando llegaron al aeropuerto de Duluth y, en lugar de Bruce y los chicos, se encontraron con Pepper esperándolos.

167

—Todavía tienen tiempo de ver el cuerpo —les había dicho esta al bajar del avión.

Estaban en una esquina del aeropuerto, al lado de una cristalera con el sol pegando sin clemencia.

—¡El cuerpo! —había chillado la madre de Teresa, que había salido corriendo sin saber adónde, lastrada por el peso del enorme bolso que llevaba colgado, hasta por fin pararse delante de un gran macetero que se había puesto en su camino.

Ni los padres ni el hermano habían querido ver el cuerpo, al contrario que ellos tres, que protestaron cuando finalmente la enfermera del pelo rizado les dijo que, por favor, «se despidieran». Habían pasado cuatro horas en la habitación del hospital después de que Teresa diera su último aliento, que todos se habían perdido.

A Claire y Joshua les había pillado yendo a todo trapo camino de Duluth, después de haber pasado horas intentando sacar el coche de la nieve y el aguanieve que lo habían dejado varado en medio del lago Nakota. Cuando Bruce despertó al lado de Teresa, fue a ponerse una taza de café. Se había quedado allí con su mitad de nata y mitad de leche formando una película por la superficie arrugada, en la taza de ¡WYOMING!, sobre el alféizar de la gran ventana de la habitación.

Cuatro horas era un tiempo nada ortodoxo para permanecer con un cadáver en el hospital Saint Benedict, pero tenían a Pepper de su parte, además de la excusa de que los padres de Teresa estaban a punto de llegar.

Hicieron todo lo posible por no molestar. Tras las primeras tandas de llanto turbulento, amortiguaron los gemidos presionando la cara contra almohadas o en los demás o, en la mayoría de los casos, contra el cuerpo de Teresa que yacía muerta en la cama. Seguía caliente cuando Claire y Joshua llegaron. La abrazaron a través de las mantas, y el calor fue entonces remitiendo lentamente, convirtiéndose en una única isla en su vientre, hasta que también este se enfrió y ya no volvieron a tocarla.

Cuando Bruce volvió con el café al cuarto, no se dio cuenta en el acto de que había muerto. Hacía solo unos minutos que había estado en la cama con ella. Tenía los ojos abiertos pero no parecían haber cambiado. Le había comentado algo sobre el tiempo, que estaba soleado pese al frío, en un marzo todavía invernal. La misma nieve que había caído cuando, que ellos supieran, Teresa aún no tenía cáncer seguía helada en capas sobre la tierra. Se le acercó entonces y la cogió de la mano, caliente e hinchada por las agujas que tenía enganchadas, pero entonces la miró y lo que vio —su no presencia— le hizo desmoronarse y luego, sin darse cuenta, hincar las rodillas en el suelo.

En el tiempo que estuvieron con ella, mientras esperaban a que llegasen los padres y el hermano, ayudaron a las enfermeras en todo lo que pudieron. Teresa había querido ser donante de órganos pero, por culpa del cáncer, solo podían utilizar sus ojos. Hasta que se los extirparan mediante cirugía, tenían que conservarlos, para lo que, tal y como les explicó amablemente Pepper, hacía falta hielo. Accedieron a ponerle unas bolsas sobre los ojos unos cuarenta y cinco minutos por hora y Bruce se encargó de llevar la cuenta del tiempo. Se quitó el reloj y lo dejó en la cama, junto a la cadera de Teresa, para no olvidarse de su misión.

Por fin la enfermera del pelo rizado entró y les dijo que los padres y el hermano de Teresa estaban esperándolos en el vestíbulo y no querían subir. Tras resistirse un poco, Bruce, Claire y Joshua supieron que había llegado la hora de irse. Ellos dos se acercaron con solemnidad y le dieron un beso en los labios fríos. La chica, por su parte, empezó a sollozar como loca, sin parar, incluso con más fuerza que cuando había entrado y había visto muerta a su madre. Cuando Bruce y su hermano intentaron consolarla los apartó con fuerza, golpeándolos con los puños. Después se calmó y, sin levantar la vista, les dijo que quería estar unos minutos a solas con su madre.

Ellos dos se quedaron al otro lado de la puerta cerrada, en silencio, y luego fueron juntos hasta el fondo del pasillo, donde había una ventana del suelo al techo. Joshua se quedó mirando las calles de Duluth y, a lo lejos, el lago. A su vez Bruce miraba al chico. Llevaba días sin verlo. En los pocos minutos de cada día en que Claire y él no habían estado consumidos por lo que le pasaba a Teresa, lo habían estado por el paradero de Joshua, quien se había dedicado a dejar mensajes en el contestador y notas en la mesa de la cocina pero no había aparecido. Bruce se había enfadado por su ausencia y Claire había llorado cuando Teresa había gritado su nombre en pleno delirio: «¿Dónde está Joshua? ¿Dónde está Joshua?», hasta que, los últimos días, había creído por momentos que estaba en el cuarto con ella. Bruce no sabía dónde se había metido y tampoco le importaba ya. Se contentaba con que Claire hubiese conseguido llevarlo al hospital. Sabía que el chico estaría haciéndose la misma pregunta: «¿Dónde estaba? ¿Dónde estaba mientras mi madre moría y dónde, por mi culpa, estaba mi hermana?». Quiso decirle que no pasaba nada pero algo se lo impidió; se le formaba una y otra vez el «no pasa nada» en la boca, pero luego se convertía en humo.

—Ayer tu madre estuvo todo el día pensando que estabas aquí —le dijo, y era cierto: había alucinado su presencia, así como la de Claire y un perro que habían tenido, *Monty*—. Creía que estabas en la silla de al lado.

Joshua volvió sus ojos rojos hacia él y después, sin decir nada, los clavó una vez más en la calle de abajo.

169

Bruce se acercó y empezó a masajearle la espalda al chico, como había hecho en incontables ocasiones para aliviar el dolor de Teresa.

—Ay, qué bien sienta —musitó Joshua echándose en los brazos del otro.

Cuando se despertó al noveno día de la ausencia de Teresa en la tierra, supo que había llegado la hora. Sintió la calma de la casa a su alrededor, un silencio tal que le pareció estar de nuevo tirado en medio del campo, como cuando se había despertado la mañana anterior. Abrió los ojos pero no se vio capaz de moverse, con el peso de la pena clavándolo a la cama.

—*Sombra* —llamó con voz chillona—. Gatita, gatita. —Sintió las patas del animal por el techo, en el cuarto de Claire. Al poco apareció en el umbral—. Ven aquí —le imploró con ternura, pero la gata no quiso moverse del sitio.

Bruce se quedó en la cama mirándola. Había conocido a Teresa tanto tiempo como él. A veces incluso saltaba a la cama mientras hacían el amor y se abría un hueco en el rincón más apartado, cuando no formaban mucho escándalo.

—Pronto habré muerto —dijo en voz alta al tiempo que cerraba los ojos.

Y entonces pegó varios hipidos entre sollozos y volvió a dormirse.

A mediodía se despertó con el peso de *Sombra* en el pecho. Puso las manos en su cuerpo cálido y al instante la gata ronroneó. Por lo general el peso con el que se despertaba no tenía forma; por lo general era una secuencia de imágenes o demasiado maravillosa o demasiado horrible para soportarla: instantáneas de Teresa muy feliz o muy triste, muy sana o muy enferma, cada una, una tortura cruel. A veces se le planteaban preguntas con tal fiereza que sentía que el cuerpo se le volvía muy pesado, insoportable, como si su propio peso pudiera en ese instante partir en dos la cama: ¿Por qué no había dejado de trabajar en cuanto habían sabido que tenía cáncer? ¿Por qué no había pasado cada minuto de cada día y de cada noche con ella desde que se conocieron? Y luego seguían otras más sombrías, preguntas que no eran tal cosa, sino balas de una pistola que lo involucraban en su muerte. Los médicos creían que el cáncer había empezado en los pulmones: ¿Había sido por la estufa de leña? ¿Había sido por el aislamiento térmico que había sobrado de un trabajo y él había usado en casa? Había podido ser cualquier cosa, les había dicho el médico sin mostrar mucha curiosidad ante su pregunta. Pero cualquier cosa era cualquier cosa: no excluía a Bruce. Lo abarcaba a él y a todo lo que le había hecho, lo que había tocado y le había dado en los últimos doce años.

Se incorporó, puso los pies descalzos en el suelo y se levantó con cuidado, las piernas inseguras, como si acabaran de quitarle unas escayolas. Tenía una misión. Dos. Iba a recoger los perros a casa de Kathy Tyson —la vecina había estado cuidándolos desde antes de la muerte de Teresa y, entre el funeral y las idas y venidas de tanta gente por la casa, todavía no había ido a por ellos—, y luego iba a volver a casa y a suicidarse.

Consideró la opción de no recogerlos. Desde un punto de vista logístico, tal vez tenía más sentido, pero la descartó por dos razones: en primer lugar porque los perros serían un consuelo para los chicos y, si no iba a por ellos, luego tendrían que lidiar con el siguiente funeral y los perros se quedarían al menos otra semana más en casa de Kathy; y en segundo lugar, porque quería verlos por última vez.

Lo primero que hizo fue afeitarse. Llevaba sin hacerlo desde la mañana del funeral y empezaba a tener aspecto dejado. Le pareció que, ya que iba a suicidarse, lo menos que podía hacer era afeitarse. También se puso una camisa buena —y no de franela como las que llevaba siempre—, la blanca con pintitas turquesas que a Teresa le encantaba. Siempre que se la ponía, ella le canturreaba su versión de una canción de vaqueros, una que posiblemente se había inventado, quizá la primera vez que se la vio puesta. Intentó recordar cómo era, pero no habría podido ni aunque le hubiese ido la vida en ello. No volvería a oírla, comprendió entonces, a no ser, por supuesto, que, después de todo, existiera un cielo, y entonces ella estaría esperándolo allí y se alegraría de verlo con la camisa. Teresa llevaría el camisón del hospital sin nada debajo, o tal vez la blusa y la falda que Claire había escogido para el ataúd, encima del sujetador y las bragas buenas, la misma ropa que había llevado en

171

la incineradora. Por una milésima de segundo Bruce se permitió preguntarse por la persona que la habría metido allí; fuera quien fuese, habría sido la última en verla. Pero entonces recordó que no era cierto, que, según la ley estatal, habrían tenido que quemarla con el ataúd, y entonces la última persona en verla había sido Kurt Moyle, el dueño de la funeraria, quien se había adelantado para bajar cuidadosamente la tapa sobre ella mientras cantaban el último verso del *Amazing Grace*.

Al igual que su muerte, tampoco el funeral de Teresa había sido como Bruce llevaba siete semanas imaginándoselo, desde que habían sabido lo del cáncer y se había permitido proyectar una versión cinematográfica del funeral en la cabeza. Él mismo no se había comportado como había pensado. No le cogió la mano a nadie para intentar consolarlo o que lo consolaran, ni dijo nada de que su mujer estaba ya en un sitio mejor. Lo que hizo fue intentar no mirar a nadie en todo momento. Mirar a la gente le arrebataba la fuerza de las piernas. Iba apoyándose en sillas, paredes y, en cierto momento, incluso en el ataúd de Teresa, para no caerse. Cuando miraba a sus suegros, al instante se le venía una frase a la cabeza: «presionados por el duelo». Ya de mayor, Teresa no había estado muy unida a sus padres. Con todo, en el funeral de su hija, estos no pararon de berrear y sobarse, arrugándose la ropa. No parecían de los que berreaban y nunca se los habría imaginado sobándose. Los chicos hicieron todo lo contrario: iban de las sillas al ataúd de su madre, del féretro a las bebidas, de las bebidas al pequeño estrado donde habían puesto el libro donde la gente podía firmar; parecían saber que debían ceñirse a ese circuito, cada uno por su lado, pero sincronizados, dando vueltas como búhos en una cacería nocturna, con los ojos muy abiertos y en silencio. Cuando pasaban por delante de Bruce, sus ojos azotaban los suyos como cuerdas de escalada que llegaban al suelo, lo penetraban, se agarraban y se tensaban. Él apartaba la vista en cuanto podía, aunque se obligaba a hacer como que miraba a otra gente. Era una cuestión de modales.

—Lo siento mucho —le decían todos, una y otra vez.

—Muchas gracias —mascullaba él.

Dos palabras como dos huesos de ciruela que succionaba, escupía y vuelta a succionar y escupir. Se preguntó si sería posible sumar toda la gente a la que le había dado las gracias a lo largo de su vida, y si la suma sería igual al número de personas a las que se las había dado ese día, el día en que recluyeron el cuerpo de su mujer en una caja de madera, la metieron en una incineradora y la quemaron a temperaturas extremadamente altas, hasta convertirla en cenizas.

Kathy Tyson estaba esperándolo. Cuando la había llamado la noche anterior, ella le había dicho que pasara cuando quisiera. Le costó varios minutos sentarse a charlar con su vecina porque *Espía* y *Rucio* se pusieron locos de contento al verlo y le saltaron encima —algo por lo que tantas veces les había reñido—, y a punto estuvieron de tirarlo al suelo cuando se agachó para acariciarlos.

Por fin pudo pasar del porche a la casa, con los perros empujándole hacia dentro. La casa de Kathy era una cabaña de una sola estancia, con la cama en un aparte y un baño diminuto detrás de la mesa de la cocina. La casa de sus padres estaba oculta tras un seto de árboles, a unos cientos de metros por el mismo camino de acceso. Sus abuelos habían vivido en esa misma cabaña hacía muchos años, mientras construían la casa más grande en lo alto de la colina.

—¿Te apetece una taza de café? —le preguntó, y, antes de que le contestara, le echó un poco en una taza.

Se sentaron a la mesa. En una repisa a la espalda de Kathy humeaba una barrita de incienso, de la que surgía una espiral de humo dulce que parecía salirle de la cabeza.

—Te estamos muy agradecidos por cuidar de los perros.

—No es nada —dijo Kathy buscando con la mirada a los animales, que estaban a los pies de Bruce, bajo la mesa, ambos lamiéndose sus partes—. Voy a echarlos de menos. Son buenos perros.

—Sí, sí que lo son.

Hacía unas semanas, Teresa le había pedido que le diera a Kathy un bote de la mermelada casera que ella hacía, a modo de agradecimiento, pero en el último momento la había dejado en la mesa de la cocina, sintiendo que era demasiado valiosa para regalarla, y no tanto por el contenido, sino por la

173

letra de Teresa garabateada en la etiqueta de la tapa: «FRAM-BUESA, JUNIO».

—¿Qué te ha pasado en la cara?

Bruce se llevó las yemas de los dedos a la raja de la mejilla.

—Resbalé y me caí.

Kathy asintió. Entre ambos, encima de la mesa, había una fuente con una única mandarina.

—¿Cómo va el trabajo?

Su vecina se dedicaba a inseminar vacas, como hacía su padre. Bruce ignoraba si las vacas se inseminaban todo el año o por qué estaba en su casa un miércoles a mediodía.

—Bien. Tenemos tarea.

La mujer se levantó para ir a rellenar las tazas. Llevaba vaqueros y una blusa morada, así como un amasijo de cristales, cuentas y piedras alrededor del cuello, las muñecas y los dedos. Teresa había charlado una vez con ella para que fuese de invitada a *Pioneros de hoy en día* a hablar de cartomancia, recordó Bruce, aunque al final no habían quedado en nada. Pensó entonces, estando allí en su casa, que en realidad, aunque conocía a Kathy de toda la vida, apenas la conocía. Habían ido al mismo colegio, ella cuatro cursos por debajo, y luego, cuando compró las tierras con Teresa, se habían convertido en vecinos y siempre se habían ayudado. Se acordó de que jugaba al *softball*, pero no de joven, sino ahora, en el equipo de la Taberna de Jake.

—La primavera está llegando. Bueno, supongo que ya está aquí… —comentó Bruce.

—Vaya.

Oficialmente llevaban una semana de primavera. Ambos miraron por la ventana, a la nieve que empezaba a derretirse porque por fin la temperatura había subido de los cinco grados.

—Entonces, ¿dentro de poco empezarás a entrenar?

—¿A entrenar?

—A *softball*.

—Ah, sí —asintió poniéndose un poco colorada. Se le había soltado un mechón de pelo moreno de la cola, que le suavizaba los rasgos de la cara. Se lo remetió detrás de la oreja—. No sé si este año seguiré. Me quita mucho tiempo.

—Pero así estás entretenida, ¿no?

—Ya, pero es que no son solo los entrenos y los partidos,

también soy la secretaria. —Bruce asintió, mientras se preguntaba qué funciones tendría la secretaria de un equipo de *softball*—. Podrías jugar con nosotros. No nos vendría mal algún que otro hombre. En este pueblo parece que solo las mujeres quieren hacer cosas, las únicas que se apuntan a actividades.

—De jugar, jugaría con el Mirador de Len —respondió secamente.

Los ojos de la mujer fueron de sus manos a los ojos de Bruce y de vuelta a las manos.

—Es normal —respondió Kathy con la voz algo ahogada.

—Los... de Len... ¿cómo se llaman?

—Los Leopardos de Len.

—Los Leopardos de Len —repitió en voz baja, sin mucho sentido y sin intención alguna de apuntarse a un equipo de *softball*.

Teresa era camarera en el Mirador de Len. Todo el mundo le tenía cariño: tanto los dueños, Leonard y Mardell, como los clientes de Midden y de las Ciudades Gemelas. Mardell había puesto el obituario de Teresa en la pared del bar, junto a una fotografía de la fiesta de Navidad. La gente había dejado flores, notas y velas votivas que ardían hasta consumirse. Bruce no las había visto en persona pero Mardell lo había llamado y se lo había contado, que las notas y las flores se amontonaban en el suelo y tapaban hasta la máquina de *pinball* que había al lado.

—Es casi como su nombre.

—¿El qué?

—Leopardo recuerda a Leonard. Solo cambian dos letras.

—Anda, nunca se me había ocurrido...

Kathy se llevó la mano a la cola de caballo y se la pasó por encima del hombro izquierdo.

—Sería una forma de rendirle homenaje.

—Puede ser —coincidió Bruce, sin querer comprometerse. Esperó que, ya que había salido el tema, no le repitiera lo mucho que lo sentía. Ya se lo había dicho en el funeral. Carraspeó y luego tosió con fuerza, como si tuviera algo que liberar de los pulmones.

Sonó el teléfono pero la dueña de la casa no fue a cogerlo. Cuando saltó el contestador, la persona al otro lado de la línea colgó.

—Es mi madre —le explicó—. Nunca deja mensaje. Así sé cuándo tengo que llamarla.

Bruce esbozó una sonrisa mínima. Aunque parecía el momento de irse, no quería. No estaba contento pero tampoco triste. En aquella cabaña tenía la bendita sensación de estar a salvo de su vida. No se había sentido así allí antes del cáncer de Teresa, antes de saber que había algo de lo que necesitaba sentirse a salvo. Era una sensación completamente nueva, y lo embargaba como una droga.

—Estaba pensando…, quería decirte que, si alguna vez quieres dar una vuelta, hablar por teléfono o lo que sea, quiero que sepas que estoy aquí. Que si necesitas a alguien que te escuche, estoy aquí al lado, en la misma carretera.

Se levantó para encender la estufa.

—Debería irme —dijo Bruce poniéndose en pie—, pero gracias de nuevo.

—Me ha alegrado poder ser de ayuda.

Lo acompañó a la puerta y se quedó en el porche hasta que desapareció en el coche, con los perros montados en la cabina.

A la vuelta, pasó de largo de la casa y cogió la autovía para ir al Mirador de Len, donde aparcó y apagó el motor. Se quedó esperando, como si Teresa fuera a salir en cualquier momento, como cuando iba a recogerla al terminar su turno. Era la una pasada: dentro había varias personas almorzando, con sus coches y camionetas en el aparcamiento. Reconoció casi todos los vehículos. Volvió a arrancar y se dirigió entonces a Norway para, nada más llegar, regresar, un trayecto de cien kilómetros ida y vuelta que le llevó un par de horas porque no había querido coger la autovía y, sin motivo alguno, había ido por el camino más largo, por pistas de tierra.

Para cuando llegó a casa, Joshua había vuelto, y prepararon juntos cuatro hamburguesas con medio kilo de carne picada. Las embadurnaron de kétchup y se las comieron sin pan. Nada más morir Teresa, los dos, de golpe y porrazo, sin explicación alguna ni hablar de ello, habían dejado de ser vegetarianos. Era una de las primeras cosas que habían cambiado. Mientras Bruce lavaba los platos, Lisa Boudreaux apareció con el coche y Joshua salió a recibirla. Cuando entraron al cuarto de hora, la chica le dio una tarjeta.

—Es de mi madre —le explicó en un hilo de voz casi imperceptible, sin mirarlo.

—Gracias —le dijo.

Bruce no recordaba bien quién era la madre. A Lisa la reconoció por las funciones del colegio de todos los años y también por el funeral de Teresa. Pero no había hablado con él entonces, lo que significaba que no le había dicho que lo sentía, algo que en ese momento le causó un extraño resentimiento.

—¿Quieres una hamburguesa? —le preguntó, aunque ya se habían comido toda la ternera.

—Vamos arriba —lo cortó Joshua.

Teresa no había sido una madre estricta, pero tampoco había permitido que sus hijos se acostaran con sus compañeros sentimentales en casa estando todavía en el instituto. Bruce los vio subir las escaleras y no volvió a verlos en todo el día.

En la mañana del décimo día, lo despertó un sueño en el que mataba a Teresa a puñetazos. Se puso de costado y se quedó mirando la línea de manchitas amarillas y redondas que había formado una gotera del tejado por donde el techo se unía a la pared. Oyó a Joshua y Lisa en la cocina. Casi al instante la chica se echó a reír, con bastante estrépito, pensó, para estar en una casa ajena a las nueve de la mañana, cuando además era evidente que él no se había despertado. Normalmente a esa hora ya llevaría tres y media levantado, pero desde que Teresa había muerto se quedaba durmiendo hasta tarde. Estaba de baja laboral…, una baja que acabaría siendo permanente porque no tardaría en morir.

—¡Josh! —chilló desde la cama tres veces antes de recibir una respuesta brusca y casi violenta.

—¡¿Qué?!

—¿Puedes echarles de comer?

Joshua le respondió que sí y luego, sin más, la puerta de entrada dio un portazo. Bruce siguió sus sonidos hasta que se fueron en el coche. Cuando el ruido del motor se desvaneció, la casa se sumió en la tranquilidad que había sentido la mañana anterior: la impresión de estar en el campo y no entre cuatro paredes. Se quedó allí, con los ojos medio entornados, como si se protegiera del sol.

La idea le sobrevino entonces: no iba a tener el valor suficiente para suicidarse.

Le vino en bloque, como un pez que nadara hacia él, igual que cuando había decidido lo contrario. Gimió y luego volvió a gemir y gemir, con tal fuerza que los animales fueron a su lado y saltaron a la cama con él: *Espía*, *Rucio* y *Sombra*. Los perros le lamieron la cara, el cuello, los brazos y las manos, como si fuera un plato, y entonces un nuevo sonido emergió de él, uno que nunca había escuchado de sí mismo ni le había oído a nadie más: una especie de gimoteo, piar, toser y ulular, todo en uno.

Cuando se serenó, se dio cuenta de que estaba rodeado de animales, con un perro tendido a cada lado y *Sombra* encima, presionándole la coronilla. Le sorprendió que la gata se hubiera quedado tan cerca, con lo horrible que había sido el ruido. Alargó los brazos para acariciarla con ambas manos, mientras las lágrimas por fin le caían en silencio, resbalándole gota a gota por la cara, las orejas, el cuello y el cabello.

178

Comprendió otra cosa entonces: que en cierto modo ya estaba muerto, que «su vida estaba matándolo», y lo que era peor: que nunca sería capaz de ponerle fin.

En cierta ocasión había escuchado un relato horrible sobre alguien de Nueva York que había resbalado y se había caído en medio de las vías, pero el metro solo le había arrollado la mitad del cuerpo, mientras que la otra, la superior —por suerte o desgracia, según se mirase—, se había quedado encima, en el andén, consciente y completamente viva. Podía hablar, oír, recitar el juramento a la bandera... Podía hacerlo todo menos moverse de donde lo había dejado clavado el tren de cintura para abajo. Cuando llegaron los de salvamento, no tardaron en determinar que el hombre moriría en cuanto moviesen el vagón pero que, entretanto, el tren lo mantenía con vida en su inmovilidad, impidiendo que se le salieran los órganos y la sangre.

Aquella mañana del décimo día, todavía en la cama, Bruce se acordó de esa historia: él era ese hombre.

Pasó una hora mirando el techo, sin moverse. Cuando se incorporó, fue solo para alargar la mano y revolver por el cajón de la mesilla de noche de Teresa, en busca de un pañuelo para sonarse la nariz, pero en lugar de eso encontró una cinta de casete. Volvió a recostarse y la escrutó por unos instantes, hasta que consiguió descifrar que era de Kenny G. Nunca lo había escuchado, ni tampoco sabía que a Teresa le gustase. No tenía ni idea de cómo había acabado la cinta en ese cajón de la mesilla ni por qué un adulto se haría llamar «G» en lugar de usar su apellido completo. Se inclinó y metió la cinta en el radiocasete que había en la repisa, detrás de su cabeza. Cuando terminó la primera cara, le dio la vuelta, y así una y otra vez. Sonó y sonó, y fue contándole la historia de su vida con Teresa. Fue bonito como lo tuvo todo el día clavado en la cama, y, aunque le hacía llorar, también consiguió acallar el resto de sonidos que lo habían tenido clavado allí antes: la voz que le mascullaba todas las preguntas que empezaban con por qué.

A las cuatro sonó el teléfono. Dio por hecho que era Claire, que había llamado ya tres veces y le había dejado mensajes con su nueva voz triste. Esa vez lo cogió, dispuesto a salir a rastras de la cama.

—Bruce, soy Kathy —dijo la voz, que añadió—: Tyson.

—Buenas. —Alargó la mano para apagar a Kenny G.

—¿Cómo estás?

—Bien —dijo carraspeando.

—Me preguntaba si querrías algo de cena. He hecho chili. Puedo pasar a llevarte un poco, o si quieres, eres más que bienvenido a casa.

—No puedo pero gracias. Viene Claire —mintió. En realidad no iba a llegar para cenar, no llegaría hasta pasadas las diez.

—Ah… Pero, bueno, que también puedes venir con los chicos —se apresuró a decir—. Si ellos quieren… —Hizo una pausa—. Aunque parece que ya lo tenéis todo preparado.

—Creo que Claire tiene algo pensado y habrá comprado comida.

—Bueno, de todas formas, antes de cenar…, pensaba ir a dar un paseo.

Quedaron en verse en el arroyo, a medio camino entre ambas casas. No lo hacía por ver a Kathy sino más bien por salir de la cama y —eso sería un milagro— de la casa. Recorrió a paso lento el kilómetro que había hasta el arroyo, sintiéndose extrañamente febril y sin aliento. Pasó por delante de una ca-

179

baña y luego de otra; ambas estaban casi siempre vacías porque eran de gente de la capital. Entre su casa y la de Kathy no vivía nadie, algo que siempre había sabido, pero en lo que no se había parado a pensar hasta ese momento. Cuando la vio a lo lejos, la saludó, y *Espía* y *Rucio* bajaron las colas, convencidos de que Bruce iba a abandonarlos de nuevo.

—Muy buenas —gritó Kathy en respuesta a su saludo.

En lugar de caminar hacia él se arrebujó más en su poncho y se quedó esperándolo en la parte de la carretera que cubría la acequia por la que corría el arroyo, el punto oficial donde habían quedado. Cuando estuvo lo bastante cerca, se dieron las manos, en un gesto un poco absurdo, fueron hasta el borde de la carretera y se quedaron mirando el agua.

—Bueno, ¿cómo te ha ido el día? —le preguntó con solemnidad, como imbuida de respeto.

—¿El día? —preguntó, sorprendido por lo que iba a decirle—: Ha sido duro.

180

Cuando regresó a casa, Claire estaba en la cocina tomándose un café.

—Hombre, aquí estás.

—Has llegado temprano. ¿Desde cuándo bebes café? —le preguntó al tiempo que se servía una taza para él.

—Supongo que desde el hospital. ¿Dónde estabas? Me he preocupado… La camioneta estaba aquí y no oía tu sierra. Y hoy te he llamado. ¿Has oído mis mensajes?

—Creía que el café te daba asco.

—Ya no. Se me pasó la manía y ahora estoy enganchada.

Claire sujetaba la taza con unas manos huesudas, curtidas y pálidas. A Bruce de pronto se le antojó mayor, y se dio cuenta de que probablemente era cierto desde hacía un tiempo. Entre la enfermedad y la muerte de Teresa, había dejado de ser menos su hija para convertirse en una compañera de fatigas. Habían cuidado de Teresa entre los dos, ambos habían buscado a Joshua, ambos se habían sentado en la oficina de Kurt Moyle y le habían dicho lo que querían: qué ataúd, qué flores, qué programa, qué canciones. Y ella sola había escrito las tarjetas de agradecimiento, durante un día entero, y había firmado por los tres.

—¿Llegaste a conocer a un tal Bill? —le preguntó de pronto Bruce.

—¿Bill?

—En el hospital. Se le murió la mujer.

La chica se le quedó mirando un par de segundos y entonces se levantó.

—No, ¿por qué?

Cogió la cafetera y rellenó ambas tazas. Bruce se fijó en que le temblaban las manos al servir.

—Sigue afectándote.

—¿El qué? —La chica dejó la cafetera en la encimera con más fuerza de la cuenta.

—La cafeína. Te da temblores.

—Ah. —Claire se sentó y se metió las manos entre las piernas como si quisiera calentárselas.

—Bueno, el caso es que el otro día me acordé del tal Bill. Solo hablé un par de veces con él pero me pareció buen tipo. Teníamos mucho en común; su mujer era de la edad de tu madre y murió un par de días antes... Tenía la habitación muy cerca de la nuestra. El caso es que me pregunté cómo estaría...

Claire asintió con calma.

—Seguro que lo está pasando tan mal como nosotros. —Le dio un sorbo al café y le costó tragarlo, como si estuviera tomándose una pastilla—. ¿Dónde has estado?

—Dando un paseo.

La chica se peinó con los dedos. Tenía el cabello más largo que nunca y se lo había teñido de un rojo desvaído y artificial. Llevaba los labios pintados del mismo color que su tinte nuevo, y ese era todo el maquillaje de la cara.

—¿Qué le ha pasado a la trenza? —le preguntó Bruce al fijarse en que ya no la tenía.

Solía hacerle bromas sobre ella pero siempre le había gustado cómo tintineaban los cascabeles cuando se movía. Siempre le parecía que entraba un gato en la habitación.

—Me la he cortado. —Se llevó la mano al cuello, donde hasta hacía poco estaba la trenza—. ¿Has ido hoy a trabajar?

Bruce sacudió la cabeza.

—Pero el lunes quiero ir. Supongo que ya va siendo hora... Además, ¿qué voy a hacer si no? Estoy arruinado.

181

—Yo puedo prestarte dinero.

—No.

—Bueno, si lo necesitas, dímelo. Porque tengo. Me están dando buenas propinas. —Estaba trabajando de camarera a jornada completa en el restaurante donde antes hacía una media jornada, antes de dejar la facultad y de que su madre enfermara.

—Bueno, ¿y cómo lo llevas?

—Tirando —contestó Claire dedicándole una sonrisilla de medio lado—. No consigo dormir mucho. No paro de tener pesadillas. Y sigo sin poder probar bocado.

—¿Qué sueñas?

La chica apoyó la barbilla en la mano mientras pensaba qué contarle, cuál de los sueños.

—Sueño que tengo que asesinarla. Que me obliga a hacer cosas de lo más horrible, como matarla pegándole con un bate o atarla a un árbol, echarle gasolina y quemarla.

—Seguramente es normal. Es tu forma de decir adiós.

—No, no te equivoques —bufó, y lo miró enfadada—. No pienso decirle adiós, Bruce. No se lo voy a decir en la vida, así que no digas eso, ¿vale?

—Vale —contestó con delicadeza, y quiso ponerle una mano encima de la suya pero Claire la apartó.

Se quedó mirándola un rato largo, tanto que pudo ver el efecto que tuvo en ella su mirada: cómo la abrió, la ablandó y la quebró. Las lágrimas le asomaron a los ojos y le cayeron en silencio por la cara. Bruce alargó la mano y se las enjugó con el pulgar. Recordó cómo jugaba de pequeña a que galopaba, con los brazos bailándole por delante y relinchando, como si fuera un caballo.

—¿Y tú? ¿Qué has soñado?

La cara de Teresa le pasó por la cabeza, la del sueño que había tenido esa mañana, justo antes de pegarle. Cómo se había carcajeado de él con la boca sanguinolenta y le había pedido que volviera a hacerlo y cómo, sin poder remediarlo, él le había hecho caso. Una y otra vez.

—De momento, nada que recuerde.

Υ

El lunes por la mañana se subió a la camioneta, la arrancó y se quedó parado en el sitio varios minutos. Tenía que restaurar una cocina. Los que le habían hecho el encargo —una pareja de las Ciudades Gemelas— habían sido pacientes y habían esperado varios meses después de que él aceptara el trabajo, conscientes del trance por el que estaba pasando. Recorrió los treinta y cinco kilómetros hasta la cabaña sin encender la radio. Cuando apagó el motor en el camino de acceso, se quedó mirando la cabaña, que era de troncos y tenía el techo a dos aguas. Por fin consiguió salir con el cinturón de las herramientas. Llegó hasta el porche y se sentó. Sacó un cigarro y se lo fumó. El día estaba gris, lluvioso, y hacía un viento fresco, un buen día para trabajar en un interior. Era el decimotercero sin Teresa, y se fijó entonces en que ya podía documentar el tiempo sin ella por semanas. A quien le preguntase le diría: «Mi mujer murió hace dos semanas», aunque todavía nadie lo había hecho. Y luego, con el tiempo, tendría que decir tres o quizá se saltara el tres y pasara directamente a los meses y luego a los años, aunque no podía imaginárselo, ni siquiera uno.

Cuando se fumó el segundo cigarro, se levantó, se metió en la camioneta, volvió a casa y se pasó la tarde en la cama escuchando a Kenny G, que era justo lo que había hecho el día anterior —salvo por el intento de ir a trabajar—, y solo había conseguido hablar mínimamente con Joshua cuando este apareció. Al tercer día que pasó en la cama escuchando a Kenny G y llorando hasta que anocheció, Kathy Tyson lo llamó para ver si quería ir a su casa a cenar.

Aceptó.

Su vecina preparó lo que ella llamaba «quiche mexicana», que sirvió con una ensalada decorada con nachos alrededor. Creía que todavía era vegetariano.

—Tiene muy buena pinta —le dijo Bruce aún de pie, al lado de la mesa.

Kathy tenía puestos unos pantalones tan anchos que al principio pensó que era una falda. Llevaba el pelo recogido con un enorme pasador de bolitas de colores, como los que había visto que vendían en la asamblea anual de la reserva de Flame Lake, desde donde Teresa hacía todos los años un programa especial en directo.

—¿Un poco de vino? —le ofreció Kathy, mientras intentaba sacar el corcho de la botella.

Bruce se la cogió de las manos, la abrió y sirvió el vino en las copas que su vecina sujetaba en alto, sintiéndose ligeramente incómodo. Solía beber leche con la cena y, en caso de tomar alcohol, prefería la cerveza o un ron con cola muy de vez en cuando.

—Por ti —dijo alzando la copa.

Una oleada de júbilo lo embargó y tuvo el mismo efecto que la pena, cuando era a eso a lo que no estaba acostumbrado: como si tuviera el poder de cortarle el aliento. Parecía poder pero no había llegado a hacerlo.

—No, ¡por ti!

—Bueno, por los dos.

—Por nosotros —accedió, y entrechocaron las copas.

Ambos dieron un sorbo y Kahty lo miró con gesto grave y expectante, antes de dejar la copa sobre la mesa.

—Bueno, ¿cómo ha ido el fin de semana?

Durante el paseo del viernes habían estrechado lazos después de que él le confesara que había estado llorando en la cama todo el día y que le había mentido cuando le había dicho que Claire iba a cenar en casa. Kathy se había portado muy bien con él, lo había escuchado y había dicho cosas sensatas y al despedirse le había dado un buen abrazo.

—El fin de semana ha estado bien pero ha sido triste, por supuesto.

—Por supuesto —recalcó Kathy.

Estaba dando vueltas por la habitación encendiendo velas y, cuando terminó, fue a la cadena y metió un cedé. Más que música eran sonidos: lluvia cayendo, pájaros piando, truenos tronando y un rumor que Bruce supuso que era el mar. En la emisora ponían ese tipo de música todos los domingos por la noche a las diez, en un programa que se llamaba *Parajes sonoros*. Teresa y él siempre se reían cuando lo escuchaban.

—Hemos estado los tres juntos todo el fin de semana… Hasta Josh se ha quedado. Le hemos labrado un arriate a Teresa, en el sitio donde queremos echar las cenizas, en su tumba, podríamos llamarla. Queremos hacer un pequeño parterre para enterrar las cenizas y plantar luego flores y, cuando la tengamos, poner la lápida… Va a tardar en llegar pero ya está encargada. —Kathy asintió, a la escucha; ya se había bebido un tercio de su copa. Bruce se fijó y le dio otro sorbo a la suya—. Está bien tener cerca a los chicos, pero también es duro. Me lo recuerdan todo.

—Claro, es normal. Representan toda tu historia con Teresa.

Kathy le puso la mano en el brazo, le dio un apretón y se lo acarició, como solía hacer Pepper Jones-Kachinsky cuando quería consolarlo. Pero esa vez fue distinto. Lo alivió.

—Claire y Joshua son una gran parte de tu pasado, Bruce. Con ellos no puedes escapar de la realidad de lo que ha sucedido. Los tres tendréis que encontrar otro camino, uno nuevo, para seguir adelante.

—Tampoco estoy diciendo que sea malo. Vamos, que me gusta tenerlos cerca.

—Ya, ya. Por supuesto que sí.

Esa noche volvió a casa sintiendo como si tuviera una quemadura en un punto del cuello: donde Kathy había presionado sus labios. No había sido un beso de verdad, ni tampoco él le había dado otro en respuesta. De hecho, incluso el abrazo de él la había mantenido a raya. Había sido al despedirse, cuando fue a darle un abrazo, como unos días atrás. Ya antes otras mujeres le habían dado besos así, de saludo o despedida, cientos de veces delante de Teresa, pero en ese momento, de vuelta de casa de Kathy, iba con la sensación de haber hecho algo horrible. Se limpió con saliva el sitio donde había aterrizado el beso y se restregó la piel hasta sentir que se lo había borrado del todo.

Cuando dobló por el camino de acceso, vio que Joshua estaba en casa, con casi todas las luces encendidas.

—¿Dónde estabas? —le preguntó este desde la mesa de la cocina nada más entrar.

El chico, que rara vez estaba en casa, casi nunca daba información sobre su paradero.

—He ido a cenar. —Llevaba en una mano un pastel que Kathy les había hecho. Lo dejó sobre la mesa.

—¿Adónde?

Le señaló hacia el sudeste y entonces, al ver que no iba a ser suficiente, añadió:

—A casa de los Tyson.

Joshua asintió. Bruce supo que pensaría en los Tyson, los padres de Kathy, no en ella. Sin saber muy bien por qué, no quiso sacarlo de su error.

—Ah, es que había preparado cena. He hecho perritos calientes y buñuelos de patata.

—Gracias —le dijo Bruce, sentándose. Miró a su alrededor—. ¿Ha venido Lisa?

—No.

—¿Va todo bien... entre vosotros?

—Sí.

—Parece simpática.

—La quiero —terció Joshua, con una emoción que era real y ese brillo que a veces le asomaba a los ojos y que le permitía a Bruce ver destellos del antiguo Joshua, y no del chico que ahora veía la mayor parte del tiempo, uno con ojos sombríos y muy reservados.

—¿Has estado con ella? ¿En casa de su madre? Tenía una casa prefabricada pasado el vertedero, ¿no?

—Sí, pero la madre casi nunca está. Sale con John Rileen y se pasa casi todo el día en casa de él.

Bruce recordó entonces quién era la madre de Lisa: una bajita y regordeta con el pelo muy rubio que trabajaba en la sección de platos preparados del Búho Rojo.

—Pam Simpson. Esa es su madre, ¿no?

Joshua asintió.

Bruce todavía no había abierto el sobre con la tarjeta que le había dado Lisa. Estaba en una pila junto con otras sin abrir, encima del viejo escritorio de Teresa.

—No llegué a conocerla en el instituto. Es unos años mayor que yo.

—Ya, me lo dijo.

—Entonces Lisa y tú..., ¿os vais a tomar un descanso esta noche?

—No es un descanso —repuso irritado Joshua, que tenía delante un botellín vacío de Mountain Dew y estaba quitándole la etiqueta en jirones mojados.

A veces le recordaba tanto a Teresa que tenía que apartar la vista.

—Digamos que habéis decidido pasar cada uno la noche por vuestra cuenta.

A Joshua le brillaron de nuevo los ojos para, al punto, volver a su natural sombrío y reservado.

—Quería estar un rato contigo.

Hacía años que no había expresado interés alguno por pasar tiempo con Teresa o con él.

—Vaya, siento habérmelo perdido.

—No te lo has perdido.

—¿Cómo?

—Que son solo las diez.

—También es verdad.

—Tienes algo entre los dientes.

Bruce se frotó las paletas con un dedo, se quitó un trocito de frijol y se lo tragó.

—¿Qué te gustaría hacer? Podríamos jugar a las cartas.

Joshua se quedó pensativo, como valorando si estaba de humor para jugar, y entonces dijo con acritud:

187

—Son un aburrimiento.

Pasaron diez minutos juntos sin decir ni hacer nada. Bruce sacó dos cervezas de la nevera, las abrió y le tendió una a Joshua. Cogió de su cuarto el radiocasete con la cinta de Kenny G y lo enchufó al lado de la tostadora. Cuando empezó a sonar, Joshua miró el aparato con desconfianza, como a punto de protestar —era muy suyo con la música—, pero no dijo nada.

Bruce sacó dos cigarrillos del paquete que llevaba en el bolsillo de la camisa, encendió los dos y le pasó uno a Joshua, que lo cogió sin dar muestras de sorpresa. ¿Quién era él para decidir que el chico no fumase? En su opinión, el cáncer era como el rayo: no puede caer dos veces en el mismo sitio.

Salieron al porche y se quedaron en el escalón de arriba sin ponerse los abrigos, con la puerta abierta para que les llegase la música. Pasados unos minutos, la cinta se terminó, sonó el chasquido del botón, y ambos se sumieron en el silencio mientras contemplaban el cielo.

—¿Qué vas a hacer ahora? —le preguntó Joshua.

—¿Ahora?

—Ahora que mamá ha muerto, me refiero. ¿Qué piensas hacer?

Bruce estuvo a punto de contestarle «vivir», y confesarle a continuación que su plan había sido justo lo contrario —que había pensado suicidarse—, pero se contuvo. Estuvo a punto de decirle: «Todo lo posible por tener una vida feliz, porque eso es lo que tu madre habría querido»; o «Seguir adelante. Como todos». Y le faltó poco para preguntarle: «¿A qué te refieres con qué pienso hacer? ¿Acaso tengo yo voz ni voto?». Y a punto estuvo de ponerle una mano en el hombro y decirle: «Nos toca sufrir un tiempo, pero saldremos adelante».

Pero no dijo nada de eso. Él no era así, no en esos momentos. Era un hombre que se sentía tan solo que le resultaba imposible hablar. Pasó tanto rato callado que el silencio pareció absorber la pregunta por completo, hasta el punto de que habría sido más extraño contestar que dejarla pasar. Oyó el batir del plástico que recubría las mosquiteras del porche, por las partes donde se había desprendido de las grapas. Metió los dedos por un hueco y tiró del plástico entero, sacando las grapas de una en una. Joshua hizo otro tanto por el otro lado y entonces hicieron una bola y la tiraron hacia el interior del porche para que no volara por la noche.

Bruce cogió el botellín de cerveza y le dio el último sorbo.

—¿Lo hueles? —Joshua asintió—. Eso es que ha llegado la primavera.

Era el olor que surgía todos los años en el condado de Coltrap sobre esa misma época, cuando la tierra seguía helada pero todo lo que vivía por encima empezaba por fin a derretirse. El olor a nieve pasada mezclado con algo vivo pero ligeramente podrido, como los tallos de las flores cortadas cuando se quedan mucho tiempo en un jarrón. De pronto se levantó una brisa que les abofeteó las caras e intensificó el olor. Era un viento frío que se les metió por el cuello y les traspasó el fino algodón de las camisas, pero no hicieron nada por guarecerse. Se quedaron allí plantados como estatuas, hasta que no pudieron aguantarlo, y ambos, al unísono, se estremecieron.

10

*D*esde que no vivía nadie en él, el apartamento de encima del Mirador de Len parecía la celda de una cárcel. Un horno entorpeciendo el paso, sin sentido en medio de la estancia, y una colección de objetos repartidos por un rincón: una alfombra con borlas enrollada, una silla del bar a la que le faltaba una pata, una caja cerrada con la letra de Mardell, COSAS DE NAVIDAD. De la pared colgaba un espejo perfecto. Joshua le acercó el mechero. Su cara adquirió un aire fantasmal en el haz amarillo sobre la llama, tanto que se asustó y tuvo que apartarse. Esa primera noche, mientras inspeccionaba el lugar, siguió con el botoncito del mechero pulsado, pese a quemarse el pulgar. Al día siguiente llevó velas.

Tras dormir siete noches seguidas allí sin que nadie lo viera, Joshua decidió que no pasaría nada si cambiaba una sola cosa. Para entonces su madre estaba en el hospital, así que podría haberse quedado en casa —pues ya no significaba tener que oír las idas y venidas de su madre por la noche, los llantos, los gemidos y el sufrimiento—, pero aquel sitio empezó a convertirse en su preferido. Lo único que cambió fue el horno: apartarlo del centro de la estancia haría mucho más agradable el apartamento y dudaba mucho de que Leonard y Mardell lo notaran. No podía levantarlo él solo, de modo que se agachó, lo rodeó con los brazos, agarrándolo como en un abrazo de oso, y fue moviéndolo por las puntas hasta dejarlo contra la pared.

No había tenido que forzar la puerta. La llave seguía en el mismo sitio que su madre había fijado hacía años, cuando vivían allí: en el hocico del cerdito de hierro que había a los pies de la escalera; en verano surgían en cascada por los costados del cerdo violetas de una macetita que tenía por dentro. Joshua se cuidaba de no llegar nunca antes de medianoche, antes del cierre del bar, y por las mañanas se iba a las diez, antes de que Mardell y Leonard llegaran para ir organizando el almuerzo. Por las noches dejaba la camioneta en el pueblo, donde siempre, al lado del Café Midden, y luego iba andando por la carretera con sus cosas: velas, saco de dormir, libreta, bolis, auriculares y cedés. Cuando aparecían coches, se escondía en la oscuridad de la cuneta para que no se pararan a preguntarle si quería que lo llevasen.

La mayoría de las mañanas no iba directamente a la camioneta. En lugar de eso, seguía el sendero que atravesaba la espesura por detrás del Mirador y llegaba al río, donde se sentaba en una roca y fumaba de la pipa. Desde que lo habían expulsado del instituto no se había molestado en volver, de modo que en todo el mes de febrero no tuvo que estar obligatoriamente en ninguna parte, en la misma época en que su madre estaba tan mala que no soportaba ni verla. Ni tampoco en marzo, cuando empezó a morirse y acabó muriendo. O en todo abril, cuando ya estaba muerta y enterrada y nada podía devolvérsela.

De vez en cuando hacía acto de presencia en casa, un par de veces a la semana, para que Bruce y Claire no se preocuparan, y quedaba con Lisa al menos una vez al día. Aunque, ante todo, prefería estar solo, en silencio o escuchando su música tendido en la alfombra desenrollada o abajo en el río, en la roca, sin importarle dónde quedaba el mundo; recordándolo pero esforzándose por no hacerlo. Eso solía suponer no permitir un solo pensamiento en su mente, y se le daba bien, obligar a su mente a ir por su cuenta, siempre en blanco, e imaginar que no era humano, sino un animal hibernando o sumido en el letargo; se convirtió en un castor, un colibrí que ahorraba fuerzas, respirando lenta y superficialmente, y que no permitía que el corazón le latiera más de la cuenta. Aunque siempre iba con el cuaderno y los bolis, dibujar hacía que el mundo volviera a él, ese mismo que intentaba mantener a raya, de modo que prefería no usarlos. El único mundo que toleraba era el apartamento por la noche o la roca del río durante el día, adonde a nadie se le ocurría ir a buscarlo; y en esa burbuja se sentía a salvo, escondido y poderoso, igual que cuando era niño y construía fuertes en el bosque o se guarecía en nidos enormes en medio de las hierbas altas del verano, desde donde podía escrutarlo todo sin que todo lo escrutara a su vez.

El apartamento era suyo y nadie lo sabía, así como la roca del río, y el propio río, el prodigioso Misisipi, y las eneas y los algodoncillos que crecían en la ciénaga de la otra orilla y que contemplaba por las mañanas cuando subía a lo alto de su roca. En febrero y marzo los tallos habían despuntado de la nieve, tan frágiles y enclenques que parecía que era la nieve lo que los sostenía. Para abril, sin embargo, la nieve se derritió y las aneas y los algodoncillos siguieron en pie y Joshua comprendió que se erguían por voluntad propia.

Cuando el viento soplaba, los tallos chocaban entre sí y producían un traqueteo que recordaba unas conchitas removiéndose en un tarro.

Una mañana Mardell fue a trabajar temprano y se encontró a Joshua en la roca. El chico pegó un salto y bajó nada más verla salir de entre los árboles: por un segundo pensó en salir corriendo pero no se movió del sitio.

—¡Vaya, qué sorpresa! —exclamó la mujer, que en realidad no parecía sorprendida. Llevaba un pantalón de chándal amarillo y una sudadera a juego con un conejito; antes de abrir, se pondría unos vaqueros pero la parte de arriba se la dejaría todo el día—. No he visto tu camioneta.

—He venido andando desde el pueblo.

—Hace una mañana muy bonita —comentó ya delante de él, con cara de desconcierto—. ¿No tienes hoy instituto?

En ese momento empezó a sonar el himno nacional en el teléfono de Joshua, que lo sacó pero no respondió porque sabía quién era: Vivian o Bender, que querrían que fuese a recoger más papelinas. Pulsó un botón y silenció el teléfono.

—¿Estáis teniendo mucho fango? —le preguntó Mardell mirando la tierra.

—Sí. Bruce se quedó atascado en la carretera de casa. Está todo enfangado. Tuvimos que pedirles el tractor a los Tyson para sacarlo.

—Me acuerdo de que antes, en esta época del año, uno no podía ni moverse —comentó Mardell con los brazos en jarras. Era una mujer obesa, con un trasero considerable—. Había una o dos semanas en que lo único que se podía hacer era quedarse quieto, y punto. Suspendían las clases. Se suspendía todo. Eso era cuando todavía no había nada pavimentado, ¿te acuerdas?, y a todo el mundo le afectaba. Los llamábamos los días de fango. Y luego, cuando me fui a vivir a las Ciudades, después de terminar el instituto, me enteré de eso de las vacaciones de primavera. Toda la gente de la ciudad hablaba de las vacaciones de primavera. ¿Vacaciones de primavera?, decía yo. Yo lo único que tengo son los días de fango. ¿Te lo puedes creer?

Rio con tal fuerza que Joshua pudo ver el estropicio que tenía en los dientes del fondo, hasta que, al darse cuenta, se tapó la boca con la mano. Era tímida, aunque no con la gente a la que conocía. Cuando terminó de reír, se quitó las gafas, se enjugó las pestañas pintadas, se limpió los cristales con el dobladillo de la sudadera y volvió a ponérselas

—Cielos, cómo echo de menos a tu madre... —le dijo de pronto, y lo atrajo hacia sí.

Joshua se dejó abrazar, se dejó coger entre los brazos de Mardell sin por ello estrecharla a su vez. Sintió el parche frío del conejo de plástico como un letrero en medio de la sudadera, y sus pechos redondos por debajo, presionándole el torso.

Mardell lo soltó y dio varios pasos hacia el río, con la vista puesta en la ciénaga de enfrente.

—Ayer mismo se lo dije a Len, le dije, me pregunto cuándo tendremos este año los primeros osos. Normalmente empiezan a dejarse caer por esta época. Habrá que ir poniéndoles comida dentro de poco, supongo, aunque Len siempre prefiere esperar a que vengan por su cuenta. Yo se lo he dicho: Len, ¿tú te crees que van a venir si no les ponemos comida para engatusarlos?

Miró a Joshua como si hubiera sido con él y no con su marido con quien hubiese discutido sobre los osos. Mardell y Leonard llevaban casados más de cuarenta años pero siempre andaban a la gresca, aunque fuera en broma, y metiendo a todo el mundo en sus discusiones.

—No sé yo...

—Pues díselo a Len, porque a mí no me hace caso. —Se rio

y se agachó para mirar algo que había en el fango—. ¿Sabes qué? Tu madre siempre decía que daba buena suerte ser el primero en ver los osos. De nosotros, claro, sin contar a los clientes. A quien los veía primero le daba buena suerte...

—Sí, mi madre es muy de decir eso. Cree en esas cosas.

Mardell clavó de pronto la vista en él y luego miró hacia abajo. Años atrás le había enseñado a silbar con una brizna de hierba entre los pulgares.

—¿Qué has encontrado?

—Un bichillo. El pobrecillo parece haberse llenado las alas de fango.

Mardell cogió con sumo cuidado el insecto por una pata y lo dejó sobre una parte del suelo más seca. Después se quedaron viendo cómo cojeaba de vuelta al fango. La mujer se incorporó y se sacudió la tierra de las manos.

—Por qué no vienes al bar y te preparo algo de desayunar —le preguntó aunque no lo entonó como una pregunta—. Len ya habrá llegado. Hoy hemos venido cada uno en un coche porque luego a las tres tengo cita en la peluquería.

—No puedo. Tengo que volver al pueblo.

—Pero ¿en qué estaba yo pensando? Se me había olvidado que tenías clase. De hecho, ya tendrías que estar allí, ¿no? Ven, que te llevo en coche.

—Prefiero ir andando, pero gracias.

Antes de que la mujer pudiera añadir nada más, Joshua emprendió la marcha por el camino que había acabado abriendo, de todas las veces que había ido en invierno cuando se saltaba las clases.

—Hazme el favor de venir una noche a cenar. Y venid también los tres juntos, la próxima vez que venga Claire —le gritó la mujer.

Joshua agitó una mano para agradecérselo pero no se volvió.

Nada más encender el teléfono, sonó, solo que esa vez, en lugar del himno nacional, fue un ruidito como el que imaginaba que haría una varita mágica, si es que realmente existían y hacían algún sonido. Era Lisa.

—¿Dónde estás? —quiso saber esta.

Aunque la conocía de toda la vida, en todo ese tiempo apenas había supuesto nada para él. Sin embargo, todo había cambiado: sentía algo extraño por dentro cada vez que la veía u oía su voz, como un enjambre de abejas que volaran en la barriga, como si alguien hubiera aparecido por detrás y le hubiera hecho «buu».

—En el pueblo, cerca. —Detuvo la marcha para tener mejor cobertura—. Estoy al lado de la panadería. —Sabía que Lisa daría por hecho que estaba en la camioneta, conduciendo; tampoco ella sabía nada del apartamento.

—¿Qué llevas puesto? —le susurró con un falso tono seductor, y en el acto se echó a reír.

Estaba en el instituto, usando el móvil pese a la prohibición, con la cabeza metida en la taquilla para que nadie la viera. Joshua lo supo por el eco.

—Vente y nos vemos.

—¡No puedo!

—Detrás de la cafetería. Dentro de cinco minutos.

—Josh, que tú no vayas a clase no quiere decir que…

Había un letrero de SE VENDE colgado de una estructura metálica a unos palmos de él, oxidado tras llevar allí todo el invierno. Puso la mano encima.

—Bueno, pues luego.

—Claro. Venga, que tengo que colgar. Te echo de menos.

—Y yo a ti.

—Te quiero —le dijo con voz ronca y seria, casi apesadumbrada por el peso de lo que había entre ambos.

—Y yo a ti.

Colgó el teléfono y retomó la marcha. No había pretendido enamorarse de Lisa pero, ahora que lo estaba, no podía creer que hubiera vivido de otra forma, ni ella tampoco, cuando no hacía ni dos meses Lisa estaba prometida con Trent Fisher. Había sido ella quien había dado el primer paso. Lo llamó una noche para hablar del trabajo que tenían que hacer juntos para clase pero, cuando él le dijo que no iba a hacerlo, que había dejado el instituto, ella no quiso colgar. Le contó una discusión que había tenido con su madre, que a veces tenía que ir a Bemidji a visitar a sus abuelos, aunque no los había conocido hasta el año anterior, sus dudas sobre si debía salir a correr o no. Estaba en el apartamento cuando lo llamó —R. J. le había dado su número—, metido en el saco de dormir y escuchándola en la penumbra de una noche de domingo, que en realidad era ya la madrugada del lunes, y hacía horas que debían estar durmiendo. Lisa le contó que no conseguía pegar ojo cuando no estaba su madre, que se quedaba en casa de su nuevo novio, John Rileen. Teresa tampoco estaba ya; la habían ingresado y le quedaban dos semanas de vida, aunque por entonces no lo sabía. Esa primera noche Lisa habló por los codos, dando vueltas por la casa, llevándose consigo a Joshua, al otro lado de la línea, allá donde iba. Se sentó en el borde de la bañera y se afeitó las piernas mientras hablaban; puso música y acercó el teléfono al altavoz para que él oyera las partes favoritas de sus canciones. Para cuando colgaron, se habían enamorado, aunque no se lo dijeron hasta varias semanas más tarde, después de pasar varias noches juntos en la cama de Lisa y de que esta reuniera valor para cortar con Trent Fisher.

Cuando entró por el callejón de detrás de la cafetería Midden, Joshua vio desde lejos que tenía una nota en el parabrisas. Se puso colorado al pensar que sería de Lisa pero, cuando la abrió, vio que era de Marcy, que le decía que fuera a verla antes de irse. Subió por los escalones de atrás, aporreó la pesada puerta y esperó unos instantes. Después fue a la puerta principal, que estaba cerrada con llave. Vislumbró dentro a Marcy, que estaba bajando las sillas de encima de las mesas. Dio unos golpecitos en la cristalera y la camarera alzó la vista y bajó dos sillas más antes de abrirle.

195

—Anda, cierra —le dijo haciéndose a un lado para dejarle pasar—, si no, seguro que llega alguien queriendo entrar. Ahora ya no abrimos hasta las once y media, ¿lo sabías? —Lo miró por primera vez, con mirada severa, pero enseguida la relajó—. Ya no servimos desayunos. No venía mucha gente. Todo el mundo va al Kwik-Mart desde que han puesto el bufé y la máquina de capuchino. Es todo basura precocinada, pero supongo que eso es lo que a la gente le gusta hoy en día.

Se sentó en una de las sillas que había colocado Marcy a su lado. No había entrado en el café desde el último día que había ido a trabajar, hacía casi cuatro meses, la noche antes de enterarse de que su madre tenía cáncer. Desde entonces había evitado la cafetería, a Marcy, Angie y Vern, al igual que a casi toda la gente y los sitios que había conocido antes de que su madre enfermara.

—Supongo que estarás llevándolo como puedes… —le dijo Marcy, apartando la vista—. Todo el asunto…, me refiero.

Joshua asintió y apartó también la mirada para clavarla en la maquinita de Ms. Pac Man de la esquina, que parpadeaba en silencio.

—Tu amigo sigue viniendo todas las noches a jugar —comentó Marcy—. Dios, ese R. J. se pirra por la maquinita. No se le da mal, la verdad. —Cogió el cigarrillo que había dejado encendido en un cenicero en la esquina de la mesa—. ¿Quieres recuperar tu puesto?

—No, no he venido por eso…

—Ya lo sé, ya. De hecho, espero que no lo quieras porque ya no hay puesto que valga. Habríamos tenido que despedirte ahora que no servimos desayunos. Cogiste la baja en buen momento. —Le dio una última calada al cigarrillo y aplastó la colilla en el cenicero—. Bueno, de todas formas, ya no te va a hacer falta. Pronto acabarás el instituto y te irás a Florida.

—California.

—California —repitió Marcy, que lo miró concentrada, como si se dispusiera a revelarle un secreto. Después se volvió y le dijo—: Qué suerte.

Clayde Earle apareció por la puerta y pegó la cara al cristal con las manos a ambos lados, para poder ver el interior.

—¡Estamos cerrados! —gritó la camarera, que volvió a repetirlo con más virulencia.

Pero Clyde no se movió del sitio hasta que Marcy fue a la puerta y le señaló con muchos aspavientos el letrero con el horario nuevo. Cuando el hombre se fue, volvió a su sitio tras la barra.

—Los indios están en pie de guerra con eso de que no abramos para desayunar. Hacían aquí sus reuniones por las mañanas. Nunca pedían nada aparte de café, y encima querían que se lo rellenases diez veces por cabeza. Y ahora la gente se pregunta por qué… —Sacó otro cigarrillo del paquete con unos golpecitos.

—¿Me das uno de esos? —preguntó el chico, a pesar de tener un paquete recién comprado en el bolsillo.

Marcy le deslizó el paquete por la barra y Joshua cogió uno y se lo encendió.

—En fin —musitó esta en voz baja, sentándose en un taburete.

—En fin…

—Me alegro de verte —Se arregló el pasador que llevaba en el pelo—. Te he echado de menos, compi.

—¿Cómo está Vern?

Cuando trabajaba allí detestaba al cocinero, pero en esos momentos sintió cierta añoranza por él y por las sensaciones, los olores y los sonidos de la cocina de la cafetería a la hora de cenar.

—Hemos tenido que quitarle dos noches, pero por lo menos estará aquí el verano y podrá vender sus cosas delante del Dairy Queen. Ahora solo estamos mi madre y yo. No podemos mantener a nadie más en plantilla. —Dejó el pasador del pelo en la barra; era marrón, con forma de mariposa—. Mi madre no viene hasta mediodía, cuando hay más jaleo. Como solo quedamos las dos, intentamos no coincidir más de lo necesario.

—Podría venir a ayudaros. Sin cobrar, digo. Si necesitáis una mano de vez en cuando.

—Es un detalle, Josh. —Bajó la cabeza, se volvió a colocar el pasador y luego cogió una vez más el cigarrillo.

Los dos se quedaron callados con el humo enroscándose a su alrededor velando de azul el aire.

—¿Cómo están Brent y los niños?

—Bien.

Joshua se fijó en que su amiga tenía los brazos más delgados que antes y el pecho más plano. En ese momento comprendió, después de tantos meses trabajando juntos, que había estado colado por ella, aunque no se había permitido admitirlo hasta ese preciso instante, cuando ya se le había pasado.

—Debería irme —le dijo levantándose.

Marcy hizo otro tanto. Un asomo de urgencia le sobrevoló la cara.

—¿No tienes nada que… algo que darme?

197

Cuando la miró con curiosidad, Marcy cogió el trapo que había en un gancho y empezó a pasarlo por la barra.

—Vivian Plebo —espetó sin mirarlo—. Me ha dicho que te había avisado.

En las semanas desde que había empezado a vender para Vivian y Bender, había creído que ya no podía sorprenderle que alguien se drogara o dejase de drogarse en Midden. Había gente de quien siempre lo había dado por sentado, por supuesto, pero luego había otros de los que nunca se lo habría imaginado: Anita la del motel La Arbolada, Dave Collins, el marido de una profesora de cuarto del instituto... Sin embargo, ni se le había pasado por la cabeza que acabaría vendiéndole cristal a Marcy. No había sido capaz de mirarla a los ojos mientras se lo sacaba del bolsillo, envuelto con esmero por Vivian en un plastiquito. Se había apresurado a ponerlo sobre la barra, y con la misma rapidez la mano de Marcy lo había cogido y guardado en el bolsillo interior del bolso. Tenía el dinero preparado, doblado en dos. «¿Qué estás haciendo?», había estado a punto de preguntarle, en un pronto de institutriz, pero en lugar de eso cogió el dinero y se lo guardó en el bolsillo. Tiró de la puerta, olvidando que estaba cerrada, y luego la abrió y se fue mientras la voz de Marcy le decía a sus espaldas que no desapareciera del mapa.

Cuando aparcó delante de casa, vio que el coche de Vivian estaba en su sitio. No había ni rastro de la camioneta de Bender. Prefería cuando este estaba, aunque no era lo corriente, porque solía andar de ruta, llevando el camión hasta Fargo, Minot, Bismarck y otra vez de vuelta.

—¿Dónde coño te habías metido? —le preguntó Vivian al abrir la puerta y volver sobre sus pasos. La siguió por el pasillo en penumbra y entraron en el salón—. Te he llamado un montón de veces. ¿Es que no has oído mis mensajes?

—Sí —mintió.

Vivian y Bender le habían dado el teléfono y le pagaban la mitad de la factura mensual, para poder ponerse en contacto con él cuando tenía que entregar o recoger algo. Se sentó en el brazo del sillón marrón de cuadros.

—He oído el de Marcy y se lo he llevado pero ese es el último que he recibido. He venido a por más antes de hacer el resto.

—¿Qué resto?

—Las otras entregas.

—No hay más —le dijo la mujer mirándolo por primera vez, con una sonrisa amarga atravesándole la cara por haberlo pillado en falta—. Solo te he avisado para lo de Marcy. Ha estado llamándome cada quince minutos porque no quería pedírtelo a ti directamente... Le daba vergüenza o algo. Esa mujer siempre ha sido así, por lo menos que yo recuerde. Se cree que es mejor que los demás o algo...

—¿Marcy?

—Va de sobrada —comentó Vivian, como si no hubiera nada más que añadir.

A continuación abrió una lata de galletas, sacó cuatro bolsitas de marihuana y otras cuatro de cristal y se las lanzó. Aterrizaron en el cojín del sillón marrón. El chico las cogió y se las guardó una a una en los bolsillos del chaquetón. Algunas las vendería enteras mientras que otras tendría que dividirlas en las cantidades que le pidiera la gente.

—Tienes que pasar por la fábrica de hornos en la pausa del almuerzo. John Rileen quiere una y Eric Wycoski otra. Después vas a tener que ir a Norway, a casa de Peter y Autumn. ¿Te acuerdas de dónde viven?

Joshua asintió. Vivian se quedó mirándolo unos instantes, como si estuviera valorando en silencio si estaba diciéndole la verdad o no. Después, con calma, se encendió otro cigarrillo.

—¿Me has traído el dinero?

El chico contó los billetes sobre la mesita de centro, haciendo montoncitos ordenados, y después, bajo la supervisión de Vivian, se quedó con un cuarto de lo que había, su parte de lo que vendía. Se sacaba un buen pellizco, más que lavando platos o que en cualquier otro trabajo que pudiera hacer en Midden.

—Me ha dicho R. J. que estás saliendo con la hija de Pam Simpson.

—¿Y?

—Que espero que mantengas tu palabra y no abras el pico.

199

—Ella no se lo diría a nadie.

—Pues su madre te digo yo que sí, créeme. Es mejor que no meta las narices, chaval. Con Pam hay que andarse con cuidado. Yo trabajaba con ella y lo sé.

—No se lo he contado a nadie —insistió para calmarla, aunque en realidad se lo había dicho a Lisa, si bien en una versión más edulcorada—. Además, el novio de la madre me compra maría. Sale con John Rileen, ¿lo sabías?

Vivian mudó el gesto, lo que le confirmó que no estaba al tanto, aunque ella jamás lo admitiría.

—Pero eso es otra historia. Una cosa es lo que haga tu novio y otra que lo haga tu hija.

—Le da igual —replicó Joshua, pese a no saberlo con seguridad. Por lo general Pam le dejaba a Lisa hacer todo lo que quería, como si fueran más dos amigas que madre e hija.

Vivian cogió una caja de pizza que había en el suelo con la parte de abajo manchada de grasa.

—¿Tienes hambre? —le preguntó acercándole la caja.

Se comió dos porciones de la pizza fría de Vivian mientras escuchaba los mensajes en la camioneta, ya en el aparcamiento de la fábrica de hornos, donde esperaba a que los obreros salieran a comer. El primer mensaje era de primera hora de la mañana, de antes de salir del apartamento. Había visto de refilón por la pantalla el número de su hermana y había oído el tono asociado pero no lo había cogido. La escuchó entonces diciéndole que iba a ir esa noche al pueblo, que se quedaría todo el fin de semana, como siempre, y que esperaba verlo por casa. Lo borró, así como los tres de Vivian en los que le decía que fuera a ver a Marcy a la cafetería. Por último escuchó uno de Bruce, que prácticamente le decía lo mismo que su hermana, solo que con un tono menos directo y autoritario. Iría a casa para hacerles felices y que luego lo dejaran varias semanas en paz. A ambos les había extrañado mucho que tuviera un móvil, y más aún que no se lo hubiera dicho ni les hubiera dado el número en todos esos días y noches en que su madre había estado muriéndose y no habían podido localizarlo. Hasta que entonces, cuando Claire por fin había dado con él, había sido demasiado tarde. Creía que su hermano había ido a pescar en el hielo y que dormía por las noches en el antiguo almacén de hielo, de ahí que la última noche de vida de su madre, Claire hubiese ido en vano hasta el lago Nakota para buscarlo. De regreso, chocó con el Cutlass contra un árbol que se había caído y se había helado. Joshua y R. J. se la cruzaron de casualidad, justo cuando amanecía. Estaba revolucionando el motor sin que sirviera de nada y formando surcos cada vez más profundos en la nieve con las ruedas traseras. Cuando Claire los vio acercarse, se bajó y se quedó sin decir nada. No se molestó en mirar a R. J. y clavó directamente los ojos en Joshua, quien la llamó por su nombre y le preguntó qué hacía ahí. En respuesta, su hermana le chilló con tal fuerza que sintió el golpe de su furia como si fuese un viento, levantándole pecho, cabello y cara.

R. J. ya había dado media vuelta y había ido al almacén de hielo a por una pala, que resultó no servir de nada; después se acercó a la orilla del lago, a casa de Bob Jewell, para pedirle que fuera con su tractor y una cadena y sacara el coche de Claire. Joshua se había quedado esperando con su hermana. Se sentaron delante, pusieron la calefacción y Claire le dijo con voz de una tranquilidad desquiciante que su madre estaba a punto de morir. Quiso ponerle una mano en el hombro a su hermana pero sintió que ella tenía el cuerpo rígido como una tabla.

—Vamos a sacar el coche de aquí y luego nos vamos a ir a Duluth y vamos a verla —le dijo como una zombie.

Y lo repitió una y otra vez, sin importarle lo que él le dijera, sin importarle lo mucho que Joshua sintiese no haber ido a la casa ni al hospital o no estar en el almacén de hielo como ella había creído. Cuando terminó de repetírselo, se hizo el silencio. Pensó en su madre, en partes de ella en las que nunca había pensado, en sus pulmones, su cerebro, su corazón y sus manos. Pensó en las partes de su madre yaciente, en una cama que nunca había visto de una habitación de un hospital de Duluth que no había pisado, y donde había tenido la esperanza de no tener que ir nunca.

—¿Y cómo está? —le preguntó al cabo de un rato.

—¿Cómo está? —repitió en voz baja Claire—. ¿Cómo?

201

¿Está? —dijo una vez más, como si cada palabra fuera un descubrimiento—. ¿¿Cómo está?? —escupió con virulencia.

Volvió el cuerpo entero para encararlo. Llevaba un gorro que le había hecho su madre, uno rojo con una estrellita blanca y un pompón blanco que se había caído. Se lo quitó, lo miró entre las manos y luego volvió la vista a Joshua, con los ojos inyectados en sangre, vidriosos y enrabietados.

—Muriéndose. Muriéndose, ¿vale? ¿Lo comprendes? No va a volver nunca más a casa.

—Tenemos que mantener la esperanza —susurró él.

—Te odio —murmuró Claire a su vez con fiereza, sin dejar de mirarlo a los ojos—. Voy a odiarte el resto de mi vida por dejarme sola en todo esto.

Y entonces rompió a sollozar, con unos extraños hipidos horribles, como una manada de coyotes después de matar una presa, y también él lloró, igual que siempre, lágrima a lágrima y en silencio.

Pasados unos minutos, Claire le puso las manos en las mejillas y le acercó la cara y él alargó las manos e imitó el gesto.

—Lo siento. Lo siento mucho —le dijo su hermana.

—Yo también.

—¿Qué vamos a hacer?

—Todo va a salir bien —insistió Joshua—. Mamá se pondrá buena.

Lo soltó, se restregó la cara con el gorro y se quedó mirando por la ventanilla. No había nada que ver más allá de la nieve que cubría el lago y los árboles que había a un kilómetro de la orilla.

—Josh, mamá no se va a poner bien. Tienes que entenderlo. —Claire le pasó el gorro y Joshua lo cogió para enjugarse las lágrimas.

—Pero no podemos perder la fe. No va a morirse. No nos haría eso. Lo sé perfectamente.

—¿Ah, sí?

—Sí —dijo creyéndoselo. Creyendo que todo lo que él decidiera firmemente que era verdad lo sería. Que su madre no moriría, ni entonces ni nunca.

—¿Me lo prometes? —le preguntó Claire como una cría pequeña, mirándolo.

—Te lo prometo —le aseguró, y volvió a enterrar la cara en el gorro.

John Rileen pegó un puñetazo en el capó de la camioneta de Joshua y acto seguido fue a meterse en su coche, que tenía aparcado en una esquina. El chico dejó pasar un par de minutos antes de reunirse con él. Se apoyó en la ventanilla como si estuvieran charlando, cuando en realidad estaban intercambiado marihuana por dinero. Se había quedado dormido en la camioneta mientras esperaba a John, que lo había sobresaltado al despertarlo, de ahí que el intercambio estuviera teñido de un halo de ensoñación que no se le pasó del todo hasta que llegó a casa de Pete y Autumn en Norway.

Para cuando regresó a Midden eran casi las tres. Aparcó en el callejón que lindaba con el recinto del instituto. Casi todos los días aparcaba en ese mismo sitio a esa hora —la misma en que empezaban a formar en fila los autobuses amarillos— para que los chavales del instituto pudieran comprarle lo que quisieran al salir de clase. Un par de veces a la semana uno de los conductores iba hasta la camioneta como el que da un paseo y le compraba una bolsita. El callejón bordeaba el campo de fútbol americano, la cancha de béisbol y la pista estrecha de tierra que rodeaba ambas cosas, donde entrenaban los de atletismo. A las tres y cinco Joshua vio a Suzy Keillor escoltar a los alumnos de educación especial hasta los autobuses, como hacía casi todos los días. Cada vez que la veía se acordaba de que no le había devuelto la bandeja que le había dado con las patatas gratinadas.

Su móvil sonó con un canto de grillo: Claire.

—Buenas.

—¿Cómo estás? —Sonaba como si estuviera resfriada, aunque supo, sin necesidad de preguntarle, que no, que en realidad había estado llorando.

—Bien.

—He estado pensando que dentro de dos semanas es tu cumpleaños. ¿Estás nervioso por cumplir los dieciocho?

—No mucho. —Su hermana se quedó callada, a la espera de que él dijera algo más. «¡Háblame!», le había chillado no

203

hacía mucho—. No sé, supongo que mola lo de ser adulto y todo ese rollo.

—Claro —asintió distante, como si le hubiera dicho algo muy profundo.

Pasaron casi un minuto sin decir nada. Joshua se quedó mirando cómo las gotas de agua que caían por el parabrisas se convertían en lluvia, formando ríos en zigzag por el cristal.

—Bueno, ¿alguna novedad? —le preguntó por fin a su hermana, que no contestó, pero Joshua tuvo la sensación de que era un silencio distraído, ocupado con algo—. ¿Qué estás haciendo?

—Coser —respondió con mucha cautela, como si justo en ese momento estuviera enhebrando la aguja, pero volvió a concentrar la atención en él—. He encontrado unos botones chulísimos en el armarito de coser de mamá. No sé de dónde los sacaría…, tienen un punto asiático, como con un color bronce deslucido y unos templos grabados. La cosa es que me los estoy poniendo en la chaqueta vaquera.

—Creía que ibas a venir.

—Sí, sí. Salgo en cuanto termine esto. Solo quería saber si vendrás mañana.

—Sí —le aseguró mientras veía a Suzy Keillor correr bajo la lluvia, de vuelta al instituto.

—Haré yo la cena.

—No hace falta.

—Es que quiero —respondió cortante—. ¿No estaría bien hacer la cena por una vez? —Le temblaba la voz como si fuera a romper a llorar.

—Supongo. ¿Viene David?

Su hermana no había ido con su pareja a casa desde el funeral. Nunca habían sido muy íntimos pero a Joshua le caía bastante bien.

—No.

—¿Estáis bien?

—Sí… creo. Ya no lo sé, la verdad.

—¿Qué es lo que no sabes?

—No sé, pero desde que murió mamá estoy distinta. He estado pensando un montón de cosas, como que la monogamia no es más que una gilipollez.

—¿Por qué lo dices? —le preguntó mientras intentaba recordar qué significaba «monogamia».

—¡Porque es un sistema que está pensado para la autodestrucción! —exclamó, como si él la hubiera acusado de algo; Joshua comprendió que había dejado de lado la costura. Más calmada, añadió—: No espero que lo entiendas, no ahora que estás en tu nave espacial del amor con Lisa. Pero, Josh, es verdad. Es todo como un cuento de hadas pero resulta que las hadas no existen. ¿Y sabes qué es lo más loco? Que no lo vi venir…, creía que lo vería, pero no lo vi hasta que mamá se puso mala. Iba por la vida creyendo a pies juntillas en esas nociones arcaicas, sexistas y ridículas sobre el amor y la vida, y entonces mamá va y se pone mala, muere y ¡buum!: la verdad se revela.

—¿La verdad de qué?

—De todo, Josh, ¡de todo!

No supo qué decir. Apenas entendía de qué estaba hablándole su hermana, algo que le sucedía la mitad de las veces que se disparaba en una de sus nuevas teorías sobre la vida. Pero si intentaba hacerle alguna pregunta que pudiera, aunque fuera remotamente, dar a entender que estaba en desacuerdo, acababan peleándose. Desde que su madre había muerto, él había entrado en una fase en la que evitaba las riñas con su hermana. Aquella mañana en el Cutlass, mientras esperaban en el lago helado a que Bob Jewell los remolcara, Joshua se había equivocado: su madre había muerto, y lo había hecho sin esperar a nadie. «Lo siento», le había dicho más tarde a su hermana. Un lo siento por no haber aparecido en todas esas semanas, un lo siento por haber impedido que Claire estuviera con su madre cuando había muerto. Pero cada vez que le decía «lo siento», ella levantaba la mano y empezaba a respirar con dificultad, como si fuera a desmayarse en el sitio si él decía una palabra más. Salvo por aquella primera vez, cuando lo había mirado a los ojos y le había dicho que sentirlo no era suficiente.

—Por cierto, estaba pensando que… podrías traer mañana a Lisa a cenar.

—¿Para qué?

Las clases acababan de terminar y un río de gente empezó a salir por las puertas laterales del edificio.

—Porque quiero conocerla.

205

—Ya la conoces.

—Sí, pero no como tu novia. Además, tampoco la conozco, solo sé quién es. Ni siquiera he hablado con ella en mi vida.

—Mañana curra. —Lisa trabajaba en el Búho Rojo, como su madre, sobre todo los fines de semana. La vio entonces, cruzando el solar embarrado, yendo hacia él. La lluvia se había quedado en una neblina ligera. Cuando Lisa vio que la había visto, lo saludó—. Tengo que irme.

—No —repuso quejosa—, habla un rato más conmigo.

—No puedo.

—Me aburro —dijo de pronto, y luego añadió—: Y estoy sola.

—¿Y eso? —le preguntó.

Aquello lo pilló por sorpresa: desde que tenía uso de razón, su hermana había asegurado que ella nunca se aburría ni se sentía sola: el mundo le interesaba demasiado para aburrirse y era demasiado independiente para necesitar la compañía de nadie.

—No sé —dijo al borde de las lágrimas—. ¿Tú qué crees?

Joshua oía su aliento por el teléfono: se notaba que había dejado de coser y estaba plenamente centrada en la conversación.

—¿Porque eres aburrida? —sugirió, pero Claire no rio, pese a ser una gracia típica de ella: «Solo la gente aburrida se aburre»—. Tengo que irme, en serio.

—Pues nada, vete —contestó malhumorada.

Su hermana colgó antes de darle tiempo a despedirse, pero él siguió con el teléfono pegado a la oreja mientras veía a Lisa dar los últimos pasos hasta él, quedarse al lado de la ventanilla y sonreírle sin decir nada. La chica alargó la mano y la pegó al cristal, tan lisa y elegante como una hoja mojada. También él puso la mano en la ventanilla, alineándola tan perfectamente que la de ella, tras la suya, desapareció.

Cuando Lisa subió a la camioneta no esperó para ver si alguien quería comprar. Arrancó el motor, salieron del pueblo, rumbo norte, hacia la casa de Lisa, donde se apresuraron a hacer el amor antes de que la madre llegara. Después Lisa cogió

LA VIDA QUE NOS LLEVA

de la cocina dos Mountain Dew y una bolsa de patatas sabor barbacoa y lo devoraron todo en su cuarto.

—¿Cómo han ido las clases? —le preguntó, y se puso colorado, al darse cuenta de que ese tipo de preguntas sonaban raras viniendo de él: su madre solía hacérsela casi todos los días.

—Bien. —Lisa estaba encaramada en la cama mientras Joshua se había sentado en el suelo, a su lado—. Ah, he entregado el trabajo final de «Amor, vida y trabajo». —Lo miró con un puchero divertido. Había tenido que terminarlo sin él, fingir que se habían divorciado—. Josh, no puedo creer que solo falten dos semanas para acabar del todo. Seremos libres.

—Lo serás tú.

—Tú ya lo eres —repuso Lisa, que estaba moviendo los dedos de los pies pintados de rosa.

—Ya, pero yo no voy a acabar. No acabaré nunca.

Lisa se recostó en la cama y le puso una mano en el pelo.

—Pero puedes hacer las pruebas de acceso al ciclo. Es lo mismo.

De pronto ambos se volvieron al oír que Pam aparcaba el coche en el camino de entrada. Lisa fue a cerrar la puerta de su cuarto. Oyeron el cascabeleo de las llaves de Pam al tirarlas en el cuenco de madera de la mesa de centro. A Joshua se le aceleró el corazón, al recordar que ese mismo día le había vendido al novio de la madre, y rezó por dentro para que no se lo hubiera contado.

—¡Liiisii! —la llamó.

—Sí —respondió esta con desgana.

—Ya estoy en casa. —Pam fue al cuarto de su hija y llamó a la puerta—. ¿Qué haces?

—Estudiar —respondió con voz temblorosa, y corrió a buscar un libro—. Con Josh. Está aquí conmigo.

—¡Hola! —gritó él educadamente.

Lisa le hizo un gesto para que fingiera estar estudiando también, de modo que cogió lo que tenía más a mano, un ejemplar de *Diecisiete*, y empezó a pasar las páginas con aplomo.

—¿Tienes hambre? —le preguntó Pam todavía al otro lado de la puerta.

—Hemos picado algo.

La madre abrió entonces la puerta y los miró a ambos, que

levantaron la vista a su vez y le sonrieron. En la papelera de Snoopy estaba el condón que habían usado, envuelto en un montón de papel higiénico.

—¿Te quedas a cenar? —le preguntó Pam a Joshua.

—No puedo.

Sintió que tenía que decir el porqué pero, cuando se ponía nervioso, se quedaba en blanco. Tenía más entregas que hacer. Los mensajes de Vivian estaban acumulándose en el contestador.

—La próxima —le dijo Pam, que dio media vuelta y se perdió por el pasillo sin molestarse en cerrar la puerta.

A Lisa le colgaba un pie desnudo por el lado de la cama. Joshua alargó la mano, lo cogió y muy sigilosamente se agachó y lo besó. Lisa se rio sin hacer ruido y entonces saltó de la cama, cerró la puerta sin pestillo, para que no sonara, y volvió con Joshua y lo empujó al ropero, donde se metieron, entre el cesto de la ropa sucia y las prendas colgadas en las perchas, y volvieron a hacer el amor, aovillados en una posición imposible, volcando el cesto y corriéndose en silencio.

208

En la cocina Pam estaba friendo chuletas de cerdo, con un chisporroteo y un aroma que llenaban toda la casa.

Mientras atravesaba en coche el pueblo, vio por la calle principal a R. J., que iba con las manos metidas en los bolsillos. Su amigo se volvió al ver que frenaba y paraba a su lado, y entonces subió y siguieron camino, pasado el pueblo, en dirección al Mirador. No salieron de la camioneta nada más llegar. Se quedaron en el aparcamiento, detrás de los contenedores, para que nadie los viera desde dentro del bar mientras esperaban a que apareciera Dave Huuta. Vivian lo había llamado y le había dicho que se encontrara allí con Dave.

—¿Qué te ha pasado? —preguntó Joshua señalando la cara de su amigo.

R. J. se llevó la mano a la mejilla y se pasó los dedos por una cicatriz que le iba de la nariz hasta la oreja, ya recubierta de costra.

—La zorra de mi madre, una noche, toda ciega.

Joshua asintió y sacó la pipa pequeña. Ya habían hablado

mil veces de los prontos que le entraban a Vivian. Rellenó la pipa, por debajo de la ventanilla, y se la pasó a R. J., que se agachó y le dio una calada.

—De todas formas voy a mudarme —le contó su amigo cuando hubo echado el humo—. En un par de semanas, en cuanto termine el instituto. —Miró a Joshua mientras le daba otra calada—. He estado pensando en ir a Flame Lake, a casa de mi abuela.

R. J. se puso colorado porque sabía que sería una sorpresa para su amigo. La familia de su padre vivía en la reserva del lago, aunque apenas tenía trato con ellos.

—¿A la reserva?

—Sí, he estado hablando con mi padre y todo eso... Me llamó un día. Ahora es creyente, que si Dios esto, que si Dios lo otro, pero así no bebe, y eso está bien.

—¿Cuánto lleva sin beber? —le preguntó Joshua con escepticismo.

Solo había visto al padre de su amigo una vez, cuando este entró tambaleándose, borracho, en el gimnasio del instituto para ver un partido de baloncesto en el que jugaban ellos dos, pero se perdió, sin saber dónde estaban los servicios, y acabó orinando en el suelo del gimnasio, delante de todo el mundo.

—No sé, dos meses por lo menos. —Se quitó el gorro, se alisó el pelo y volvió a ponérselo. Se llamaba igual que su padre: Reynard James Plebo—. He pensado en pasar allí una temporada, para ver cómo es vivir en la reserva, ser un *nitchie*. —Sonrió al decir la palabra y en el acto se puso un poco colorado porque nunca la había usado, siendo como era un término peyorativo para referirse a los indios—. Ser ojibwe —prosiguió, con más seriedad—, *anishinaabe* —añadió con un extraño soniquete.

Joshua se quedó mirando por la ventanilla la canoa que había en el césped. Sintió algo en la garganta, no sabía muy bien qué. Le habría gustado ser indio. De pequeño tenía una camiseta con cuentas cosidas por delante y cuando se la ponía se imaginaba que lo era.

—Pero allí no hay curro —dijo al rato.

—Ni aquí tampoco —replicó R. J.

209

—Tenemos esto —dijo Joshua refiriéndose a lo que estaban haciendo, pasar droga—. Creía que ese era el plan cuando terminásemos el instituto.

—Ese no era el plan. Nunca lo ha sido.

Lo miró desafiante con sus ojos castaños y luego como disculpándose, y volvió a sonrojarse, y Joshua supo que su amigo estaba acordándose de lo mismo que él: que tenían un plan y que no era ni quedarse en Midden para ser camellos de poca monta ni mudarse a Flame Lake. Lo que habían planeado era irse juntos a California cuando terminaran el instituto y convertirse en mecánicos privados de gente rica y de sus flotas de coches de lujo. Joshua seguía pensando que ese era el plan, aunque tuvo que admitir entonces que se había quedado algo relegado desde hacía unos meses.

—De todas formas allí tendría un curro. Voy a trabajar en el arroz con mi tío Don. Mi padre se dedica a eso. La tribu controla el negocio de la venta de arroz a todos los distribuidores, y puede que pronto monten un casino. —Miró a Joshua esperanzado—. Si sale lo del casino, a lo mejor te puedo conseguir un trabajo y podemos ser croupiers de *blackjack*. —Joshua no dijo nada pero barajó la opción: nunca había estado en un casino pero podía estar bien trabajar en uno—. Además, ya no soporto vivir con mi madre, Josh. No quiero tener nada que ver con ella hasta que salga de su mierda.

—¿Igual que tu padre? —le preguntó con una rabia en la voz que le sorprendió hasta a él—. Vale, sí, Vivian no es la madre del año pero te crio, so capullo. Y ahora resulta que tu padre es un gran héroe… ¿y por qué ni siquiera lo llamas papá? Porque no lo es. ¿Cuándo se le ha visto por aquí esa cara de fracasado de mierda que tiene? Ni una sola vez.

Joshua no consiguió mirarle a la cara. Bajó la ventanilla, se asomó, escupió y se quedó mirando cómo se congelaba el escupitajo en la gravilla. Le ardía la garganta y le escocía la nariz, pero no pensaba dejar que le asomaran las lágrimas a los ojos. Lo sorprendía tanto como lo irritaba esa emoción repentina. Tenía ganas de pegarle un puñetazo en la cara a su amigo. Abrió, en cambio, la portezuela, se bajó y dio vueltas alrededor de la camioneta. El sol se había hundido bajo las copas de los árboles y la luz era suave y cada vez más débil. Miró hacia su apartamento, a la ventana tapada con la vieja cortina azul pastel con cerezas estampadas. Le habría gustado estar allí escuchando por los auriculares.

—Se le vio —le dijo R. J. desde la cabina.

—¿El qué? —Se detuvo y se quedó junto a la ventanilla abierta, mirando a R. J.

—Mi padre —siguió este con tranquilidad—. Se le vio la cara. Una vez. De hecho, se le vio más de una vez.

Sonrió y luego apartó la mirada y Joshua sonrió también sin querer, recordando al padre meando en el suelo, por mucho que en su momento no hubiera tenido ninguna gracia. Su amigo bajó de la camioneta, la rodeó hasta donde estaba Joshua y cada uno se encendió un cigarrillo.

—El caso es que tengo que salir de aquí —le dijo R. J., que tosió.

—Ir a Flame Lake no es salir de aquí. Es más aquí que esto. Flame Lake es Midden multiplicado por diez.

—Por lo menos es distinto. Por lo menos es otra parte.

—Pues yo también pienso irme a tomar por culo.

—¿Adónde?

Joshua se quedó pensando unos instantes, todavía convencido de que iría a California, pero le costó horrores decirlo.

—A California —dijo por fin, y aplastó un mosquito que tenía en el brazo.

Pasaron varios minutos sin decir nada, mientras espantaban bichos y hacían pequeños aros de humo en una competición silenciosa, hasta que la luz del cielo desapareció.

—Ahí viene —dijo Joshua interrumpiendo el silencio y señalando hacia la carretera.

Vieron que la camioneta de Dave Huuta frenaba y doblaba por el aparcamiento. Los faros los cegaron por un momento pero enseguida volvió la oscuridad. Una oscuridad aún mayor.

11

$\mathcal{A}$ Claire le sentaba bien el duelo. Todo el mundo lo veía y lo decía, el buen aspecto que tenía desde que su madre había enfermado y muerto. Incluso Mardell lo notó un día que la chica se pasó por el Mirador, de camino a casa.

—Cielo santo, pero mírate —le dijo quitándose las gafas.

Estaba en un taburete al fondo de la barra jugando al solitario; había acabado ya el trabajo en la cocina.

—Está igual de guapa que siempre —repuso Leonard para llevarle la contraria, como era habitual.

—Ya sé que siempre ha sido muy guapa, Len, pero es que está muy pero que muy elegante. Aunque, si quieres que te sea sincera, estás quedándote demasiado delgada, cariño. Yo sé que hoy en día es lo que se lleva, ese aspecto demacrado, pero a mí me gustan las mujeres con más carne en los huesos. Y a Len también, ¿verdad, Len?

—Yo la veo bien.

Claire se sentó al lado de la mujer, contenta de salir del coche después del largo trayecto desde Minneapolis. Pese a ser las nueve de un viernes por la noche, no había mucha gente en el bar.

—Creía que a lo mejor me encontraba aquí a Bruce.

—Últimamente no se le ve mucho el pelo. Y eso que hemos intentado que viniese a comer; le dije que cuando quisiera le cocinaba. Sé que se pasa toda la semana solo.

—¿Qué vas a querer, bonita? —le preguntó Leonard.

Le pidió una Diet Coke pero, antes de que se la pusiera, cambió de opinión y le pidió un Cosmopolitan, un cóctel que Leonard despreciaba, aunque se lo preparó igualmente, tomándose su tiempo para hacer una bonita espiral con una rodaja de naranja y ponérsela en el borde de la copa. Claire había tenido un día horrible: en el restaurante un grupo de cinco le había pagado con un cheque sin fondos, se había peleado con David y había pillado un atasco al salir de la ciudad. Cuando Leonard le pasó la bebida, llena hasta el borde, se inclinó sobre ella y le dio un buen sorbo sin levantarla de la barra.

—Bueno, supongo que vais a celebrar el cumpleaños de Josh —comentó Mardell.

—El domingo. —Claire la contempló mientras giraba una carta y luego otra.

—Pues dile que tenemos algo para él, pero que tiene que venir a recogerlo en persona. A tu hermano tampoco lo vemos mucho últimamente. —Miró a Claire—. ¿Qué tal tu amigo? —Mardell siempre se refería con ese término a David, nunca lo llamaba novio. No creía en eso, le había dicho una vez: solo creía en amigos, prometidos y esposos.

—Muy bien —contestó Claire intentando sonar más animada de lo que estaba—. De hecho viene mañana. Habría venido conmigo esta noche pero tiene clases mañana por la mañana, así que vendrá cuando termine.

—¿Qué es lo que hacía? —le preguntó Leonard.

—Está estudiando el doctorado pero también da clases (es parte del contrato con el departamento) e investiga para la tesis. Ya ha acabado con la fase de documentación y ha empezado a escribirla.

Le dio otro sorbo al cóctel y deseó para sus adentros que no volvieran a preguntarle de qué iba la tesis: versaba sobre un desconocido poeta escocés que en la década de los treinta fundó una comunidad basada en la creencia de que una mezcla de marxismo, amor libre y expresión artística diaria era la clave para el progreso humano. A Claire le parecía un tema muy legítimo y fascinante cuando lo hablaba con David o sus amigos, pero con Leonard y Mardell se convertía en algo muy distinto. Se lo había contado como media docena de veces, pero nunca conseguía explicarles qué era lo que hacía David, o más bien, era incapaz de hacerles ver que lo que hacía no era una farsa absurda y cómica. Le pasaba lo mismo con Bruce y Joshua, aunque ellos, a la segunda, habían dejado de

213

preguntarle. Su madre, por supuesto, había hecho justo lo contrario, interesándose ávidamente, como hacía con casi todo, para gran humillación de Claire. Le había pedido a David que le hiciera copias de una docena de poemas del escocés —se llamaba Terrell Jenkins— y luego había leído en su programa los dos que más le habían gustado, e incluso había hablado un rato sobre la investigación de David, para luego, por supuesto, irse por las ramas y acabar hablando de los estudios universitarios de Claire; finalmente se había decidido por hacer un grado doble en ciencias políticas y estudios feministas; otro tema, este último, que ni Leonard ni Mardell llegaban a entender por muchas veces que se lo explicara.

—Así que es profesor de universidad.

—Sí —respondió alegremente aunque no era del todo cierto.

—Bueno, pues me alegro de que venga. Ya parecía que no lo haría nunca.

Claire le dio otro sorbo a la copa. Ese mismo día había discutido con David por lo mismo. Por qué ya nunca quería ir con ella a Midden: no había ido desde el funeral. Por qué ella ya nunca quería tener sexo con él: no habían hecho el amor desde que su madre enfermó. Esa tarde, después de su turno en el Giselle's, David la había atraído hacia él cuando había salido de la ducha, pasándole las manos por las caderas desnudas. Ella, sin embargo, se había apartado, fingiendo hacerlo solo para secarse mejor el pelo con la toalla, pero no había engañado a nadie.

—A la mierda —había mascullado David, que acto seguido había salido del cuarto.

—¿Qué pasa? —le había gritado ella, intentando disimular la culpa de su voz.

No sabía qué era lo que le pasaba, qué le hacía mantenerse apartada de él últimamente. Lo único que sabía era que algo había cambiado desde que su madre enfermara de cáncer. Ya no veía a David con los mismos ojos y no sabía si esa nueva forma de verlo estaba distorsionada por el duelo o en realidad este le había descubierto la realidad: si su vida con él era un fraude o lo mejor que tenía. Lo quería y, en la misma medida, el amor de él la asqueaba y la asfixiaba. A veces lo notaba en la garganta, como si fuera una faringitis.

—¿Estás teniendo una aventura? —le había preguntado, volviendo al baño.

—¿Una aventura? —Iba con el albornoz ceñido por el cinturón y tenía el cabello mojado recogido en una toalla encima de la cabeza.

—Una aventura, Claire, ¡que si estás engañándome!

David no sabía nada de Bill Ristow. La posibilidad de que se enterara le provocó un pánico mareante y, a la vez, una hilaridad insoportable. «Sí», podría haberle dicho y con una sola palabra su vida habría cambiado.

—No —le dijo, y entonces hizo con las manos un gesto desvalido de abatimiento que esperaba que hablase de su inocencia.

En realidad, en cierto modo se sentía inocente. No había hablado con Bill desde un par de días antes de que su madre muriera, en otra vida. Parecía que nunca hubiera existido, aunque lo cierto era que se acordaba de él a menudo, pero solo en fogonazos pasajeros: el vello que le crecía en las muñecas, la costumbre de decir «¿cómo se te queda el cuerpo?», la forma de sus paletas partidas... Era el hombre más corriente del mundo pero, en su recuerdo, había adquirido una dimensión luminosa, como el príncipe de un cuento de hadas.

—Yo nunca te engañaría —insistió con énfasis.

—¿Nunca? —le preguntó David resentido. Se llevó las manos a la cara, como si no quisiera entender ni saber nada, a pesar de haber preguntado él. Las apartó y la miró—. Vale, entonces, a lo mejor no has hecho nada, pero ¿te gusta alguien?

—¡No! —exclamó—. No —repitió con más ahínco. Se metió las manos en los bolsillos del albornoz. Era de su madre: tela de rizo, deshilachada por el dobladillo. Ella decía que era «rosa francés», aunque Claire no entendía qué tenía de francés—. Que no, de verdad —salmodió en voz baja.

Incluso bajo la luz tenue del cuarto, vio la hondura, la ternura y la apertura en los ojos de David al mirarla e intentó que su mirada reuniera esas mismas cualidades hacia él. Ella era la primera en admitir que en esos meses había sido la peor novia del mundo. Se había pasado horas mirando el techo o sentada en el cojín mugriento del poyete de la ventana que daba a la calle, sin decir una palabra en horas. Antes se creía una román-

215

tica, pensaba seriamente que David sería su futuro esposo: incluso habían llegado al punto, entre bromas pero en el fondo en serio, de comprometerse el verano anterior.

—¿Me lo prometes? —le preguntó.

—Te lo prometo.

—Te quiero. —Fue a rodearle la cintura, dejando los brazos por detrás.

—Te quiero —repitió Claire.

Se quedaron mirando el seto que crecía delante del piso y que tenía la parte de arriba irregular, muy necesitada de una buena poda; se veía hasta de noche.

Fue entonces cuando David se ofreció a ir el sábado por la tarde a Midden y pasar la noche con los tres. Pero, cuando Claire le puso pegas, enloqueció. Cogió por el borde el macetero del ficus que llevaban cinco años cuidando.

—¿Qué haces? —le preguntó Claire, y entonces vio que lo volcaba sobre la alfombra que habían comprado juntos en un mercadillo de jardín.

La tierra y las bombillitas que llevaban colgadas en la planta desde Navidad cayeron en un montoncito, primero como una lluvia y luego de golpe, con un fuerte porrazo. Así era su rabia: silenciosa pero al mismo tiempo imponente, en arrebatos repentinos que se diluían rápidamente.

—Ahí lo tienes —le dijo dándole la espalda y mirando el estropicio con una satisfacción cruel.

Al poco se pasó las manos por el pelo, un gesto por el que Claire supo que la rabia remitía y empezaba a sentirse como un tonto.

—Lo siento —le dijo entonces. Intentó enjugarle una lágrima de la mejilla, pero ella lo apartó y se restregó la cara con la manga del albornoz—. Yo no quería…

—No —le cortó Claire, que lo abrazó sin querer soltarlo—. Es culpa mía. Yo…

—Lo siento mucho.

—Yo soy la que lo siente —respondió agarrándolo con fuerza.

Era su primer amor verdadero. El día que se conocieron nadaron juntos en un lago y ella se sumergió y abrió los ojos debajo del agua, como hacía siempre de pequeña en el río, y a él le pareció de lo más loco y hermoso, y Claire lo convenció para que también él los abriera, y eso hicieron, se cogieron de las manos a pesar de ser prácticamente dos desconocidos, y así fue como se enamoraron. Hasta sus problemas recientes, habían llevado una relación fácil y alegre, de compartir una infusión por las mañanas y una botella de vino por las noches; de hacer senderismo y pasear en bici, de tener largas conversaciones y una cantidad considerable de diversión en la cama.

—Tenemos que dejar de hacer estas cosas... de destrozarnos el uno al otro —dijo David, que levantó el ficus volcado y lo colocó como pudo en el macetero, vacío de tierra.

—Tenemos que empezar de cero —sugirió Claire, sintiéndolo realmente.

—Vale, a ver qué te parece. ¿Por qué no hacemos lo que Rachel propuso?

—¿El qué? —le preguntó ya con recelo.

Rachel era la terapeuta a la que habían ido una vez juntos, y a la que antes había ido Claire sola un par de veces.

—Redactar un contrato, una especie de lista de normas o pautas para nuestra relación.

—Vale —respondió vacilante.

Al instante David fue a coger un folio y, al volver, lo puso encima de un libro y se lo apoyó en la rodilla. Con un bolígrafo azul escribió «NUESTRO CONTRATO» en lo alto de la página.

—Tú primero —le dijo Claire mientras encendía la lámpara—. ¿Qué te gustaría que hiciera yo?

Aguardó expectante, deseando hacer lo que fuera, y fue diciéndole que sí a todo lo que le pidió: le dejaría acompañarla el fin de semana a Midden para celebrar el cumpleaños de Joshua, compartiría más sus emociones —lo que implicaba, por extraño que pareciera, que intentaría llorar menos por su madre (lo hacía todos los días, sola en el baño o metida en la cama)—, y volverían a tener sexo, cuanto antes. Lo observó escribir, con el corazón en vilo por todas las cosas que iba a tener que hacer, las que quería hacer pero no podía, las que no había hecho pero haría, las que haría pero no quería hacer.

—Vale, y ¿qué hay de mí? —le preguntó David.

—¿De ti?

—¿Qué cosas quieres que yo trabaje?

217

—Me gustaría que limpiases mejor el baño.

—Yo limpio la cocina —repuso aturullado—. Y me encargo del patio.

—Ya lo sé. Solo digo que parece que no te das cuenta de cuándo hace falta limpiarlo.

—Pues tú no pareces darte cuenta de lo de la cocina —replicó.

—Mira, me has preguntado qué quería. ¿Quieres que te lo diga o no? —Claire se levantó y rodeó con cuidado el revoltijo de tierra, bombillas y hojas de ficus que había quedado en el suelo.

—Está bien —dijo ablandándose.

Escribió: «David le prestará más atención al baño».

—Y lo limpiará —presionó Claire. David levantó la vista. Llevaba al cuello un collar de macramé con una única cuenta marrón que ella le había hecho el año anterior—. Creo que es importante que seamos claros —insistió—. No me vale con que le prestes más atención.

Al final de la frase añadió: «y lo limpiará».

—¿Qué más?

Claire se quedó de nuevo pensativa, escrutándolo como si tuviera la respuesta en la cara. Era de una belleza clásica escandinava, con la piel broncínea ya en mayo. Todos los días recorría andando los dos kilómetros que había hasta la universidad, ida y vuelta, con el portátil y la mochila llena de libros, para ponerse en un rincón de la biblioteca y trabajar en la tesis. Llevaba haciéndola casi desde que Claire lo conocía: dos años.

—Quiero que seas honesto —le dijo, con más retranca de lo que pretendía.

—Honesto —repitió David apuntándolo ya—. Con eso no hay problema. —Le dio un sorbo a la botella de agua—. Rachel estaría orgullosa.

A Claire se le escapó un pequeño resoplido. Cada vez que pensaba en la terapeuta le entraba una furia íntima y silenciosa.

—¿Qué? —inquirió David a la defensiva.

—A Rachel que le den —espetó Claire.

Pero sabía que él tenía razón: la terapeuta estaría encantada, además de sentir gran curiosidad, con una especie de júbilo cobarde y carroñero de psicóloga. No sabía por qué estaba enfadada, pero tenía la impresión de que podía ser porque David se había entrometido en su terapia; en un principio, no tenía planeado ir con él. Había ido ella sola poco después de la muerte de su madre, y no tanto porque tuviera mucha fe en que una terapeuta fuera a aliviar su duelo, sino porque había sido tanta la gente que le había insistido para que fuera que le pareció casi una obligación. Además, le quedaba una pequeña parcela de esperanza por la que creía que la terapia haría que, de un modo u otro, la muerte de su madre tuviera un sentido. En el hospital, los encuentros con Pepper Jones-Kachinksy le habían procurado cierto consuelo, por mucho que no se lo esperara. Y había sido esta misma la que le dio el teléfono de Rachel y, al ver que Claire se mostraba reticente, había llamado en persona para concertarle la primera cita. Cuando apuntó la hora y la fecha en su agenda de bolsillo, la invadió un pequeño destello de solaz, un dulce jirón de optimismo, que no distaba mucho de la sensación que había tenido en las horas que siguieron al funeral de su madre. Durante ese intervalo de tiempo había experimentado una extraña paz y se había sentido un poco menos triste, incluso convenciéndose por unos momentos de lo que le había dicho la gente: que se le pasaría; que su madre estaba en un sitio mejor; que su pena era una carretera que acabaría bajando hasta un río o un mar; y que había una luz al final de su duelo, como con todo, un final, un lugar al que la llevaría y donde podría volver a ser feliz y estar bien sin su madre.

219

Resultó que no fue así.

En lugar de eso, conforme pasaron las semanas y los meses, la pena de Claire se espesó y se ahondó. Comprendió que su duelo no tenía un final, o de tenerlo, nadie iba a llevarla hasta allí. El duelo no era un camino, un río ni un mar, sino un mundo, e iba a tener que vivir en él. Y era uno distinto para cada persona, para ella, Joshua y Bruce. No sabía cómo era el de ellos, pero el suyo era un sitio enorme. Era todas partes, se extendía hasta el infinito. Era el cielo por la noche, en un lugar famoso por su cielo nocturno: Montana o el desierto del Sahara. Y su cara apuntando eternamente hacia ese cielo.

Estrellas, estrellas y más estrellas.

Y

Tras terminar su copa en el Mirador, Claire recorrió los últimos kilómetros hasta casa con una bandeja de pollo asado cubierta de papel de aluminio en el asiento del acompañante. Mardell le había insistido para que se la llevara, pese a sus protestas. Fue comiéndose trocitos mientras conducía, arrancando la carne del hueso con una mano y manejando el volante con la otra. No era que estuviera intentando perder peso, sino que ya rara vez sentía apetito. Lo había sustituido la pena, que rellenaba el hueco dejado y lo desbordaba.

Al llegar vio que la camioneta de Bruce no estaba en el camino de acceso y que no había ninguna luz en la casa. Entró y fue dando la vuelta por todos los cuartos, encendiendo luces, con los perros pisándole los talones y hurgándole las palmas con los hocicos. Abrió un armario de la cocina y se quedó mirando los platos perfectamente ordenados; la semana pasada los había sacado todos, los había lavado y había forrado el fondo de los armarios con papel nuevo. Reordenó los vasos para que formaran una línea recta. Desde la muerte de su madre, había hecho de la casa su misión, y se dedicaba a desmontarlo todo y volver a colocarlo. Todos los domingos volvía a Minneapolis agotada por las tareas del fin de semana, aunque eran cosas que su madre hacía con cierta regularidad sin darle mayor importancia. La idea de Claire era dar cierta sensación de continuidad a la vida que Joshua, Bruce y ella habían conocido, y lo hacía de buen grado, casi lo agradecía, aunque a menudo sentía que no se lo reconocían y se enojaba; no parecía importarles que limpiara o cocinara o, en el caso de Joshua, ni siquiera que se molestara en ir.

Oyó llegar a Bruce en la camioneta y dejó salir a los perros para que fueran a saludarlo.

—¿Llevas mucho tiempo aquí? —le preguntó este cuando entró y le dio un abrazo.

—No. ¿Dónde estabas?

—En el Mirador.

—En el Mirador. —Claire esbozó una sonrisa inquisitiva—. Pero si acabo de estar allí y...

—No, perdón, en lo de Jake —se apresuró a corregirse—. En la Taberna de Jake.

—¿En la Taberna? —Se puso colorada y se sintió perdida, como si nunca hubiera oído hablar de aquel sitio por mucho que, por supuesto, no fuese así.

Aunque era un bar del pueblo y había estado varias veces, le pareció muy extraño que Bruce fuera allí en lugar de al Mirador, y más aún que los hubiera confundido siquiera por un instante. Por un momento pensó que estaba mintiéndole pero le pareció imposible, de modo que rechazó la idea.

—Ah, hoy me han llamado —empezó a decir, y se sentó a la mesa—. Del hospital…, del depósito. Ya están listas las cenizas de tu madre.

—¿Listas? —repitió alarmada por aquella palabra. Sonaba como si a su madre la hubiesen preparado, igual que si fuera pan, té o un asado para la cena.

—Eso es lo que me dijo la mujer que llamó.

—Uau… —susurró.

También ella se sentó y miró el periódico llamado *El buscagangas* que había en medio de la mesa; no era de noticias, sino de coches usados, muebles viejos y vestidos de novia sin estrenar. Llegaba los martes y era lo que a Bruce más le gustaba leer.

—Mamá está lista para ser recogida —dijo como si tal cosa, como si no le doliera.

Si se paraba a pensarlo, en realidad sí que la habían preparado: la habían vestido, metido en una caja y quemado. Se preguntó en qué tipo de envase habrían puesto las cenizas. Una versión hollywoodiense del genio de la botella le vino a la cabeza: de esas que se frotan y te conceden tres deseos.

—No es tu madre, son sus cenizas.

—No digas que no es mi madre porque está claro que sí.

—Me ciño a los hechos —replicó con suavidad.

—Es parte de ella, Bruce. Es lo único que nos queda, así que dejemos que lo sea.

—Cada uno tenemos nuestra forma de sobrellevar el duelo, lo entiendo —terció Bruce.

—Yo no tengo ninguna forma —replicó exasperada—. ¿Sabes a quién me has recordado hablando así? A Pepper-Jones Kachinsky —dijo aquel nombre como si la odiara a muerte.

Bruce sonrió pese a que distaba mucho de ser un cumplido. A Claire le dolía que él pareciera estar sanando; más de lo que le había dolido verle incapaz de levantarse de la cama en las primeras semanas tras la muerte de su madre. Al darse cuenta, se le saltaron las lágrimas: por lo hecha polvo que estaba, por lo cruel que era querer que Bruce estuviese mal, y aun así quererlo más que nada en el mundo. Si él dejaba de sufrir, ella se quedaría sola.

—Lo siento.

—¿Por qué? —preguntó Bruce.

—Por decirte que te pareces a Pepper. —Se levantó para hacer un té—. Bueno, entonces podríamos ir mañana. David no llegará hasta las cinco.

Bruce asintió, aunque a Claire le pareció que vacilaba.

—Mañana tenía pensado hacer unos recados —dijo por fin—. Tengo que ir a comprar maderas para un trabajo.

—Podemos hacer las compras e ir luego.

—O podemos esperar y ya voy yo el lunes —replicó Bruce.

—El lunes es el Día de los Caídos, seguro que cierran.

—Pues el martes.

—Mejor voy yo —espetó Claire.

—¿Seguro que no te importa ir sola?

—No pasa nada.

No había regresado a Duluth desde la muerte de su madre y dudaba mucho de que Bruce hubiera ido.

—Ten cuidado con la carretera. Ya me he quedado dos veces atascado en el fango.

—No pasa nada —repitió, y entonces lo miró con ojos acusadores—. No pienso dejarla allí sin más.

—Yo no he dicho que la dejemos allí, solo digo que el martes…

Claire asintió pero no lo miró. Si lo hacía, se echaría a llorar. Había algo extraño en la voz de Bruce —pena con un deje de culpabilidad—, un halo raro en toda su persona desde que había entrado por la puerta y se había equivocado al decir de dónde venía. Le entró la desconfianza. ¿Y si era capaz de dejar las cenizas de su madre en el depósito días y días, que podían convertirse en semanas y meses?

—¿Has visto a Josh? —le preguntó para cambiar de tema.

—Vino a casa hace un par de días. Está muy enganchado con Lisa, así que se pasa la mayor parte del tiempo en su casa.

—¿Y a la madre de Lisa no le importa? —Cogió un trapo y empezó a frotar con fuerza la pared de detrás del grifo.

Por su expresión, supo que a Bruce ni siquiera se le había pasado la idea por la cabeza.

—Supongo que no.

—Ajá.

—Deberíamos irnos a la cama. —Se le acercó y le dio un apretón cariñoso en el hombro.

—No estoy cansada. —Estrujó el trapo, lo retorció y volvió a fregar el mismo punto, a pesar de que ya estaba limpio—. Buenas noches —dijo varios minutos después de que Bruce se fuera.

Su madre llegó a ella no en la típica botella de genio, sino en una caja de cartón normal y corriente; era marrón claro y más alta que ancha, como si contuviera una pelota de fútbol más apepinada de lo normal, aunque pesaba mucho más.

—Gracias —le dijo al hombre que se la entregó.

Meses atrás, Pepper Jones-Kachinsky había llevado a Claire y a Bruce a aquella misma oficina, donde se procesaban los restos de la gente que moría en el hospital para que, llegada la hora, supieran adónde tenían que acudir. Estaba escondida al fondo del edificio, detrás de los ascensores, en la primera planta del hospital.

—Tiene que firmarme aquí —le dijo el hombre tendiéndole una tablet y un bolígrafo de plástico especial.

Era joven, de su misma edad, y por eso dio por hecho que era el que trabajaba los sábados. Agarró la caja con las cenizas de su madre con una mano y con la otra firmó en la tablet con el bolígrafo. Su firma apareció en una pantallita en la parte superior, desgarbada e infantil.

—Que tenga un buen día —le dijo con solemnidad el joven, mientras sujetaba la puerta para que pasara.

Claire salió con la caja cogida como si fuera cualquier otra cosa. Pasó por los sitios del hospital con los que se había familiarizado —la tienda de regalos, el carrito de los cafés, el mos-

223

trador de información y el tablón de anuncios— y entró en una zona que había estado acordonada por obras la última vez que había pasado. Era un atrio rodeado casi por entero de ventanas, vacío de momento, con el aire cargado, cálido y tropical. Por encima se levantaban palmeras, ancladas a maceteros que habían empotrado en el pavimento nuevo.

Se sentó en un banco y le dio vueltas a la caja. En una pegatina blanca, se leía en una tipografía anticuada y con muchas florituras: PARA LA FAMILIA DE TERESA RAE WOOD. Boqueó y, sin más, empezó a sollozar, apretando la caja contra el pecho. Era alucinante: su madre, las cenizas del cuerpo de su madre en las manos. Claire comprendió que, en todas esas semanas que llevaba muerta, se había aferrado a una imagen de ella, la de su madre tal y como yacía en el hospital después de morir —alterada pero intacta— y en concreto, a cómo la había visto cuando se quedó a solas con ella en el cuarto, una vez que Bruce y Joshua salieron y ella le apartó el camisón del hospital, dejándola desnuda, para darle un último vistazo: carnosa, maciza, fría, pero aun así allí todavía, aún su madre. Y en cierto modo aquella imagen la había reconfortado, había hecho que hubiera una posibilidad remota de que no estuviera realmente muerta, o de que sí lo estaba pero podía volver con ella, regresar a la vida; de que, si su cuerpo aún existía en un esplendor tan macabro, en realidad tal vez pudiera aparecer en cualquier momento en el salón de casa, o que, al sonar el teléfono, Claire respondiera y resultara ser su madre, que la llamaba para ver cómo estaba.

Todo eso se acabó en ese momento, se desvaneció en un instante, y la verdad cayó sobre sus manos con todo su peso.

Muy lentamente, fue despegándose la caja del pecho y se quedó varios minutos con ella en el regazo, sin saber qué hacer a continuación. Podía coger el ascensor hasta la cuarta planta y ver si Pepper Jones-Kachinsky andaba por allí o dejarle una nota si no estaba. Podía ir a cenar a El Jardín Feliz, donde solía comer con su madre cada vez que iban a Duluth. Podía volver a casa y esperar a que Bruce, Joshua o David llegasen. Podía hacer esas tres cosas en ese mismo orden. Pero entonces se le ocurrió otra posibilidad que borró el resto de un plumazo.

—Bienvenida —le dijo Bill Ristow al abrirle la puerta.

Hablaba con la serenidad de un maestro zen y se conducía con esa misma actitud, como si no solo hubiera estado esperándola sino que hubiera sido él quien, mediante semanas de meditación, la hubiera inducido a ir.

—Buenas —lo saludó a su vez, y se llevó la mano a un lado del cuello, una costumbre que había adquirido desde que no tenía la trencita azul con cascabeles.

Siempre se le olvidaba y la buscaba cuando estaba nerviosa o trataba de parecer despreocupada o, sin querer, atraer la atención hacia la imagen que creía que le daba la trencita con cascabeles. Se la había cortado la mañana del funeral de su madre y, esa misma tarde, en el velatorio, en un momento en que se había quedado a solas con su madre, se la había metido en el bolsillo de la falda que llevaba en el féretro.

—¡Pero mírate! —le dijo Bill.

—¡Mírate tú! —repitió Claire.

Se dieron un abrazo breve.

—Anda, pasa —la invitó. La chica lo siguió hasta el salón—. Siéntate.

Claire obedeció.

—Yo solo quería…

—Chisss —le dijo levantando las manos—. Vamos a quedarnos así un minuto. Quiero tomarme un momento para ver que realmente eres tú.

—Soy yo —insistió ella, pero Bill siguió con las manos en alto para que callara.

Se quedó sonriendo y mirándola tanto rato que Claire llegó a preguntarse si realmente se habría convertido en un maestro zen desde la última vez que se habían visto, pero entonces Bill se levantó, fue a la cocina y volvió con dos latas de coca-cola y un bocadillo muy elaborado que estaba terminándose de hacer cuando había llamado a la puerta. Lo partió en dos.

—Bueno ¿y cómo estás?

—Bien, ¿y tú?

Le contó una larga historia de que se le había roto definitivamente la camioneta y había tenido que comprarse una nueva, así como un largo relato sobre su trabajo en el puerto de Duluth. Claire se comió su mitad de bocadillo mientras el otro hablaba, hambrienta como estaba porque no había comido nada desde que había picoteado del pollo de Mardell del día anterior. Veía su coche desde el sofá. La caja con las cenizas de su madre estaba en el asiento del acompañante y sentía que le hacía señas como la luz de un faro.

—Y también he estado viajando —prosiguió Bill, que apuró la bebida de un trago largo—. Mira, estos son los sitios en los que he estado desde que nos vimos. —Fue contándolos con los dedos de la mano—. Hawái, Jamaica y Maine.

—Uau. Has estado entretenido. ¿Qué te ha gustado más?

—Maine —le contestó sin necesidad de pensarlo—. No sé por qué pero me recordó a Alaska, y a mi juventud.

Claire se preguntó por la suya. Supuso que era lo que estaba viviendo, y tuvo la impresión de que se alargaría, por siempre jamás. No era un pensamiento agradable. Era como atravesar un desierto sin sombrero.

—¿Y te lo has pasado bien?

—Supongo que sí. Aunque ha sido más como una huida del duelo. —Se echó a reír y apartó la vista para mirar por la ventana, al coche de Claire—. ¿Todavía tienes el Cutlass? —La chica asintió y sonrió—. Es un buen coche —añadió sin dejar de mirarlo. Después se levantó, fue al aparador del tocadiscos y empezó a rebuscar en su colección de vinilos—. ¿Qué quieres que ponga?

—Greg Brown. —Era lo que le había puesto el primer día que había estado allí, aunque comprendió que él no se acordaba.

—¿Qué te parece Billie Holiday? —le preguntó al tiempo que ponía el disco sin esperar su respuesta.

Escucharon la música sin decir nada. Ese día hacía calor y las ventanas de la casa estaban abiertas. La brisa revoleó varias cosas por la estancia: pelotas de pelusa y polvo, un bote de pastillas vacío que se había caído de la mesa y había salido rodando, folios en blanco que el viento había levantado hoja a hoja de la impresora que Bill había instalado en un rincón del cuarto. Claire lo sintió todo con familiaridad, la brisa y las cosas que hacía revolotear, como si llevara años viviendo en aquella casa. Y su dueño también le causaba la misma impresión, su sola presencia, un bálsamo.

—¿Y tú qué te cuentas? —le preguntó al rato, sentándose en la mesa de centro para estar más cerca de ella—. ¿Has vuelto a la facultad?

Claire sacudió la cabeza.

—Me estoy tomando mi tiempo, por lo de mi madre y todo eso, digo yo… —respondió retorciéndose las manos. Bill asintió—. Hay mucho que hacer en la casa, mucho que ordenar y arreglar. Y mi hermano necesita a alguien que lo cuide. No va a poder terminar el instituto pero a lo mejor hace las pruebas de acceso a un ciclo.

Bill volvió a asentir y Claire se quedó mirando el coche; le pareció que estaba ardiendo y al mismo tiempo congelado del todo, un bloque de hielo reluciente.

—Ahora tienes que ser como una madre para él.

—Algo así —respondió Claire, que posó la mirada en él, antes de parpadear y apartarla—. De hecho mañana cumple dieciocho.

—Un hombre ya.

—Yo no diría tanto —contestó, pensando en Bruce y en que, desde que su madre había muerto, ya no los trataba como críos.

—¿Qué le ha pasado a tu trencita? —le preguntó alargando la mano para tocarle el hombro, por donde pasaba antes la trenza.

—Ah. —Fue a cogerla pero en su lugar agarró la mano de Bill—. Necesitaba un cambio.

—Cambiar está bien —convino, todavía con la mano de Claire en la suya, los dedos de ambos entrelazados torpemente.

La chica soltó una risita y se llevó la otra mano al cuello. Se preguntó qué pensaría él de su visita, y si se habría acostado con alguien más después de lo suyo. Pensó en contarle lo que había hecho con la trenza pero decidió que no. Le parecería una chiquillada. Se había arrepentido de meterla en el ataúd de su madre casi al instante; pensó que podría haberle escrito una carta, haberla doblado y haberla metido en el bolsillo de la falda, o una fotografía suya, igual que había hecho Joshua, o un poema que les encantaba a las dos, como había pensado hacer en un principio. Pero para entonces ya era tarde, por supuesto, cuando lo pensó todavía allí en la primera fila de sillas metáli-

227

cas plegables en el velatorio, escuchando los sollozos, las toses y las narices que sonaban, de toda la gente que estaba en las filas de atrás. Se moría por volverse y ver quién estaba haciendo qué —quién sollozaba, quién tosía o quién se sonaba la nariz—, mientras por dentro se regañaba por esa parte tan obscenamente curiosa de sí misma. Pero en vez de girarse, se quedó quieta como una estatua y más firme que un palo, como creía que debía sentarse una mujer en el funeral de su madre. Se obligó a hacer lo que se esperaba que hiciera en el funeral de su madre porque no conseguía sentir lo que había creído que sentiría. Lo que sentía, tras días de llantos, era que no volvería a derramar una lágrima; que su cuerpo era un trozo de hielo. Recordaba sentirse como un objeto inanimado en esos largos días en el hospital y que su transformación se había completado, había comprendido entonces: en el funeral se sintió un ser inanimado, pero no solo física, sino también espiritual y mentalmente. Se quedó mirando la fea lámpara de araña que colgaba por encima del féretro de su madre y empatizó con ella, sintiendo como si cierta esencia de sí misma estuviera llegándole desde esas bombillitas en forma de llama. Sintió lo mismo con los pomos plateados de las puertas, así como con la alfombra color guinda y rematada en crema. Escuchó al pastor hablar de su madre y de la vida, la muerte, el duelo, y de que aquel día era el primero de la primavera. Claire inclinó la cabeza y se quedó mirando el regazo. Mardell, sentada detrás, entendió aquella pose como una señal de que estaba llorando y le puso una mano en la espalda. Por los agujeritos de su jersey de croché, Claire sintió una monedita de la palma de la mujer entrando en contacto directo con la carne de su espalda y entonces la monedita pareció calentarse y agrandarse, y le reptó como un sarpullido por la espalda, y se hizo más grande, de más centavos, hasta que llegó al cuarto de dólar y se apoderó de todo su cuerpo, y entonces Claire ya no pudo ser ni lámpara, ni pomo ni alfombra, y los ojos se le llenaron de lágrimas. Se apartó de la mano de Mardell e intentó recobrarse, alisándose con fuerza los pliegues de la falda negra contra los muslos.

No pensaba contárselo a Bill, a pesar de que probablemente la entendería mejor que nadie. Estando allí juntos los dos en la misma habitación, recordó con más claridad cosas sobre él, cosas que había olvidado y que había comprendido en cuanto le había abierto la puerta: en primer lugar, que no estaba enamorada de él y nunca lo había estado; que amarlo o que la amara nunca había sido el objetivo; y que con él siempre y nunca estaría sola.

—Me alegro de verte, pequeña.

En respuesta Claire le apretó las manos con más fuerza y se inclinó para que sus rodillas chocaran con las de él.

—¿Qué pasa? —preguntó tras unos momentos, sonriendo. Él llevaba un rato mirándola, de nuevo callado, como si fuera un maestro zen y ella una maravilla de la naturaleza.

Pero entonces Bill se arrodilló, le besó las manos, se las llevó a la boca y se las mordisqueó. Después la atrajo hacia sí por el suelo y le susurró en el pelo lo mismo una y otra vez:

—Menos mal que has venido.

De vuelta a casa Claire se dio cuenta de que, cuando su madre había muerto, había estado conduciendo por aquella carretera. Su hermano y ella estaban a media hora del hospital cuando su madre exhaló su último aliento. Se concentró en eso mientras dejaba atrás vallas publicitarias y bosquecillos, pasando por las grietas del asfalto y por delante de granjas abandonadas, mientras pensaba: «¿Ahí? ¿Ahí?». Una parte de ella creía que reconocería el sitio exacto donde estaba cuando su vida cambió, pero se equivocó. No estaba pensando ni en la caja de cartón que tenía al lado, ni en por qué se había acostado con Bill hacía una hora ni en qué le diría a David cuando lo viera.

—Has llegado pronto —fue lo que primero que le dijo nada más bajar del coche. Miró el reloj: eran las cuatro.

—Preparé la maleta por la mañana y he venido directamente desde el trabajo —le dijo acercándose—. ¿Dónde has estado?

—En Duluth —le contestó, todavía incapaz de mencionar lo de las cenizas de su madre. Miró de reojo la caja en el coche mientras cerraba la portezuela. Ahí estaría segura—. ¿Bruce y Josh no están? —le preguntó cuando subía las escaleras del porche.

David negó con la cabeza y entonces la atrajo hacia sí y le

acarició el cuello con la nariz. Olía a sudor y a su caro champú ecológico que él juraba no usar nunca.

—Podríamos aprovechar que estamos solos.

—¡David! —Lo apartó de su lado.

—¿Qué?

Miró alrededor del porche.

—No vamos a hacerlo aquí.

—Aquí no, en tu cuarto.

—¡No podemos hacerlo en mi cuarto! —exclamó escandalizada.

—No sería la primera vez.

Tenía razón. Habían echado polvos desesperados y silenciosos en su dormitorio mientras su madre, Bruce y Joshua dormían a un par de paredes, las veces que David iba de visita. Pero aquello era distinto, era sexo futuro. Era intencionado, con un propósito. Era el sexo que lo arreglaría todo entre ellos. Era el que requería espacio, y no un cuarto concreto. Tenía otra cosa en mente.

—¿Por qué no ponemos una tienda en el jardín y dormimos fuera? —La miró con ojos animados—. Así tendríamos más intimidad.

Sonreía como un chiquillo. Llevaba una camiseta con el logo de un cuartel de bomberos voluntarios de Nebraska del que no sabía nada y unos pantalones cortos fondones que le llegaban por debajo de las rodillas huesudas. Claire le tocó el brazo y lo estudió con las yemas de los dedos, como si lo viera por vez primera. A veces era así para ella: una vez más, flamante. Una punzada de dolor la atravesó, o tal vez fuera nostalgia o arrepentimiento. Comprendió que esas tres cosas eran más ciertas que la sensación anterior. Deseó poder volver atrás y no haberse acostado con Bill, o volver atrás y querer a su novio como lo quería antes de que su madre muriera, o volver atrás y no haberse enamorado de él nunca. Comprendió que cada cosa era más cierta que la anterior.

Antes de compartir piso, él vivía solo en un estudio de la quinta planta de un bloque grande, cerca del parque Loring, y se acordó de eso, y lo hacía con bastante asiduidad, por extraño que resultara. De que tenía que coger un viejo ascensor y recorrer un pasillo largo hasta su piso, emocionada porque iba a verlo, entre los sonidos y los olores que salían de las puertas de otra gente. De cómo abría la puerta David y tiraba de ella hacia dentro. Era un estudio limpio, sencillo y ordenado, con un futón sobre el suelo de roble desnudo, cubierto por una colcha que él mismo había cosido en un curso que había hecho en el centro de formación. Esa clase de cosas eran lo que la enamoraron de él: el futón, la colcha, el suelo de roble desnudo. Se recordó siendo esa mujer, la que atravesaba ese pasillo, la que pasaba por delante de puertas de desconocidos, curiosa, tonta, pura, dulce, amable y buena. Una hija. Querida. La chica que se creía una mujer. La mujer que nunca había querido a alguien que hubiese muerto. La mujer que llegaba al piso de su amor llena de alegría y fascinación, vestida con lo que había pescado en su paseo por las tiendas de segunda mano, creyéndose atractiva, seductora y provocativa.

Se había hecho mayor, pensó, con remordimiento y alivio a partes iguales.

—¿Dónde está la tienda? —le preguntó David.

—En el establo. —Vio sus gafas de sol en el poyete donde se las había dejado esa mañana y se las puso.

—Venga, vamos a cogerla —le susurró y volvió a tirar de ella.

Su primer impulso fue desembarazarse de él, pero se quedó quieta, su cuerpo, una escultura de piedra y vidrio, su cara, sin expresión tras los ojos ciegos de sus gafas de sol negras.

Así que iban a follar… Montaron la tienda en la parte más llana que encontraron, en la hierba justo detrás de la cerca del pasto de los caballos. El ruibarbo de su madre estaba al lado, ya florecido, y más allá, los tulipanes, con un color que iba apagándose desde los bordes. Por todo alrededor las gallinas picoteaban hurgando la hierba, en busca de bichillos o cualquier cosa interesante; en cuanto anocheciera, correrían a refugiarse en el gallinero. Claire las espantó para que se alejaran de la tienda, sintiéndose mal al pensar en lo que ocurriría esa noche. Comprendió que tener sexo en el jardín era una perspectiva aún más absurda que la de hacerlo callada en su cuarto; con todo, siguió adelante, infló el colchón y extendió los sacos de

231

dormir y las almohadas. Se tendió y se quedó mirando el techo de la tienda, feliz de estar sola por un momento. Estaba oscureciendo y Bruce y Joshua seguían sin llegar. Pensó que podían entrar en casa y hacerlo sin más, zanjar el asunto, pero no tenía fuerzas para proponérselo.

Salió de la tienda a gatas y fue a su coche y sacó una bolsa del asiento trasero. David estaba en la mesa de pícnic fumándose un cigarrillo. Se fumaba uno al final del día, era su único vicio.

—Mira lo que le he comprado a mi hermano para su cumpleaños.

Sacó una caja grande de hojalata. Al abrirla, se desplegó como un acordeón: en el primer nivel, había una bonita hilera de lápices de colores, en el de abajo, otra con lo que parecían ceras y en el último, unos rotuladores gruesos.

—Qué chulo —le dijo al tiempo que aplastaba la colilla en el platillo metálico que Bruce dejaba allí a modo de cenicero—. ¿Puede ser de parte de los dos?

—Claro. He pensado que podría venirle bien porque siempre está pintando.

Cogió un rotulador, el morado, le quitó el tapón y apretó la punta contra el cuero cabelludo de David, donde estaba la raya del peinado. Pepper Jones-Kachinsky le había hecho lo mismo a ella el día antes de morir su madre. En teoría, así recordaría siempre que era hija de Dios.

—¿Qué haces? —le preguntó toqueteándose el pelo.

—Tonterías —contestó Claire, con más seriedad de la que pretendía, y entonces sonrió como si fuera cierto que estaba haciendo tonterías y le dio el rotulador.

—Ven aquí —dijo David cogiéndole la muñeca con violencia fingida.

—No —replicó riendo.

David le besó la clavícula, ella le besó en el cuello y entonces ambos se retrajeron y escupieron, por el antimosquitos que se acababan de rociar y que les quemó los labios como veneno.

—¿Dónde se habrán metido? —preguntó Claire mirando la carretera—. Joshua no me preocupa pero Bruce sí. Que Josh no aparezca es normal, pero no es propio de Bruce.

—Es sábado por la noche. Seguro que ha salido a divertirse un poco.

—Me cuesta creer que sea eso lo que está haciendo. —Le aterró la idea de que Bruce estuviera realmente divirtiéndose por ahí. «Tal vez esté en la Taberna de Jake», pensó.

David le tiró del brazo.

—Ven para acá.

Se rio, incapaz ya de ingeniar otra forma de negarse, y lo siguió hasta la tienda. Había oscurecido pero la luz no había desaparecido del cielo por completo. David entró después que ella y ató una pequeña linterna a un gancho del techo.

—Me da en toda la cara —se quejó Claire poniéndose la mano de visera.

Se tendió encima de los sacos de dormir y deseó haberse dado una ducha. En el aire cerrado de la tienda podía oler a Bill.

David ajustó la luz para dirigirla hacia los pies.

—¿Mejor? —le preguntó cerniéndose sobre ella.

—Mejor —susurró.

Se sentía casi cortada, como si fuera virgen o algo parecido. Alargó la mano para meterle un rizo detrás de la oreja y luego acercó la cara a la de David. Se le hizo un nudo en la garganta al besarle pero siguió; tenía que hacerlo o dejaría de quererla, o no volvería a quererla, no sabía qué era más cierto: si quería que siguiera siendo su amor para poder seguir viviendo con él o para poder seguir viviendo consigo misma. Le quitó la camiseta y luego hizo ademán de desabrocharle los pantalones cortos.

—¿Quieres hacer esto? —le preguntó cogiéndole ambas manos.

—Sí.

Callaron unos segundos al oír el motor de una camioneta por la carretera, pensando que serían Bruce o Joshua. Pasó de largo, no era ninguno de los dos.

—¿Y tú? —preguntó en tono acusador, como si fuera David quien tuviera el problema.

—Claro, pero solo si tú quieres, Claire.

—Que sí —dijo con furia.

Se quitó la chaqueta y la blusa, como para demostrarlo. A veces deseaba que fuera menos amable. Estaban sentados cara a cara, en la penumbra, con la linterna, una daga de amarillo en una esquina.

La besó con suavidad y, poco a poco, con más rotundidad.

Pero entonces Claire se apartó de él y le puso una mano en el pecho.

—Aunque hay una cosa... —dijo muy seria—. El caso es que tienes que saberlo: me acosté con alguien. Hace un par de meses en el hospital, cuando mi madre estaba mala. Se llamaba Bill. Su mujer también se estaba muriendo. —Se lo contó con mucha calma, como si dejara constancia de un hecho y lo hubiera ensayado en su mente, aunque no fuese así. La idea de contárselo se le había ocurrido en ese justo momento. Le agarró con fuerza la tela de los pantalones—. Me acosté con él varias veces. Tuvimos un... —vaciló buscando la mejor forma de enunciarlo—... una aventura. Sé que debería habértelo contado...

—¿Que deberías? —saltó David, que no acababa de creerlo.

—Lo siento. —Se inclinó para que la acogiera en su regazo pero el otro no tenía la más mínima intención de hacerlo.

—¿Que deberías habérmelo contado?

—Sí. Yo... No podía, pero te lo estoy contando ahora.

No le veía bien la cara en la oscuridad. Abrió la cremallera de la tienda y salió. Claire se tendió sobre el amasijo de sacos de dormir sintiéndose miserable, a la par que aliviada y libre. «¿Libre de qué?», se preguntó y se incorporó.

—¿David?

—¿Qué?

Por su tono de voz supo que estaba dispuesto a hablarle de nuevo.

—Te quiero —le chilló, y esperó a que él le respondiera.

Al ver que no lo hacía, se puso la blusa y la chaqueta y salió de la tienda. Estaba en la mesa de pícnic fumándose un cigarrillo, el segundo del día.

—Yo nunca te haría eso —le dijo señalándola con el cigarrillo como si fuera un dedo acusador—. Yo jamás te haría daño de esa manera.

—No lo hice para hacerte daño.

—Que te den.

Ambos acariciaron a los perros, que se habían acomodado bajo la mesa.

—¿Lo quieres? ¿Es una historia seria? ¿Sigue todavía o qué?

—No lo quería —dijo, e intentó tocarle el brazo pero David se apartó—. Ni siquiera he hablado con él en meses —mintió.

—¿No lo querías o no lo quieres?

—¿Cómo?

—¡Que si lo quieres! —gritó David.

—Ni lo he querido ni lo quiero. ¡Te quiero a ti!

—¡Mentira! —Claire prefirió no decir nada para no empeorar las cosas—. ¿Te obligó a…? —Hizo un extraño aspaviento con las manos.

—¿A qué? —preguntó Claire ciñéndose más la chaqueta.

—¿Te… lo pasaste bien?

—¿Bien? —Pensó entonces en Bruce, y se preguntó si David tendría razón y habría salido a divertirse.

—Sí, bien. Que si te gustó.

—Fue… No fue como entre nosotros.

—¡Ajá!

—¡De verdad!

—Entre nosotros no hay nada. —Eso no podía discutírselo, por lo menos en lo que al sexo se refería—. ¿Te corriste? —masculló.

Oyeron que se acercaba otro coche por la carretera. Ambos se volvieron para escuchar y luego se miraron agradecidos de que no fueran ni Bruce ni Joshua. «Puede que hayan muerto», pensó Claire. Era un pensamiento que solía asaltarla a menudo, que si su madre había muerto, cualquiera podría, y lo haría.

—¿Te corriste o no? —insistió.

Le costó unos instantes responder. Sí. Esa misma tarde.

—A veces, pero…

—Que te den —volvió a gritarle, y se puso en pie—. Yo no te haría eso en mi puta vida. ¡En la vida!

Echó a andar para alejarse de ella, pero entonces se dobló en dos, con las manos en las rodillas, y empezó a sollozar. Se había dejado el cigarrillo encendido en el platillo, de modo que Claire lo cogió, le dio una calada, lo apagó y se levantó.

—Yo…

—¡En la vida! —volvió a gritar.

235

Claire pensó entonces en la exnovia de David, Elizabeth. La había estado engañando durante casi un año con varias mujeres, sin que ella hubiera llegado a enterarse. Al final fue él quien rompió alegando que tenía que centrarse en la tesis, aunque, al mes, estaba saliendo con Claire. Estuvo a punto de recordárselo pero decidió que era mejor no hacerlo. Intentó pensar en qué decirle para solucionarlo todo, o al menos para volver a como estaban antes de la confesión, aunque en realidad no se arrepentía de habérselo contado. Tal vez eso era lo que había estado agobiándola; quizá si ya no había una mentira entre ambos, podía volver a quererlo. Le puso la mano en la espalda, con la esperanza de que fuera verdad. David le dejó acariciarle por debajo de la camisa y besarle luego el cuello y los labios. Siguió distante, sin devolverle el gesto ni tan siquiera dar muestras de notar sus besos durante unos instantes, pero luego cedió y la abrazó. Le quitó la chaqueta y la camisa, se echaron en el suelo y se quitaron todo lo demás, formando un lecho con las ropas.

236

Mientras follaban, notó cómo se le clavaba el botón de cobre que había cosido hacía poco en la chaqueta, imprimiéndole su misterioso símbolo chino en la carne.

—Quiero que nos vayamos juntos a ver mundo —dijo Claire después, viendo una fantasía en su cabeza.

Irían a vivir a un sitio totalmente distinto: a Nuevo México, Washington, Connecticut. Los nombres de lugares lejanos le hicieron sufrir una añoranza desoladora. «Aquí» era donde nunca podría olvidar a su madre. Quería olvidarla: esa certidumbre repentina fue como hielo en su lengua.

—Creo que necesitamos un tiempo —repuso David, apartándose de ella. Sacó la camisa de debajo de su nalga.

—¿Un tiempo? —Claire se incorporó y se abrazó las piernas con los brazos para no coger frío.

—Para pensar en lo nuestro, en el caso de que exista tal cosa. —Ya estaba casi vestido, tras encontrar sus ropas en la oscuridad y sacarlas de debajo de ella.

—Claro que existe.

—No del todo, Claire —contestó con acritud.

De pronto se hizo un silencio en su fuero interno: no se le había pasado por la cabeza la posibilidad de que fuese David quien rompiera con ella. Todo ese tiempo que se había mostrado silenciosa, triste y distante, sin alegría ni pasión, había esperado que se quedara, o tal vez, pensó entonces, había estado desafiándolo para que se fuera, burlándose de él para que acabara largándose. La verdad tomó forma y se materializó en su interior: iba a dejar de quererla. Por supuesto que sí: ¡era tan fácil no quererla!

—No tiene por qué terminar —respondió. Empezó a vestirse, tirando de las ropas, medio entumecida. Al levantarse el semen de David se le escurrió muslos abajo.

—No me eches a mí la culpa —repuso, de nuevo con un repunte de rabia en la voz—. No es lo que yo quiero. Es lo que te has buscado, Claire, y quiero que lo recuerdes. Esto lo has hecho tú.

Asintió con la cabeza, sin importarle si él la estaba viendo en medio de la oscuridad o no. Las lágrimas se le acumulaban en la nariz pero no pensaba ponerse a llorar.

—Puedo irme a casa de Blake —propuso, como si ya lo tuviera planeado, su huida final—. Se le va el compañero de piso y tiene que meter a alguien. —Se llevó la mano al bolsillo, sacó otro cigarrillo y lo encendió—. Puedo seguir pagando mi parte hasta que nos venza el contrato en agosto. Yo tengo la beca y…

—No necesito tu dinero de mierda —contestó llena de rabia, a pesar de que no era cierto.

Le dolía que fuera capaz de pensar ya en la logística, pero entonces también sus pensamientos fueron en esa dirección: en qué se llevaría él y qué se quedaría ella. Hasta que su madre había enfermado, pasaban muchos fines de semana de compras por mercadillos de jardín y tiendas de segunda mano, comprando cosas juntos: abrigos viejos para los dos, juegos de platos, revisteros y mesas destartaladas que no sabían para qué usar. Compraron un juego de tarros de cristal para meter la comida que estaban demasiado ocupados o eran demasiado vagos para comprar, y menos aún convertir en algo comestible: habichuelas, cereales, harina y azúcar. Habían comprado hasta una mecedora muy cómoda y ancha. Claire había sido lo suficientemente tonta para imaginarse en ella meciendo a sus futuros bebés.

—Viene tu padre —dijo David volviéndose hacia las luces que se acercaban por el camino de acceso.

Claire le cogió el pitillo, le dio una calada y se lo devolvió. Con aquel gesto, sellaron un pacto tácito por el que, al menos por el momento, fingirían que seguían juntos.

—¡Bruuuce! —lo llamó cuando salió de la camioneta, canturreando el nombre como en una canción.

—Esperaba que David se quedase a pasar el día. Hacía mucho que no nos veíamos —comentó Bruce a la mañana siguiente. Parecía estar mirando fijamente a Claire, sospechando más de lo que a ella le habría gustado.

—Tenía que volver para ponerse con la tesis. Es mucho trabajo, es como escribir un libro.

Estaba ante la encimera con una espátula en la mano, decorando la tarta de cumpleaños de su hermano. Llevaba levantada desde las cinco, cuando David la había despertado, cabreado de nuevo por lo de Bill. Habían vuelto a pelearse y a romper, con más firmeza incluso, a base de susurros envenenados en el interior de la tienda. Habían decidido que él regresara inmediatamente a Minneapolis para que recogiera sus cosas y se hubiera ido para cuando ella llegara a última hora de la tarde. Cuando se fue, Claire había entrado en casa y se había puesto a hacer la tarta cuidándose de no hacer ruido y luego se había quedado mirándola mientras la dejaba enfriar, hasta que Bruce se despertó.

—Bueno, será mejor que salga a darle de comer a los animales —comentó este, sin moverse de la mesa. Hizo un gesto hacia el techo, a la planta de arriba donde dormía Joshua. La noche anterior había llegado a casa cuando ya todos estaban dormidos—. Creo que me dará tiempo a limpiar los establos antes de que el Bello Durmiente se levante.

—Y luego haremos nuestra fiestecita —dijo Claire sin mirarlo.

No quería que se fijara en que tenía la cara hinchada por haber llorado unas horas antes. Mientras la tarta se hacía en el horno, había estado presionándose un trapo húmedo contra los párpados.

—Bueno, ¿cómo ha ido por Duluth? —preguntó Bruce.

—Bien. —Dejó la espátula en la encimera y fue dándole la

vuelta a la tarta para asegurarse de que había cubierto todos los huecos. En los cumpleaños la tradición familiar era comer tarta para desayunar—. Por cierto, está ahí. —Le señaló la caja con las cenizas de su madre, que había dejado en la vitrina del salón.

La había puesto ahí después de irse David, entre las cosas favoritas de su madre, las más frágiles que había comprado en los mercadillos durante años y unas cuantas herencias familiares de poco valor. Había una colección de campanillas de mesa, media docena de pájaros de porcelana y un único abanico desplegado, hecho de plumas blancas con las puntas negras, que había pertenecido a algún pariente cuyo nombre Claire no recordaba. De pequeña, le suplicaba a su madre que le dejara jugar con él y a veces le daba permiso; lo abría delante de la cara y luego escrutaba entre las plumas, coqueteaba, fingiendo ser una bella debutante en un baile de sociedad, abanicándose con fuerza hasta que el flequillo se le despegaba de la frente.

Bruce fue a mirar la vitrina pero se abstuvo de abrir la puerta para tocar la caja.

—He pensado que podríamos esparcir las cenizas el fin de semana que viene —propuso Claire.

Bruce asintió, se puso las botas y salió de casa.

Ella se dedicó a recorrer las habitaciones ordenando, pasando el trapo por mesas y estanterías, tuvieran polvo o no, o arreglando los cojines del sofá. Se detuvo en el umbral del dormitorio de Bruce y su madre —ahora era solo de él, pero seguía viéndolo de los dos— y miró la cama deshecha. Había polvo por todas las superficies; ese cuarto y el de Joshua eran los únicos que Claire no tocaba los fines de semana. Entró y se tendió en la cama recordando las noches que había dormido allí cuando su madre y Bruce estaban en el hospital y Joshua ni se sabía dónde. En su momento pensó que serían las peores noches de su vida, pero ya era bien consciente de lo equivocada que estaba. Qué agradables habían sido esas noches en las que su madre seguía con vida, cuando Claire todavía podía ir al hospital por las mañanas para verla y saludarla y preguntarle cómo has dormido o si has desayunado, o que su madre se lo preguntase a su vez y ella le respondiera. Contempló los objetos de la mesilla de noche de su madre: una lámpara verde con

239

forma de tulipán, un despertador y un radiocasete que había puesto allí Bruce después de morir su madre. Se incorporó y abrió el cajoncito de debajo.

—¿Qué estás buscando? —le preguntó Joshua desde la puerta.

—Nada. —Cerró el cajón.

Tenía aún cara de dormido e iba descalzo. Llevaba puesta una camiseta con un Monarcas de Midden en el pecho, recuerdo de su infancia, cuando el equipo del instituto todavía se llamaba «Los Monarcas», antes de que cerraran el colegio de Two Falls, desplazaran a todos los alumnos a Midden y formaran entre todos «Los Pioneros».

—Ya estás otra vez fisgando.

—No fisgo, busco.

—¿El qué?

—Cosas —dijo como despreocupada, aunque la pregunta la turbó.

¿Qué estaba buscando realmente? Hasta ese momento no se le había ocurrido que eso era lo que había estado haciendo todos los fines de semana desde que murió su madre: buscar algo que nunca encontraría.

—Mamá tenía una especie de vibrador pequeño, como del tamaño de una barra de labios —comentó Joshua, que hizo una pausa para ver cómo reaccionaba su hermana. Al ver que no decía nada, añadió—: Me lo encontré en el armario, en una caja de zapatos.

Fue a las puertas cerradas del armario de su madre, sorprendida de que Joshua se le hubiera adelantado.

—Pero yo no estaba fisgando como tú. Solo necesitaba una caja —apuntó, como leyéndole el pensamiento a su hermana—. Sigue todo ahí, para que explores tranquilamente.

Sintió una extraña gratitud; tuvo que contenerse para no abrir las puertas de par en par en ese justo momento y proseguir con su búsqueda.

—Creía que iba a venir David contigo.

—Y ha venido. Bueno, vino y ya… —Sintió la tentación de contarle la verdad pero entonces meneó la mano como si la historia fuera demasiado complicada de explicar—. Ha tenido que volver a la capital.

240

Su hermano asintió.

Claire miró el cuadro a los pies de la cama, el que había pintado su madre, *Los Woods del condado de Coltrap,* y entonces Joshua también se quedó mirándolo. Ignoraba si su hermano recordaría que los tres árboles los representaban a ellos tres: su madre y ellos dos. Ignoraba qué recordaba, qué sabía ni cómo era ahora su vida. Hasta hacía poco había creído saberlo siempre: lo que hacía, lo que pensaba, lo que le gustaba y lo que no. No había tenido que esforzarse para saberlo. Durante toda su vida lo había tenido desplegado ante ella, y en los últimos años, cuando no se había parado a mirar —cuando ni siquiera había querido saber quién era su hermano—, su madre o Bruce se lo habían transmitido.

—¿No vas a felicitarme?

—Ya te lo he dicho. Cuando has entrado. Pero felicidades otra vez —le dijo dándole una palmadita en el hombro al pasar a su lado.

La siguió hasta la cocina. Había empezado a llover y la casa estaba sumida en la penumbra a pesar de ser solo las diez de la mañana, con una tormenta a la vuelta de la esquina. Claire fue a cerrar la ventana de encima del fregadero. Fuera, las ramas de los árboles se agitaban como locas en el viento.

—Bueno, ¿y qué se siente con dieciocho años?

—Lo mismo.

Claire quiso decir algo profundo sobre la madurez pero no se le ocurrió nada concreto, de modo que desistió.

Bruce llegó corriendo a la puerta, empapado por la lluvia, igual que los perros, que venían detrás. Resonó el fuerte restallido de un trueno y acto seguido la lluvia empezó a caer con más intensidad sobre el tejado.

—La tienda se os está empapando.

—¿Qué tienda? —quiso saber Joshua.

Fueron juntos hasta la ventana y miraron al exterior. Se les había olvidado cerrar la cremallera de la puerta, se fijó Claire entonces. Se había formado un charco de agua sobre el techo de nailon. Pensó en David en Minneapolis recogiendo sus cosas. «Tal vez esté viendo esta misma lluvia, pensando en mí», se dijo. Quizá estuviera esperándola en el piso cuando llegara por la noche y retirarían todo lo dicho. Sacarían el contrato que ha-

241

bían redactado y volverían a leerlo y jurarían que esa vez lo cumplirían.

—Estoy preparado para la tarta —anunció Joshua.

—Yo también. Felicidades, por cierto —le dijo Bruce.

Claire cogió un tubo de glaseado de la nevera para darle el toque final a la tarta.

—¿Sabéis qué? —preguntó Bruce como si nada, mientras se servía una taza de café—. Me he apuntado al equipo de *softball* de Jake.

—¿De Jake? —preguntó Claire con suspicacia y dejando lo que estaba haciendo para mirarlo.

—Sí.

—¿Desde cuándo te gusta el *softball*? —preguntó Joshua.

—Siempre me ha gustado —respondió con poco convencimiento mientras removía el azúcar en la taza—. Y Jake necesitaba más jugadores, así que pensé, en fin, que era una buena forma de entretenerme. Tengo que mantenerme atareado o me deprimo.

—¿Qué tiene de malo deprimirse? —preguntó Claire—. Es normal que te deprimas. Acaba de ocurrir algo espantoso. Así es como debemos sentirnos. Además, parece que estás avanzando. Has vuelto a trabajar.

—Pues eso es lo que digo. Que mientras me mantenga atareado, estoy bien. Con el *softball* tengo algo que hacer durante el tiempo que no trabajo.

—¿Y las rodillas? —preguntó Joshua.

—Las tengo bien —dijo a la defensiva—. Es *softball*, por el amor de Dios. ¿Por qué iba a fastidiarme las rodillas? —Miró a ambos con impotencia—. Es solo para mantenerme ocupado.

—A Leonard le va a sentar mal.

—Eso estaba yo pensando —coincidió Claire mientras evaluaba su tarta—, qué iban a pensar Leonard y Mardell.

—¿Y por qué iban a pensar nada? —repuso Bruce, que al ver que no respondían, añadió—: Si os referís a que van a enfadarse porque no juegue en su equipo, creo que estáis sacando las cosas de quicio.

Claire puso la tarta en la mesa y esbozó una sonrisa forzada.

—Aquí la tienes, vaquero —dijo Bruce.

La tarta tenía una cobertura amarilla y una enorme cara sonriente por encima, con una raya negra por boca y dos puntos negros por ojos.

—Iba a pintar «felicidades» pero he pensado que así sería más alegre.

—Es verdad —convino Joshua.

Se produjo un silencio largo. Claire se arrepintió de no haber escrito un FELICIDADES, JOSHUA, como habían hecho siempre. Sintió entonces con más fuerza la presencia de su madre, más incluso que antes, como si la caja con sus cenizas no estuviera en la vitrina sino encima de su pecho.

—Con tanta tarta, es una pena que no esté aquí David para ayudarnos —comentó Bruce.

—Le llevaré un trozo.

—¿No viene Lisa? —le preguntó Bruce a Joshua—. ¿Luego más tarde?

El chico negó con la cabeza y se recostó en la silla.

—Tiene que currar.

—Podríamos preguntarle a Kathy Tyson si quiere venir a comer un poco —sugirió Bruce intentando sonar desenfadado, pero fue un esfuerzo tan descarado que Joshua y Claire levantaron la vista de golpe.

—¿Kathy Tyson? —preguntó Claire.

Dijo el nombre separando bien las sílabas, como si no lo hubiera dicho en la vida, al tiempo que la invadía un pánico enfermizo. Al instante recordó cuando, el año anterior, la sentaron al lado de Kathy en el convite de una boda. Y en lo ansiosa que esta parecía por encontrar pareja. Claire la había alentado, le había dado ideas, quejándose entre risas de los hombres con la intimidad que compartía con sus mejores amigas, a pesar de que Kathy tenía casi la misma edad que su madre.

—¿Por qué íbamos a invitarla? —Cogió un cuchillo de carnicero del bloque y lo dejó al lado de Joshua en la mesa.

—Para ser buenos vecinos.

—Y el resto de vecinos, ¿qué? —preguntó el chico.

—Podemos invitarlos también —repuso Bruce sin mucho convencimiento—. Es una tarta tan grande…

«¿Desde cuándo le importa que una tarta sea muy grande?», pensó Claire. Sintió que Bruce estaba emitiendo una

243

especie de calor que se elevó en una vibración, y por primera vez se le ocurrió que estaba distinto, que el Bruce sin su madre no sería el Bruce con su madre que había sido.

—¿Es que estáis saliendo o algo parecido? —soltó Claire bruscamente, sintiendo que le subían las lágrimas a los ojos.

Sacó unas velitas blancas de una caja que había sobre la mesa y empezó a colocarlas en la tarta.

—Nos hemos hecho amigos —contestó con mucho tacto—. Se ha portado muy bien conmigo.

—¿Y eso? —preguntó Joshua.

—Se ha portado como una amiga. Está ahí cuando necesito hablar con alguien.

Claire sintió que Bruce la observaba, que esperaba que dijera algo, que presionara para que saliera a la luz toda la verdad. Que hiciera lo que comprendió que siempre hacía con él y con Joshua: preguntar y preguntar hasta que decía aquello que no se atrevía a decir por su cuenta. Pero no iba a hacerlo, no podía. Iba a ser una fiesta de cumpleaños normal; iba a ser como siempre. Se concentró en disponer las velas en formación alrededor de la tarta, con las manos temblorosas. Una vez satisfecha, alzó la vista.

—¿Quién tiene un mechero?

Bruce fue encendiéndolas hasta que las dieciocho estuvieron ardiendo, y entonces fue a apagar las luces. Claire le acercó la tarta a Joshua, que tenía la cara iluminada por las velas.

—¿Vamos a cantar?

—No hace falta —terció Joshua.

—Por supuesto que vamos a cantar —rugió Claire desde la oscuridad.

Y acto seguido empezó.

244

CUARTA PARTE

Compañía

Todas las convenciones conspiran
para que este fuerte adopte
el decorado de un hogar;
no sea que veamos dónde estamos,
perdidos en pleno bosque encantado,
como niños temerosos de la oscuridad
que nunca han sido ni buenos ni felices.

W. H. AUDEN, *1 de septiembre de 1939*

12

*L*a chica de la tienda de *piercings* del centro comercial Calhoun Square llevaba un delantal de talle bajo con tres bolsillos grandes; en uno llevaba un rotulador morado, en otro una pistola morada y en el último el móvil, que emitió barridos cual elefante electrónico en cuanto apretó el gatillo contra el grueso lóbulo de la oreja de Bruce.

—¿Diga? —respondió de mala gana al teléfono, todavía con la pistola en ristre.

Tenía las manos rollizas, al contrario que el resto de su cuerpo. Bruce esperó en su taburete sin poder evitar mirar los rasgos huesudos del abdomen desnudo de la chica.

—Ajá. Sí, sí. No —decía todo el rato con el mismo soniquete y un desdén tan pronunciado que Bruce supo que la chica solo podía estar hablando con su madre o con su padre.

—¿Te ha dolido? —le preguntó Kathy apareciendo de pronto por detrás y frotándole la espalda, como para reconfortarlo. Lo del pendiente había sido idea de ella.

—Qué va —respondió, a pesar de que la oreja le latía con un dolor leve pero concentrado.

Se la estudió en el espejo con forma de estrella rematado por bombillitas diminutas. Se veía igual que se sentía, como si tuviera fiebre. Se tocó el falso diamante, pero la chica lo vio y le hizo una seña apremiante para que parara.

Cuando colgó el teléfono, mojó un algodoncito en una solución y luego se lo aplicó con fuerza contra la oreja.

—A lo mejor debería hacerme uno también —comentó Kathy, aunque ya había decidido lo contrario. Se acercó al espejo y se retiró el pelo de la oreja para vérsela. Tenía tres pendientes en un lóbulo y cuatro en el otro; cada uno representaba algo, le había contado a Bruce, un rito de paso de su vida—. Nos vamos a casar hoy —le explicó a la chica—. Este es su anillo de boda…, en lugar de un anillo-anillo. No puede llevar cosas en las manos porque es carpintero. Le molestan.

—Qué romántico —respondió la chica con cara de indiferencia.

Bruce se preguntó si debía darle una propina; creyó que era lo oportuno. Fue a sacar la cartera pero Kathy pasó a su lado para seguir a la chica por la tienda y puso el monedero en el mostrador, al lado de la caja, para pagar la cuenta.

—¿Te gusta? —le preguntó ella cuando salieron de la tienda—. A mí me encanta —le dijo sin esperar su respuesta. Le cogió de la mano y se la besó, dejándole una marca de pintalabios color vino—. Creo que te queda muy sexy.

A él también se lo parecía; iba mirándoselo discretamente mientras recorrían el centro comercial para comprar la ropa que iba a ponerse esa tarde para casarse en el ayuntamiento de Minneapolis. Iba vislumbrando su oreja nueva por los espejos de pared de las tiendas y los cristales de los escaparates al pasar. Lo asaltaban un cúmulo de sensaciones: que su oreja era la parte más grande de su cuerpo, que no la tenía pegada sino que era un objeto caliente, en equilibrio a un lado de su cabeza; y luego pensaba lo contrario, que la tenía completamente pegada pero también, al mismo tiempo, unida a algo que tiraba con un leve peso mientras avanzaba por el centro comercial, como un pez enganchado sin remisión a un anzuelo. La chica le había dicho que el dolor se le pasaría en unos días y que en seis semanas estaría completamente curada. Entretanto, tenía que cuidársela; llevaba una bolsita de plástico con un botecito de solución que Kathy había comprado por cuatro dólares noventa y cinco y con la que debía limpiarse la oreja a diario.

Fue él solo a la joyería a recoger el anillo que habían encargado para Kathy, una fina alianza de oro, mientras ella iba a comprarse unas sandalias blancas. Allá donde iba se veía a sí mismo, en las paredes y techos recubiertos de espejos gigantes, y se dio cuenta de que el pendiente le quitaba años. Con treinta y ocho, la idea de querer parecer más joven aún no se le había ocurrido pero, al verse así, sintió que había envejecido sin ser consciente y le gustó la idea de revertirlo de algún modo.

Cuando terminaron con las compras, se tomaron un café en la cafetería del centro comercial. Compartieron un trozo de tarta de plátano y observaron a la gente de Minneapolis hacer lo que hacía la gente de Minneapolis. Estaban acostumbrados a verla por Midden: gente que llegaba de las Ciudades Gemelas los fines de semana para pescar, cazar o relajarse en los lagos. Gente de cabañas, catetos de ciudad. En esos momentos Bruce no se sintió tan distinto como le había ocurrido otras veces; tuvo la impresión de que Kathy y él encajaban, al contrario que los urbanitas cuando iban a Midden. Los catetos de ciudad le parecían más humildes allí en su propio terreno, menos necios y arrogantes. Los veía pasar con sus bolsas en la mano y sus niños en mochilas y carritos, meciendo sus café *latte* en vasos de cartón. En el fondo, no le parecían personas a las que pudiera calificarse de «catetos».

Un grupo de hombres vestidos de ciclistas entraron en la cafetería y ocuparon varias mesas. Cogieron otras sillas de alrededor y pusieron los pies en alto, con unas zapatillas pequeñas y brillantes, finas como pantuflas. Reían y se preguntaban cosas para las que Bruce no tenía contexto. «¿Lo viste venir o no?», preguntó uno tres veces, hasta que por fin recibió una respuesta y todos menearon la cabeza. Tenían las piernas duras como piedras, fibrosas, puro músculo, y al mismo tiempo frágiles y quebradizas como porcelana fina, fácilmente rompibles.

Supieron por los ciclistas que había empezado a llover.

—¡En el día de nuestra boda! —protestó Kathy en voz tan alta que varias personas se volvieron con mirada inquisitiva y sonrieron—. Esto es mi cosa azul —le susurró a Bruce, cuando la gente volvió a sus conversaciones.

Abrió una bolsita rosa y le enseñó un trozo de encaje de unas braguitas azules, que se apresuró a volver a guardar.

Se acercó para besarla, y luego repitió el gesto, con más intensidad esa vez. Kathy olía a jazmín químico de una muestra de crema que había probado en una tienda.

—¿Nos vamos? —le preguntó.

Estaba triste aunque sabía que no debía. Quería casarse con ella pero al mismo tiempo le daba mucha pena por Teresa. Comprendía que era normal, que se trataba de una sensación más que debía superar, como todas las que había tenido desde la muerte de su mujer. Mientras volvían por el centro comercial camino de la salida, pensó que todavía no era tarde para echarse atrás y cancelar la boda. Podían seguir saliendo y casarse dentro de un año. Le cogió la mano, como para hablarle.

—¿Qué pasa? —Kathy detuvo el paso y lo miró, leyéndole el pensamiento.

—Nada, que estaba pensando..., ¿seguro que es el momento de hacerlo?

—Yo lo tengo claro, Bruce —contestó la mujer, echando chispas por los ojos morenos.

—Yo también —respondió él sin mucho convencimiento pero sin querer herir sus sentimientos.

—Lo siento aquí —le dijo, y le cogió la mano y se la llevó al corazón.

Y era cierto: había consultado a un médium, un tal Gerry, al que llamaba siempre que necesitaba «clarificación», como ella lo llamaba. Le aseguró que hacía años que él lo había visto venir, cuando predijo que a los treinta y cinco estaría casada, y ahí lo tenía: a apenas un mes de su trigésimo quinto cumpleaños.

—Es que ha sido todo tan rápido.

Kathy le pasó la mano por el brazo y retomaron la marcha.

—A veces las cosas son así, Bruce. Si acaso, al menos para mí, me demuestra aún más que estamos predestinados.

Habían decidido casarse hacía solo una semana. Nadie lo sabía aparte de unos amigos de Kathy de Minneapolis, Naomi y Steve, que serían sus testigos en el ayuntamiento. Nadie sabía siquiera que estaban saliendo. Claire le había preguntado una vez por Kathy, si había algo entre ellos, pero le había contestado que eran solo amigos, cosa que en ese momento era cierta, por mucho que a los pocos días hubiese dejado de serlo.

En abril y mayo eran amigos; y en cierto modo, Kathy Tyson había sido su única amiga. No era capaz de estar con nadie que hubiera sido amigo de Teresa y de él. Respondía con parquedad al teléfono cuando lo llamaban; rechazaba invitaciones para cenar, para salir de copas por la noche, para barbacoas de media tarde. Solía salir temprano de trabajar, entre las tres y las cuatro, y se iba a casa de Kathy y salían a pasear o se quedaban en su pequeño porche tomando café. Para mayo lo había convencido de que se apuntara a su equipo de *softball*, e iban dos veces por semana a entrenar al pueblo y, luego, a tomarse algo en la Taberna de Jake. Kathy Tyson le hacía reír, y hablar, y le preparaba comida y le trenzó una pulsera de cuero con una piedra en el medio y había conseguido —sin ella saberlo— que escuchara cada vez menos la cinta de Kenny G a la que se había enganchado sin razón aparente. Lo que significaba que conseguía hacerle olvidar por unas horas a Teresa y la certeza de que no podía vivir sin ella.

La cabaña de Kathy fue el decorado donde se escenificó su amistad. Su casa era territorio vedado. No lo explicitaron, ni tampoco hablaron de que ella fuera lista y no lo llamase los fines de semana, cuando Claire iba a verlos. Entre semana, si Joshua cogía el teléfono, se mostraba imprecisa y no le dejaba ningún mensaje. Pero entonces algo cambió, se hizo más profundo y volvió a cambiar. Kathy Tyson surgió en él fría como una inundación. La quiso, la deseó, no soportaba estar un día sin verla. Cuando lo comprendió, ni siquiera habían hecho todavía el amor. Se besaban, al principio con dolor y torpeza. En dos ocasiones se había echado a llorar en sus brazos, tan poderosa era la sensación de estar traicionando a Teresa. Pero acabó superándolo y besar a Kathy se convirtió en su consuelo, su escondrijo, su bonita habitación secreta en la que su mujer nunca había vivido.

La primera vez que hicieron el amor —o lo intentaron— lo hablaron antes: lo que querían hacer y lo que harían. Pero, cuando llegó la hora, antes de desmoronarse, Bruce no pasó de tenderse a su lado en la cama con toda la ropa puesta y tan solo la blusa de Kathy desabrochada. Ella le acarició el cuerpo con mucha suavidad, para reconfortarlo, y rechazó sus disculpas. A la segunda lo hicieron de verdad, aunque fue una cópula lenta, penosa y sin pasión, como si ejecutaran un ritual solemne con el cuerpo del otro. La tercera vez fue un acto pasional y rápido, y luego no pararon de besarse hasta que volvieron a hacerlo, más lenta y tiernamente, y al final se rieron de cómo la cama había acabado en la otra punta de la estancia

251

y no se habían dado ni cuenta. Durmieron allí mismo, en el otro lado, hasta que, cuando hubo anochecido, los despertó el teléfono, que sonó y paró, sonó y paró sin dejar ningún recado: dos llamadas de su madre. La cuarta vez que hicieron el amor Bruce se detuvo en medio del acto y le preguntó si quería casarse con él.

—¿Casarnos? —Kathy abrió los ojos para ver si le hablaba en serio.

—Sí —contestó Bruce casi sin aliento por el apremio.

En todos aquellos años no había estado casado oficialmente con Teresa pero con Kathy no pensaba contentarse con menos que el matrimonio. «No necesitamos un trozo de papel para demostrar nuestro amor», solían decir, pero en esos momentos sí que lo necesitaba: quería ver por escrito que Kathy era suya y él de ella, que no volvería a estar solo nunca jamás. Sabía que era una chiquillada y un error creer que un certificado de matrimonio pudiese lograr tal cosa, pero no le importaba. Era algo, más de lo que tenía...

—Vale —susurró, y le tocó la cara, con pequeñas lágrimas de alegría cayéndole de los ojos. Tenía una única condición—. Sé que sigues queriendo a Teresa. —Se volvió en la cama para apartarse un poco—. Y sé que siempre ocupará un sitio en tu corazón. —Bruce estaba tendido a su lado, a la escucha. Kathy se incorporó entonces para encender la lamparita y él la imitó—. Pero si vamos a casarnos, tenemos que empezar una nueva vida juntos y seguir adelante.

—Esto es seguir adelante —contestó Bruce, que le cogió un pie descalzo.

—Pero creo que es necesario hacerlo más... —Se detuvo, como incapaz de encontrar la palabra correcta—. Cerrar una puerta antes de abrir otra. Como un ritual... —Se le iluminó la cara—. Tenemos que hacer un ritual.

Bruce sabía que ella creía en esas cosas; la piedra de la pulsera que le había hecho tenía un poder curativo, aunque no recordaba qué era lo que curaba exactamente.

—Podemos encender una vela —le sugirió.

Kathy pegó las rodillas al pecho y apoyó la barbilla, pensativa.

—No, tiene que ser algo más poderoso. Y más vinculado

con ella. —Lo miró y sonrió, al tiempo que se le extendía una luz por la cara—. Tengo la idea perfecta.

A la semana siguiente habían pasado una hora en el vivero, agitando un paquete de semillas tras otro. Al final se decidieron por una mezcla de flores silvestres, para cubrir todos los frentes.

—Me recuerdan a ella. Se me antojaba así: ecléctica.

—Y lo era.

—¿No les dedicó un programa? ¿A las flores silvestres del norte de Minnesota?

—Todas las primaveras —contestó Bruce sonriendo al recordarlo.

Era jueves por la mañana. Al día siguiente irían a Minneapolis y se casarían —allí estarían a salvo de los ojos y los oídos fisgones de toda la gente que conocían en el condado de Coltrap— y después volverían a casa para pasar la noche de bodas en casa de Kathy. Invitaría a los chicos a cenar el sábado, cuando tenía pensado contárselo mientras ella esperaba en su cabaña. Había querido decírselo antes de la boda pero, cuando ensayaba en su cabeza lo que les diría, las palabras se le embrollaban y se volvían contradictorias. Por fin una única frase se abrió camino en su mente, una que solo podía decirse a posteriori: «Me he casado con Kathy Tyson». Era cruel pero trasparente, y no daba pie a preguntas, que era justo lo que Bruce no podía permitirse. Sabía que los pillaría desprevenidos, que sería un golpe cuando se enteraran, pero tenía la esperanza de que lo comprendieran, de que, con el tiempo, hicieran un esfuerzo por conocer a Kathy. Estaba convencido de que acabarían aceptándola. ¿Cómo no iban a quererla? Y si no, tendrían que aguantarse. Él tenía que vivir su vida.

Antes de plantar las flores silvestres, dio un paseo con Kathy para enseñarle sus tierras. Empezó presentándole a *Beau* y *Lady Mae*, para más tarde serpentear por el prado, pasar por debajo de la cerca y adentrarse en el bosque, hasta la zona de los arándanos, con los caballos pastando tras ellos en medio del bosque, por donde los perdieron de vista. Le enseñó la ciénaga y el sitio donde habían vivido en una cabaña mien-

253

tras construían la casa. Después volvieron al claro y le enseñó la tumba que habían hecho, un óvalo de tierra delimitado por piedras. Se quedaron a la cabecera con aire solemne, en el hueco donde colocarían la lápida que habían encargado.

—Es muy bonito —comentó la mujer mirando a su alrededor—. Muy tranquilo. Seguro que a ella le encantaría.

Bruce sacó el paquete de semillas de flores silvestres del bolsillo delantero y se quedó con él en la mano, sin abrirlo aún.

—¿La sientes? —le preguntó Kathy—. ¿Sientes su presencia?

No contestó, incapaz de hablar. Se agachó y apartó una rama que había caído sobre la sepultura. Unas semanas antes los tres habían revuelto la tierra y el abono con las manos y lo habían mezclado todo con las cenizas de Teresa. No se parecían en nada a lo que habían esperado, no tenían nada de cenizas, sino que más bien eran unas piedrecitas con hendiduras y poros que guardaban un desasosegante parecido con trozos de hueso quemado. Antes de esparcirlas, cada uno se había llevado un trozo a la boca y, cogidos los tres de las manos, se lo habían tragado.

254

—Siento su presencia —le susurró Kathy—. Se palpa una gran espiritualidad.

—Pues yo no la siento —repuso, aunque no era cierto: la sentía tanto que tuvo que toser para no llorar.

Estaba por doquier —en el aire, la hierba y los árboles—, pero no pensaba admitirlo delante de Kathy, quien creía que, al conocerlo a él, conocía a Teresa; que al quererlo, había llegado a quererla. Hasta ese momento le había estado agradecido por ello, hasta verse allí en el claro, ante lo que solo podía describir como la presencia de Teresa y donde, de pronto, sintió que tan solo mencionar su nombre ante Kathy era traicionar a la persona que había sido.

—¿Empezamos? —preguntó Kathy en tono reverencial.

Bruce agitó el paquete con las semillas, que repiquetearon contra el envase de papel. Vaciló por un instante, comprendiendo entonces que antes de ponerse a plantar flores en la tumba debería preguntárselo a Claire y Joshua. Pero Kathy le puso una mano en la espalda y él se decidió a rasgar el paquete.

—Espera. Antes de sembrarlas, me gustaría santificar el lugar.

Sacó del bolsillo del abrigo un manojo de salvia atado con un cordel, encendió ambas puntas con un mechero y les sopló hasta que prendieron bien. Bruce la observó mientras iba formando un gran círculo por el claro, con la salvia por encima de la cabeza y una estela de humo blanco por detrás. Fue haciendo círculos concéntricos cada vez más pequeños, hasta que el último abarcó el parterre donde estaban las cenizas de Teresa, así como Bruce, que estaba al borde. Kathy se arrodilló y apagó las puntas de la salvia en la tierra donde colocarían la lápida de Teresa.

Se quedaron varios instantes en silencio, hasta que Kathy juntó las palmas de las manos y Bruce las roció con las semillas de las flores silvestres.

Cuando apareció esa tarde de sábado en casa, Joshua y Claire estaban sentados en el porche delantero, esperándolo, como él tenía planeado.

—Acaba de pasar un globo por aquí encima —le gritó Joshua al verlo bajar de la camioneta.

Bruce miró al cielo despejado de junio.

—Creo que hay un festival de algo en Brainerd. Lo he visto esta semana en el periódico —comentó sin apartar la vista del cielo para retrasar el momento de tener que mirarlos a los ojos.

—Estábamos pensando en ir a cenar al Mirador —le dijo Claire desde la mecedora—. No hay nada en la nevera.

—Estará lleno pero da igual —apuntó Joshua, que estaba tirando una pelota de goma y yendo a por ella cuando rebotaba y salía disparada—. Si no hay sitio, podemos sentarnos a la barra.

Bruce seguía mirando el cielo, como si buscara más globos aerostáticos. Le temblaban las manos y tuvo que metérselas en los bolsillos para aquietarlas.

—Me he casado con Kathy Tyson —anunció sin mirar a ninguno. Lo dijo con calma, casi para sus adentros, como si no hubiera dicho nada.

—¿Perdona? —preguntó Claire, que se levantó tan rápido que la mecedora se tambaleó como loca a su espalda.

—Que me he casado con Kathy Tyson —repitió más lenta y suavemente—. Ayer. Sé que es duro, pero...

—¿Duro? —chilló Claire—. ¿De qué estás hablando? Ni siquiera entiendo lo que estás diciendo. —Se volvió hacia su hermano, como si él pudiera darle una explicación.

—Lo que quiero decir es que yo quería a tu madre muchísimo... Todavía la quiero... y siempre la querré...

—¡Embustero! —le dijo Claire hecha una fiera, y se echó a llorar—. ¿Que te has casado con Kathy Tyson? ¿Que te has casado? ¿Mi madre no lleva ni dos meses muerta y has vuelto a casarte?

—Son casi tres. El lunes hará tres meses —replicó Bruce con tranquilidad. Tenía la vista clavada en el suelo, en una pequeña hilera beis de hormigueros. Aplastó uno con el pie.

—¡Casi tres! —aulló Claire, como si la hubiera herido físicamente—. ¡Perdóname por perder la cuenta! Perdóname por no contar los días para poder tirar a mi madre a la basura.

—Yo no estoy tirándola a la basura.

Claire se sentó en los escalones, enterró la cara en las manos y lloró sin importarle el ruido que pudiera hacer. Joshua fue a sentarse a su lado y le rodeó los hombros con el brazo.

—Esto es lo que ella habría querido —le dijo Bruce a Joshua; tenía la sensación de que tal vez el chico simpatizara más con él, de hombre a hombre—. Ella habría querido que siguiera adelante. Que viviera mi vida.

—¿Y qué pasa con la nuestra? —preguntó Joshua, con la cara, y toda su persona, petrificadas.

—Eso —dijo Claire detrás de las manos. Dejó de llorar y volvió la vista bruscamente hacia él, con unos ojos enrojecidos que exigían una respuesta—. ¿Qué pasa con nuestras vidas?

—¿Vuestras vidas? —balbuceó—. A ella también le habría gustado que tuvieseis una buena vida.

—Pensaba que no creías en el matrimonio —terció Joshua.

—Mirad, vosotros no sois un comité de mierda que pueda venir a darle el visto bueno o no a lo que yo haga con mi vida. A ver si os va quedando claro.

«Que les den», pensó para sus adentros. Sacó el paquete de tabaco que tenía en el bolsillo de la camisa. Cuando se llevó el cigarrillo a la boca, vio que las manos le temblaban más que antes, lo que le hizo pensar con más inquina todavía: «Que les den».

—Vale, a ver si lo he entendido bien —dijo Claire al cabo de unos segundos, en tono firme y severo—. Sí que crees en el matrimonio pero no con nuestra madre.

—No, sí que creía, y tu madre también. Además, hicimos una boda. Que no fuera legal no significa que contara menos para nosotros.

En esas Claire volvió a ponerse a sollozar como una histérica. Bruce se agachó delante de ella y le masajeó el brazo. Joshua fue a la otra punta del porche para no estar a su lado.

—No me toques —le pidió Claire débilmente, después de varias respiraciones entrecortadas, y cuando siguió acariciándole el brazo le gritó—: Por favor, déjame. —Se lo pidió con tanta pena que paró.

—¿La quieres? —le preguntó Joshua.

—¿A quién? —El chico se quedó mirándole sin más—. ¿A Kathy? —El otro siguió sin responder—. Claro —dijo Bruce, con más rotundidad de la que sentía.

Y era cierto que la quería, a pesar de que, cuando pensaba en ese amor, la mente se le desviaba de una cosa a otra y casi siempre iba a parar no a la propia Kathy, sino a lo insoportable que era estar sin ella.

—No la quiero como quería a vuestra madre, si es eso lo que quieres saber. Para construir algo así hacen falta años, pero sí, la quiero. Claro que sí. —Joshua estaba mirándolo fijamente y Claire, que se incorporó entonces, le clavó también sus ojos empañados, ambos escrutándolo con los ojos de Teresa. Bruce tuvo que apartar la vista—. Lo que quiero que sepáis es que no tiene nada que ver con lo que siento por vuestra madre. Tiene que ver con la realidad de que no puedo vivir solo.

—No vives solo. Vives conmigo y parte del tiempo con Claire.

—Ya lo sé..., y eso no tiene por qué cambiar. Pero necesito una compañera. Compañía.

—¿Y nosotros qué? —preguntó Joshua—. ¿Dónde conseguimos compañía?

—Tú tienes a Lisa y Claire tiene a David.

—Hemos roto —repuso esta con acritud—. Y lo sabes.

—Creía que solo os estabais tomando un tiempo —le dijo, pero solo consiguió enfadarla aún más—. Vale, lo siento. Lo que quería decir es que algún día tendréis a alguien, a alguien especial. Estoy convencido.

Claire resopló con desdén y sacudió la cabeza.

—Pero nunca será nuestra madre —intervino Joshua—. Nosotros no podemos salir por ahí y encontrar a alguien que sustituya a nuestra madre como has hecho tú.

—Yo no estoy sustituyéndola.

—Tienes una mujer —insistió el chico—. Nosotros nunca tendremos una madre. ¿Entiendes? ¡Nunca! —Empezaron a rodarle lágrimas de los ojos, que le fueron formando sendos surcos por las mejillas hasta gotearle por la barbilla.

—Josh —susurró Bruce, que sin embargo no se le acercó.

Los mosquitos empezaron a aterrizarle en el cuello y los brazos, y fue aplastándolos, palmada tras palmada, hasta que Claire fue a por la loción que había en el poyete del porche y se la dio sin decirle nada.

—Aquí siempre seréis bienvenidos —dijo por fin—. Los dos. Siempre.

—¿Bienvenidos? —lo remedó Claire, que soltó entonces una risa sardónica—. ¿Bienvenidos? Esta casa es nuestra, Bruce. ¿Qué creías, que pensaríamos que no nos dejarías entrar? —Hizo una pausa y entonces otro pensamiento le sobrevoló por la cara—. No, no puede ser. ¡¿No me digas que va a venir a vivir aquí?!

—Claire.

—Lo tuyo es muy fuerte.

—¡Claire!

—No digas ni mi nombre. Ni se te ocurra hablarme, cabrón.

—Tiene una casa muy pequeña. No es ni una casa…, es una cabaña. Solo tiene una habitación. No tendría sentido que viviéramos allí los dos… —le explicó aunque Claire se negaba a mirarlo—. Además, a ti no te supondrá ningún cambio. Tu cuarto seguirá siendo tu cuarto. Y creo que va a gustarte…

—¿Cuándo empezó todo esto? —quiso saber Joshua.

—¿Cuándo qué? —preguntó Bruce sin entender nada.

—¿Lleváis juntos mucho tiempo?

—Fue después de que tu madre muriera, si es eso lo que quieres saber. Si estás preguntándome si engañaba a tu madre, la respuesta es no.

—Uau, qué maduro por tu parte.

—Mira, que te den. Es mi vida, que lo sepas.

—A ver, vamos a dejar las cosas claras —intervino Claire—. Nos estás diciendo que tenemos que empaquetar las cosas de mamá ¿como cuándo? Mañana mismo, ¿no?

Bruce lo pensó unos instantes. No se había parado a considerar los detalles.

—Lo que estoy diciendo es que...

—¿Estás diciendo que Kathy se muda mañana? —insistió Claire—. Di sí o no, ya está.

—Mañana no. Teníamos pensado que este fin de semana yo... me quedase allí. Pero sí, Kathy va a mudarse, aunque eso no significa que todas las cosas de tu madre...

—Muchas gracias —zanjó Claire levantando una mano.

—Lo siento si os he hecho daño, yo no quería... —Hizo una pausa y les imploró a ambos con los ojos—. ¿Qué queréis, que sufra de por vida? ¿No queréis que sea feliz?

—Claro que queremos que seas feliz —dijo Joshua.

—Por supuesto —convino Claire ablandándose. Dejó de mirarlo y fijó los ojos en sus pies descalzos, al tiempo que se rodeaba con los brazos, cogiéndose los hombros—. Solo te voy a pedir una cosa y estoy segura de que Joshua estará de acuerdo conmigo. —Le temblaba tanto la voz que tuvo que hacer una pausa—. No quiero que Kathy se acerque a la tumba de mi madre. Quiero que al menos ese sea nuestro espacio privado. No hay razón para que Kathy aparezca por allí. Ella no tiene nada que ver con mamá. Es nuestro camposanto.

—¡Vale! —espetó. Sabía que tendría que haberles dicho antes lo de sembrar las flores con Kathy, pero ya era demasiado tarde.

—¿Me lo prometes? —insistió Claire.

—¡Que sí! —aulló, furioso de pronto—. ¡Sí! —gritó con más fuerza aún—. Te lo prometo, joder. —Ninguno de los dos lo miraba—. ¿Estáis contentos ya? —gritó, con tanta fuerza que los caballos, que pacían al lado de la cerca, levantaron las cabezas—. ¿Qué más queréis? ¿Puede usar el baño Kathy?

259

¿Tiene vuestro permiso para calentar una olla de agua en la cocina o eso también es camposanto?

A Claire volvieron a rodarle lágrimas por la cara. Joshua se quedó muy quieto y callado, justo en la otra punta del porche.

—¿Eh? —insistió—. ¿Eh? Os he hecho una pregunta y me gustaría que me respondierais. ¿Queréis algo más? —No contestaron—. ¡Respondedme! —chilló.

Claire sacudió la cabeza mínimamente.

—No —dijo fríamente Joshua.

—Bien. —Bruce fue hacia la camioneta pero entonces se giró de nuevo, todavía echando humo—. ¿Sabéis qué? Yo no soy vuestro padre —dijo, odiándose ya por decirlo pero sin poder contenerse—. ¡Y no os debo nada! ¡¿Entendido?! ¿Me entendéis o no?

Se subió y arrancó el motor con un rugido. La furia se le apagó en cuanto la camioneta avanzó, abandonándolo con la misma rapidez con que lo había invadido, pero siguió y dejó que el vehículo recorriera a paso lento el camino. No pensaba volver a casa de Kathy, ni tampoco iría al bar. No iba a ir al pueblo, ni al río ni al lago. No sabía adónde iba pero iba. Vio a Claire y Joshua por el retrovisor y siguió viéndolos mientras pudo, hasta que los árboles, la hierba alta, el reflejo del sol y la rasante los superó y desaparecieron.

13

*E*l lunes por la mañana Joshua encontró un cuaderno. Con un LISA BOUDREAUX escrito de su puño y letra en la contracubierta de atrás y un bonito corazoncito alrededor. Una leve oleada de pena, nostalgia y rabia se le desató por dentro al verlo y lo lanzó donde lo había encontrado, entre la porquería de detrás del asiento de la camioneta —envases de aceite medio llenos, latas vacías de coca-cola y bolígrafos sin tapón—, y siguió tanteando para ver si encontraba lo que andaba buscando: el recibo del seguro. Lo visualizaba en su sobre blanco tamaño folio con el cuadradito transparente por delante. Volvió a correr el asiento hacia delante y se volvió hacia Greg Price, que estaba apoyado en el lateral de la camioneta con su impecable uniforme beis de policía. Era el poli de Midden, el único, y llevaba siéndolo durante gran parte de la vida de Joshua.

—El caso es que tengo seguro, pero no encuentro los papeles.

Se llevó la mano al bolsillo donde tenía el móvil y rezó para que no sonara. La sola idea de que Vivian le dejara un mensaje mientras Greg Price estaba a su lado le revolvía el estómago.

—¿Piensas volver a conducir a esa velocidad por el pueblo? —le preguntó el agente.

—No —le dijo Joshua, que añadió—: Señor.

—¿Y piensas conducir a esa velocidad cuando salgas del pueblo y estés en la nacional?

—No, señor, nunca. —Greg se quedó escrutándolo tanto rato que Joshua tuvo que mirar hacia abajo. La tierra estaba salpicada de un caleidoscopio de esquirlas de cristal, blancas, naranjas y transparentes, de algún faro delantero o trasero hecho añicos—. Es que llegaba tarde a recoger a mi novia a su casa —le explicó.

—¿Quién es tu novia? —le preguntó bruscamente Greg, con sus brazos rollizos cruzados sobre el tonel que tenía por pecho.

—Lisa Boudreaux. —Puso una mano en el borde de la caja de la camioneta, recalentada ya pese a ser solo las diez de la mañana—. Aunque eso no es excusa.

—No, señor Wood, andar metiéndola no es excusa —le dijo Greg con una sonrisa, como si de pronto todo lo divirtiera, pero entonces la borró de la cara y siguió mirando a Joshua sin decir nada—. ¿R. J. Plebo no es tu amiguito?

—Sí.

—Últimamente no se le ve el pelo.

—Se ha mudado a Flame Lake. —Le dio un puntapié a la tierra y un trocito de cristal naranja se desplazó unos centímetros—. Su padre vive allí.

—Pues he visto mucho tu camioneta por su casa…

Joshua se concentró en seguir respirando, pese a la repentina sensación de asfixia. No llevaba drogas encima aparte de la bolsita de marihuana que guardaba en una caja de herramientas bajo el asiento, lo que ya era toda una suerte.

—Somos amigos.

—¿Quiénes, Vivian y tú? —Greg le guiñó un ojo—. ¿Te van las maduritas?

—No —contestó Joshua poniéndose colorado—. Bender y ella son amigos míos. —Levantó la vista hacia el policía poniendo cara tierna, de no haber roto un plato, prácticamente apelando a su compasión, y añadió con aplomo—: A veces me dan de comer.

Todo el pueblo sabía que Vivian y Bender eran unos colgados y unos borrachos, pero también que Joshua ya no tenía un sitio al que llamar hogar.

—¿Y cocina bien Bender? —le preguntó Greg, que volvió a guiñarle un ojo y soltó una risotada que se convirtió en una fea tos de fumador, con lo que Joshua supo que había mordido el anzuelo. Además, aquel hombre apenas multaba a nadie del pueblo, siempre tenía el blanco puesto en los de las Ciudades, los de Blue River o, muy especialmente, los indios de Flame Lake—. Considéralo como una advertencia, campeón —le dijo dándole una palmadita en la espalda—. No le pises.

—No, no —gritó mientras Greg volvía ya a su coche y se subía.

Las luces del coche patrulla seguían dando vueltas, con los destellos amortiguados por el sol.

Cuando llegó a casa de Lisa, se la encontró en la puerta mirándole con reprobación.

—Hola, guapa —le dijo, y la besó en la mejilla con la esperanza de evitar una bronca.

Llevaban dos semanas sin parar de discutir, desde que se habían enterado de que Lisa estaba embarazada. Había estado toda una semana de mal humor, con náuseas, llorando y vomitando un par de veces al día.

Joshua fue a la nevera y se sirvió un vaso de zumo sin molestarse en explicarle por qué llegaba tarde. A efectos prácticos vivía allí, en la casa prefabricada de Pam, desde que Kathy se había mudado con Bruce. Además Lisa había acabado el instituto y su madre le había dicho que «su trabajo» allí había terminado y se había ido a vivir oficialmente con su novio John. De vez en cuando dormía en el apartamento de encima del Mirador de Len, y en esas ocasiones Lisa pensaba que iba a ver a R. J a Flame Lake o a casa de Bruce. No había ido a ver a ninguno de los dos, aunque seguía queriendo reencontrarse con su amigo. A Bruce solo lo había visto por el pueblo, en la Taberna de Jake o en El Grifo, y en una ocasión en el Mirador. Cuando se encontraban, charlaban unos minutos, incómodos, sobre los trabajos con los que andaba liado Bruce, sobre el tiempo o sobre si había sabido algo de su hermana y qué se contaba esta. La semana anterior lo había visto en la feria del condado de Coltrap, cogido del brazo de Kathy. Joshua se había escondido entre la muchedumbre para que no lo vieran.

La noche anterior se había quedado en el apartamento, para que Lisa y su madre pasaran una velada juntas, algo poco habitual. Ya no era como en primavera, cuando veía el apartamento como su mundo secreto; ahora estaba lleno de cajas con las co-

263

sas de su madre, de los muebles que ella había restaurado y los cuadros que había pintado durante años. Su hermana y él lo habían acarreado todo hasta allí en un largo domingo de junio, antes de que Kathy se mudara a la casa. La mayoría de las cajas estaban sin precintar, porque no quedaba cinta y tenían demasiada prisa para ir a comprarla al pueblo. Claire lo había empaquetado casi todo, formando combinaciones imposibles en las cajas: en una misma podía haber unas tijeras, una cámara, medio bote usado de Vick's Vaporub y una colección de cedés de Johnny Cash; en otra, una centrifugadora de lechuga, las antiguas gafas de leer de su madre, un paquete enorme de chicles sin azúcar y la tulipa de una lámpara. Claire se negaba a tirar nada. Si le preguntaba para qué tenían que guardar un bote medio usado de Vick's Vaporub, le explicaba que era porque los dedos de su madre se habían hundido en el ungüento; el chicle era probablemente del último paquete que había comprado su madre. A veces, por las mañanas, cuando había luz suficiente, abría una y se ponía a hurgar. La visión de las cosas de su madre lo reconfortaba y lo destrozaba a partes iguales, según el día, según con qué ojos las miraba o qué imagen le saltaba a la mente. Una vez encontró los mocasines indios de ella y al instante se llevó uno a la nariz y el olor familiar de los pies de su madre —que hasta ese momento no sabía que conocía— le penetró como una bala que le dejó boqueando y aturdido.

—¿Te lo pasaste bien anoche con tu madre? —le preguntó a Lisa cuando se acabó el zumo. La chica asintió, recogió el vaso vacío de la mesa y fue a lavarlo al fregadero con muchos aspavientos—. Iba a hacerlo yo —protestó Joshua.

—Tenemos que irnos ya —le dijo Lisa.

Era la primera cita con el médico. Joshua le había dicho a Vivian y Bender que necesitaba tomarse el día libre, aunque no les había explicado la razón. De momento llevaban en secreto el embarazo, y habían decidido que siguiera siendo así mientras fuera posible disimularlo. Habían pedido cita en el ambulatorio de Brainerd, en lugar de ir al de Midden o al de Blue River, para no cruzarse con nadie.

—¿Has desayunado? Puedo hacerte unas tostadas, si quieres —se ofreció, pero Lisa negó con la cabeza. A veces le daba náuseas solo que le mencionase ciertas comidas pero, hasta que no las decía, no sabía cuáles eran—. Me voy a llevar las cosas para estudiar mientras —le dijo cogiendo uno de los libros para las pruebas de acceso, al que no le había hecho mucho caso en los últimos meses—. Así tendré algo que hacer en la sala de espera. —Lisa dejó escapar un resoplido—. ¿Qué pasa?

—Que puedes entrar conmigo.

—¿Al médico? —Lisa asintió como si él fuera tonto—. Ah, vale, no lo sabía. ¿Cómo iba a saberlo?

Se levantó para ir a abrazarla. Pudo oler los caramelos de limón que no paraba de tomar para evitar los vómitos y el champú que usaba siempre.

—Vamos —le dijo Lisa, que cogió el bolso de la mesa y se fue hacia la camioneta sin mirar si la seguía o no.

Para cuando llegaron a Brainerd, Lisa estaba de mejor humor.

—¿Tú qué crees, que será niño o niña? —le preguntó cuando estaban sentados en la sala de espera de la clínica con la revista *Bebés* en la mano.

—No lo sé.

—Las cartas están echadas —dijo con voz mística—. Acabo de leerlo, que todo lo relativo a su genética se fija en el instante en que el espermatozoide entra en contacto con el óvulo.

Estaban bastante seguros del instante en cuestión, hacía unas seis semanas, en la laguna que había detrás de casa de Lisa, que por lo que sabían no tenía nombre. Había sido un verano caluroso y seco, de modo que la mayoría de los días, cuando Lisa volvía de su trabajo en el Búho Rojo —había pasado a trabajar a jornada completa cuando terminó el instituto— y Joshua terminaba de despachar droga para Vivian y Bender, seguían un caminito que serpenteaba por detrás del vertedero, pasaban por las vías del tren y llegaban a la laguna. Nunca vieron a nadie por allí, a pesar de que había un sendero e indicios esporádicos de que iba más gente —latas de aluminio en una fogata, un envoltorio de caramelo que el viento levantó y se enganchó entre la hierba—, y la tenían como su laguna secreta y particular. Se desnudaban del todo, se zambullían y se salpicaban el uno al otro y luego hacían el muerto en silencio, los dos juntos, mirando al cielo. Una vez salió del bosque un oso y se acercó a la orilla. Lisa pegó un chillido pero Joshua golpeó la superficie del agua y el oso los miró y salió corriendo, probablemente hacia el vertedero. A veces ella lo envolvía con piernas y brazos cuando estaba en la parte fangosa, y cabeceaba intentando mantenerlos a los dos a flote, y otras hacían el amor, aunque intentaban evitarlo porque nunca llevaban condón. Él solía correrse fuera. Salvo aquella tarde en que no lo hizo. Después volvieron a la casa recalentada, comieron salami, queso, galletitas saladas y una ensalada de pasta que Lisa había traído del trabajo y hablaron de que era imposible que se quedara embarazada por un solo desliz.

—Además, ¿estar en el lago no lo hace menos factible? Con el agua y todo eso, me refiero…, se diluye, ¿no? —preguntó Joshua.

—Puede ser —respondió Lisa, aunque no las tenía todas consigo. Los ojos se le habían puesto rojos por el llanto.

Y luego esperaron, olvidándose del asunto, olvidándolo una semana, y luego dos y tres y casi cuatro, antes de que Lisa se hiciera la prueba en el baño y les fuera imposible ignorarlo por más tiempo.

—Señora Boudreaux —la llamó una mujer desde la puerta.

Lisa cerró la revista y miró a Joshua con el miedo dibujado en la cara, y entonces ambos se levantaron y fueron hacia la mujer, a la que siguieron por un pasillo hasta una habitación que era tan estrecha que también parecía un pasillo.

—Tomen asiento, por favor. —La mujer les señaló dos sillas de plástico, una enfrente de la otra, y cuando se acomodaron, acercó otra y se sentó ella también—. Me llamo Karen y soy enfermera en este ambulatorio. Antes de nada necesitamos cierta información básica. —Abrió la carpeta y empezó a leer el largo cuestionario que Lisa había rellenado en la sala de espera—. Veo que estás embarazada —le dijo mirando todavía los papeles de la carpeta. Luego levantó la vista y les sonrió vacilante—. ¿Y es una buena noticia?

—Sí —dijo sin pensárselo Lisa—. Bueno, no lo habíamos planeado pero ahora que ha pasado estamos contentos.

—Bien —respondió Karen.

Lisa miró a Joshua, echando chispas por los ojos por un momento.

—Sí —corroboró el chico.

—Bueno, pues entonces se impone una felicitación —dijo Karen sacando un bolígrafo.

Habían barajado la posibilidad de abortar, pero Lisa había decidido que no podía porque era católica. «Si fueras tan católica, no estarías teniendo relaciones antes de casarte…», le había dicho Joshua, que no había tardado en arrepentirse. Habían zanjado la pelea quedando en que se casarían en cuanto naciera el crío, para poder tener una boda de verdad en la que Lisa pudiera llevar un vestido de novia de verdad. A efectos prácticos, estaban prometidos, por mucho que no se lo hubieran contado a nadie y él no le hubiera regalado un anillo.

—De modo que hoy vais a ver a… —Volvió de nuevo a la carpeta.

—A la doctora Evans.

—Eso es, Sarah Evans. En realidad no es doctora, sino una matrona titulada. Trabaja con los médicos de nuestra clínica y prácticamente hace casi lo mismo que un médico. Os caerá muy bien. Es una mujer muy pragmática.

Karen giró una pequeña rueda de cartón y les informó de que el crío nacería a mediados de marzo. «La semana que murió mi madre», pensó Joshua al instante. Carraspeó y se removió en la silla. En cuanto habían entrado en el ambulatorio, había empezado a sentir a su madre…, y en concreto el día que había ido al hospital, donde no había ido a verla estando todavía con vida y se la encontró muerta. Pero al volver a aquel cuarto lleno de olor a algodones, alcohol etílico y lo que quiera que usaran para limpiar el suelo, la sintió aún más. Intentó dejar la mente en blanco, concentrarse solo en la larga lista de preguntas que Karen estaba haciéndole a Lisa, sobre su salud y la de sus padres, por mucho que, al parecer, la mayoría las hubiese contestado ya en el cuestionario.

—¿Cuántas parejas sexuales has tenido?

—Tres —dijo Lisa sin mirarlo.

Una pequeña daga de calor se le clavó en el corazón y en el acto se olvidó de todos los olores del cuarto. Por lo que él sabía

267

habían sido solo dos: Trent Fisher y él. Vio que Lisa se sonrojaba sin dejar de clavar la vista en Karen, con la idea de no mirarlo a él.

—¿Alguna vez has contraído algún enfermedad de transmisión sexual?

—No —respondió como si fuera una pregunta absurda.

—¿Qué pasa? —le había preguntado cuando se quedaron por fin solos en la sala de evaluación a la que los había llevado Karen, a la espera de que apareciera Sarah Evans.

—¿Tres?

—Josh. Como si tú no te hubieras acostado con nadie más...

—¿Quién? —le susurró enfadado para que no lo oyera nadie del pasillo.

—Un tío de Duluth —le susurró a su vez—, antes de que estuviéramos juntos. Fue una vez en undécimo, cuando fuimos a una excursión de ornitología para la feria de ciencias y pasamos allí cuatro días. Conocí a un tío, Jeff, y me acosté con él una vez, Josh, ¡una!

—¿O sea que engañaste a Trent?

—Vamos a ver, ¡que a Trent lo engañé contigo!

—Pero también con otro. —Se sentía furioso por mucho que, en su fuero interno, supiese que estaba siendo irracional. Para él, aparte de Lisa, solo había existido Tammy Horner.

—Sí —admitió por fin penosamente—. Una sola vez.

—Se te ve el... —La señaló.

—¿El qué?

—Tu... cosa.

—Es solo el vello púbico, Josh —dijo más alto de la cuenta, al tiempo que se tapaba.

Compartieron unos momentos de tensión en silencio. En la pared había colgado un gráfico del aparato reproductor de la mujer y otro más pequeño del hombre. Llamaron a la puerta y, antes de poder contestar, Sarah Evans entró en la habitación y se presentó, dándole primero la mano a Lisa y luego a él. Se sentó en un pequeño taburete con ruedas y les sonrió.

—¡Enhorabuena! —soltó de improviso.

—Gracias —dijeron los dos al unísono.

Les pidió que la tutearan y les habló de las cosas que Lisa podía hacer para sobrellevar las náuseas; qué vitaminas debía tomar y qué comer y no comer, que no debía beber alcohol, fumar ni estar cerca de fumadores, y a continuación rebuscó en un cajón y sacó varios folletos, que le tendió a Joshua, sobre fibrosis quística, ejercicio, abortos no deseados y nutrición, además de uno titulado *Circunstancias especiales: embarazo adolescente*, en el que aparecía una pareja latina con cara de preocupación. Sarah Evans llevaba el pelo corto como un niño, igual que Joshua, y daba la impresión de no hacerse nada aparte de lavárselo; no llevaba ni maquillaje ni joyas. Le recordó vagamente a las mujeres que solían ir al instituto a darles cursos de educación sexual o a las voluntarias de la emisora de radio de su madre, sobre todo las de un programa llamado *El Gineceo*, aunque no directamente a su madre. Tenía un aspecto demasiado atlético y confiado, y posiblemente era lesbiana, como la mitad de las que trabajaban en *El Gineceo*. Cuando terminó de contarles todo lo que necesitaban hacer ahora que Lisa estaba embarazada, le preguntó a esta si le importaba que entrara un estudiante para asistir al examen. En cuanto Lisa le dijo que no le importaba, un joven llamado Michael se materializó en el acto, como si hubiera estado escuchando detrás de la puerta, o la médica hubiera pulsado un botón secreto para indicarle que podía entrar sin problemas. Ambos le dieron la mano y luego Joshua se quedó en un rincón, cerca de los pies de Lisa.

La chica se recostó en la camilla y la médica le desató la bata por arriba, dejándole a la vista el cuerpo de cintura para arriba. Fue presionándole la carne en torno a un pecho y luego otro, formando círculos concéntricos hacia los pezones, sin mirar a Lisa, sino más allá, como si intentara fiarse más de lo que sentía que de lo que veía. Joshua no pudo evitar sonrojarse. No sabía por qué tenía que estar allí viendo aquello. Le entró una sensación de mareo, casi de náusea, como si pudiera romper a reír como un loco en cualquier momento, por mucho que supiera perfectamente que no podía hacerlo. Miró a Michael, que estaba con la vista fija en las dos, pero, por la cara que tenía, parecía estar pensando en algo muy distinto, algo deprimente o increíblemente aburrido.

—¿Cree que lloverá dentro de poco? —se le ocurrió preguntarle.

Michael volvió los ojos hacia él, sin comprender por un momento.

—Ah… sí…, no sé. Es horrible lo poco que ha llovido, ¿no?

—Desde luego —asintió Joshua, que se quedó mirando el suelo, intentando pensar en algo más que decir, y con la esperanza de que Michael cogiera el relevo.

—¿Ves esas venas? —le preguntó Sara a la chica cuando terminó de palparle los pechos.

—Sí —dijo Lisa no muy convencida, mirando hacia abajo.

—Ten. —Sarah tiró de un espejo que estaba sujeto a la pared por el extremo de un brazo extensible que llegaba a la mitad de la habitación—. Desde este ángulo se ve bien —le dijo colocando el espejo bajo los pechos de Lisa—. Todas esas venitas azules.

—Ven a ver esto, Josh —le pidió la chica.

La obedeció, poniéndose a la altura de su cabeza, y miró impasible los pechos hinchados, cruzados por una maraña de venitas azules que parecían las líneas de un mapa de carreteras.

—¿Eso es bueno? —preguntó.

—De lo más normal. Son los pechos preparándose para la lactancia —le explicó Sarah, que apartó el espejo—. ¿Puedes bajarte un poco más?

Lisa se tapó el pecho con la bata y se deslizó hasta el final de la camilla para poner los pies en los estribos. La bata formó una tienda de campaña tras la cual la médica trabajó con la luz de un haz muy brillante que apuntaba directamente entre las piernas de Lisa. Joshua estaba en la cabecera de la camilla, sin saber muy bien si debía quedarse allí, mientras la médica cogía un tubo de lubricante y un aparato metálico. Volvió a sentir unas ganas locas de reír. Tuvo que toser para contenerse.

—Ahora voy a entrar —le advirtió Sarah—. Solo sentirás una pequeña presión.

Joshua oyó el tintineo del aparato metálico pero entonces emitió un horrible traqueteo, como un gato de coche en miniatura. Le acarició el pelo a Lisa, para intentar consolarla, pero esta agitó las manos para que lo dejara. Cruzaron entonces una mirada y supo que la discusión sobre cuántos amantes había tenido había terminado. Le apretó la mano, queriendo protegerla, como si fueran ellos dos contra Sarah Evans y Michael.

—Se ve todo bien —anunció Sarah al cabo de unos minutos, asomando la cara por detrás de la bata.

Joshua miró de reojo a Michael, que estaba con la vista clavada en las partes expuestas de su novia bajo el haz de luz. Le entraron ganas de ir a partirle la cara.

—¿Te has visto alguna vez la cérvix? —le preguntó la médica a Lisa.

—No —contestó esta.

Y con esa sola palabra Joshua notó toda su inseguridad: sobre si alguna vez había querido vérsela y también, más que nada, sobre qué era exactamente la cérvix, pero la médica siguió a lo suyo.

—Todo el mundo debería vérsela al menos una vez en la vida.

Volvió a desplegar el espejo, le dio la vuelta por la parte que aumentaba y lo acercó a pocos centímetros de la vagina de Lisa, que se incorporó sobre los codos y luego se echó hacia delante como pudo, con los pies todavía en los estribos.

—Uau —dijo al cabo de unos segundos. Después se recostó y lo miró—. ¿Quieres verlo, Josh?

Aunque no quería, sabía que se buscaría un problema si no lo hacía. Sin decir nada, se adelantó para mirar el espejo. El artilugio metálico mantenía abierta como un túnel la vagina y al final había un bulbo redondo y aparentemente mojado, medio azulado, medio rosa, recubierto con una pátina de grumos blancos. Le recordó las caras de una camada de ratoncillos que había visto una vez; habían nacido en el establo momentos antes de que él llegara, y estaban ciegos, traslúcidos, mojados y boqueando, y daban tanto asco como bichos de película de ciencia-ficción.

—Mola —dijo, y volvió a su puesto, en la cabecera de la camilla.

—Piensa que es ahí donde está nuestro hijo, Josh.

—Bueno, casi —la corrigió Sarah, que retiró el aparato metálico y apagó el flexo—. En realidad está en tu útero. —Le dio una palmada a Lisa en la rodilla—. Ya puedes bajar las piernas. Hemos terminado.

271

Se quitó los guantes y fue a apostarse delante del gráfico de la pared, por cuya superficie plastificada fue paseándolos por el aparato reproductor, primero de la mujer y luego del hombre, como si fueran dos niños pequeños.

A las cuatro de la tarde ya estaban de vuelta en Midden, en el aparcamiento del Búho Rojo. Lisa había cambiado su turno de día por uno de tarde para poder acudir a la cita. Su madre también trabajaba en el supermercado, de modo que tuvo que inventarse una excusa: que iba a ir con Joshua a comer a Brainerd para celebrar los seis meses que llevaban juntos, cosa que no era del todo mentira porque coincidía que el aniversario se cumplía ese día.

—Nos vemos a las nueve —le dijo Lisa, que lo besó antes de bajar de la camioneta. Habían hecho un buen viaje: no se habían peleado desde que habían salido de la clínica.

Cuando la dejó en el supermercado, también él tuvo que volver al trabajo. Le había prometido a Vivian y Bender que haría las entregas del día por la noche, como había hecho la víspera. También se lo había tomado libre para poder ir a Minneapolis a ayudar a su hermana con la mudanza, desde donde vivía con David a la habitación que había alquilado en una casa compartida. A la vuelta solo había tenido que hacer un par de entregas porque el domingo era la noche más tranquila. Mientras salía del aparcamiento del Búho Rojo, encendió el móvil y escuchó los mensajes. Tenía catorce. Aparte de uno de Mardell, que lo invitaba a comer con Lisa, y otro de Claire, dándole las gracias por haberla ayudado el día anterior, eran todos de Vivian o de gente que, de una forma u otra, había conseguido su número y había decidido llamarlo directamente para hacerse con una dosis.

Marcó el número de Claire y le respondió su voz grabada. Nunca antes se había fijado en lo mucho que se parecía a la voz de su madre, aunque no en persona, sino a la que tenía cuando hablaba por la radio, un tono apacible y alegre. Echaba mucho de menos a su hermana, más de lo que había imaginado, desde que se quedaba los fines de semana en Minneapolis. Después de la boda de Bruce solo había ido una vez a Midden, para la fiesta del Cuatro de Julio que hacían todos los años en el Mirador de Len. Bruce y Kathy también habían ido, aunque su hermana y él los habían esquivado en cuanto habían podido. Uno después del otro le habían dado la mano a Kathy, como si se la estuvieran presentando, aunque en cierto modo algo de eso había: no la habían visto desde que se había convertido en la esposa de Bruce. Con este, en cambio, intercambiaron un abrazo almidonado y hablaron de cómo estaban los animales. Después cada cual se fue por su lado, Bruce y Kathy entraron en el local, mientras Claire y Joshua se dirigían a la carpa, donde había un grupo tocando y un barril de cerveza, sintiendo que una sombra de duelo les calaba por dentro. Se pasaron el resto de la tarde en el banco de detrás del bar, donde iban a ver a los osos cuando eran pequeños, y tuvieron conversaciones francas, lúcidas y sentimentales, como siempre que ambos estaban algo achispados (Joshua, que todavía no había cumplido la mayoría de edad, le daba sorbos de tapadillo a la cerveza de Claire). Recordaron cosas que nadie más podía recordar: cómo, durante un tiempo, habían tenido que compartir la única bici que tenían y, en lugar de usarla por turnos, se montaban los dos juntos, y a uno le tocaba ir en un precario y doloroso equilibrio sobre la barra, entre el sillín y el manillar; o cuando jugaban a Frau Bettina Von Mengana con su madre; o la vez que no pudieron resistir la tentación de ver qué pasaba si tiraban del seguro del pequeño extintor que había colgado al lado de la estufa de leña.

—Eh, soy yo. Solo llamaba para saludarte —dijo Joshua tras la señal.

Acto seguido apagó de nuevo el móvil y fue a casa de Vivian y Bender para recoger lo que necesitaba para las entregas. Más que un camello, se consideraba un cartero que solo llevaba cartas con buenas noticias. La mayoría de la gente se alegraba de verlo y, aparte de unos pocos paranoicos o desquiciados por el cristal, se portaban bien con él, le ofrecían café, tarta y, en ocasiones, hasta una comida completa. Había acabado conociendo sus casas, sus jardines, a sus hijos y a sus perros. Con todo, otras veces se imponía de pronto una realidad distinta y más sombría, y odiaba su trabajo y la fealdad de la que se había convertido en una parte activa. Le molestaba que

273

Vivian y Bender se aprovecharan de él, que se comportasen como si fuera de su pertenencia, llamándolo noche y día para darle órdenes. Poco a poco, conforme fueron pasando los meses, empezó a imponer su criterio y a decidir a quién le vendía y a quién no, sobre todo si la droga en cuestión era cristal. Lo que le molestaba no era vendérselo a los chicos del instituto; no los veía tan pequeños, e, incluso en el caso de los que sí se lo parecían —los de noveno y décimo—, no se sentía responsable. Eran autónomos e inofensivos, incapaces de fastidiar la vida de nadie más allá de la suya propia. Eran las madres y los padres quienes lo perturbaban. La primera a la que se negó a venderle fue a Marcy, su antigua compañera de la cafetería. La última vez que la había visto tenía un aspecto demacrado y obscenamente delgado. Por entonces su marido la había dejado y ya no trabajaba en la cafetería: su propia madre la había despedido, para sorpresa de todos. Se pasaba los días decorando naranjas con clavos de olor en la mesa de la cocina mientras sus críos campaban a sus anchas por la casa. En cierta ocasión había tenido que sugerirle que le diera un baño a uno; otra vez había impedido que la más pequeña, de tres años, se comiera una barra de labios de Marcy, quitándosela de la manita mojada. La reacción de su amiga había sido reírse histéricamente, con unas carcajadas tan fuertes que a punto estuvo de caerse de la silla. A partir de ahí dijo basta y se negó a vender cristal a todo aquel con hijos menores de catorce años, una decisión que enfureció a Vivian, pero sobre la cual esta nada pudo hacer. Joshua sabía que su decisión no suponía mucho: todo aquel que quería cristal acababa consiguiéndolo. Acudían a Vivian y Bender, o viceversa, y había incluso quienes dejaban de comprar y aprendían a hacerlo en sus casas. Pero para Joshua sí suponía algo, para su idea del mundo y lo que debía hacer una madre y un padre: prevenir, al menos, que sus hijos consumieran cosméticos.

Eran casi las ocho cuando terminó con los repartos: demasiado tarde para ir a casa de Lisa solo para dar un paseo y estar de vuelta en el pueblo a las nueve y demasiado temprano para recogerla del trabajo. Pasó por delante de la cafetería Midden, de la bolera, de la panadería cerrada, del motel y del Búho Rojo, donde vio a Lisa en un taburete alto detrás de la caja, bajo el resplandor de los fluorescentes. Ella no lo vio. Pensó en parar y entrar. Podía quedarse donde las revistas, leyendo cosas que no se le ocurriría comprar, hasta que ella saliera. A veces hacía eso a última hora de la tarde, cuando terminaba con lo suyo, mientras esperaba a que acabara el turno.

Al final fue al Dairy Queen y aparcó el coche. Últimamente iba las noches en que Lisa estaba tan cansada que se quedaba dormida nada más cenar. Se tomaba un granizado y charlaba con las camareras. Las conocía a todas del instituto: Emily, Heidi, Caitlyn y Tara. Siempre había por lo menos dos, según la noche.

Se quedó viendo cómo barría Heidi el suelo e iba luego a la trastienda para apagar el letrero rojo con la D y la Q blancas. Volvió a aparecer para cerrar la puerta de cristal, con un grueso manojo de llaves en la mano. Cuando vio a Joshua en la camioneta, lo saludó y el chico bajó.

—Buenas —le dijo Heidi, que sujetó la puerta del local para que entrara y cerró tras él.

Joshua miró hacia el fondo para ver quién había, preparando piruletas heladas o reponiendo los sabores.

—Estoy yo sola —le informó Heidi—. Caitlyn se ha ido ya porque no había casi nadie.

Joshua se sentó sobre la barra y le dio al botón de la caja, que se abrió con un pitido.

—¡No! —le gritó Heidi, que sin embargo le sonrió. Cerró de golpe el cajón con el dinero y le pegó un puñetazo en el brazo—. ¿Y tu novia?

—¿Qué novia?

Se había convertido en una cantinela habitual entre las chicas del Dairy Queen y él. Ellas le gastaban bromas sobre Lisa y él negaba su amor por ella con tal rotundidad que, al menos por esos instantes, llegaba a creérselo. Cuando iba a la heladería, se volvía un ligón y un engreído —algo poco propio de él—, dedicándose a tontear y bromear con esas chicas a las que conocía más bien poco. Era como si lo cortaran de cuajo y lo liberaran de la gente y las cosas que componían su vida en esos momentos.

—Ponme un granizado —le ordenó a Heidi dándole un golpecito en la coronilla.

Era un año más pequeña que él, acababa de terminar undécimo, bajita y rubia.

—Póntelo tú —le dijo, pero cogió un vaso y le preguntó de qué sabor lo quería.

—Suicidio —respondió.

La observó mientras ponía un poco de cada sabor en el vaso. Se lo dio y no le cobró. Rara vez le pedían dinero. El Dairy Queen era de un tío rico de Duluth que tenía varios locales por todo el estado.

—Bueno, ¿y qué tal Brad? —le preguntó con un tono cantarín mientras ella fregaba el suelo.

Brad era el novio de Heidi, que vivía en Montana. Joshua se metía con su pareja, igual que ella le hacía bromas a él sobre Lisa.

—Hemos roto —le contestó.

Paró de fregar por un momento y lo miró muy seria, con un gesto dolorido asomándole a la cara. Tenía los ojos castaños pintados con un perfilador negro que se le había derretido y corrido.

—Seguro que volvéis —le quitó importancia Joshua, que no quería darle pie a que se confiara a él.

Saltó de la barra y fue a la trastienda, donde nunca había entrado. Había un congelador enorme, una cámara frigorífica, un fregadero de tamaño industrial y estanterías llenas hasta arriba de cajas con cucuruchos, servilletas, gominolas y latas gigantes de caramelo líquido sin abrir, todo marca D. Q.

—¿Qué haces? —le preguntó Heidi, tirando tras de sí de la fregona y el cubo.

—Comprobando que está todo bien.

Heidi se quitó la camisa marrón del D. Q. y la tiró encima del congelador. Debajo llevaba un top blanco corto, bajo el cual Joshua entrevió el contorno aún más blanco del sujetador.

En un impulso se le abalanzó y la besó con la boca abierta. Ella presionó la lengua contra la suya en un mismo bucle desagradable y tenso.

—¿Trabajas mañana? —le susurró Heidi apartándose de él.

—Sí.

Para disimular delante de Claire, Bruce y todo aquel que se molestara en preguntar, Joshua se había inventado un trabajo de media jornada cortando leña con Jim Swanson, algo que en realidad solo había hecho tres días la primavera anterior.

—Bueno, yo tengo el día libre, por si quieres hacer algo.

Joshua no quería hacer nada. La idea de verla al día siguiente le parecía absurda, pero no tuvo que fingir lo contrario porque en ese momento le sonó el teléfono. Lo sacó del bolsillo y, cuando vio que era Vivian, pulsó un botón y lo silenció.

—¿Era tu novia? —le preguntó Heidi, que se echó a reír.

Se sentó de un salto en el congelador, balanceó los pies en su dirección y le rodeó el muslo con las zapatillas. El deseo se apoderó de él al instante, como una ola, y se dejó arrastrar entre sus piernas. Le puso las manos en lo alto de los muslos, sin decidirse aún, y luego las subió hasta las caderas. Bajo los pulgares notó las puntas de los huesos de la pelvis que le sobresalían tras los pantalones marrones del uniforme. Olía a D. Q., a grasa y a leche, medio amarga, medio apetecible.

—¿Qué estás haciendo? —le preguntó, aunque era él el único que estaba haciendo algo, pasándole las manos por debajo de la camiseta diminuta.

—Será qué estás haciendo tú... —le contestó ella con una sonrisa.

—Lo que no debería estar haciendo —respondió, y le besó el cuello.

—Creía que tenías novia. —Heidi soltó una risita.

Joshua le cogió la cara, se la acercó y, sin pensárselo dos veces, le acercó también la boca y se zambulló en ella.

—¿Has comido? —le preguntó Lisa cuando se subió a la camioneta.

Al llegar ya estaba esperándolo a las puertas del Búho Rojo, al lado de las máquinas de refrescos.

—¿Qué hora es? ¿Llevas mucho rato esperando? —se preocupó Joshua.

—No, solo unos minutos —contestó de buen humor—. De hecho Deb acababa de irse cuando has llegado. —Parecía más relajada, más estable que en las semanas anteriores—. Aquí huele a hierba —le dijo agitando las manos por delante de la cara, pese a que había bajado las ventanillas.

277

Se había fumado un porro después de despedirse de Heidi, sentado en la camioneta aparcada, cogiendo fuerzas para enfrentarse a Lisa. Llevaba bajo el asiento un alijo personal de marihuana en una cajita de herramientas; todos los días se guardaba un pellizco de lo que le daban Vivian y Bender para vender.

—¿Cómo estás? —le preguntó.

—Bien —le aseguró Lisa, que se deslizó por el asiento para acercarse, con una pierna a cada lado de la palanca—. He hecho como me dijo Sarah y he estado comiendo cada par de horas, para no llenarme y no estar todo el día sintiéndome pesada.

Joshua le puso la mano en el muslo y ella alargó el brazo para hacer otro tanto. Notó que le temblaba ligeramente la pierna e intentó parar el movimiento, con el corazón aporreándole el pecho. Respiró hondo y soltó el aire. Hacía solo unos minutos había estado follando con Heidi, con sus piernas alrededor, las nalgas contra el congelador, y luego se había apartado por un momento y le había dado la vuelta. Una descarga de lujuria y asco le hizo estremecer al recordarlo, seguido de un pensamiento: «No volvería a hacerlo».

278

—¿Has tenido trabajo esta noche? —le preguntó mientras le pasaba la mano por el pelo sudoroso.

—He tenido que ir hasta Norway y volver y después me he plantado en casa de Sylvia Thorne.

—¿Sylvia Thorne?

—¿No la conoces? Vive en Gunn.

Se volvió para mirarla, queriéndola desesperadamente, más que nunca, y sintiéndose aplastado, casi aterrado por el peso de su amor. Quería llevarla a casa y hacerle el amor sin obtener ningún placer para él, tocarla con los dedos y la boca, provocarle un orgasmo como los que le procuraba a veces, cuando se concentraba en la tarea y ella se dejaba hacer.

—Sí, conocerla la conozco. Pero no me la imaginaba drogándose. —Suspiró—. Parece que el cristal tiene a todo el pueblo dominado.

—Mujer, «todo» es mucho decir —replicó en el tono más plano posible.

Acto seguido le apretó el muslo. A veces discutían por su trabajo, sobre por qué lo hacía. Habían decidido que cuando naciera el bebé buscaría lo que llamaban un «trabajo normal».

—Pues, así, a bote pronto, puedo contar hasta diez personas que están superenganchadas.

—Bueno, pero diez personas no es todo el pueblo —insistió, aunque en realidad él podía contar varias docenas más; a veces deseaba no haberle dicho a Lisa cómo se ganaba la vida.

—¿Cómo es el segundo nombre de Claire? —le preguntó Lisa.

Joshua tuvo que pensarlo.

—Rae. ¿Por qué?

—Estoy pensando en nombres para la niña.

Rae era también el segundo nombre de su madre, estuvo a punto de añadir. Pero entonces le vino a la cabeza una imagen de su cara, huesuda, chupada, aturdida y sola, la misma que había visto cuando entró en la habitación del hospital y la vio muerta.

—¿Qué nombres te gustan? —le preguntó Lisa mirándolo pero, entonces, pegó un brinco y se giró en redondo al ver las luces de un coche patrulla parpadear a sus espaldas.

Él lo vio por el retrovisor en ese justo instante y pegó un puñetazo contra el volante.

—¿Llevas algo encima? —susurró Lisa mientras él reducía la marcha.

—Calla.

—¡Josh!

—¡Te he dicho que te calles la boca! —bufó.

Pararon en el arcén y esperaron a que Greg Price saliera del coche y llegara a su altura.

—Volvemos a encontrarnos, señor Wood —le dijo el policía al cabo de unos instantes.

El haz de la linterna les iluminó las caras a través de la ventanilla abierta, un puñal de luz que los partió en dos.

14

*D*os noches después de mudarse, Claire pasó con el coche por la casa que había compartido con David. Había dejado una vela en la ventana de su antiguo dormitorio, y allí la vio al pasar, justo como la había dejado, un pábilo de cera de abeja en una botella que nadie había encendido ni movido de sitio.

Su nueva casa era una mansión venida a menos cuyo dueño era un músico punk/niño rico que se llamaba Andre Tisdale. La había heredado de su abuela. Todas las casas de la calle eran iguales: viejas bellezas majestuosas y maltrechas que habían pertenecido a la aristocracia de Minneapolis cuando a los ricos todavía les gustaba vivir en esa parte de la ciudad. Había un par de casas en peor estado que la de Andre, con ventanas y puertas tapiadas y señales de advertencia alrededor; otras cuantas estaban mejor, pintadas en sorprendentes tonos de época para resaltar los entresijos de su arquitectura. A una en particular apenas se la podía llamar ya casa, porque había sufrido un incendio hacía unos meses, aunque sus restos calcinados parecían un barco varado en un banco de arena presidiendo la calle.

Desde la calle, la habitación de Claire semejaba una oreja que se hubiera injertado en la tercera planta en un arrebato posterior. Por dentro también estaba separada del resto de habitaciones. Hacía eones la había ocupado la criada, le había explicado Andre cuando le enseñó la casa. «Unas cuantas criadas», pensó entonces Claire, pero se abstuvo de corregirlo. Incluso para ella, con la distancia temporal, le parecían una única persona: una criada tras otra tras otra. El suelo estaba medio hundido y el vestidor no tenía puerta, pero contaba con cuarto de baño propio y una escalera que bajaba por el interior oculto de la casa, como un conducto para la ropa sucia, y conectaba con los sitios más frecuentados por la criada: la cocina, el sótano y la puerta de atrás, donde estaba el cubo de la basura. La escalera se había convertido en una especie de pasadizo secreto, y Claire estaba en una etapa de su vida en la que creía que eso era justo lo que más necesitaba: un sitio privado y anónimo que le permitiera vivir una vida de animal salvaje, errante y sin límites, la que creía que debía vivir ahora que su madre había muerto, que David ya no era su novio y que Bruce solo hacía tímidos intentos por ser su padre. Todavía le quedaba Joshua, y se aferraba a él, aunque lo viera muy de vez en cuando.

Había ido hasta Minneapolis para ayudarla con la mudanza. Era la primera vez que la visitaba, y Claire se preparó para su llegada como si fuera un invitado de honor, a pesar de que solo estaría una tarde y la iba a pasar cargando cajas de un piso vacío a una habitación vacía. Compró Mountain Dew, palitos salados con sésamo y una lata de bombones de tofe para que se la llevara a casa, a modo de agradecimiento.

—¡Hola! —había chillado cuando aparcó en la calle.

Había estado esperándolo en el porche. Era mediados de agosto y no se habían visto desde el Cuatro de Julio, antes de que se tiñera el pelo del rubio más platino que había encontrado. Cuando se acercó, vio dibujarse una sorpresa moderada en la cara de su hermano.

—¿Qué, me queda bien? —le preguntó llevándose la mano al pelo mientras su hermano subía los escalones del porche.

—Pareces una golfa. —Claire le pegó un puñetazo en el brazo, al tiempo que se le ponía cara de indignación—. Y el resto del atuendo no ayuda.

Le señaló la vestimenta: un top beis y unos diminutos vaqueros recortados de talle bajo, rematados por unas chanclas con la suela de madera y una margarita de plástico entre los dedos. Había dejado sin empaquetar una camiseta y unas zapatillas para cambiarse cuando empezaran a cargar la furgoneta.

—Pues a mí me gusta —repuso con aire de superioridad.

—¿El qué, ir por ahí en sujetador?

Claire miró hacia abajo.

281

—Anda y que te den. No es un sujetador: es una camiseta, que lo sepas.

—Vale, pero a mí me parece un sujetador.

—Pues no lo es. —Le dedicó una mirada amenazante—. Dios mío, Josh, hace más de treinta y cinco grados, ¿qué quieres, que me ponga un jersey de cuello vuelto?

—¿Estás pegándole al crack? —le preguntó de pronto, muy serio—. ¿Al cristal, a la coca, a algo?

—Pero ¿qué te pasa a ti hoy? —le preguntó, herida en sus sentimientos. Cruzaron la mirada por primera vez y vio cómo le cambió la cara a su hermano al comprender que se equivocaba. Apartó la vista y le dijo—: Creía que te alegrarías de verme.

—Y me alegro —contestó su hermano suavizando el tono—. Es solo que estás distinta. Muy... urbana.

Claire le sonrió y extendió los brazos de par en par.

—Es que estamos en una ciudad, Josh, así es como se viste aquí la gente. —Sin más, dio media vuelta y le tiró de un brazo para conducirlo al interior del piso—. ¿Podemos dejar de hablar de mi aspecto?

Pasaron por el salón, donde estaban empaquetadas y apiladas las cajas, y entraron en la cocina. Claire le tendió un Mountain Dew frío.

—Bueno, ¿qué te parece? —le preguntó mirando alrededor, a la encimera vacía y los armarios—. Hombre, tendrías que haberlo visto antes de que lo guardara todo, pero...

—Está bien —contestó Joshua, que abrió la lata y se quedó de pie con el refresco en la mano, sin saber muy bien qué pose adoptar.

Antes de que llegara, Claire había repasado todas las habitaciones en un intento por mirarla con los ojos de su hermano, esperando que la casa le pareciera chula. Le señaló el refresco y le dijo:

—Te daría un vaso con hielo pero ya lo he guardado todo.

—No pasa nada. —Le dio un buen sorbo bajo la atenta mirada de su hermana y luego se la tendió—. ¿Quieres?

—No, gracias —le contestó educadamente.

En toda su vida nunca habían quedado con un propósito concreto ni habían hecho planes juntos. Les parecía extraño, formal y adulto.

—Bueno, supongo que querrás saber qué ha pasado, ¿no? —La voz le retumbaba en el vacío de la cocina.

—¿Con qué? —preguntó Joshua, que acto seguido soltó un eructo.

—Con David. —Claire se apoyó en la encimera y luego se aupó para sentarse encima—. No he llegado a contarte por qué hemos cortado.

—Creía que os estabais tomando un tiempo —comentó con cierta indiferencia

—No, se acabó. —Joshua asintió—. Pero lo llevo bien. —Respiró hondo antes de añadir—: A veces lo echo de menos, claro, pero creo que va a ser lo mejor. —Su hermano volvió a asentir—. Le engañé —soltó de repente. No tenía pensado contárselo pero, ya que se lo había puesto en bandeja, quiso obligarlo a que respondiera de un modo u otro—. Tuve un… —cruzó las manos sobre el regazo pero al poco las descruzó—… una historia con un tío de Duluth.

Joshua no mudó la expresión ni dejó entrever nada, como si ya supiera todo lo que ella pudiera contarle, pero Claire se fijó entonces en que estaba sonrojándose. Se preguntó si él habría engañado a alguien alguna vez pero en el acto decidió que era imposible.

283

—Es mayor. Tiene… casi cuarenta. —Hizo una pausa para darle tiempo a reaccionar pero su hermano siguió impertérrito y se limitó a darle otro trago al refresco—. Y…, bueno, ya se ha acabado del todo —le contó, aunque en realidad había ido tres veces a ver a Bill, pasando por delante de la salida de Midden—. Pero en realidad no hemos roto por eso. A ver, supongo que, en el fondo, algo ha influido. Digamos que no ayudó precisamente. Pero no sé, son muchas cosas, es complicado. —Hablaba muy rápido, alterada por la cantidad industrial de café que se había tomado en los últimos días, mientras recogía el piso, porque lo había dejado todo para última hora—. El caso es que llevo sin verlo un mes… al tipo este, al mayor, Bill. No estamos juntos ni nada por el estilo.

Dejó de hablar y se quedó mirando a su hermano, arrepentida de haberle hecho ir, de haberlo involucrado en su vida de Minneapolis: la que consideraba su verdadera vida privada. Hasta ese momento, viéndolo allí callado en medio de la cocina, no comprendió que había inventado una fantasía en torno a cómo sería tener allí a su hermano, en la que él hablaría y querría saberlo todo; le contaría cosas y daría muestras de aprobación o de curiosidad mientras la escuchaba. Pero, en vez de eso, estaba como siempre, reservado e inaccesible. Igual que una parte de ella para con él, comprendió entonces. Sin su madre y Bruce para mantenerlos unidos, ya no eran una familia sino solo hermanos: algo más fino y ralo. Solo Claire y Joshua: dos personas errando en el desierto, cada uno en un extremo de una misma cuerda.

—¿Y tú cómo lo llevas con Lisa? —le preguntó bajando de la encimera y dejando atrás una chancla en el salto. Joshua se encogió de hombros—. Se ve que vais en serio.

—¿Por qué dices eso? —Dejó la lata vacía en la encimera y Claire la echó en la papelera de reciclaje que había al lado de la puerta del jardín.

—Porque ya lleváis un tiempo juntos.

—No llevamos ni seis meses.

—Vale, Josh, no tienes por qué ponerte a la defensiva. Lo único que...

—Mañana hace seis meses —terció, como sintiéndose culpable por haberle quitado importancia un momento antes.

—¿Vais a celebrarlo? —le preguntó Claire.

—Sí, vamos a ir a Brainerd —le contó. Fue a la nevera y la abrió. Dentro había otras dos latas de Mountain Dew y la caja de bombones que le había comprado su hermana. La cerró y, al volverse, añadió—: Pero soy muy joven para sentar cabeza.

—Nadie ha hablado de sentar cabeza.

Lo miró confundida, como si acabara de verlo. Tenía los brazos más viriles de lo que recordaba, y bronceados; le había crecido el vello y se le había dorado.

—Lisa es estupenda pero no es la única mujer del mundo.

—¿Mujer? —remedó Claire con voz burlona y neutra. La posibilidad de que su hermano saliera con alguien que pudiera ser descrito como mujer le resultaba absurda.

—Calla, anda.

—¡Mujer! —dijo soltando un gallo.

—¿No teníamos trabajo? —preguntó.

Claire lo siguió hasta el salón, donde se quedaron contemplando todas sus cosas.

—Creo que lo suyo es que metamos primero el colchón y luego carguemos todas las cosas pequeñas alrededor.

Miró por la ventana hacia la camioneta de su hermano. Estaba más embarrada y destrozada que el resto de las que había aparcadas en la calle. Reconoció el barro de Midden, el que bordeaba las llantas, fango cien por cien Midden. No era solo barro y fango, eran también Bruce, y su madre, y Joshua y su hogar. Verlo la alegraba y la entristecía a partes iguales.

—Te has olvidado una cosa —le gritó Joshua, que había entrado en su antiguo cuarto.

—¿El qué?

—Una vela.

—Ah, eso… —dijo Claire yendo hacia él—. Eso se queda ahí.

Joshua se fue en cuanto descargaron la camioneta, a pesar de que Claire le había insistido para que pasara la noche. En cuanto se quedó sola, se puso a dar vueltas por el cuarto, pensando en dónde poner los pocos muebles que tenía. Las ventanas daban tanto a la fachada como a la parte de atrás de la casa, al este y el oeste, de la calle al pasaje de atrás, del barco varado al cubo de la basura. Dejó de dar vueltas y contempló la calle desde la ventana, como si esperara a que Joshua volviera, buscando con la mirada su camioneta, aunque en realidad no lo esperaba: solo lo parecía.

—Buu —susurró Andre desde el umbral.

Claire se volvió sobresaltada. Por la sonrisa que tenía dibujada, el dueño de la casa parecía llevar observándola un rato.

—Buenas.

—¿Qué me dices? ¿Quieres que te haga el tour de honor?

Lo siguió por las escaleras y atravesaron luego la cocina y el salón hasta llegar a las escaleras en curva que salían del vestíbulo y que llevaban a la mayoría de los cuartos de sus compañeros. Los había que parecían cuevas, velados con cortinas oscuras; en otros había ropas y libros desperdigados por todas partes, así como comida y cachivaches varios, difíciles de identificar en un primer vistazo; otras estaban bañadas por la luz del sol o pintadas en colores chillones; y todas sin falta estaban aromatizadas con humo de tabaco, marihuana, heroína o incienso, dependiendo de los hábitos de consumo de sus ocupantes. Ninguno estaba en su cuarto pero Andre fue nombrándolos al pasar: Ruthie, Jason y Victor —los tres de la banda de Andre, Farra—, Sean, quien prefería que lo llamaran Uapití, como el animal, Patrick, que estaba casi siempre en casa de su novia, y una mujer llamada Melody, que, en teoría, seguía viviendo en la casa pero no volvía hasta diciembre, cuando regresara de un periplo por el sudeste asiático.

De nuevo en la cocina, Claire dio vueltas admirándola, como evaluando si sería suficiente para sus necesidades culinarias, aunque en realidad ya la había visto dos semanas antes, cuando había ido a ver la habitación.

—¿Eso es una panificadora? —preguntó señalando un artilugio amarillo chillón con forma de esponjita gigante que había en lo alto de la encimera.

—Un microondas. —Andre se acercó, le dio a un botón y se abrió la puerta—. Todo el mundo piensa que es una panificadora, supongo que porque lo parece.

—Yo sé hacer pan —soltó, sintiéndose al punto como una imbécil, pero entonces prosiguió, esperando ser valiosa como compañera de piso—. Pero todo el proceso, sin panificadora ni nada.

—Genial.

Andre llevaba una camisa de vaquero a la que le había cortado las mangas y unos tejanos rasgados por las rodillas. En el interior del antebrazo, de la muñeca al codo, llevaba un tatuaje de un pepino en llamas; en realidad era una persona con puntos por ojos, un sombrero de cocinero en la cabeza y unos bracitos verdes que le salían de los costados. Llevaba una espátula en una mano y un cuchillo de cocinero en la otra. El hombre pepino tenía también boca, y sonreía, a pesar de que las llamas le salían del trasero de su cuerpo de pepino y daban la impresión de que pronto se apoderarían de él. A Claire le pareció absurdo; y no porque estuviera en contra de los tatuajes, sino porque creía que no debían ser cómicos.

—Me gusta tu tatu.

—Gracias.

—Tiene su gracia.

—Ya. —Andre dibujó una sonrisa apreciativa y meneó la cabeza lentamente, como si hubiera dicho algo profundo—. Tienes toda la razón. Eres una de las pocas personas que lo han pillado, ¿sabes?

En su interior experimentó una sensación de orgullo y de alegría vana, e intentó encontrar más observaciones brillantes que hacer sobre el tatuaje, pero no se le ocurrió ninguna.

—¿Quieres unas tostadas? —le preguntó, mientras empezaba a prepararse unas para él.

—No, gracias.

Se apoyó en la encimera intentando parecer cómoda, una compañera de piso más, aunque no era esa en absoluto la sensación que tenía mientras observaba a Andre untar una tostada con mantequilla de cacahuete y luego otra con sirope y juntarlas en un sándwich. Se dio la vuelta y se quedó mirando como si tal cosa hacia el salón, donde había un terrario de cristal pegado a la pared.

—Anda, se me había olvidado enseñártelo: la mascota de Ruthie —dijo Andre señalándole el terrario.

Claire se acercó y vio que había una tarántula que medía la mitad de su mano. Cuando pegó la cara al cristal, la araña se levantó sobre sus patitas vellosas, como si quisiera arremeter contra ella. Dio un paso atrás

—Cuidado, que muerde —le gritó Andre desde detrás, pero entonces rio con una maldad sobreactuada, para que Claire no tuviera claro si creerlo o no.

Era unos años mayor que ella, aunque no lo parecía. Claire había visto al vuelo que hacía gala de cierto infantilismo; no era la inocencia que podía tener un niño de verdad, sino la de una versión adulta de un crío: amenazador y bromista, como si en cualquier momento fuera a hacer lo que se le antojase.

—A veces, cuando Ruthie le echa de comer, intenta morder.

—¿Qué come? —preguntó Claire, que se acordó entonces de los osos, los que se abrevaban de la canoa en verano, detrás del Mirador de Len.

Se sentó en el sofá sin responderle y puso el plato en la mesa de centro. Tenía la frente ribeteada de verde fluorescente

287

por la línea del nacimiento del pelo, restos de un tinte reciente. Llevaba un collar de cuentas de plata que parecía de algún sitio lejano: India o Guatemala. El conjunto —el pelo, el collar y el tatuaje extravagante— no parecía ir con él, pensó Claire, como si en el momento en que se desprendiera de todo eso, pudiera convertirse en una persona completamente distinta, en la que era de verdad.

—¿Qué me dijiste, que trabajabas en el Giselle?

—Sí. ¿Has estado? —Andre asintió y le dio un bocado al sándwich—. De camarera... sirviendo mesas.

El otro volvió a asentir, sin dejar de mirarla. Por un momento a Claire le preocupó que pudiera insistir, que le hiciera más preguntas, la cuestión que tantos clientes le planteaban a lo largo del día: a qué se dedicaba «en realidad». Y eso, a pesar de que llevaban un tiempo viéndola hacer lo que hacía: correr por las mesas con bandejas de comida y bebidas, limpiar y pasar la bayeta por la superficie de las mesas y las sillas. Con todo, sabía que no lo preguntaban de mala fe. El Giselle era la clase de local en el que todos los empleados salvo la propia Giselle afirmaban ser otra cosa —artistas de un tipo u otro, en su mayoría— y algunos incluso lo eran. Claire había asistido a exposiciones en galerías, actuaciones de danza y conciertos en los que había participado alguno de sus compañeros de trabajo. «Estoy estudiando», contestaba con un murmullo a los clientes que le preguntaban, apartándose un mechón de la frente empapada, a pesar de que, técnicamente, ya no era cierto. No había vuelto a la facultad desde la muerte de su madre, aunque era su intención. Solo le faltaban dos asignaturas para licenciarse, pero no hacía falta que los clientes supieran los detalles. Estos le sonreían amigablemente cuando se enteraban de su estatus de estudiante y ella se iba con sus platos sucios y escapaba a la intimidad vaporosa de la cocina.

—Pero, vamos, que la araña no se escapa ni nada —terció Andre en un tono más amable que antes—. No hay de qué tener miedo.

—No lo tengo —repuso Claire.

Y entonces, para demostrárselo, estuvo a punto de contarle dónde se había criado, entre osos, alces y lobos. Y que nunca le habían dado miedo, ni siquiera cuando vivían en el apartamento de encima del Mirador de Len y tenían que hacer sus necesidades fuera (aunque en realidad, en su momento, se moría de miedo). Pero algo se lo impidió, algo tranquilo y protector que de vez en cuando sentía levantarse en su interior como un velo.

—¿Y tú a qué te dedicas? —preguntó en lugar de eso—. De trabajo, me refiero.

El salón era una estancia amplia pero carente de muebles, más allá de la mesita de centro, el sofá y un póster gigante de Kurt Cobain en la pared. Pensó en ir a sentarse con Andre pero se quedó en el sitio, envuelta en su propio abrazo.

—Derecho —le dijo después de, aparentemente, valorar la pregunta, pero entonces bufó y volvió a reírse de esa manera que impedía saber si hablaba en serio o no.

Claire, por su parte, dibujó una sonrisa divertida, como para hacerle ver que ni lo creía ni dejaba de creerlo, que era lo suficientemente lista para saber que todo podía ser verdad o mentira, pero el otro no le dio más explicaciones, de modo que decidió acercarse a la ventana, como si algo hubiera llamado su atención.

En el porche delantero había un gato durmiendo en un sillón de mimbre astillado. Ese mismo día, cuando Joshua y ella habían descargado la camioneta, había salido corriendo al verla en el patio trasero.

—Gatito —le dijo, y dio unos golpecitos en el cristal.

El animal abrió los ojos y se volvió con mucha majestuosidad para cruzar con ella la mirada sin miedo, a sabiendas de que no podía tocarlo.

El corazón le dio un vuelco cuando llegó a su cuarto y vio todas sus cosas apiladas y el colchón sin funda tirado en el suelo. Desgarró una de las bolsas de basura, demasiado impaciente para deshacer el nudo que había hecho en las asas, y sacó una manta, que extendió sobre el colchón para tapar las manchas. Había dejado apoyado contra la pared un cuadro de su madre; lo cogió y fue de pared en pared para decidir dónde colgarlo. Hasta hacía un par de meses había estado colgado en el dormitorio de su madre y Bruce, cuando Claire había tenido que empaquetarlo todo a la carrera antes de que se mudara Kathy. Había guardado casi todas las pertenencias de su madre en el apartamento encima del Mirador de Len, pero se había quedado con el cuadro, creyendo que Bruce llamaría para protestar y le exigiría que se lo devolviera porque era suyo, Teresa se lo había regalado a él. Pero no había sido así —ni siquiera lo habría echado en falta, asumió Claire—, lo que le revolvía las entrañas y la enfurecía, y le hacía sentir que toda la vida que habían compartido con Bruce había sido una farsa. Vio un clavo en la pared entre las dos ventanas que daban a la calle y lo colgó de forma provisional, aunque quedaba descentrado y demasiado alto.

Volvió a sus cosas, pero no tanto para desempaquetar y ordenar como para rebuscar e ir sacando todo lo que le provocaba alguna emoción, como un collar de *strass* que desenredó de un revoltijo de joyas. Fue al cuarto de baño y se lo probó delante del espejo. Quedaba fatal con la camiseta y los vaqueros cortos que llevaba, pero se lo dejó puesto, como una niñita que juega a los disfraces. Sacó una barra de labios del bolso, se los pintó y luego se restregó el carmín con la palma de la mano y se quedó mirándose. Una raya oscura le bordeaba la frente por donde el rubio iba retrocediendo. Se apartó el pelo de la cara y se lo recogió con un pasador; pero entonces se lo quitó y se lo colocó mejor. Volvió a la tarea con un poco más de orden; vació primero una caja de libros y luego una bolsa de ropa, que fue colgando en el vestidor. Encontró el teléfono, lo puso a cargar y marcó el número de Bill.

—Soy yo —dijo cuando saltó el contestador—. Te llamaba solo para saludarte.

Colgó y se quedó mirando el teléfono, esperando a que sonara. A veces Bill veía las llamadas y se las devolvía al poco tiempo. Llevaba un mes sin verlo pero solían hablar más o menos una vez a la semana. Habían llegado a una amistad telefónica sin complicaciones, por la que compartían detalles banales de sus rutinas. En esas conversaciones Bill se le antojaba uno de los asiduos del Giselle, familiar pero al mismo tiempo borroso, íntimo pero inofensivo, que podía darle consejos sobre el coche, escuchar qué había hecho Claire el viernes por la noche, qué película había visto o si estaba bien o no. En persona, las veces que ella había ido a verlo a lo largo del verano, sentía algo completamente distinto, como si no fuera el mismo Bill con el que había hablado todas esas semanas sino un hermano más sexy y robusto. En su presencia se volvía más provocativa y juguetona, falsamente celosa e insegura. Creía que no era tanto Bill quien sacaba esa parte de ella sino su casa. Cuando iba, tenía la sensación de estar siendo observada: y en cierto modo así era. Desde que había muerto su mujer, Bill se había dedicado a llenar la casa con fotografías enmarcadas de ella, en cada estantería y rincón, por cada encimera y mesa. Nancy de pequeña, Nancy vestida de boda, Nancy con sus alumnos en la fiesta de fin de curso, Nancy en el patio de atrás con un rastrillo en la mano. Estaba por todas partes, en todos los cuartos, la misma risa sardónica que los observaba y veía todo lo que hacían en la casa: una mirada que los seguía mientras se acostaban, se duchaban, hacían una barbacoa en el porche de atrás, oían música y leían libros en el sofá. Y algunos los había comprado, leído o esperado leer la propia Nancy, libros que la difunta había amado u odiado, con los que había disfrutado o se había aburrido.

—¿Quién era su escritor favorito? —le había preguntado a Bill en cierta ocasión.

—¿Escritor? —le había preguntado a su vez, como si no estuviera seguro de la definición de la palabra.

No podía evitarlo, la cabeza se le iba por esos derroteros. En sus visitas a Duluth quería saberlo todo y nada de Nancy. Pero siempre ganaba el querer saberlo todo, de modo que, siempre que podía, intentaba sacarle información a Bill. Qué le gustaba a Nancy en la cama, por qué había decidido hacerse maestra, quiénes eran sus mejores amigas y qué le gustaba y qué detestaba de ellas.

Cuando le hablaba de su mujer, Bill actuaba como un invitado de un magacín televisivo, sin querer extenderse demasiado, preparado siempre para que lo interrumpieran. A veces decía no acordarse de ciertas cosas, o, si no, que no sabía cómo explicarlas. Después cogía a Claire, la abrazaba y la atraía hacia él. «Pero eso es el pasado y ahora es ahora», le decía, o «Eso es agua pasada, pequeña», y la besaba en el cuello y entonces sus celos, su incertidumbre o su curiosidad —o las tres cosas— quedaban saciadas y podían avanzar y olvidarse de Nancy.

291

Bill no le preguntaba por David, ni siquiera parecía querer darle importancia cuando Claire le hablaba de él. La escuchaba como si nunca hubiera sido más que un amigo.

Volvió a coger el teléfono y pulsó el botón de rellamada.

—Buenas —le dijo al contestador de Bill, esforzándose porque la voz le saliera grácil y desenfadada—. Que se me olvidaba decirte que... ¡que ya me he mudado, estoy en mi casa nueva! De momento, todo estupendo. Pero, bueno, puedes seguir llamándome al número de siempre. Lo he traspasado aquí. En fin... Estaré toda la noche deshaciendo cajas, así que puedes llamarme tarde... cuando quieras. Porque voy a estar aquí. Chao.

Colgó el teléfono y volvió a quedarse mirándolo, pero no porque creyera que iba a sonar sino porque le habría gustado poder retirarlo: el segundo mensaje... y el primero. Y también porque tenía que vencer el impulso de cogerlo para volver a llamarlo y decirle algo que eclipsara todo lo que había dicho antes. Algo que le transmitiera la impresión de que era más fuerte y estaba mejor y menos sola de lo que en realidad estaba. Volvió a marcar pero colgó antes de que sonara el primer tono. De golpe y porrazo odió a Bill, su patética barriga, la manera que tenía de carraspear con fuerza cuando se levantaba o después de follar, o cómo cortaba todo el filete en el plato antes de empezar a comérselo.

Siguió con una caja que había tenido guardada debajo de la cama cuando vivía con David y cogió una muñeca que le habían regalado por Navidad hacía más de diez años. Estaba impecable, apenas usada: de pequeña no le habían interesado las muñecas. «Claire siempre ha sido la lectora de la familia —le gustaba decir a su madre en la radio siempre que tenía la oportunidad—. Josh, en cambio, es el artista.» La muñeca era de plástico maleable y estaba coronada por una cabellera de un brillo imposible. Cuando la apretó por la mitad, sonó un «mamá», «papá» y «abuelita» en bucle. Lo apretó hasta que repitió cuatro veces cada palabra y luego la tiró a la caja con tanta fuerza que volvió a decir «mamá».

—Toc, toc —dijo Andre desde la puerta. Había un hombre y una mujer a sus espaldas—. Esta es Claire —les dijo—. Claire, estos son Ruthie y Victor.

—Ah, buenas. Encantada.

—Se nos ha ocurrido una cosita —anunció Andre.

—¿El qué? —quiso saber Claire, pero el otro la ignoró y en su lugar miró a Ruthie y Victor y les preguntó qué les parecía.

—Sí, sí, total —le dijo Ruthie, que luego pidió la opinión de Victor—. ¿No te parece?

—Sí, sí —asintió este, que tenía el pelo pajizo apelmazado en cinco rastas enormes adornadas en las puntas con unos pasadores muy coloridos, como de niña pequeña.

—¿Sí qué? —volvió a preguntar Claire, que se sentía boba, cortada y a la vez emocionada porque la incluyeran en algún plan, fuera el que fuese.

—Vale, Claire, tú solo di que sí. ¡Tienes que decir que sí! —exclamó Ruthie, que tenía aspecto de bruja de dibujos animados, con unas grandes botas de cuero, el pelo suelto y teñido de negro azabache y un tatuaje de una telaraña por el dorso de una mano.

—Sí, pero ¿el qué? —insistió Claire dando un pequeño saltito de emoción.

Su banda, Farra, iba a grabar un videoclip al día siguiente, le explicó por fin Ruthie, y la chica a la que tenían fichada para el papel protagonista les había fallado hacía una hora.

—¿Y qué tendría que hacer? —preguntó Claire, aunque ya se lo imaginaba.

—Nada, dar vueltas por una cama —contestó Ruthie—. Es nuestra balada romántica.

—No sé yo… —repuso Victor mientras se retorcía uno de los pasadores con aire contemplativo—. A mí «Avenida Nueve» me parece más de amor. ¡Qué coño!, es una canción de amor loco, loco.

—Yo también saldré —añadió Andre—. Los dos en la cama, pero todo en plan muy *light*.

—Sí, sí, total —corroboró Ruthie—. Queremos que nos lo saquen en *Tsunami sónico*… ¿Lo has visto alguna vez? Lo ponen de madrugada. Pero, vamos, que no puede ser porno ni nada de eso.

—Vale —aceptó Claire con una alegría titubeante.

Los tres corrieron a abrazarla, uno por uno.

293

Y

Al día siguiente fueron todos juntos en la furgoneta de Víctor a la nave donde se rodaría. Claire pronto comprendió que el videoclip era más un proyecto de arte casero que una producción cinematográfica, subvencionado como estaba por Andre y filmado por un estudiante de cine que llevaba en las muñecas gruesas tiras de cuero cerradas con tachuelas plateadas. Tardaron casi tres horas en acondicionar el decorado; primero tuvieron que subir una cama por una escalera sudando la gota gorda y luego colocarla con mucha meticulosidad, según las indicaciones del estudiante de cine.

—¿Dónde coño se ha metido Jason?

Ruthie no paraba de protestar mientras daba vueltas estampando sus botas aquí y allá pero nadie le respondía. Jason era el batería, su exnovio heroinómano, le confió a Claire en el pequeño espacio que habían despejado para que ella se vistiera, un cuarto delimitado por cuatro sábanas a modo de paredes.

—¿Qué tal estoy? —le preguntó Claire a Ruthie cuando se puso el vestuario.

Era menos revelador que un bañador: un body de encaje blanco con un lacito rosa por delante.

Ruthie se limitó a asentir y a estirarle del escote hacia abajo. Estaba más antipática que la noche anterior, cuando había querido convencerla para que dijera que sí.

—Y a ver tu pelo. Prueba a recogértelo arriba —le pidió.

Claire se lo amontonó en lo alto de la cabeza y ambas se quedaron mirando el espejo que había apoyado contra la pared de hormigón.

—A ver, prueba otra vez suelto.

Dejó caer el pelo y la otra alargó las manos y volvió a recogérselo con cara de escepticismo. Tenía dos franjas negras y sin vello por cejas, pintadas en un arco muy pronunciado sobre cada ojo. Claire se preguntó si se le corrían cuando se mojaba la cara, pero no se atrevió a preguntarle.

—Queremos un rollo putita postpunk y postfeminista —le explicó Ruthie, que parecía enfadada, como si Claire estuviera fastidiándole el vídeo.

—¿Postfeminista? —preguntó, pero la otra chica no se molestó en explicarse y, en cambio, dio media vuelta, salió de entre las sábanas y llamó a Jason a gritos.

Claire fue quitándose con mucho cuidado las pulseras, las que se ponía a diario, dos en una muñeca y tres en la otra; eran todas distintas pero al mismo tiempo iguales, hechas unas de hilo plateado, otras de colores. Cuando terminó, se las guardó en el bolsillo de los vaqueros, que había dejado doblados sobre una silla. Al otro lado de las sábanas, Andre y Ruthie discutían sobre si debía salir un botellín de cerveza en el plano o no. Habían ido juntos al instituto, a no sé qué centro privado y exclusivo de Edina, y se hablaban como un matrimonio, entre hastiados y cabreados por la opinión del otro.

Claire jugueteó con el lacito del body, intentando ponerlo recto, hasta que se rindió y se puso a toquetearse otra vez el pelo, intentando de mala gana que adquiriera un porte digno de una tía buena de videoclip. Cuando se había decolorado el pelo no hacía ni un mes, había pretendido que pareciera irónico pero, al verse en ese momento, se dio cuenta de que no era de las que saben llevar un pelo irónico. Ruthie sí que lo era. Pero ¿qué clase de mujer era ella? «Una granjera bien hermosa», pensó al instante recordando el piropo que David le había dicho una vez.

—Vale. —Ruthie volvió a aparecer apartando las sábanas, con ímpetu renovado tras ganarle la pelea a Andre. Evaluó a Claire—. Creo que el pelo está bien así pero más revuelto todavía. Que parezca que acabas de follar como una perra.

Se pusieron juntas a la tarea, con ganchillos y laca, hasta que a Claire se le hizo difícil ayudar y se quedó viendo por el espejo cómo la peinaba la otra.

—Perfecto —dijo Ruthie por fin, y echó a un lado las paredes de sábana para que Claire pasara sin rozarse el pelo tan primorosamente despeinado.

—Por aquí —le ordenó Andre tras una luz muy brillante. Su mano apareció para dirigirla hacia la cama.

Cuando terminaron no volvió en la furgoneta con los demás, prefirió caminar hasta la casa, aliviada de poder por fin estar sola tras un largo día de revolverse en aquella cama recalentada. Eran casi las siete cuando salió y el sol caía de soslayo sobre los edificios industriales de ladrillo que iba dejando atrás;

parecían impenetrables desde la calle, salvo por uno que tenía la puerta del garaje abierta de par en par por donde se entreveía un generador muy ruidoso. Dejó atrás una zapatería y una tintorería y llegó a una hilera de manzanas por la que pasaba todos los días en coche, camino del trabajo. La mayoría de los escaparates estaban adornados con luces blancas de Navidad y llenos de cojincitos de seda, pirámides de copas de vino o cubiertos dispuestos sobre mesas hermosas, como si alguien estuviera a punto de sentarse a cenar. Entre tienda y tienda, reparó en unos locales más tranquilos y oscuros que no había podido identificar desde el coche, pequeñas librerías de segunda mano, tiendas de antigüedades y un negocio de pelucas con un escaparate en el que la mitad de los maniquíes polvorientos eran calvos.

Caminaba a paso lento, dejándose mecer por el calor de la tarde noche. El año que se mudó a la ciudad y empezó la facultad, antes de conocer a David, se dedicaba a andar sin rumbo por las calles. Le gustaba escudriñar las casas al pasar y ver todo lo que se podía: gente cenando, hablando por teléfono, viendo la tele. A veces entablaba conversación con gente con la que se cruzaba, inocente, curiosa, necia, pero siempre a gusto. Una vez conoció a un hombre que le preguntó si estaba trabajando y ella creyó que quería saber si tenía un trabajo, aunque pronto comprendió que en realidad lo que estaba preguntándole era si trabajaba de prostituta. «No», le dijo y salió corriendo, asaltada por un terror repentino. A veces se acordaba, y pensaba en qué habría pasado si le hubiera dicho que sí. En que una sola palabra podía cambiarlo todo, mientras que había otras que no cambiaban nada de nada.

Entró en una cafetería a un par de manzanas de la casa; todavía no tenía ganas de volver a ver a sus compañeros de piso ni su habitación sin ordenar. El local estaba lleno de sillas gastadas pero cómodas y mesas bajas con revistas desperdigadas aquí y allá. Pidió una manzanilla y fue a sentarse a una mesa cercana. Dejó pasar unos minutos para darle el primer sorbo, pero seguía muy caliente y devolvió la taza al platillo con cierto estrépito. Al otro lado de la estancia había un hombre concentrado en la pantalla de su portátil. Le costó un momento darse cuenta de quién era.

—Andre —lo llamó.

—Eh. —El chico cerró el portátil, que era más fino que una capa de hielo, y lo llevó consigo hasta la mesa de Claire—. ¿Te lo has pasado bien hoy?

—Sí, ha sido toda una experiencia. —Le señaló la silla a su lado.

—Qué bueno que hayas encontrado este sitio —le dijo sentándose—. Es como nuestra segunda casa... para los compañeros.

Incluso cuando hablaba de las cosas más corrientes, lo hacía de una forma que parecía implicar burla y una dulzura coqueta que a Claire se le antojaba insultante y atractiva en la misma medida fluctuante.

Le dio un sorbo a la taza con cuidado.

—Me gusta la canción.

—¿Cuál?

—La del vídeo. Es buena.

Andre soltó un bufido de desdén como para sus adentros.

—Es nuestro gran éxito hasta la fecha. —Hizo una pausa, como si fuera a contarle algo pero entonces se revolvió en la silla—. Ah, ¿sabes una cosa?, me he dado cuenta de que conozco tu pueblo. Creo que mi primo tiene una cabaña por esa zona.

—Es probable. Mucha gente tiene casas por los alrededores de los lagos.

—Se llama Doug Reed.

—No me suena. En realidad no conozco a mucha gente de la ciudad, salvo de cara.

Al hablar de Midden con Andre tuvo de pronto la sensación de que era como la casa que había compartido con David: un lugar lejano, tan distante en su pasado que parecía absurdo que alguna vez hubiera estado relacionada con él de un modo u otro.

—¿Sueles ir mucho... a ver a tu familia?

Asintió pero al punto se contradijo.

—No mucho. Ya no. —Se retorció las puntas afiladas del collar de *strass*. Ruthie se lo había visto puesto la noche anterior y le había insistido para que se lo dejara en el vídeo—. Es que mi madre murió en primavera.

—¡Qué dices! —dijo en un tono exagerado, como si le hubiera contado algo más escandaloso que triste—. Ni me imagino lo que puede ser eso.

—Yo tampoco —replicó, y entonces sonrió para aligerar el tono.

—¿Y tu padre?

—Tampoco… —contestó, metiendo a Bruce y a su padre biológico en el mismo saco para no complicar las cosas.

—Lo siento mucho —dijo en un susurro respetuoso.

—Gracias —le dijo Claire, comprendiendo que el otro había entendido que también su padre había muerto.

Aunque no había sido su intención, no se molestó en contradecirle. De pequeña había deseado a menudo que su padre estuviera muerto. Pero no por rencor ni nada parecido, sino porque así habría tenido un sitio en su vida, una historia que habría explicado por qué las cosas habían salido como habían salido. Fantaseaba con que había sido bombero y había muerto en acto de servicio.

—Eres una tía muy fuerte —le dijo Andre mirándola asombrado.

—No sé yo… Yo solo…

—Lo eres —insistió con más fervor aún.

Una alegría transitoria y de puertas para adentro la embargó, como si de verdad llevase perfectamente la muerte de su madre y la supuesta de su padre, como si en realidad fuera muy fuerte pero le diera corte admitirlo. Miró hacia abajo, a la mesa y sus manos, que se le habían dormido por completo. Siempre que se ponía muy nerviosa o se emocionaba le pasaba lo mismo, como, cuando, en el pasado, había tenido que subir a un estrado para recoger un premio o dar un discurso. Se ordenaba a sí misma pararlo, pero cuanto más lo intentaba, más nervios, emoción o entumecimiento sentía. Nunca lo había hecho: sacar partido de su madre muerta, de su historia de niña huérfana. Le pareció sucio y cruel pero al mismo tiempo experimentó una especie de alivio total, como si su duelo acabara de pasar por completo y su vida fuera solo una historia que podía desplegar para que cualquiera la contemplase.

Se concentró mucho para coger la taza con ambas manos, apuró el té y lo devolvió con mucho cuidado al platillo.

—¿Vienes a casa?

298

Salieron juntos de la cafetería. Las calles le parecieron distintas ahora que iba con Andre. Eran casi las nueve y empezaba a refrescar. Después de recorrer una manzana, él la cogió de la mano y siguieron así como si no hubiera cambiado nada, por mucho que toda su relación lo hubiese hecho con aquel gesto. Para cuando llegaron a casa, Claire había remetido los dedos por la cinturilla de las bermudas de Andre, rozándole con los nudillos un trocito de piel mientras caminaban. Lo condujo por el jardín de atrás, para poder entrar por la puerta trasera y subir sin ser vistos por la escalera en penumbra que daba a su cuarto. Cuando llegaron, se volvió y lo besó sin siquiera encender las luces.

—Estoy saltándome mi norma —le dijo él apartándose.

—¿Qué norma?

Andre le bajó la cremallera de los vaqueros.

—La de no acostarme con mis inquilinas.

—Yo creía que éramos compañeros de piso —le dijo coqueta, y se quitó la camiseta y los vaqueros y se quedó ante él en bragas y sujetador.

La miró con ansia, como si realmente su visión lo conmocionara, como si no hubieran estado hacía unas horas dando vueltas en una cama fingiendo que follaban. Se abalanzaron el uno sobre el otro y se besaron mientras Claire le quitaba la ropa.

—Tengo un condón por ahí —susurró Andre al cabo de unos minutos.

Para entonces estaban tendidos en el colchón, que seguía en el suelo, entre cajas que no había tenido tiempo de vaciar. Lo observó mientras buscaba sus bermudas, sacaba la cartera y extraía el condón. Cuando lo abrió, Claire soltó una risotada ronca, como si estuviera borracha.

—¿Qué te hace tanta gracia? —le preguntó mientras desenrollaba el condón.

—Nada.

Pero volvió a reírse. Lo que sentía en esos momentos por él era lo mismo que había sentido durante todo el día: no era tanto que lo atrajese sexualmente como que le transmitía buen rollo, y no tanto eso como que era algo inevitable, como si su conexión no fuera más que la de dos niños a los que presentan y les obligan a irse al patio a jugar.

—Yo no suelo hacer esto —le dijo cerniéndose sobre ella.

Claire volvió a besarlo y luego se puso bocabajo para que la penetrara desde atrás. Sintió una felicidad moderada, mordaz, mientras rozaba la barbilla rítmicamente contra la manta y otra parte de ella viajaba hacia el día siguiente: a cuando se escondiera en su cuarto hasta que se asegurase de que Andre hubiera salido, vacía, deprimida y con remordimientos, mientras intentaba poner orden en sus cajas y sus cosas.

El chico se corrió con un gemido y se desplomó por un momento sobre ella.

—¿Quieres que te toque? —le preguntó, respirando tan pegado a su oreja que Claire se estremeció.

Se dio la vuelta y vio el perfil de su cara, fantasmal y aniñado bajo la luz pálida de las farolas que se colaba por las ventanas.

—Ya me he corrido —mintió, y se escabulló de debajo de él.

Dio vueltas por el cuarto en busca de su ropa y fue poniéndosela prenda por prenda mientras Andre seguía tendido en el colchón. Intentó parecer despreocupada, digna, sexy y radiante mientras se vestía, por si estaba mirándola, hasta que se dio cuenta de que se había dormido.

—Andre —susurró—. Andre —le dijo en voz más alta. El otro se removió pero siguió sin responder—. Tienes que irte.

Fue a encender un flexo que había en una esquina en el suelo.

—¿Eh? —Se incorporó, desorientado por la luz, como si acabara de darse cuenta de que estaban juntos en el cuarto.

—No puedo dormir contigo aquí —le explicó, aunque no sabía ni qué estaba diciendo.

Aparte del devaneo con Bill, tampoco ella lo había hecho antes, acostarse con alguien a quien acababa de conocer. Por lo que sabía, podía dormir a su lado tanto como sola.

Andre se rio y la miró como si fuera a conseguir que retirara lo dicho solo porque él quisiera.

—Pero... ha estado bien —le dijo para no herir sus sentimientos.

—Lo que tú digas... —André se levantó.

De pronto sonó el teléfono. Claire fue hacia el aparato a bajar el volumen del contestador, para que quien fuese pudiera dejar un mensaje sin que lo oyera Andre, pero este se le adelantó y lo cogió antes.

—¿Diga? —preguntó imitando una voz chillona de mujer. Hizo una pausa, a la escucha—. ¿Claire? ¿Qué Claire?

—Noo —le susurró, furiosa e intentando quitarle el teléfono de las manos.

—Ah, Claire. Vale, sí. Te la paso. —Le tendió el teléfono con una sonrisilla en la cara.

—Hola —dijo alejándose de Andre—. ¿Cómo?

Le costó un tiempo comprender que era Lisa, la novia de su hermano. Estaba llorando y hablaba en fragmentos incongruentes de Greg Price y Joshua.

—¡Greg! —gritó Claire confundida.

Y entonces Lisa volvió en sí y desembuchó: habían arrestado a Joshua y estaba en el calabozo de Blue River. Todavía a la escucha, Claire fue cogiendo el bolso y el abrigo y se puso los zuecos.

—Lisa, espera. Escúchame… —la interrumpió—. Voy para allá. Llegaré lo antes posible. Díselo a Josh, ¿quieres? —Colgó y tiró el teléfono al colchón.

Andre lo cogió y lo colgó en la base.

—¿Qué ha pasado? —preguntó en tono conciliador.

—Tengo que irme —le respondió, casi jadeando del miedo y saliendo ya del cuarto.

Tuvo la sensación de que iba a seguirla pero no se molestó en mirar atrás mientras bajaba las escaleras a oscuras, con las piernas temblorosas por el sexo y el miedo.

Una vez fuera corrió hasta el coche, que estaba aparcado en la misma calle. Tenía las manos temblonas mientras metía la llave en el contacto y arrancaba. Atravesó las calles de Minneapolis, pasó por delante de su antiguo piso y cogió la interestatal, con el volante bien agarrado para que no le temblaran las manos. En el asiento del acompañante había una maceta que había olvidado descargar el día anterior. Le iba rozando el brazo desnudo con las puntas de sus hojas arrugadas. Intentó imaginarse a su hermano en el calabozo, por no sabía qué; en medio de la conmoción, se le había olvidado preguntarle. «Por conducir borracho», decidió para no volverse loca elucubrando.

Ojalá pudiera verle la cara en ese instante. Las ganas hacían que le hormigueara y le escociera la nariz.

Pasado un rato, cayó en que no sabía ni adónde iba. De pequeña había ido de excusión con el colegio a la cárcel de Blue River, pero no sabía adónde tenía que ir en concreto para poder ver a Joshua a esas horas: iba a llegar de madrugada. Probablemente le dijeran que regresara a la mañana siguiente y entonces, ¿qué iba a hacer? Se imaginó por el camino de acceso de su antigua casa, llamando a la puerta y despertando a Bruce —se le ocurrió que, puesto que ahora era también la casa de Kathy, lo suyo era molestarse en llamar—, pero descartó enseguida la idea por lo absurdo…, pensar en recurrir a Bruce para lo que fuera, ni siquiera con lo que le había pasado a Joshua. Buscaría a Lisa, aunque no sabía dónde vivía… en algún punto de la carretera del vertedero, esas eran todas las señas que tenía.

A mitad de camino tomó una salida de la interestatal porque tenía que ir al servicio desesperadamente. Paró en un área de camioneros con forma de establo rojo. En todas las veces que había pasado, nunca se le había ocurrido detenerse allí. Sabía, sin necesidad de haberlo pisado, que era una trampa para turistas, famosa por sus bollitos de canela congelados que eran como una cabeza de grandes. Se bajó del coche y entró. Al lado de la puerta había una maquinita de palomitas autoservicio y otra con peluches de muchas formas, colores y especies que, por un cuarto de dólar, podías intentar atrapar con un gancho mecánico. Había pequeños quioscos que vendían postales en las que ponía «la Puerta del Norte» y «Minnesota, tierra de amantes» y tenían hileras de estanterías con figuritas de somorgujos, ponis y castores. Había un mostrador donde podías comprar enormes *pretzels* de los blandos, manzanas recubiertas de caramelo y los famosos bollitos de canela de tamaño descomunal.

Claire lo ignoró todo y fue directa al baño de mujeres. No vio a nadie dentro mientras recorría la resplandeciente fila de lavabos. Varios grifos se abrieron sin que los tocara, exasperados por su presencia, y luego, cuando entró en un cubículo, varias cisternas se accionaron por su cuenta. Después, mientras se enjuagaba las manos en el lavabo, se miró en el espejo, una cara delgada, azulada y agotada bajo los fluorescentes, todavía con el collar de *strass*. Se lo quitó y lo guardó en el bolso. Se acordó de

Andre diciéndole «lo que tú digas» cuando le había pedido que se fuera. No sabía en qué momento volvería a esa casa, no sabía con qué se encontraría una vez que consiguiera ver a Joshua. Le pareció de lo más factible que Andre siguiera en su cuarto en esos momentos, curioseando entre sus cosas. Recordó una pequeña gárgola de arcilla que David le había regalado después de que ella le contase que un niño cruel la había llamado «gárgola» cuando estaba en séptimo. Se imaginó a Andre encontrándola y examinándola a la luz, preguntándose qué era.

Al salir del baño compró un bollo de canela, volvió con él al coche, envuelto en papel de estraza, y se lo puso en el regazo, de donde fue cogiendo pedazos y comiéndoselos mientras conducía hacia el norte. Apenas había comido en días, de modo que se lo comió entero y podría haberse comido otro. Su mente era un metrónomo que se movía de un lado para otro, pero siempre entre las dos mismas cosas: de Joshua a Joshua. Rezó para que estuviera bien, para que, independientemente de lo que hubiera hecho, al final todo quedara en nada, para que por la mañana estuvieran riéndose de todo eso o discutiendo, como solían hacerlo, sobre los ridículos acontecimientos de la noche anterior.

303

Cogió la salida de Midden, con la mente en blanco, conduciendo sin pensar, como si el coche fuera teledirigido, en una carrera a través de la noche. Estaba ya tan al norte que los árboles se apiñaban a los lados de la carretera. Pinos, abetos, álamos y píceas, unas siluetas que le eran tan familiares como conocidos de muchos años. Las distinguía en la penumbra, sus sombras grandotas y amigas, mirándola como siempre le había parecido que la observaban. Sus ramas conocidas se alargaban hacia ella, sabiendo pero sin decirlo quién era ella en este planeta.

QUINTA PARTE

Antorcha

¿Y aun así conseguiste
lo que querías en esta vida?
Sí.
¿Y qué querías?
Verme como alguien querido, sentirme
querido en esta tierra.

RAYMOND CARVER, *Fragmento tardío*

15

*L*a lluvia seguía cayendo cuando Bruce salió de casa de Doug Reed y tuvo que congelarse de frío mientras picaba el hielo del parabrisas que los brazos oscilantes no podían despejar. Era la segunda semana de diciembre y ya tenían veinticinco centímetros de nieve, que además estaba cubierta en esos momentos por una gruesa capa de hielo que relucía como porcelana esmaltada bajo los faros de la camioneta a las cinco de la tarde.

—Las carreteras tienen que estar bonitas... —comentó Leonard cuando Bruce entró en el Mirador. Puso un posavasos en la barra delante de él—. ¿Lo de siempre?

—No, mejor una coca-cola —le dijo, aunque en realidad quería una cerveza.

Le había prometido a Kathy que no bebería hasta que pasara el periodo de ovulación y no hubiera peligro. Llevaban seis meses intentando concebir un hijo. Ella le había sacado el tema la misma noche de bodas, las ganas de tener hijos, y le había preguntado si él también quería. Cuando le había respondido que ya tenía, Kathy lo había mirado con cara rara.

—¿Qué pasa?

—Hablo de hijos propios —insistió ella.

—Son mis hijos, Kath.

—Tú ya sabes a lo que me refiero.

Y así era. Una ranura infinitesimal en él, como un pelo de fina, lo sabía. Además, ¿quién era él para truncar los sueños de Kathy? Se pusieron en el acto. Ella hacía meses que llevaba la cuenta de sus ciclos, de sus ovulaciones y menstruaciones, controlando el moco cervical y la luteína. Al principio Bruce se lo tomó no tanto como un síntoma de su determinación sino como un reflejo de su trabajo de inseminadora, aunque pronto comprendió que se equivocaba: lloraba cada vez que le bajaba la regla, amargada y arrepentida por haber esperado justo hasta dos semanas antes de cumplir los treinta y cinco para empezar simplemente a intentarlo.

Bruce hacía lo que podía. La abrazaba, le acariciaba el pelo y la consolaba cuando lloraba. Por las noches bebía con ella una infusión llamada «mezcla fértil». Tomaba vitaminas con zinc, evitaba los baños calientes y solo lo hacían en la postura del misionero y en unos días determinados, según las exigencias del gráfico que Kathy guardaba en la última página de su diario. Al final había incluso accedido a consultar con el médium de ella, Gerry, y someterse a una lectura por vía telefónica.

—Siento una presencia —aseguró el espiritista en cuanto Bruce terminó de darle el número de su tarjeta de crédito.

—¿Será el bebé? —aventuró.

—¡No! —chilló Gerry, que cambió de parecer al instante.

Tenía acento de Brooklyn a pesar de que vivía en el norte del estado de Nueva York. Por extraño que pareciera, Kathy lo había conocido hacía años en un congreso de ganaderos. Habían sentido una atracción mutua al instante —le había contado ella—, habían visto que estaban hechos de la misma pasta y se habían reconocido por las joyas espirituales que llevaban. Él era un gurú aficionado que de vez en cuando daba talleres en el establo reconvertido de su granja. Kathy había asistido a uno y se había quedado una semana en una tienda de campaña en su césped, mientras aprendía a leer las runas y las cartas del tarot. Le enseñó una foto de Gerry que había pegado en su diario. Era un hombre regordete, con canas, que parecía más un profesor de universidad que un campesino o un médium, con la cara picada por viejas marcas de acné.

—No es una presencia ni una persona —siguió al teléfono con Bruce. Hablaba con una precisión agonizante, con frases de pocas palabras—. Es una idea. Un pensamiento que te ronda. Está interponiéndose. Está bloqueando el camino. El río está atorado. Hay barro en la senda, por así decirlo.

—¿Una idea? —le preguntó Bruce intentando vaciar la cabeza de todo lo que sabía y creía, por miedo a que Gerry adivinara lo que sentía en su interior, no fuera que realmente pudiese verlo.

Bruce no creía ni en médiums, ni en cristales ni en nada de ese rollo New Age pero, cuando colgó, supo que, en cierto sentido, Gerry tenía razón. Sí que tenía una idea. La pensaba cada vez que hacían el amor en su semana fértil y cada vez que volvía a bajarle la regla. Y es que cuando se había planteado casarse de nuevo ni siquiera se le había pasado por la cabeza aquello. Se daba cuenta de lo ignorante y egoísta que había sido, pero el deseo de Kathy por tener hijos lo había pillado con la guardia baja, porque su noviazgo había estado centrado sola y exclusivamente en su duelo, su vida, su mujer y sus hijos, y la pérdida. Ella había actuado de consejera y confidente, un hombro sobre el que llorar. Se había mostrado cálida, femenina y abierta al sexo, desplegando una gran maestría para sacarlo de su caparazón, uno del que tenían que extirparlo y estaba compuesto solo y exclusivamente de su amor eterno por Teresa Rae Wood.

Cuando se casaron, todo eso cambió de la noche a la mañana. Teresa ya no era su esposa, sino Kathy. «Kathy Tyson-Gunther», decidió apellidarse. E incluso Claire y Joshua parecieron pertenecerle menos que el día anterior. Kathy se refería a ellos como los «hijos de su difunta esposa», con un desdén velado que se apoderaba de ella cada vez que Claire o Joshua salían en la conversación, aunque habría sido incapaz de admitir que el cambio de humor tenía que ver con ellos. Durante todo el verano y principios de otoño habían hablado en abstracto sobre invitar a los chicos a cenar, pero al final todo había quedado en saco roto. Por fin en noviembre les enviaron una invitación a regañadientes para que fueran a cenar el Día de Acción de Gracias, pero entonces se enteraron de que Joshua iba a ser padre y los planes se fueron al traste.

—No es que no me alegre por ellos, de verdad —le dijo Kathy con sinceridad, después de llorar al oír la noticia—. Es solo que… —Intentó pensar qué era exactamente—. Es que ver la barriga de Lisa lo hará todo más flagrante… Nuestro fracaso.

—No es ningún fracaso.

—¿Y si vienen mejor en Navidad? —sugirió.

—Josh podría estar en la cárcel para entonces —apuntó Bruce.

Y era cierto.

Por fin habían fijado la fecha de la vista. Lo habían detenido en agosto y lo habían acusado por posesión de marihuana, aunque Bruce suspiró aliviado al oír los cargos; llevaba todo el verano escuchando rumores por el pueblo de que Joshua estaba pasando para Rich Bender y Vivian Plebo, y no solo marihuana. Aunque había hecho oídos sordos hasta el día que recibió la llamada de Claire... Lo había llamado desconsolada, prácticamente suplicándole que fuera a Blue River. Ella había llegado la noche anterior desde Minneapolis y se había pasado medio día yendo del banco al juzgado y de vuelta al banco, entre que conseguía dinero y actas notariales o rellenaba formularios para poder sacar a Joshua bajo fianza. Pero Bruce no había ido. No podía, le había explicado a Claire, y menos viendo que ella ya lo tenía todo controlado. Debía terminar un trabajo y luego, esa noche, tenía un partido de *softball*; eran las semifinales regionales y la primera vez que el equipo de la Taberna de Jake llegaba a esa ronda...

Unas semanas después se cruzó con el chico, que iba en sentido contrario por la carretera de Big Pile. Se pararon y charlaron por las ventanillas abiertas de las camionetas, con el motor en marcha, como habían hecho desde que Bruce se había casado con Kathy y Joshua había dejado de ir por su antigua casa.

—¿Qué te cuentas, hombre? —le preguntó Bruce, que no quiso mencionar la detención directamente.

—Ando descargando camiones para Jack Haines —contestó Joshua.

—No es mal trabajo.

—Ya, pero solo hasta que se hielen los lagos.

Acto seguido ambos apartaron la mirada y la clavaron en el parabrisas, los dos pensando que, de todas formas, para cuando los lagos se helaran, Joshua tal vez no tuviera ningún trabajo porque probablemente estaría en la cárcel. Claire le había contado que lo habían pillado con una cantidad considerable de marihuana. La chica lo mantenía al tanto de la batalla entre el abogado de oficio y el fiscal del condado. La veía una vez a la semana, cuando se acercaba por el Mirador de

310

Len. Claire había empezado a trabajar allí, haciendo los turnos de su madre, y vivía en el apartamento de arriba, como cuando Bruce la había conocido de pequeña. Se había mudado a Midden cuando arrestaron a su hermano porque quería estar a su lado para ayudarlo en la defensa. Se seguía discutiendo sobre si la marihuana que tenía en su posesión era para uso privado o para su venta. El 11 de diciembre el juez decidiría y fallaría en consecuencia.

—¡Bruce! —lo saludó Claire la noche de la tormenta de hielo, poco después de que Leonard le pusiera la coca-cola que en realidad quería que fuese cerveza.

Pero no se había parado a hablar con él, sino que pasó a su lado con varios platos en la mano y se acercó a una mesa ocupada por unos clientes que Bruce no reconoció. La siguió con la mirada y fue saludando a los pocos que conocía y escrutando de pasada a los que no: gente de la ciudad que había ido de cacería. Se quitó el gorro de lana y lo dejó sobre la barra.

311

—Pues tenéis bastante trabajo para como están las carreteras.

—Los finlandeses, que están locos —dijo Leonard, que se rio porque él también lo era—. Se creen que saben conducir. Ellos y los catetos de ciudad. Unos tienen huevos, y otros, camionetas de lujo.

Claire se acercó y le dio una palmada en el hombro. Algo en su interior le impidió darle un abrazo. Le pasaba cada vez que la veía.

—¿Qué hay? —se interesó la chica.

—Poca cosa. —Le dio un sorbo a la coca-cola—. ¿Y tú qué tal?

Para su sorpresa Claire se sentó en el taburete de al lado.

—¿Te has cortado el pelo?

Bruce sacudió la cabeza. Aunque no se lo había cortado recientemente, hacía unos meses se había quitado la cola larga que había llevado siempre.

—Pues lo parece. O será que te echas algo distinto.

Se peinó el pelo con los dedos, algo cortado. Kathy le había comprado un acondicionador especial y, tras mucha insistencia por su parte para que lo usara, había empezado a usarlo la semana anterior. Se lo dejaba más suave y ahuecado. Pero no pensaba admitirlo delante de Claire. Cogió el gorro de la barra y volvió a ponérselo, arrepintiéndose por dentro de haber parado en el bar. Desde que se había casado con Kathy, cada vez que veía a la chica se ponía nervioso, como si ella observara todos sus movimientos y analizara sus palabras, como si nada de lo que hiciera o dijese estuviera bien. Le pasaba lo mismo con Joshua. Eran un comité, un club, una banda de dos herida. Sabía sin necesidad de que nadie se lo confirmase que luego se daban el parte entre ellos; que se miraban con sonrisas escépticas y se decían: «Adivina a quién he visto hoy».

—¿Estás preparado para mañana? —le preguntó Claire refiriéndose a la cita de Joshua en el juzgado.

—Creía que no podíamos entrar con él.

—¡Te lo dije! —exclamó con vehemencia—. No se puede entrar a las habitaciones del juez pero podemos entrar en el juzgado y esperar en el pasillo. —Lo miró con ojos fervorosos—. No me digas que no vas a venir…

—Quiero ir pero antes tengo que terminar lo de Doug Reed, y si en realidad no vamos a poder entrar, no entiendo para qué…

—Para darle apoyo moral, Bruce —lo interrumpió, y entonces sonó un timbre desde la cocina, la señal de Mardell de que había otro pedido listo. Sin decir nada más, Claire desapareció por las puertas batientes.

Sintió un gran alivio en cuanto la chica se fue. Casi siempre le pasaba lo mismo cada vez que la perdía de vista, por mucho que fuera al Mirador para verla. Prefería hablar a trompicones, en los intercambios agradables que podían mantener mientras ella llevaba comida o platos sucios de aquí para allá o esperaba en la barra a que Leonard preparara las copas. Así hablaba una vez por semana con Claire, aunque en realidad rara vez tenían una conversación de verdad. Kathy no sabía que la veía con tanta frecuencia, ni que se pasaba por el Mirador después del trabajo. A veces, sin mentirle directamente, le hacía creer que había ido a la Taberna de Jake, el local al que ellos iban siempre.

—Le he dicho a Lisa que nos veríamos en el juzgado a las

doce —le informó Claire unos minutos después, volviendo a su lado con una bandeja vacía, como si él ya hubiera confirmado su presencia al día siguiente—. ¿Puedes ponerme tres bourbons con hielo? —le pidió a Leonard.

Ambos se quedaron mirando cómo el dueño del bar iba alineando los vasos y sirviendo las bebidas. Bruce tenía la sensación de que Claire esperaba que hablase, retándolo en silencio a que se negara o rogando para que accediera a ir, lo uno o lo otro, para poder responder.

—Veré lo que puedo hacer —dijo por fin, cuando ya estaba poniendo las copas en la bandeja.

—¿Te ha contado lo que le ha llegado hoy por correo? —le preguntó Leonard a Bruce antes que la chica volviera a irse. Luego le dijo a Claire—: ¿Por qué no se lo dices a tu padre?

—Ah, bueno. —Hizo un aspaviento con la mano delante de la cara, como si le diera vergüenza solo de pensarlo. Parecía cansada pero estaba guapa, como su madre, solo que más morena, con el tinte castaño que se había puesto para cubrir el decolorado que se había hecho el verano pasado—. He terminado las asignaturas que me quedaban. He podido hacerlo por internet. Y ya tengo el título.

—Ha llegado hoy con el correo —repitió Leonard—. Un papel muy fino, con una caligrafía elegante y un gran sello dorado.

Claire se quedó mirando los bourbons en la bandeja.

—Llega un poco más tarde de la cuenta pero, por lo menos, puedo decir que he terminado la carrera.

Miró a Bruce como lo miraba últimamente, una mirada velada y titubeante, como si lo escrutara desde detrás de una cortina.

—Claro que sí. Mejor tarde que nunca.

Apartó la mirada.

—Eso mismo.

—Tu madre habría estado orgullosa —dijo Leonard, más para Bruce que para Claire, pareció.

La chica cogió la bandeja y se alejó, y una vez más Bruce se alegró, con el remordimiento de rigor.

—Yo también estoy orgulloso —le dijo a nadie en particular, aunque Leonard lo oyó y asintió.

313

El hombre volvió a la caja y empezó a contar lo ganado en el día, formando montoncitos con los billetes y atándolos con gomillas.

—¿Qué tal está Mardell? —se interesó Bruce.

Leonard dejó de contar y levantó la vista.

—Viene su hermana para Navidad, la que vive en Butte. ¿Y Kathy?

—Bien, está bien.

Le dio el último sorbo a la coca-cola y removió el hielo en el vaso. Desde que había vuelto a casarse, detectaba un leve rechazo por parte de Leonard y Mardell, una ligera merma en la estima que le tenían.

—Bueno, ¿y qué pasa con los chicos? —le había recriminado Mardell en junio, cuando Bruce le había contado la noticia, como si todavía usaran pañales. Y luego, sin dejarle responder, había añadido—: Si hace falta, yo puedo quedármelos.

—¿Cómo que quedártelos? —había replicado con cierta brusquedad, sin importarle ya si hería sus sentimientos, pese a haber sido siempre como una tía para Teresa y él.

314

—En casa —había exclamado y le había clavado unos ojos llenos de asombro y desdén mal disimulados. Tenía el pelo de un blanco níveo y peinado en un matojo denso pero ahuecado, como algodón de azúcar en forma de cono—. Necesitan una madre y lo sabes. O al menos una figura materna.

—Bueno, yo no voy a ir a ninguna parte —había contestado, suavizando el tono—. Solo me he casado, nada más.

—Ay, Bruce, ya lo sé —había dicho como disculpándose, y se había echado a llorar. Se quitó las gafas para poder enjugarse los ojos. Él le puso una mano en el brazo—. No te lo decía a mal. Es solo que…

—Que echas de menos a Teresa.

—Sí, supongo que es eso —le había dicho con un tono por el que Bruce supo que en realidad no tenía nada que ver…, o que al menos no era solo eso. Que, más allá de la nostalgia por Teresa, estaba juzgándolo por lo que había hecho en tan poco tiempo. Ya lo había oído por el pueblo, sin que nadie hubiera tenido que verbalizarlo en su cara. «Tan pronto», «tan pronto», como un pájaro inane sobrevolando su cabeza, resonando allá donde iba. Pero, si acaso, le hacía querer más a Kathy, o al menos sentirse más protector con ella, como si fueran ellos dos contra el mundo.

Leonard no estaba cuando le había contado a Mardell lo de la boda y este no lo mencionó en sus encuentros siguientes en el bar, hasta que un día le preguntó cómo estaba Kathy en el tono más plano posible, como si llevara haciéndole esa pregunta mil años.

—Bueno, Len —le dijo entonces Bruce, que se levantó y se puso el abrigo. Abrió la cartera y dejó dos dólares en la barra—. Será mejor que vuelva a casa antes de que la carretera se ponga peor.

—Sí, mejor.

—Dile a Claire adiós de mi parte —añadió camino ya de la puerta.

Leonard agitó la mano para decirle que lo haría. Siempre hacía lo mismo.

—Por fin —dijo Kathy cuando lo vio llegar—. Espero que no traigas mucha hambre —le dijo y sonrió, entre tímida y coqueta—. O más bien debería decir hambre… de «comer». —Lo atrajo hacia sí y lo besó en la oreja—. El test de ovulación me ha salido positivo, así que tenemos que ponernos ahora mismo.

—¿Ahora? —le preguntó pasándole las manos por las caderas.

Kathy rio y lo llevó hacia el cuarto. A pesar de los problemas para concebir, siempre se lo pasaban bien en la cama.

—¿Cómo lo ves? —le preguntó Bruce cuando terminaron.

—¿El qué?

Estaba tendida del revés, con los pies en alto sobre el cabecero, para ayudar al esperma en su viaje loco hacia el óvulo.

—Que si te habrás quedado. ¿Crees que puede ser la definitiva?

Kathy respiró hondo y cerró los ojos, valorando la pregunta. Gerry le había dicho hacía unos meses que, cuando pasara, lo notaría. Que sentiría un rayo de energía o una inyección de luz: el espíritu de su futuro hijo, echando raíces.

—Algo siento… —dijo abriendo los ojos—. Una especie de

intensidad en el útero, pero no sé si puedo asegurarlo. —Volvió la cabeza para mirarlo dejando el resto del cuerpo inmóvil—. ¿Y tú? ¿Tú sientes algo?

Lo que sentía era sueño, hambre y ganas de fumar, pero no le pareció oportuno mencionar nada de eso.

—Me ha dado la sensación de que sí, de que puede ser —contestó.

Kathy sonrió y al punto se le asomaron sendos lagrimones en los ojos. Bruce se acercó a ella, sin querer tocarla, no fuera a ser que al abrazarla estropeara las posibilidades de concepción, pero entonces empezó a llorar con más intensidad y le puso una mano en el brazo con mucha delicadeza, como si su carne estuviera recién pintada y aún no se hubiera secado.

—Lo siento —se disculpó Kathy restregándose la cara con las manos—. Es que a veces… No sé… ¿No es irónico que me dedique a inseminar vacas pero no consiga que me hagan un bombo? —Volvió la cara bruscamente para mirarlo, con ojos ofendidos, como si la hubiera contradicho—. ¡Es mi trabajo, Bruce! Y no consigo hacerlo bien cuando se trata de mí.

—Ya llegará —la calmó.

—Seguro —dijo remarcando la palabra y cambiando sin más de humor—. Es que lo he sacado todo de quicio, por eso no me quedo. —Se incorporó aunque no había pasado media hora desde que habían hecho el amor—. Tengo que encontrar mi centro. Tengo que hacer una lectura. Cariño, ¿te importa si hoy duermo en la cabaña?

—¿En la cabaña?

—Solo esta noche. —Se levantó y empezó a vestirse—. Me gustaría hacer una especie de retiro, para poder centrarme.

—Podrías hacerlo aquí —le propuso—. Puedo dormir en el sofá si quieres.

Se acercó a ella e intentó abrazarla para evitar que se pusiera los pantalones, pero se limitó a acariciarle los brazos y a seguir vistiéndose.

—Tengo que conseguir centrarme, Bruce. Esto de los críos me ha hecho perder mi equilibrio. La negatividad se ha apoderado de toda mi psique. —Se pasó una sudadera por la cabeza.

—Pero allí hace frío. Va a estar helado, Kath. —Sentía como si estuvieran aplastándole el pecho con una bota.

316

—Puedo hacer fuego. Llevo años haciéndolo. —Se acercó para rodearlo con los brazos—. Será bueno para los dos. Nos dará perspectiva para este gran viaje.

—¿Y qué pasa con la carretera? —insistió, pero ella se limitó a soltar una risotada y salir del cuarto.

La siguió a la cocina, donde empezó a guardar cosas en la mochila, un bote de yogur, un plátano, galletitas de centeno y unas cuantas bolsitas de Mezcla Fértil.

—No olvides beberte la infusión esta noche. Y hay una bandeja en el horno. He dejado puesto el temporizador. —Lo miró y se rio al ver la expresión herida de su cara—. No seas tonto, corazón —le dijo metiéndole la mano por el pelo.

—Es que voy a echarte de menos...

Era la segunda vez que lo hacía. La primera había sido en septiembre, la noche del equinoccio y también le había parecido un horror.

—Te quiero. —Kathy le dio un beso y salió por la puerta.

—Es que quería hablarte de una cosa —le dijo para que no se fuera.

La mujer se volvió de golpe, con la mochila al hombro.

—¿Qué pasa?

—Mañana es la vista de Josh.

—¿Mañana? —preguntó algo sorprendida, aunque hacía semanas que se lo había dicho. Dejó la mochila sobre la mesa de la cocina pero sin soltar las asas—. ¿Y de qué quieres que hablemos?

Bruce se encogió de hombros.

—De si deberíamos hacer algo...

—¿Como qué?

Volvió a encogerse de hombros, sin querer mencionar que podía ir a esperar en el banco ante el despacho del juez, con Lisa y Claire, porque no quería que ni Kathy lo animara a que fuera ni que se pusiera de mal humor o a la defensiva por sugerirlo. No sabía lo que haría y tampoco quería saberlo.

—Lo tendré en mi pensamiento —le dijo Kathy volviendo a coger la mochila—. Quemaré un manojito de salvia.

Υ

Cuando Kathy se hubo ido, Bruce se puso las botas y el abrigo y se sentó en el porche con los perros. La lluvia había parado. Se quedó unos minutos escuchando los crujidos del hielo y el repiqueteo de las ramas de los árboles helados, antes de encenderse un cigarrillo. Había vuelto a fumar fuera, como cuando Teresa vivía, aunque Kathy no se lo había pedido. Parecía lo correcto, lo más civilizado, y le daba la excusa perfecta para estar un rato a solas, algo que le gustaba hacer casi todas las noches. Pero ese día no le hacía gracia, porque Kathy se había largado a su antigua casa. El disfrute de su soledad dependía por entero de que ella estuviese a diez metros, adormilada en la cama; lo comprendió en esos momentos y experimentó por dentro una oleada de rabia, a pesar de que sabía que no tenía derecho a enfadarse. Antes de casarse, ella le había advertido que podía pasar, que de vez en cuando ella tal vez necesitase su espacio, y Bruce le había dicho que a él le pasaba lo mismo. Por entonces le pareció cierto pero era mentira. Él no necesitaba espacio: el suyo era una caja de duelo, el sitio donde Teresa se había ido a vivir, y quería mantenerla cerrada todo lo posible. Cuando Kathy no estaba, tenía demasiado tiempo para pensar, demasiado silencio para rellenar el vacío, y entonces Teresa aparecía de la manera más sutil y penetrante.

Sin querer, la recordó entonces, un día en concreto sin mayor importancia del otoño anterior en que había hecho varias tandas de pan de calabacín y luego se había dedicado a repartirlo por ahí, le había regalado una hogaza a todos sus conocidos, incluida Kathy, que no estaba ese día en casa. Se la habían dejado en el porche, encima de una montaña de leña bien ordenada. La veía perfectamente, sentía el peso húmedo en sus manos, y tuvo que desembarazarse de esa imagen para librarse del recuerdo. Daba las gracias por que Claire y Joshua se hubiesen llevado lejos todas las pertenencias de Teresa. Cuando entró en casa el día que lo recogieron todo, sintió que una alegría necia le inundaba el cuerpo. Se había liberado, o esa impresión tenía. Podía empezar de cero, con Kathy y solo con ella.

Pero no se había liberado del todo. A veces algo que había podido ser Teresa surgía de las profundidades de la casa: un bolígrafo seco con un RESIDENCIA EL BUEN DESCANSO, un marcapáginas de cuero con sus iniciales grabadas que le había hecho Joshua en la escuela, el pintalabios que se ponía para ir a trabajar o al pueblo. La visión de todo aquello lo paraba en seco, aunque, si Kathy estaba en la misma habitación, tenía que disimular. Era como encontrarse con un oso en mitad del bosque: en teoría, tenías que quedarte quieto y no ponerte nervioso, contra todo impulso. Pero no conseguía tirar las cosas de Teresa. Siempre que podía, guardaba en secreto en la camioneta las cosas que encontraba, las metía en la guantera y no volvía a mirarlas.

Después de fumarse un segundo cigarrillo, entró en casa y se quedó de pie bajo el fluorescente de la cocina. El temporizador había saltado hacía un rato. Apagó el horno, abrió la puerta y el calor le golpeó como un puño en la cara helada. Al sacar la bandeja vio que la parte de arriba se había puesto casi negra pero parecía todavía comestible. La dejó encima de la cocina para que se enfriara y cogió una cerveza de la nevera, sin importarle si le afectaba al esperma o no. Sacó la cartera del bolsillo y empezó a vaciarla. Teresa y él solían llamarla su oficina —a la cartera—, porque Bruce metía allí todos los papeles importantes. Presupuestos, recibos, notas sobre los clientes. Hacía unos meses había guardado un papelillo azul con el número del móvil de Joshua. Cuando por fin lo encontró, cogió el teléfono.

319

El chico pareció alarmado al darse cuenta de quién lo llamaba. Nunca lo había llamado al móvil, a pesar de que, cada vez que veía su número en la cartera, pensaba en hacerlo.

—¿Cómo lo llevas? —le preguntó a Joshua.

—Podría ser peor.

Sacó una chincheta del corcho de al lado del teléfono, mientras pensaba qué decirle. Posiblemente era su última noche de libertad en un tiempo, aunque Bruce no acababa de creérselo. El juez se daría cuenta de que era muy joven y se apiadaría de él, a pesar de su delito. No había pensado en otra cosa desde aquella llamada de Claire en agosto.

—¿Estás bien? —lo tanteó Joshua.

—Sí. —Se clavó la punta de la chincheta en un callo que tenía en el pulgar y no sintió nada—. Bueno, mañana es el gran día, ¿no? —le preguntó, aunque Joshua era consciente de que lo sabía perfectamente—. Seguro que deciden rápido.

—Sí. —Oyó un ruido de pasos, como si estuviera yendo a otra habitación.

—Había pensado pasar por allí con Claire, pero tengo curro en casa de Doug Reed, en la urbanización El Paraíso. Son gente de fin de semana —le explicó Bruce. Sacó el paquete de tabaco y se encendió otro cigarrillo—. Es una casa grande que acaban de reformar, y estoy terminando las cosas pequeñas, unas estanterías y unos armarios. Iba a decirte que, si querías, podías pasar por allí mañana por la mañana cuando vayas de camino, por si al final no puedo ir al juzgado. Voy a tener que ir improvisando, según vea cómo lo llevo.

—Mañana por la mañana tengo planes —dijo Joshua sin mostrar ninguna emoción en la voz, y luego añadió, más cordial—: Con Lisa.

—Claro, hombre. Era solo si tenías tiempo. Sé que la vista no es hasta mediodía.

—A las doce y media.

—Eso. —Le dio otra calada al cigarrillo—. Le he dicho a Claire que deberías llevarle al juez algunos de tus dibujos. Los de los coches y todo eso —le sugirió—. Así el juez vería que eres un buen chaval, y podría ayudar en tu defensa.

—Puede ser —contestó Joshua, aunque Bruce supo que ni siquiera iba a considerarlo.

—En fin, buena suerte mañana si al final no te veo.

—Gracias.

Bruce se quedó un buen rato inmóvil después de colgar, con el teléfono mudo contra la oreja. Pasó tanto rato así que el teléfono llegó a ser parte de él, una oreja de plástico ampliada: cálida, hueca, expresiva y familiar. Al principio tuvo la sensación de estar a la espera sin más, aguardando a que alguien le hablara en cualquier momento al otro lado de la línea. Y entonces, pasados unos minutos, la idea de la espera lo abandonó y la sustituyó otra sensación, la de que estaba a punto de o bien llorar, o bien pegarle un puñetazo a la pared, o de hacer ambas cosas en una sucesión rápida, pero su miedo a lo uno y a lo otro le hizo salir del trance y devolver el auricular a su sitio.

Fue a la nevera a coger otra cerveza y luego se quedó mirando la bandeja sobre la cocina y metió un dedo en el centro. Ya se había enfriado pero se le había quitado el apetito.

—*Rucio, Espía* —llamó.

Los dos perros llegaron repiqueteando con las patas por el suelo de la cocina, corriendo y deslizándose sobre las uñas cuando llegaron a su altura, sintiendo por él un amor como nadie, el mismo que le habían tenido siempre.

—A cenar —les dijo, y dejó la bandeja en el suelo.

A la mañana siguiente, con las primeras luces grises del día, la carretera era un río helado por el que Bruce tuvo que conducir lenta y uniformemente. Cuando se internó por el camino de acceso a la casa de Doug Reed, se despistó por un momento y la camioneta culeó y rozó el buzón que había en lo alto de un poste metálico, pero por suerte no pasó nada. Metió marcha atrás, retrocedió y siguió a paso lento por el camino. La guantera se había abierto por el impacto, y quiso cerrarla pero no pudo porque se había atrancando algo entre las bisagras. El pintalabios de Teresa, vio, y allí lo dejó.

La casa olía a moqueta nueva, cola, pintura y serrín. Tenía suelos de pizarra y ventanales de tres metros con vistas al lago Nakota, así como un jacuzzi encastrado en el suelo. La cocina estaba equipada con lo último de lo último, con una máquina especial para enfriar botellas de vino en cinco minutos y una destructora de basura que pulverizaba hasta los huesos más gruesos. George Hanson la había instalado el día anterior y Bruce y él habían estado probándola, echándole yesca del cubo que había junto a la chimenea y escuchando el triturado de la madera en las profundidades del fregadero. Él había sido el último en llegar, el que remataba; tenía que montar los armarios de la cocina y construir las estanterías.

Atravesó la casa para ir al salón, donde había que pisar por encima de los plásticos que protegían la moqueta, y encendió la calefacción. Después fue a la cocina y se sirvió café en la tacita que hacía las veces de tapón del termo. Al otro lado de la enorme cristalera se extendía el lago Nakota, recubierto de una capa de hielo gris. Vio la cruz del campanario de la iglesia de la otra orilla, a casi dos kilómetros de distancia. Se preguntó qué estaría haciendo Kathy, si se habría levantado ya. No había dormido bien sin ella. Había sentido la cama como un barco al que le hubieran soltado las amarras. No había parado de despertarse y, al darse cuenta de que estaba solo, volvía a tardar un rato en dormirse. Había soñado con Teresa, aunque no recordaba qué exactamente, ni quería. Kathy siempre recordaba sus sueños y los apuntaba en una libreta que guardaba en el cajón de la mesilla de noche. Se los contaba todas las mañanas, mientras se duchaba, se vestía y hacía el café, siguiéndolo por todas las habitaciones.

Se llenó otra tacita de café y se la bebió como si fuera un chupito, antes de abrir el armario donde había guardado las herramientas.

Eran las ocho y al poco eran las nueve y media. Cuando trabajaba sabía la hora por la radio, en un tránsito por el día que se repetía a diario, escuchando un programa tras otro, las noticias nacionales y *Compases del norte*, *Ritmos nativos* y *El Gineceo*. A las diez y media se incorporó y estiró la espalda, sin siquiera soltar el martillo. El pensamiento pasó a la ligera por su cabeza, como algo que se deslizara por el hielo antes de perderse de vista: trabajaría un par de horas más y luego se encontraría con ellos, decidió; los llevaría a los tres a tomar un buen almuerzo tardío, a Claire, Lisa y Joshua, se permitió creer.

Pero no lo hizo. Trabajó hasta pasadas las doce, la hora en que solía parar para comerse el bocadillo, y hasta pasadas las doce y media, cuando Joshua tenía la vista con el juez. Pocos minutos antes de las dos oyó la voz de Teresa en la radio y corrió a subir el volumen, pero para entonces ya no estaba hablando. Solo había dicho una frase, la cabecera de su antiguo programa, que se perdió bajo la voz del locutor. El día anterior lo había oído dos veces. Era un avance, un anuncio del maratón de *Pioneros de hoy en día* que iba a emitir la cadena. La semana anterior Bruce había recibido una carta de la directora, Marilyn, en la que le explicaba que en enero querían emitir los diez programas preferidos de los oyentes de Teresa. Había una encuesta en la página web de la emisora, le contó, y lo animó a visitarla y a dar su voto. Pero él no tenía ninguno favorito; disfrutaba con todos. Le encantaba oír la voz de su mujer tal y como le llegaba antes todos los martes a las tres; y escuchaba el programa también los jueves por la noche, los días que trabajaba hasta tarde, sin importarle que fuera repetido. A veces los martes, después de la pregunta que hacía siempre al final del programa, él la llamaba para decirle la respuesta, por mucho que ella nunca hubiese permitido que la dijera en directo, porque reservaba ese privilegio para sus seguidores menos íntimos. Teresa dejaba la llamada en espera y él se quedaba escuchando el cierre del programa: «Trabajad duro, haced el bien y sed increíbles. ¡Y volved la semana que viene a por más *Pioneros de hoy en día!*». Después cogía de nuevo el teléfono y le preguntaba qué estaba haciendo. «Trabajando duro, haciendo el bien y siendo increíble», le decía él siempre. Teresa había tomado esas frases de la madre de Bruce, tras encontrárselas escritas en la tarjeta que le había dado a su hijo cuando terminó el instituto y que ella había desenterrado de una caja con cosas viejas.

Apagó la radio, fue a la camioneta y sacó de la bolsa de la comida los dos bocadillos que se había preparado esa mañana. Normalmente se los comía dentro, pero ese día se quedó en la camioneta, con el motor encendido para la calefacción. Al arrancar, había creído que se dirigiría a Blue River y comería por el camino, pero comprendió entonces que era demasiado tarde y ya irían de regreso a Midden, sabiendo lo que el destino le tenía deparado a Joshua.

Vio abierta la guantera y quiso cerrarla de golpe, con más fuerza de la que había empleado esa mañana mientras conducía, con la idea de que la barra de labios saliera disparada. Pero nada. La cogió y se quedó mirándola unos instantes. El tapón de plástico tenía una raja. No sabía si siempre la había tenido o si lo había roto al intentar cerrar la guantera. Le quitó el tapón y giró la barra, de la que asomó un muñón triangular de color rosa. Le resultó muy familiar, como una cara que conociera y hubiera estudiado sin siquiera percatarse. El contorno angular no solo le sugirió la boca de Teresa sino otras cosas más profundas e íntimas sobre ella que era incapaz de nombrar en su cabeza, pero que residían en algún punto de su interior, presentes pero inalcanzables.

Se llevó el pintalabios a la nariz y aspiró. Tenía un olor químico y ligeramente afrutado, como Teresa antes de salir por la puerta, camino a alguna parte. No le gustaba besarla cuando se lo ponía. Odiaba el sabor y que le dejara marcas ro-

323

sas en la cara. Se pintó una línea fina en la mano, como si quisiera probar el color, y luego se pintó otra y otra, cada vez
más fuertes, hasta que se hubo pintarrajeado media mano. El
rosa era más claro de lo que parecía en su forma sólida. Igual
que quedaba en los labios de Teresa: traslúcido y reluciente,
un rosa muy claro. Estuvo a punto de besarlo, como un adolescente que practica los morreos, pero entonces apartó la
vista de la mano para recuperar el control, sintiéndose ridículo, perdido, como un tonto, bajo presión. No lloró, a pesar
de la congoja que le retorcía las entrañas. Ya nunca lloraba ni
escuchaba a Kenny G ni se permitía ninguna de las cosas en
las que había caído aquella primavera, cuando apenas lograba
salir de la cama en todo el día.

Se bajó de la camioneta y lanzó el pintalabios lo más lejos
que pudo, hacia los árboles que había a un lado de la casa. La
barra patinó por la superficie helada de la nieve hasta detenerse, pero entonces retrocedió por la cuesta y llegó prácticamente adonde él estaba. La cogió, con la idea de mandarla más
lejos todavía, pero en lugar de eso volvió a la camioneta, rebuscó en la guantera y sacó todo lo que pilló —los papeles del
seguro, el manual del vehículo, servilletas usadas, recibos—
hasta que juntó todas las pertenencias de Teresa, el marcapáginas de cuero y el bolígrafo de El Buen Descanso. Lo llevó todo
a la casa, fue a la cocina y lo metió en el fregadero. Acto seguido encendió la trituradora. Esa vez no hizo tanto ruido
como el día anterior, cuando George Hanson y él habían metido los palitos de madera, ni tampoco tardó tanto.

Se quedó escuchándolo hasta que lo pulverizó todo.
Cuando fue a apagarlo, se fijó en su mano manchada de rosa.
Abrió el grifo y esperó que el agua se calentara lo máximo que
pudo aguantar e intentó limpiársela, pero no sirvió de mucho.
Fue entonces al baño, cogió el jabón que Doug Reed tenía en
un bonito frasco azul, se embadurnó las manos y se rascó el
carmín con los bordes romos de las uñas. Mientras intentaba
limpiarse la mano, iba viendo destellos de sí mismo en el espejo hasta que, de pronto, se quedó mirándose fijamente. Sin
pensárselo dos veces, le pegó un puñetazo a la imagen. Al ver
que el espejo no se rompía, arremetió con más fuerza; debía de
ser de algún material puntero que no se partía, algo que no era

LA VIDA QUE NOS LLEVA

cristal, lo que le dio aún más ganas de desatornillarlo y romperlo a martillazos. Cogió una toalla de Doug Reed y se secó la mano hasta que no le quedó más que un leve tono rosado.

En ese momento le llegó el sonido de un motor y, al salir al porche, vio a Claire al volante del Cutlass. Hasta de lejos se notaba que había estado llorando. La chica salió del coche sin molestarse en ponerse el abrigo, con los brazos por delante del pecho para protegerse del frío.

—¿Dónde estabas? —le gritó mientras avanzaba hacia él, resbalando ligeramente por el hielo.

—¿Cómo ha ido? —preguntó bajando los escalones del porche.

—¿Dónde estabas? —chilló con más fuerza aún.

—Claire, ya te dije que…

—¡Nooo! —aulló, y caminó hacia él con tal ferocidad que creyó que iba a atacarlo, pero en lugar de eso se quedó enganchada de su brazo, como si lo necesitara para mantenerse en pie—. ¿Por qué no has venido? —tartamudeó—. ¿Por qué no…?

Pero los dientes empezaron a castañetearle de tal manera que no pudo seguir. Bruce recordó otra vez que le pasó, cuando con doce años se cayó en el estanque helado y el agua le llegó por encima de la cintura. Esa vez, sin embargo, no era por el frío. Estuvo a punto de reírse por lo extraño de la situación, el traqueteo de payaso de la mandíbula, pero entonces Claire empezó a boquear, como si no pudiera respirar. Bruce la cogió por los codos pero ella se zafó y se aovilló en sí misma, intentando, pese a todo, hablar de nuevo.

—Tú… tú… tú… —jadeó.

—Claire —dijo dándole golpecitos en la espalda, como si estuviera ahogándose.

—Tú —volvió a jadear, pero entonces hizo un ruido espantoso, como un aullido herido que se disolvió en otras tantas boqueadas, en las que pareció no poder coger ni un átomo de oxígeno.

—Respira —le dijo, y la zarandeó suavemente—. Escúchame: toma aire. —Claire clavó en él unos ojos entre cansados y fieros, como los de un animal cuya confianza nunca se ganaría. Sin embargo, al ver que estaba escuchándole, prosiguió—:

Suelta el aire. Inhala otra vez... y exhala. —Esperó y la vio respirar—. Inhala. Otra vez. Y exhala.

La chica se levantó, se apartó de su lado, ya más calmada, y se llevó las manos a la cara, aún con los dientes castañeteándole y los dedos temblorosos.

—Te has quedado sin aire —le dijo Bruce, que no quería que se sintiera avergonzada—. No le des importancia. Si lo piensas, te sobreexcitarás. Y seguramente es eso lo que te ha pasado antes.

Claire se apartó las manos de la cara.

—¿Por qué no has venido?

—Yo no dije que...

—¡¿Por qué no has venido?! —insistió.

—Tenía que trabajar, Claire. Yo no...

—Venga ya, ¡no me vengas con esas! No me cuentes historias, Bruce. Es que ni te molestes en... —Se le escapó un gemido y volvió a tomar aire para coger fuerza antes de hablar de nuevo, con más fuerza aún—: Ya no quieres ser nuestro padre.

—Pero ¿qué dices? No entiendo por qué...

—No puedes hacer ni lo indispensable, ¿verdad? Ni siquiera eso. —Lo miró con lágrimas en los ojos.

—Sí, sí que puedo —musitó.

—¿El qué?

—Lo justo. Eso es todo lo más que puedo hacer, Claire. —En cuanto lo dijo las palabras le estallaron en el pecho; eran tan ciertas que a punto estuvo de llorar.

La atrajo hacia sí, la abrazó y le acarició el pelo frío, deseoso de hacerla feliz. Quiso hacerle alguna promesa, decirle que las cosas volverían a ser como antes, o al menos distintas a como eran en esos momentos, pero la quería demasiado para mentirle y la necesitaba tan poco que no le compensaba cumplir con su palabra.

—¿Dónde está Josh? —le preguntó en un susurro al cabo de unos minutos.

La chica se apartó, tambaleándose hacia atrás, y alzó la vista para mirarlo. Tenía los ojos azules, infinitos y asustados.

—En la cárcel —dijo por fin, con la voz temblona—. Lo han condenado a ochenta y cinco días.

Las palabras penetraron en Bruce como balas, pero no

mudó un ápice su postura. Le cogió la mano a Claire y se la apretó, como si estuviera saludándola o despidiéndose.

—Has hecho lo que has podido. —La chica asintió, todavía con la mano cogida—. De verdad, Claire. Has puesto toda la carne en el asador, igual que hiciste cuando tu madre enfermó. Siempre estuviste ahí. Nunca nos abandonas.

Le apretó la mano y ella hizo otro tanto, y ambos repitieron el gesto varias veces más, como si hablaran un idioma secreto y tácito, un código consabido. Hasta que se soltaron las manos. Claire había recuperado el aliento. Bruce vio como humo en el aire frío. El aliento de ella, el de él: pequeños fantasmas que se aparecían y luego se esfumaban, como si nunca hubieran existido.

16

Claire iba los domingos a Blue River a verlo. No le estaba permitido vestirse de negro, o al menos no de arriba abajo. Tampoco podía llevar ropa con cosas escritas o que estuviese hecha de una tela remotamente traslúcida, y ante todo no podía ponerse nada que no tapara lo que las autoridades del correccional y centro de rehabilitación del condado de Coltrap consideraban la cantidad adecuada de piel. Para ilustrar esta norma sobre el ocultamiento de piel, había una figura humana de metro ochenta de alto pintada en papel de estraza marrón, expuesta en la pared de lo que llamaban la «sala de tramitación», con el cuerpo remarcado en rotulador negro por todo lo que debía cubrir la ropa de los visitantes: de los pies a la clavícula, con mangas hasta el codo, independientemente del mes del año.

—Él sí que va todo de negro —bromeó Claire refiriéndose al hombre de papel de estraza. No era de hacer bromas, pero Joshua se había fijado en que la cárcel parecía sacar a la chistosa que llevaba dentro—. El negro lo estiliza —dijo en tono jocoso, y como de superioridad.

Su hermano sonrió sin que ella lo viera, porque estaba oyendo el eco de su voz a los lejos, que llegaba desde el otro lado de las ventanas con barrotes de la sala de tramitación, por el túnel de cemento que era el pasillo, hasta la habitación donde estaba esperándola, con el corazón loco de contento, no podía evitarlo.

Se rio sola de su propia tontería y la risa llegó también hasta él. Pareció alcanzarlo, rebotar hacia ella y volver de nuevo con él, como cuando eran pequeños y cada uno se ponía en una punta de la vieja piscina cubierta de Midden, solo para ellos, y gritaban, reían y carcajeaban, desafiándose a zambullirse.

Cuando la risa se apagó, esperó a escuchar el horrible zumbido que significaba que los cierres de las dos pesadas puertas metálicas que lo separaban de su hermana y el resto del mundo se habían abierto. Supuso que el silencio respondía a que estaba ocupada cumpliendo alguna norma: levantando los brazos para que la registraran, sacando todas las cosas de los bolsillos para ponerlas en una bandeja de plástico que se llevarían y luego le devolverían, o rellenando el formulario de cinco preguntas sobre el motivo de su visita y su relación con él, a pesar de que todas las personas vinculadas de algún modo con el centro correccional y de rehabilitación del condado de Coltrap ya sabían que era su hermana, como la mitad del condado, a decir verdad.

Por fin oyó el zumbido mecánico y el arrastrar de pies por el pasillo, seguidos de su voz hablando con Tommy Johnson, que había estado esperándola, como hacía todos los domingos, al otro lado de las puertas cerradas. El guardia había escoltado primero a Joshua, de su celda a la sala de visitas, donde lo había dejado esposado a la mesa, atornillada al suelo por seis puntos, mientras iba a por Claire.

—¿Cómo te ha ido la semana? —le preguntó a Tommy en tono cantarín.

—Bastante bien. ¿Y a ti?

—Bien, bien.

Claire y Tommy habían ido a la misma clase y habían terminado el instituto el mismo año, hacía ya casi cinco, y por eso Joshua sabía, sin necesidad de verle la cara a su hermana, que en ese momento estaba colorada —igual que se sonrojaba todos los domingos en ese justo instante—, avergonzada. Por tener que estar allí. Porque su hermano estuviera allí, preso, y hasta cierto punto, bajo la custodia de Tommy. «¿Cómo has podido? —le había preguntado amargamente una y otra vez cuando lo arrestaron, y luego, tras su medio intento de explicarse, le había interrumpido con un bufido—: Gracias a Dios que mamá está muerta.»

No tenía que verla para saber cómo caminaba por el pasillo:

con la espalda muy recta y una sonrisa cordial en la cara, los brazos cruzados sobre el pecho, como si tuviera frío, haciendo todo lo posible por disimular la humillación, por resistir sin parecer resistir el pensamiento de que durante el tiempo que durase su visita ella también estaba bajo la custodia de Tommy.

—Ha hecho mucho frío —comentó.

Las pisadas iban acercándose, por la cuesta del pasillo, en el punto donde este se convertía en una rampa larga que se desparramaba en lo que se consideraba oficialmente la cárcel.

—Es febrero, ¿qué quieres? —replicó Tommy.

—Ya —asintió Claire con una risita falsa—. Es verdad... Es lo que hay.

Joshua estaba mirándose las manos y las muñecas, esposadas a la mesa, mientras sentía acercarse los pasos. Aparte de los cuatro ventanucos con barrotes que había en lo alto de la pared, a ras del suelo exterior, era un cuarto subterráneo, iluminado por unos fluorescentes que le daban a sus pies un tono remotamente verdoso.

—Josh —boqueó en cuanto lo vio, un poco sin aliento pero al menos esa vez sin llorar, cosa que agradeció.

Le había costado tres domingos hacerse fuerte. Era el séptimo que pasaba en la cárcel. Le quedaban cinco. Se le acercó, sus pisadas amortiguadas por la gruesa moqueta gris de la estancia, y esperó a que Tommy le quitara las esposas.

Una vez liberado, se levantó y la rodeó con los brazos y se quedaron así abrazados mucho más tiempo del que se habría imaginado abrazando a su hermana en toda su vida. Con cada visita les concedían dos abrazos —uno para saludarse y otro para despedirse— y, entre medias, no había excusas para darse más. Por eso los dos sabían que tenían que estirar cada abrazo todo lo que podían. Claire olía igual que siempre, a su pelo, o más bien a su champú o acondicionador. En todo el tiempo que había vivido antes de la cárcel, no había creído haberse fijado nunca en el olor de su hermana, pero en esos momentos lo aspiraba como si llevase años con el olfato atrofiado. Se permitió recrearse en él, ese aroma familiar a romero y menta con un toque a cereza.

—Bueno, bueno... ¡Hola! —lo saludó en cuanto se sentaron cada uno a un lado de la mesa.

330

Claire le cogió una mano entre las suyas y se quedó así. Aunque era muy corriente que pasaran mucho más de una semana sin verse, desde que estaba en la cárcel una semana les parecía un siglo.

—Hola.

Y a partir de ahí la conversación se desarrolló con toda la normalidad del mundo: cómo iba el trabajo, cómo estás, alguna novedad más…. Pero, durante los primeros minutos desde su llegada, a Joshua seguía latiéndole el corazón a todo trapo, como si le hubiera traído las noticias más importantes de su vida. Le permitían cuatro visitas de media hora a la semana. Lisa iba dos veces —el máximo por persona en una misma semana—, Claire una y la última estaba disponible para quien quisiera ir. Por lo general era R. J., Mardell o Leonard, aunque Bruce había ido una vez. En otras ocasiones se presentaba alguien nuevo, alguien al que se le ocurría ir a verlo, como antiguos compañeros del instituto. Los lunes empezaba la nueva semana y, con ella, le concedían cuatro visitas más, y solo cuatro, independientemente de que la semana anterior no las hubiera usado todas. Iba llevando el conteo de sus cuatro visitas, como si no estuvieran en los registros del sistema informático de la prisión, sino en su pecho, en una tarjeta imaginaria que le hubieran introducido y en la que perforaba un agujero cada vez que alguien que quería verlo franqueaba aquellas dos puertas cerradas.

331

Claire sonrió.

—Pues Lisa y yo… empezamos las clases esta tarde.

—Ya lo sé. Vendrá a verme luego, así que ya me contará.

Joshua se fijó en que su hermana llevaba el anillo anímico de su madre, con el que jugaban de pequeños durante horas, creyendo que les diría lo que les depararía el futuro.

—Está enorme. Y así de repente… Ha pasado de no parecer apenas embarazada a parecer que está a punto de reventar.

Lisa y él habían anunciado que iban a ser padres en el último momento posible, a mediados de noviembre, cuando ya no podía disimular la barriga por más tiempo. Nada más enterarse, su hermana se había puesto hecha una fiera y había llorado; le había advertido de que tener un hijo le arruinaría la vida y se había sacado de la manga varias estadísticas para respaldar su opinión. A Joshua le asombraba las cosas que Claire podía guardar en la cabeza. Sabía el porcentaje de padres adolescentes que pasan toda su vida por debajo del límite de pobreza, que pocos de esos hijos consiguen terminar una carrera y lo remotamente improbable que era que Lisa y él siguieran juntos al cabo de dos años.

—Mamá fue madre adolescente —le había dicho a su hermana cuando ella acabó con sus datos, creyendo tener una defensa irrebatible.

Pero Claire se limitó a negar con la cabeza, sonreírle mordazmente y susurrar:

—Pues por eso mismo.

Con todo, pronto había abrazado la idea de ser tía, y no solo eso sino una especie de sustituta de Joshua mientras este estuviera en la cárcel. Era ella quien acompañaba a Lisa a las citas con la ginecóloga, la que le compraba libros sobre el embarazo y qué hacer cuando naciera el crío. Incluso se había ofrecido voluntaria para sustituirlo en las clases de preparación al parto y le había costeado todo el curso, de regalo. Lo ponían en libertad el 5 de marzo —dos semanas antes de que Lisa saliera de cuentas— y Claire le contaría todo lo aprendido en clase para que pudiera ayudar en el parto.

—Ya terminamos en el hospital… las clases —le dijo entonces Claire.

Ambos se quedaron mirando por los ventanucos de arriba, por donde se veía la acera de la calle, los zapatos de algún que otro transeúnte y, más allá —aunque solo si se subían a una silla—, justo al otro lado de la calle, el hospital de Blue River, donde nacería el hijo de Joshua y Lisa. No habían querido saber el sexo, preferían que fuera una sorpresa.

—Podemos saludarte. Acabamos a las cuatro.

—¿Y cómo quieres que os vea? —le preguntó con voz irritada. Le cabreaba que su hermana hiciera como si las cosas fueran distintas a como eran.

—Me refería a si estabas aquí y mirabas por la ventana.

Apoyó las manos en el borde de la mesa, como si intentara retirar la silla, pero se quedó anclada en su sitio, atornillada al suelo.

—Pues no, no va a poder ser.

—Decía si pudieras, Josh.

—Ya, pero el caso es que no podré.

—Vale, no podrás. —Claire cruzó las piernas y se dio en las rodillas con el tablero de la mesa. Cuando reajustó la postura, le preguntó—: ¿Qué te pasa a ti hoy?

—Nada.

—Vale —dijo vacilante—. Pues no nos saludes. Solo intentaba ser agradable. Que te sintieras incluido, para que lo sepas.

Cruzaron la mirada por un momento y luego ambos la apartaron, enfadados el uno con el otro. Era una habitación amplia y espaciosa, con una moqueta que parecía un sembrado por el medio. Quitando la mesa larga en la que estaban, con sus tornillos y sus argollas metálicas para las esposas, podía recordar un aula de una guardería. Había un lavabo, un armarito, un terrario lleno de piedras y pequeñas plantas desérticas y, en una esquina, un sillón grande estampado y un sofá con una mantita verde oscuro por encima, alrededor de una mesa baja con revistas, macetas y una caja de Kleenex. Se llamaba la «sala comunal» y era donde pasaban la mayoría de las actividades de la nueva vida carcelaria de Joshua. Era donde los martes por la tarde, junto con otros internos, se encontraba con Pat McCredy para lo que ella llamaba «la grupal» y donde, los jueves por la tarde, tenía cita con ella para «la individual». Y también donde dos veces a la semana daban clase de gimnasia que, para gran alivio de Joshua, no impartía Pat McCredy, sino una serie de personas cada vez distintas, voluntarios de un programa cuya única preocupación era el estado físico de los internos. A veces hacían yoga, otras, *step*, o algo que todos los internos temían y que se llamaba «aerobic sin impacto», una modalidad nueva que exigía de sus participantes intervalos periódicos de baile libre improvisado. Joshua se negaba a improvisar y se dedicaba a seguir con la vista a la monitora, intentando a duras penas imitar su desvarío y hacerlo pasar por suyo. Los días que no había monitor, el guardia de turno traía un carrito con un televisor y un vídeo y les ponía la cinta de gimnasia —la única que había: *Caderas, abdominales y glúteos*— y se quedaba para asegurarse de que todos participaban. Las leyes del estado exigían que hicieran al menos dos horas de gimnasia a la semana.

333

—Siempre tengo la sensación de que tendría que haber traído algo —dijo Claire rompiendo el silencio, en la típica tregua tácita que llevaban toda la vida haciendo, una y otra vez, discutir y pasar página—. Una tarta o algo así. —Se le dibujó en la cara una sonrisa traviesa—. Para esconder la lima, las cuchillas de afeitar y esas cosas.

Habló más alto de lo necesario, como para incluir en la conversación a Tommy Johnson, que montaba guardia justo al otro lado de la puerta cerrada, escuchando todo lo que decían, con la idea, además, de dejar claro que solo estaba bromeando. Tommy no se movió, no sonrió ni hizo ademán alguno de haberla oído, a pesar de que no podía ser de otro modo. Claire le preguntó entonces, en voz más baja:

—¿Has visto a Bruce?

—No, no ha vuelto a venir.

—El miércoles apareció por el Mirador y me dijo que iba a venir dentro de poco.

Detectó un ligero deje en su voz, un bochorno microscópico por cómo era su vida en esos momentos: y no solo por trabajar de camarera, sino por vivir en Midden y trabajar en el mismo bar que su madre. «Claire Wood», los profesores, los del banco, la gente a la que le vendía droga, todo el pueblo lo decía con la misma voz, la que denotaba orgullo a la par que desdén, su rechazo y su alegría indisimuladas, lo pronunciaban como un cántico: «¿Tu hermana es Claire Wood? Esa chica sí que llegará lejos». Cuando la gente le preguntaba a qué se dedicaba últimamente, les decía que estaba en una etapa de transición, esperando a ver qué quería hacer en realidad con su vida y, mientras tanto, ahorrando.

—¿Cómo le va?

—Bien, supongo. —Su hermana lo miró con el velo que le caía en los ojos cada vez que hablaba de Bruce y que Joshua ya había aprendido a reconocer—. Está empezando a tener un aspecto... raro.

—¿Y eso?

—No sé, está distinto. Como más moderno... No moderno, moderno, pero más «a la moda». Como si de pronto le importara su aspecto.

Joshua metió los dedos por la argolla metálica de la mesa

por donde se pasaba la cadena de las esposas. Se moría por un cigarrillo.

—A mí me hace gracia.

—¿El qué? —Lo desafió con la mirada.

—Todo. Bruce.

Se quedaron varios minutos callados; ninguno quería entrar en lo que habían acabado por llamar «el tema Bruce», pero tampoco se les ocurría otra cosa de qué hablar.

—No te lo vas a creer —dijo Claire por fin.

—¿El qué?

—He viso un alce, cuando venía de camino. He cogido por el atajo y lo he visto plantado en medio de la carretera.

Se encogió de hombros y apartó la mirada, como si hubiera comprendido que ver un alce tampoco era para tanto.

—Eso da buena suerte.

—¿Ah, sí?

—Claro.

Claire se remetió el pelo por detrás de las orejas. Lo llevaba más corto que nunca, por encima de la barbilla y teñido con un tono remotamente parecido a la henna que, en teoría, se iba solo con el tiempo.

—Yo siempre he creído que era un caballo blanco. Que si veías un caballo blanco te daba buena suerte.

—También un alce. Cualquier animal salvaje. Incluidos los caballos blancos. —Se dio cuenta de que no podía estar seguro de que ver un alce diera buena suerte pero tampoco pensaba admitirlo.

—Bueno, estupendo. No nos vendrá mal un poquito de suerte.

Claire volvió a alargar la mano para apretarle la suya. Tenía las manos frías, siempre había tenido las manos y pies fríos. Una vez se le había quemado un calcetín y, con él todavía puesto, le había salido humo por un agujerito negro porque lo había acercado demasiado rato a la estufa de leña.

—¿Has pedido un deseo cuando lo has visto? —le preguntó, pero al punto se arrepintió de haberlo dicho.

Se le había secado la boca. Su hermana llevaba allí veinticinco minutos. Dentro de cinco, Tommy le diría que era hora de irse. En ese punto casi siempre le entraban ganas de que la visita, fuera quien fuese, se hubiera ido ya, para no tener que pasar esos cinco minutos con la certeza de que pronto desaparecerían.

—Claro que no. ¿Cómo iba a saber que tenía que pedir un deseo si ni siquiera sabía que daba suerte?

—Tendrías que haberlo sabido. Ahora ya no cuenta —le dijo sin apiadarse de ella.

—Que te den —murmuró, medio sin acritud, medio enfadada de verdad. Dibujó una espiral invisible en la superficie de la mesa con el dedo índice—. Siempre haces lo mismo —le dijo poniendo cara seria y deteniendo el movimiento de la mano.

—¿Qué es lo que hago?

Claire apartó la vista y la posó en uno de los ventanucos, donde se escondía una hoja amarilla seca que había conseguido sobrevivir al invierno, atrapada entre el vidrio y los barrotes; al cabo volvió a mirarlo con los ojos muy abiertos y vivos.

En los meses que estuvo preso no eran más que nueve internos en el centro, y en realidad solo convivían ocho; la novena, una mujer llamada Tiffany —la única interna entre varones—, se alojaba, como las pocas reclusas que pasaban por allí, en una sala cerrada de la planta sótano del hospital. Para las comidas, las visitas y todas las actividades obligatorias salvo la gimnasia, los guardias la llevaban esposada del hospital a la cárcel, a través de un pasadizo subterráneo que cruzaba la calle por debajo. Otra parte de ese mismo pasaje era la que Claire recorría para ir a ver a Joshua, y luego proseguía y conectaba una serie de edificios: el juzgado con la cárcel, la cárcel con el hospital, el hospital con la residencia de ancianos y la residencia de vuelta al juzgado. Cuando hacía mucho calor o mucho frío, llovía, helaba o el viento arreciaba, a la hora de comer las mujeres que trabajaban en los edificios conectados por el pasadizo daban vueltas por allí, a paso rápido, solas o en compañía, con zapatillas de deporte, mallas y camisetas enormes que les tapaban el trasero. Cuando estaba en la celda, Joshua no las veía pasar pero sí oía sus pisadas y sus voces retumbando por el túnel.

La celda era mucho mejor de lo que había imaginado. No tenía humedad, no hacía frío ni le faltaba luz; tampoco había mugre en las grietas del suelo; de hecho era de un azul violáceo siempre inmaculado y reluciente. El color se extendía por el suelo hasta la mitad de la pared y terminaba en unas ondulaciones que pretendían simular el mar. Desde el borde de este mar, la pared estaba pintada de celeste, al igual que el techo, que tenía, en la esquina opuesta de su cama, un sol amarillo y reluciente con ojos y boca que le sonreía de continuo. Daba más la sensación de estar en un bonito camarote de un barco que en una celda. A cada lado había un camastro y, entre ambos, un váter tras un pequeño panel en la pared opuesta. En la cabecera, tanto Joshua como su compañero, tenían una mesita de 60 por 90 atornillada a la pared y una banqueta delante fijada al suelo. Por encima había un armarito para guardar sus pertenencias (a todos se les permitía tener algunos objetos pequeños). Él metía su cuaderno de dibujo y un jersey de punto que le había hecho su madre —y que le picaba—, así como una foto de Lisa con su gata, *Jasmine*, en un marco de vinilo que se plegaba y se cerraba.

Su compañero de celda, para gran sorpresa de Joshua, había resultado ser Vern Milkkinen —el pollero—, el cocinero de la cafetería Midden. No había reparado en su ausencia de su puesto habitual en el aparcamiento del Dairy Queen durante todo el verano. El Vern que Joshua conoció en la cárcel no era el mismo que el de la cafetería. A sus sesenta y seis años había encontrado a Dios; era otro hombre, reformado, el interno modelo de Pat McCredy. Lo habían parado tantas veces conduciendo borracho que habían acabado condenándolo a un año. Saldría un par de meses después que Joshua. En el tiempo que había estado preso antes de la llegada del chico, había encontrado a Dios, había jurado no volver a beber una gota de alcohol en su vida y había escrito largas cartas dirigidas a todos sus seres queridos, en un intento por enmendarse: a su hijo, Andrew, a su hermana, Geraldine, e incluso a su difunta esposa.

Las mañanas de Joshua en la cárcel seguían un ritmo: a las siete lo despertaban y lo conducían con el resto de internos a la ducha; después del baño y de vestirse, los llevaban al pequeño comedor contiguo a la cocina. Tiffany ya estaba siempre allí, con el pelo mojado echado hacia atrás y la cara como una coraza, mientras se comía el cuenco de gachas de avena. Después del desayuno tenía que limpiar de arriba abajo su mitad de

337

celda, incluidos paredes, suelo y techo de cada parte. Vern también limpiaba la suya. Esto los tenía entretenidos su buena media hora diaria, y dejaba en la celda —y el pasillo de cuatro celdas seguidas— los efluvios penetrantes del amoniaco, un olor que Joshua siempre había asociado con su madre, de los años que trabajaba en la residencia El Buen Descanso y volvía a casa impregnada de él. Cuando terminaban con la limpieza, tenían dos horas en las celdas para lo que llamaban «introspección»; en el horario pegado en la pared de la sala comunal había una nota explicativa en esa casilla, redactada por Pat McCredy, estaba convencido Joshua: «Dos horas en las que has de reflexionar sobre por qué estás aquí y adónde irás cuando salgas».

Él rara vez se paraba a pensar cómo había llegado allí pero, en cambio, a menudo reflexionaba sobre adónde iría cuando saliera: directamente a la cama de Lisa, aunque no podía pensarlo mucho tiempo o en demasiado detalle porque Vern estaba haciendo su introspección en la cama de al lado, a solo unos metros. La razón por la que estaba allí apenas merecía consideración. Greg Price había encontrado la bolsa de marihuana que guardaba en la caja de herramientas de la camioneta. Podía haber sido peor, no hacía falta que nadie se lo dijera; el policía podía haber encontrado la bolsita llena de cristal que llevaba en un termo vacío en la guantera cuando lo paró: un hallazgo que habría invalidado la alegación de que era para consumo personal, lo habría colocado en una categoría criminal muy distinta, mucho más seria, y lo habría mandado no a la cárcel del condado, sino a una prisión estatal o federal, probablemente la de Saint Paul. Había contenido el aliento mientras Greg cogía el termo y lo agitaba para ver si oía algo moverse dentro, antes de devolverlo adonde lo había encontrado. Más tarde, después de que lo arrestaran y de que Claire fuera a pagar su fianza, había tirado el cristal al río Misisipi, detrás del Mirador de Len, con la idea de que Vivian y Bender pagasen también algún precio, aunque fuese mínimo.

Al final no lo habían acusado de tráfico de marihuana porque su abogado había convencido a todos los que tenía que convencer de algo que era cierto: la bolsa de marihuana de la caja de herramientas era sola y exclusivamente para su consumo personal. También había ayudado que el juez fuera cliente habitual del Mirador de Len, que hubiese conocido a su madre y que Bruce le hubiera hecho los armarios de la cocina. En la vista se determinó que fuese a la cárcel ochenta y cinco días y que, una vez cumplidos, pasara un año en libertad condicional, siempre y cuando renunciara a tener un juicio y a su derecho a apelar. Firmó los papeles en la oficina del juez del tribunal del condado de Coltrap en compañía de su abogado, mientras Lisa y Claire lo esperaban en el pasillo, al otro lado de la puerta. Inmediatamente después lo esposaron, le hicieron pasar por delante de su novia y su hermana, que profirieron un grito y lloraron al verlo ir, escaleras abajo, hasta el sótano y lo condujeron por el pasadizo subterráneo que lo llevaría a la sala de tramitación donde montaba guardia el hombrecito de papel vestido de rotulador negro y, más allá, al mundo cerrado a cal y canto de la cárcel.

Las tardes en prisión eran vastas praderas de tiempo, salpicadas de reuiones de grupo o individuales, gimnasia, visitas o nada de nada, en cuyo caso Joshua convencía a algún guardia para que le diera un bolígrafo o un lápiz y se ponía a dibujar en su mesita. Vern pasaba el rato leyendo la Biblia, que tenía tan manoseada que, más que un libro, parecía ya un montón de hojas que tenía que guardar en una caja de sandalias que le había dado Pat McCredy, de uno de sus muchos pares de Birkenstocks.

Había acabado sabiendo un montón de cosas de su compañero por las dos horas semanales de la sesión en grupo. La primera hora se llamaba «compartir», mientras que la segunda era «pasar página». El pasar página solía quedarse en menos tiempo porque compartir casi siempre se alargaba demasiado, aunque no porque los internos tuvieran unas ganas irrefrenables de compartir, sino porque Pat McCredy podía ser muy insistente —y convincente, tenía que admitir— y siempre conseguía sacarles cosas. En el caso de Vern no tenía que esforzarse mucho, al menos cuando llegó Joshua; el hombre se lo contaba todo; que pegaba a su mujer y a su hijo, su infancia en una granja que su familia ya no poseía, la muerte de su padre en un tractor, su madre, que, siendo él pequeño, bebía hasta el desmayo y acabó matándose sin querer al incendiar la cama con un cigarrillo que se le cayó, cuando Vern tenía 16 años. Les hablaba de su hermano gemelo, que tenía un retraso mental y que al parecer seguía con vida y estaba justo al otro lado de la calle, en la residencia de enfrente: llevaba allí casi cincuenta años, desde que había muerto la madre de ambos. Joshua lo escuchaba sin mirarlo, viéndolo solo de reojo desde el asiento que tenía asignado justo a su izquierda, aunque a veces, cuando Pat McCredy se lo pedía, tenía que volverse para mirarlo de frente, las veces que tenían que hacer algún ejercicio juntos, como era habitual entre la hora de compartir y la de pasar página.

—Quiero que rebusquéis en vuestra memoria y recordéis qué soñabais de pequeños para vosotros —les dijo un día Pat, que respiró hondo entonces, cerró los ojos y, muy lentamente, fue exhalando el aire, como si estuviera meditando sola en un cuarto.

En medio de aquel silencio Joshua miró de reojo a Tiffany, que estaba frente a él en el corro y se dedicaba a escrutarse las puntas del pelo por partes, una detrás de otra, cogiendo delicadamente los mechones y tirando de vez en cuando de algún pelo con la punta abierta. Tenía algo de mal genio y no era especialmente guapa, pero su sola visión le llegaba al alma: el festín de su cara, sus manos viriles y su pecho plano, sus caderas y su culo rellenos, que parecían absorber toda la grasa que se negaba a quedarse en el resto del cuerpo. Era mayor que él, tenía veintiocho años, y a Joshua le daba más lástima que todos los demás hombres juntos: no solo se veía obligada a revelar sus sentimientos más íntimos, sino que encima tenía que hacerlo delante de un puñado de presos. Y todo por haber firmado cheques sin fondos.

—Vamos a hacerlo juntos, gente —les dijo Pat McCredy sin abrir los ojos—. Recordemos cuando éramos niños. Volvamos al pasado. ¿Qué queríamos para nosotros?

La monitora abrió los ojos, se levantó y empezó a recorrer el círculo de nueve sillas. Medía por lo menos metro ochenta, con el pelo castaño aunque encanecido recogido en una trenza fina. Tenía los hombros anchos y aspecto robusto; las caderas eran cuadradas y fofas, como levantadas unos centímetros más de la cuenta por unas piernas imposiblemente largas. El efecto de conjunto era el de ser mitad mujer, mitad otra cosa, medio caballo o búfalo. Llevaba un jersey de cuello vuelto verde y medias del mismo color bajo una especie de guardapolvo beis que le llegaba por debajo de las rodillas, y calzaba unas sandalias Birkenstocks moradas. Del bolsillo amplio del guardapolvo sacó un taco de fichas de cartulina y fue recorriendo el círculo y repartiéndolas, dándoles instrucciones para que escribieran algún sueño de su infancia. Ya tenían bolígrafos, además de unos diarios que les había obligado a decorar con pintura de dedos, purpurina, rotuladores y ceras de colores. A Pat McCredy le encantaba lo de que anotaran cosas. Los diarios eran para que se los quedasen, mientras que los folios sueltos lo normal es que Pat los recogiese y los usase luego como «punto de partida» de las sesiones individuales.

Joshua se apoyó el diario en la rodilla y colocó encima la ficha. Había pintado de azul marino toda la cubierta y luego, con brillantina y pegamento, había añadido estrellitas blancas.

—Vuestros sueños de la infancia…, o sueño, con uno vale —dijo Pat para animarlos, como si estuvieran en un concurso de televisión y necesitaran que les formulara la pregunta de otra forma.

Joshua escribió: «Ir a vivir a California». Le pareció bastante cierto… y personal. Era un sueño que podría reunir energía para comentar en la individual, si Pat le insistía.

—¿Habéis terminado ya todos? —preguntó mirando a su alrededor.

—Un momento —dijo Tiffany.

Esta clavó por un instante sus ojos avellana en Joshua, quien por unos segundos la deseó y sintió que ella lo deseaba, como si le hubiera puesto la mano en el estómago desnudo o hubiera atravesado la sala y le hubiera susurrado algo en secreto al oído. Pero aplastó el pensamiento; pensaba portarse bien, y en adelante no habría nadie más que su prometida, Lisa.

—Vale —dijo Pat McCredy cuando Tiffany hubo terminado—. Ahora quiero que le paséis el papel al compañero de vuestra izquierda.

Un murmullo de protestas se elevó por la sala, pero no ha-

341

bía nada que hacer, estaban desvalidos ante ella, de modo que tuvieron que ir leyendo las nueve fichas por turnos, siguiendo el círculo. «Ser cantante», decía el de Tiffany; «trabajar de payaso en Disneylandia», el de Frank Unger. «Ser rico», dijo Dan Bell. Y así hasta que llegaron a Vern, que leyó el «irme a vivir a California» de Joshua mientras este ponía cara inexpresiva, quieto como una estatua, oyendo sus propias palabras inanes.

La siguiente vez que R. J. fue a verlo lo hablaron —lo de mudarse a California y llegar a ser mecánicos juntos—, pero el tono de la conversación era muy distinto ya, como si siempre hubiera sido una broma.

—Deberíamos ir solo para llevarle la contraria a mi vieja, que siempre decía que no iríamos nunca —comentó R. J. con un fogonazo de rabia atravesándole la cara, y luego rio, como hacía siempre que hablaba de su madre.

—¿Cómo está, por cierto?

—Igual. —Se quedó mirando unos segundos a su amigo con sus ojos oscuros, como si quisiera decirle algo más, aunque ambos sabían que no podían decir mucho sobre Vivian y Bender con Tommy Johnson allí plantado, escuchándolo todo—. Sigue hecha polvo —dijo por fin, y carraspeó. Había adelgazado desde que vivía en Flame Lake. Sin la grasa que había arrastrado desde niño, parecía más alto y mayor, e incluso más guapo, tuvo que admitir Joshua—. Ah, y no te he dicho que mi padre ha vuelto a beber. —El otro asintió, nada sorprendido—. Es un viejo borracho —dijo R. J. riendo y se llevó la mano al colgante que llevaba al cuello, un óvalo partido en dos por una línea en zigzag; su nueva novia, que vivía en Dakota del Sur, tenía la otra mitad—. Lo vi venir pero confiaba en que volvería por el buen camino. Empezó con coqueteos tontos, tomándose una cerveza de vez en cuando y disimulando, pero ahora ya no lo niega. —R. J. se giró para mirar al guardia y luego volvió la vista a su amigo—. Si hay algo que he aprendido es eso, ¿sabes?, que la gente no cambia.

—Muy de vez en cuando, sí —replicó Joshua, que, sin querer, se sintió ofendido.

—¿Como quién? —le preguntó R. J.

Joshua le habló entonces de Vern y, con una especie de júbilo, se extendió en detalles que creyó que interesarían a su amigo: lo del hermano gemelo retrasado que vivía en la residencia, lo de que le pegaba a la mujer... Le sentó bien hablar de los problemas de los demás, por mucho que cuando estaba en grupo escuchándolos de primera mano le dieran ganas de vomitar. A veces casi se mareaba ante la maestría con la que Pat McCredy conseguía que los internos le abriesen el corazón. Tenía una voz que parecía como si tocase suavemente la tecla, en un susurro seguro y poderoso. Lo suyo era toda una orquesta de sonidos y modulaciones. En su boca, una única palabra podía entonarse para que significara cientos de cosas y poder sonsacar así las respuestas más reveladoras y comprometedoras. Cuando terminaba con una persona, procedía sin más con la siguiente, clavándole la vista con tal intensidad que era imposible no mirarla a su vez. «Bueno —empezaba siempre diciendo, y sabiendo, como con la mayoría de preguntas que hacía, cuál era exactamente la respuesta—, ¿a quién le toca?»

Había cosas que nadie sabía y que no pensaba contarle a nadie, y ya podía Pat presionarle lo que quisiera. El cogollo de gelatina de su fuero más interno, el que solo él conocía. No se podía hablar de él. No tenía palabras para eso, para lo que le hacía ser él, lo que le dolía, lo que lo mecía y lo que le jodía. Eso, en definitiva, para lo que no tenía palabras era su vida, y su tarea en la cárcel consistía en protegerlo de Pat McCredy. Actitud que tenía siempre que hablaba con ella de peleas que había tenido con Lisa o Claire, de salidas profesionales por las que tal vez se decantaría o sobre qué le había impedido hacer de una vez por todas las pruebas de acceso al ciclo. Creó para Pat la historia de su madre y la de su padre —triste, realmente desoladora, pero había sobrevivido, estaba saliendo adelante (la de Bruce la dejó de lado, alegando que, por ese lado, todo iba bien)— y la orientadora le dio las palabras: cierre, perdón, niño adulto y las cinco fases del duelo. Era buena, hurgaba, lo desafiaba y aplicaba sus técnicas, le hacía soltar sobre el papel lo que ella creía que era su alma, pero Joshua era mejor, más bravo, más quien era de lo que ella le creía capaz, y así aguantaba y se mantenía a salvo de ella.

En un frente Pat había hecho progresos, no podía negár-

343

selo. En la primera semana el grupo había cometido el error de
escribir las palabras «drogas y alcohol» en una de sus fichas
de cartulina en respuesta a la pregunta: «¿Qué técnicas utilizas
para evadirte del dolor o la pena?». Lo había puesto en broma
pero resultó tener algo de cierto. En el último año había estado
a un paso de convertirse en lo que su madre llamaba un «bebe-
dor serio», el que no llega al alcoholismo pero sin duda bebe
demasiado y con demasiada frecuencia. Cuando no bebía, la
maría lo mantenía a tono durante el día, mientras iba de un
lado para otro despachando droga. El cristal no lo tocaba, un ar-
gumento al que volvía una y otra vez, en defensa propia, en las
individuales con Pat McCredy, que, sin embargo, no se dejaba
impresionar.

—Lo que hagan otros da igual, Joshua. Lo importante es lo
que haces tú. La marihuana puede provocar un enganche casi
tan serio como cualquier sustancia. Igual que la cerveza.

—Pero no me dirás que es igual que el cristal… —insistía
él—. ¿Eres consciente de lo que está pasando con el cristal?
Está por todas partes. La cosa es seria.

—Claro que soy consciente —respondió con severidad. Le
encantaba hablar de alcohol y drogas; eran su especialidad, su
punto fuerte—. Pero no estamos hablando del problema social
que supone el cristal: estamos hablando de ti.

—¿Y qué pasa conmigo?

—No sé, dímelo tú. —Le sonrió y se quedó a la espera, pero
al poco no pudo evitar añadir—: Yo no he sido la que ha escrito
que utiliza el alcohol y las drogas para evadirse de su pena,
¿verdad? —Volvió a hacer una pausa—. ¿Quién lo escribió,
Joshua?

—Yo —admitió casi gritando.

—Vale. Pues empecemos por ahí —dijo con más calma que
nunca Pat McCredy.

Al final, para gran alivio de Joshua, no le firmó la hoja amarilla con el PERMISO DE SALIDA para que le dejaran ir a las reuniones de Alcohólicos Anónimos que se celebraban en el sótano del hospital, a las que tenían que acudir Vern y otros cinco
internos, incluida Tiffany, tres veces a la semana, encadenados
unos a otros con grilletes, en compañía de los alcohólicos de
tránsito libre de Blue River. Pat le advirtió de que no era una

decisión inamovible mientras estuvieran «recorriendo juntos ese trayecto de descubrimiento personal»; podía estar agradecido por no ser de momento un alcohólico o un toxicómano, aunque tenía lo que Pat McCredy llamaba «problemas de dependencia química». Según ella, su consumo era situacional, posiblemente ligado al duelo.

Y así era, comprendió una tarde tras su sesión individual, pues no se había dado cuenta antes. Pat tenía razón, y él también cuando había escrito esas palabras en la ficha. En la cárcel echaba de menos la copa de la noche y los porros del día, y tal vez con más querencia que a cualquier persona. La bebida no lo hacía extrovertido, no le permitía pensar o llorar con más libertad, sino que lo acorazaba contra sus pensamientos, contra ella, su madre. Era lo que lo había ayudado todas esas noches en el apartamento o tendido al lado de Lisa, hasta caer en el estupor. Lo único que necesitaba eran tres cervezas o tres chupitos —aunque por lo general tomaba más—, y cada trago era un sello, una tapadera, una cura.

En la cárcel las noches eran lo peor de todo, cuando tenía que echarse en el camastro más sobrio que un témpano, al lado de Vern, con la vista clavada en el techo en penumbra, y lo único que veía era el amarillo del sol dibujado. Desde bien temprano tuvo que hacer un pacto consigo mismo: se permitiría llorar todas las noches pero solo treinta segundos. Si no podía evitarlo, al menos lo contendría con la voz en su cabeza, que iba contando «uno, dos, tres…», mientras las lágrimas le bañaban la cara y le caían por las orejas y el pelo. No era que quisiera llorar o que estuviera pensando en concreto en su madre o recordara cosas que decía o hacía; ni siquiera era exactamente «su madre», aunque lo que sentía estaba ligado a ella sin duda alguna, a su vida y su muerte. Lo que le pasaba era que sentía toda su pena alojada en una madriguera en medio del pecho, tan palpable y real como una manzana. Estaba allí y no podía rehuirla ni tampoco pensaba negarla, y todas las noches, durante treinta segundos, se sometía a ella. Era consciente, mientras lloraba, de que sus lágrimas satisfarían a Pat McCredy pero jamás se lo contaría. Les pondría un nombre, las definiría, las convertiría en algo que no eran, algo que no le pertenecía.

Cuando terminaba de llorar, se levantaba, iba al pequeño

345

cubículo que tenían por aseo y se lavaba la cara y se sonaba la nariz con un poco de papel higiénico. Vern se volvía a veces en ese momento, aunque su respiración no salía del ritmo largo y profundo de sueño. Después regresaba al catre y se quedaba mirando el techo un rato más. Siempre le parecía entonces que la cárcel estaba más tranquila que antes y también más abierta, como si no hubiera una serie de barricadas, barrotes y puertas cerradas entre él y el resto del mundo, como si pudiera salir a echar un vistazo al frío cielo nocturno si le apetecía. Desde su cama le parecía poder sentir a su alrededor la agradable presencia de todo el pueblo de Blue River: de todas sus farolas tenues, de su viejo colegio de ladrillo visto, su Burger King iluminado como un circo sobre una colina baja de la ciudad y, ante todo, el río, el Misisipi. Sentía asimismo Midden, a lo lejos, al norte, y Flame Lake, como una estrella más pálida y septentrional.

A menudo, tendido en la cama después de llorar y antes de dormir, tenía la sensación de que su madre estaba en la celda con él. En las semanas que siguieron a su muerte había inventado varias pruebas para comprobar si estaba observándolo; le ordenaba que apagara o encendiera tal luz, que desplazara una silla o hiciera que el viento removiera la cortina en un momento determinado. Había fallado todas, pero ya no necesitaba que pasara ninguna prueba. A veces se contentaba con permitirse creer que estaba allí, en el sol dibujado por encima de su cabeza, observándolo. Otras cerraba los ojos y hacía que la persona que dormía y respiraba en el catre de al lado fuera su madre y no Vern Milkkinen. Le sorprendió lo fácil que resultaba: en cuanto se permitía oír el ritmo de la respiración de su madre en la de Vern, esta aparecía en cada suspiro y movimiento. En dos ocasiones había llegado al punto de extender el brazo en el aire hacia el centro de la habitación, mientras imaginaba que su madre extendía el suyo desde el otro lado y le cogía la mano. E imaginaba todas las cosas que haría y que hacía, las cosas que no le había agradecido en vida, por las que le pediría perdón si tuviera una última oportunidad. Pero entonces Vern se movía y un gruñido inequívocamente masculino salía de su boca reseca y, tan rápido como había aparecido, su madre se esfumaba.

Y

—El otro día pusieron un maratón en la radio con los programas de tu madre —comentó Bruce la siguiente vez que fue a verlo, en lo que era solo su segunda visita.

—¿Ah, sí? —preguntó Joshua, que se avergonzó al ver que se le quebraba la voz al preguntarlo.

Bruce asintió.

—Pillé una parte. Al final hicieron una sección de entrevistas con gente de la emisora que la conocía, sobre quién era, qué hacía, cómo era y todo eso. —Se llevó la mano a la oreja y se retorció el pendiente con el diamante—. Me imagino que fue un homenaje.

Un calor, una presión, un vapor, se elevó como una mano caliente tras la cara de Joshua e hizo que se le humedecieran los ojos y se le encendieran las mejillas, como si se hubiera tomado una copa de whisky de un solo trago.

—¿Qué dijeron?

Bruce lo pensó por un momento, con cara de puzle, como si estuviera cavilando sobre algo filosófico que no tuviera nada que ver con él.

—Que era una mujer agradable —dijo rascándose el brazo—, y que a todo el mundo le gustaba oír su programa.

Joshua se obligó a toser, sintiendo esa mano y el vapor que parecía whisky, pero no lo era, elevándose de nuevo y presionándole por detrás de la cara, queriendo bajarlo con la tos, por miedo a estallar en lágrimas. «A la mierda», pensaba una y otra vez, «vaya puta mierda», se repetía para no perder la compostura. Se removió en la silla, queriendo ser dos personas: la que preguntaba «cuéntame cómo era mi madre» —por mucho que lo supiera, pero aun así quería saberlo, y oírlo en particular de boca de Bruce— y, al mismo tiempo, la persona que permanecía allí quieto, en calma, impertérrito como una estatua en la silla, como si nada en él pudiera verse afectado, alcanzado o expuesto.

Su instinto le hizo optar por ser esa última. Era la más fácil.

Se obligó a pensar en lo que fuera que no fuese su madre y eso resultó ser, al instante, Tiffany, y la forma en que en los encuentros de grupo se miraba las puntas de los pelos, como

347

desganada y luego, de pronto, con aire erótico, levantaba la vista y lo miraba.

—¿Cuánto tiempo quedará? —preguntó al cabo de un rato Bruce, dando unas palmaditas sobre la mesa metálica.

—Doce minutos —contestó Joshua mirando el reloj detrás de la cabeza de Bruce, en el tono más acerado que pudo poner.

—Toca aquí —le dijo Lisa a la semana siguiente, cogiéndole la mano y presionándole la palma contra un lado de la barriga redonda.

Tuvo que inclinarse mucho para no levantarse al mismo tiempo de la silla. Todo lo que pudiera entenderse como estar de pie durante la visita —más allá del saludo y la despedida— iba contra las normas. Lisa apretó su palma encima de la suya y ambos esperaron hasta que sintieron un golpecito y luego otro en una sucesión rápida.

—Mola —exclamó Joshua.

Siempre le sorprendía. Aunque solo le quedara un mes para salir de cuentas, seguía costándole creer que Lisa llevase realmente un crío dentro.

—Últimamente no para de hacerlo día y noche —le dijo la chica soltándole la mano—. Ya casi no puedo dormir.

—¿Y eso?

—No sé, lo intento, pero nada. Cuando vuelvas a casa dormiré mejor.

—Yo tampoco duermo bien. Pero ya solo queda una semana.

Apretó las manos de Lisa; las tenía un poco hinchadas, como el resto del cuerpo, salvo por las piernas, que seguía teniendo tan largas y huesudas como siempre.

—Claire y yo estamos progresando mucho. Es un curso muy bueno, Josh. Ojalá pudieras ir. Hoy nos han enseñado a respirar bien. —Tomó aire y luego exhaló lentamente.

—¿A respirar hondo?

—Sí..., pero es una técnica especial. Así. —Repitió la demostración—. Lo coges por la nariz y lo sueltas por la boca. Tienes que recordarme que lo haga cuando esté de parto.

—Vale.

—Ah..., ¿y sabes qué? La semana que viene vamos a ver un vídeo de un parto de verdad.

—Tiene que ser interesante.

Se sentía como siempre que hablaban del crío: en la obligación de sonreír, asentir con la cabeza y decir que sí en el momento preciso, como cuando escuchaba historias encantadoras sobre los hijos de los demás. Lisa era todo lo contrario, ya estaba enamorada de la criatura; se rodeaba la barriga con las manos y le hablaba, le decía que iban a mimarlo, que iba a ser muy guapo y que le iban a comprar ropita muy especial, como unas botitas de vaquero rojas.

—Hay gente que se asusta cuando lo ve (o eso dice la mujer que nos da la clase), pero otros se emocionan. —Lo miró con la misma efervescencia de siempre que hablaba de la criatura—. ¿Tú tienes miedo?

—¿De qué?

—Del parto, de que salga todo bien.

—Va a salir bien.

—Pero es una movida...

—Ya. —Se frotó los antebrazos.

—A veces dudo de que comprendas que es una movida seria.

—Ya lo sé —le dijo repasando varias pecas del brazo de Lisa con el dedo—. Es una movida muy gorda, pero tenemos que pensar en positivo.

Lisa se quedó mirándolo unos instantes mientras se le humedecían los ojos castaños.

—Podría morir, ¿sabes? —le dijo con voz temblorosa por las lágrimas—. No sé, hay gente a la que le pasa. A mucha.

—Pero eso era antes, Lis. Eso era antiguamente.

—¡Mentira! —replicó con ímpetu y una mirada reprobatoria. Se pasó las manos por la cara—. Vale, no es muy habitual, pero ocurre. Nunca se sabe, Josh. El parto es algo muy serio.

—Ya lo sé, pero eso no quiere decir que vayas a morir. Piensa en todas las mujeres que no han muerto. —Se quedaron callados unos instantes, hasta que le preguntó—: ¿Quieres que te dé un masaje en los pies?

Lisa sacudió la cabeza. En su última visita se había quitado

349

los zapatos y había puesto los pies en lo alto de la mesa para que se los masajeara.

—Intenta no tener miedo —le dijo deseando abrazarla.

La puerta se abrió, y Fred, el otro guardia, asomó la cabeza y, al ver que Tommy estaba allí, se hizo a un lado para dejar que Tiffany pasara por la puerta. Lisa se volvió para ver a qué venía el revuelo.

—Hola —lo saludó la presa con voz mansa, en la que era la primera vez que se dirigía a él.

—Buenas —respondió.

—Hola —dijo Lisa, que se volvió para mirarlo inquisitivamente.

Cuando había varias visitas al mismo tiempo, tenían que compartir la sala comunal, pero le daba vergüenza explicárselo a Lisa con Tiffany allí. Pensó en presentarlas pero descartó la idea al instante.

La presa siguió a Tommy con paso vacilante por la sala, se sentó a la otra punta de la mesa y esperó a que la encadenara.

—Bueno —le dijo en voz baja a Lisa actuando como si la presencia de Tiffany no los afectara ni a ellos ni a su conversación—, ¿qué más?

350

Tommy cogió el separador de cartón que había en un rincón y lo puso encima de la mesa para que ellos no vieran a Tiffany y viceversa. En el separador había pegados unos dibujos que Pat McCredy les había obligado a hacer. «Pintad el niño que lleváis dentro», les había ordenado.

—¿Qué más? —preguntó Lisa, que también estaba cortada, comprendió Joshua; mientras, él hizo un esfuerzo por purgar todos los pensamientos lujuriosos que había tenido con Tiffany, como si Lisa pudiera leerle la mente—. Ah, mi madre va a dar una fiesta preparto el domingo que viene. Se suponía que era una sorpresa pero me enteré porque Deb dijo algo delante de mí en el trabajo y al final acabaron contándomelo. Va a ser en su casa.

—Yo ya lo sabía. Me lo contó Claire.

Por el rabillo del ojo vio al niño que llevaba dentro colgado de una chincheta: un folio pintado entero de negro con una explosión de naranja, rojo y amarillo en el centro. Un incendio en el interior de una cueva, eso era, por mucho que Pat

McCredy hubiera insistido en una explicación muy distinta: algo vaginal, que simbolizaba su deseo de volver al útero.

—Están haciendo un arbolito con dinero. La gente lleva sobres con billetes y los cuelgan de un árbol y luego nosotros podemos comprar lo que queramos.

—Nos vendrá muy bien —contestó mientras le acariciaba sus hermosos brazos hasta los codos. Tenía una piel que parecía de otro mundo—. Cómo me gustaría poder ir…

Le sonrió con una chispa de luz en los ojos.

—De todas formas no habrías podido venir, cielo. No se permiten hombres.

Lisa se quedó mirando el separador y repasando con la vista los dibujos sin, al parecer, pararse a entenderlos: las manchas de colores, las espirales locas, los corazones torcidos o el folio que estaba casi en blanco, salvo por una margarita casi transparente en el centro; de Tiffany, por supuesto.

—Lisa —le dijo queriendo distraerla para que no se fijara y no le preguntara cuál era el suyo. La chica se volvió súbitamente hacia Joshua, que se quedó callado un momento pensando en qué decir—. Odio estar aquí. Quiero volver a casa.

351

—Ya lo sé. Yo también lo odio. Pero ya solo nos queda una semana.

—He pensado que podría apuntarme en la lista de la fábrica de hornos —le dijo, aunque la idea de trabajar entre humos tóxicos y un calor asfixiante le daba escalofríos—. Es un buen trabajo. Da bastante dinero.

—Pues sí, Josh. No estaría nada mal.

—A lo mejor tardo un tiempo en entrar pero por lo menos puedo inscribirme. Creo que es un paso positivo que puedo dar por nuestro futuro —dijo escuchando, a su pesar, un runrún de Pat McCredy en su propia voz, y esperó que Tiffany no se hubiera dado cuenta.

—Quedan un par de minutos —anunció Tommy.

Lisa cerró los ojos, volvió a abrirlos y esbozó una sonrisa triste.

—¿Qué pasa conmigo? —preguntó Tiffany desde detrás del separador.

Joshua le cogió la mano a Lisa, se la besó y la sostuvo un rato junto a su boca. Al final resultaba más fácil cuando ninguno de los dos decía nada. Se quedaban mirándose intensamente a los ojos, contándose otras cosas en silencio. Le dijeron lo mismo que en todas las visitas, pero en esos momentos lo sintió más que nunca, alentado, comprendió con tristeza, por la cercanía de Tiffany, quien de pronto le provocaba rechazo.

—Ya los traeré cuando lleguen —le dijo con severidad Tommy—. No puedo hacer otra cosa.

—Ya lo sé, es solo que espero que no hayan tenido problemas con el coche —respondió Tiffany—. Mi madre lo tenía medio averiado —le dijo a nadie, repiqueteando ligeramente con las cadenas contra la mesa, incapaz de contenerse para no gesticular mientras hablaba.

—¿Quién viene? —le preguntó Lisa sin apartar la vista de Joshua, hasta que volvió la cabeza y se quedó mirando el separador.

A Tiffany le costó unos segundos comprender que le hablaban a ella.

—Mis niños —respondió por fin—. Y mi madre.

—¿Cuántos tienes? —le preguntó Lisa todavía con la mano de Joshua cogida.

—Dos. Los dos niños, de cuatro y cinco.

—Qué bien. Es bueno que se lleven poco tiempo, así siempre serán amigos.

Le apretó la mano a Joshua, se la soltó y se levantó. Le gustaba hacerlo antes de que Tommy se acercara a anunciarles que se les había acabado el tiempo. Joshua la imitó y rodeó la mesa para darle el abrazo de despedida.

Desde allí podía ver a Tiffany, al otro lado del separador. La sábana de su espléndida melena, la púa afilada de su nariz, sus ojillos fieros mirándolos, con una expresión en la cara como si viera a Joshua por primera vez.

—Por cierto, Lisa, esta es Tiffany. Tiffany, Lisa —las presentó Joshua, que le pasó un brazo por los hombros—. Mi prometida.

Esa noche, después incluso de su llanto nocturno y de levantarse a sonarse la nariz, Joshua no pudo dormir. Se quedó tanto rato oyendo el silencio de la cárcel y del pasadizo subterráneo que la envolvía en su abrazo que empezó a oír sonidos en los que no había reparado antes: un repiqueteo no identificado proveniente de la sala de los guardias, el zumbido de la máquina de refrescos que había en el pasillo, fuera del alcance de los internos, y, lo más molesto de todo, las inhalaciones y exhalaciones de Vern, que dormía a unos pasos.

El repiqueteo de la sala de guardias le recordó un pájaro muy peculiar que aparecía por el condado en primavera. Recordaba su reclamo exacto —tic, tic, tic, clic, clic, clic—, pero ni aunque le hubiera ido la vida en ello se habría acordado de su nombre; era un ave especial, rara. Llegaba gente de la ciudad solo para observarla, aparcaban sus coches a un lado de la autovía, por la parte que bordeaba el pantano de Midden y se pasaban horas mirando por los prismáticos. Su madre le había dedicado un programa hacía años.

Pensó en Lisa, en su visita, en lo que se habían dicho y en ese beso de despedida tan largo que Tommy había tenido que intervenir. ¿Y si moría? ¿Y si algo iba mal en el parto y se quedaba solo, con un crío a su cargo?, pensó. Claire lo ayudaría, se dijo. Y luego su mente dio otro salto: ¿y si moría su hermana?, ¿o Bruce? Desde la muerte de su madre ese era todo su miedo: que todo el mundo muriera —y lo harían, y lo sabía—, pero temía que fuera pronto, algo muy distinto a la certeza de que morirían algún día. En todos aquellos meses, por las noches, fumando a solas en el apartamento, o tendido al lado de Lisa atontado por la cerveza, había sido capaz de inventarse un lugar en su cerebro para estar preparado cuando todo el mundo muriera. Pero allí, metido en una celda, no había lugar posible. El único era él, solo con su cuerpo, solo con su vida, teniendo que solucionarlo todo por su cuenta, desde cero.

Se permitió pensarlo. Se obligó: si Lisa moría y Claire moría y Bruce moría y todo el mundo menos él y el crío morían, no pasaría nada. Se las arreglaría. Pasó un rato cavilando sinceramente por primera vez sobre ese hijo, sobre el crío en sí. Su hijo o su hija, a quienes todavía no quería. «No quiero a mi hijo», pensaba para sus adentros, como un mantra, con cargo de conciencia. Y entonces unos hilachos diminutos de algo empezaron a reptarle por la mente, preguntas del tipo: «¿Será listo o tonto? ¿Será guapo o feo? ¿Se pasará el día llorando o

353

será tranquilo y se dormirá mirando las lámparas?». Volvieron a acumulársele las lágrimas y sorbió por la nariz.

Desde la oscuridad le llegó la voz de Vern.

—¿Estás bien, socio?

Joshua calló al instante, como si se hubiera congelado de golpe, negándose incluso a respirar por unos segundos.

—Sí, sí —le dijo cuando pudo. Fue al váter y cogió más papel del rollo—. Creo que me estoy resfriando —le explicó, y carraspeó con fuerza antes de sonarse la nariz.

—Es lo más puñetero —dijo Vern.

Joshua no respondió. No tenía ni idea de qué era lo más puñetero. Volvió al camastro, se echó y se quedó mirando la luz apagada del sol pintado de amarillo.

—Aquí no duermo ni para atrás —le dijo Vern cuando Joshua ya pensaba que había vuelto a adormilarse—. Me paso las noches aquí echado y, sí, claro, intento dormir. Mi padre me decía, solo tienes que cerrar los ojos y hacer como que estás dormido y verás lo pronto que te duermes, pero a mí eso nunca me ha funcionado.

Se quedaron unos minutos en silencio. Joshua no se permitiría creer que Vern le hubiese escuchado llorar todas aquellas noches, que todo el tiempo que lo había creído dormido, Vern le había mentido, oyéndolo todo.

—Supongo que tengo demasiadas cosas en la cabeza.

—Ya —dijo Joshua, como quien no quería la cosa: no tenía ganas de que le contara lo que tenía en la cabeza.

—Supongo que a ti también te pasa.

—Sí.

—Con lo del crío que esperas y todo eso. ¿Habéis escogido nombre ya?

Sí, aunque habían prometido no contárselo a nadie.

—Luke si es niño, Iris si es niña —le dijo a la oscuridad.

—Son bonitos. O a lo mejor son los dos…, nunca se sabe, lo mismo tienes gemelos, la parejita, y puedes usar Iris y Luke.

—Es solo uno. Le han hecho pruebas y se sabe. —Se volvió hacia Vern, aunque este no pudiese verlo—. El ultrasonido.

—Ah, claro, claro. Antes, en mi época, cuando yo nací, no había forma de saberlo. Así que yo salí primero y luego resultó que venía otro detrás, y salió Val. Nació diecisiete minutos después, por eso yo siempre he sido el mayor.

Joshua cerró los ojos. Esperaba poder dormir ya, o al menos fingirlo, que los dos se quedaran callados en la intimidad, como siempre habían hecho, pero Vern siguió a lo suyo:

—Hay una cosa que siempre he querido decirte…, bueno, en realidad no siempre, sino desde que estoy aquí, desde que sigo este nuevo camino. —Joshua sentía la tensión en la voz del otro, la tensión en la pequeña celda. Abrió los ojos, cruzó las manos sobre el pecho y miró el sol pintado. Un frufrú llegó desde el lado de Vern, que se incorporó para mirar a Joshua—. En el pasado, contigo, en la cafetería, no siempre me porté como debía. No me porté como habría querido el Señor que me puso en esta tierra.

—No pasa nada —dijo el chico, que quería que parara cuanto antes.

—No, sí que pasa, así que no digas que no —insistió Vern a tal volumen que el chico temió que despertara a otros internos, pero luego siguió en un cuchicheo respetuoso—: Voy a tener que pedirte perdón.

—Te perdono —susurró en el acto y luego añadió—: Aunque no hay nada que perdonar.

—Por favor, no digas eso —dijo el hombre apenado—. Por favor, déjame que asuma la responsabilidad por el daño que hice. Forma parte de mi camino. Es una senda que tengo que recorrer, la de asumir plenas responsabilidades por las consecuencias de mis acciones; si no, no puedo seguir avanzando por ella.

—Vale —dijo tímidamente el chico, que esperaba zanjar así el asunto.

—Vale, socio. Lo agradezco enormemente. —Calló por unos instantes, para alivio de Joshua, pero entonces prosiguió—: Lo bueno y lo malo, todo lo que me he encontrado en el camino. Las cosas que me han hecho ser quien soy hoy. Cosas que han hecho que pueda saludar a Dios de frente.

—Ya —respondió Joshua que no quería parecer ni maleducado ni interesado.

—Otra cosa que quería decirte y que nunca te he dicho es lo mucho que sentí lo de tu madre.

—Gracias

—¿Tú crees en los ángeles?

Joshua consideró la pregunta y luego le respondió con sinceridad:

—No lo sé. Es algo que todavía no tengo muy claro.

—A mí me da que existen de verdad. A veces tengo la sensación de que tu madre está aquí, observándote. Justo en este cuarto... su espíritu.

—A mí también me parece sentirla a veces —reconoció Joshua mirando el sol.

—Te sigue allá donde vas. Quiere que seas feliz.

—Ya lo soy —mintió.

Volvió a sentir la misma presión que había experimentado durante la última visita de Bruce: ese calor como de whisky, presionándole la cara, nublándole la vista.

—Eso es lo único que quiere un padre. Es lo único que yo he querido siempre para mi Andrew.

—¿Ah, sí?

—Claro que sí..., aunque le fallara, aunque no me portaba como tenía que haberlo hecho. Quería que fuese feliz en su vida. A los hijos no se les deja de querer. Ya lo verás. Seguro que te pasa lo mismo.

—Yo quiero ser un buen padre —le dijo expresando en voz alta algo que no le había dicho ni a Lisa.

—Y lo serás, socio. No me cabe ninguna duda, tenlo por seguro.

—Supongo que estaría bien intentar dormir un poco —sugirió al rato, y escuchó entonces que Vern se echaba en el catre.

—Buenas noches.

—Buenas noches.

La presión volvió a subirle a la cara pero se quedó sintiéndola sin intentar contraatacarla. El calor y el vapor, el whisky y la mano, la punzada caliente de lo que empezaba a pensar que era amor.

$\mathcal{H}$abía sido idea suya cuidar la casa, por mucho que se hubiera arrepentido casi al instante. Claire se había ofrecido en un arrebato de esa nostalgia mal dirigida y ese optimismo sin tapujos que le entraba de vez en cuando: alentado en ocasiones por una copa de vino, una canción en particular o la forma en que la luz iluminaba un seto de árboles. En ese caso fue Iris. Lo que sentía cuando la cogía —¡a la hija de su hermano!, exclamaba sin poder evitarlo— en brazos. Iris sacaba de ella cosas que creía que habían muerto o desaparecido para siempre, así como otras que ni siquiera sabía que tenía. Emociones tiernas, esenciales, melodramáticas, que hacían que le pareciera una pena terrible todo lo que había pasado con Bruce… «y Kathy», tuvo que añadir a regañadientes incluso para sí misma, incluso en el estado de ánimo más magnánimo, pero aun así lo añadió y entonces cogió el teléfono.

—Hola —dijo intentando sonar sosegada, agradable y en absoluto borracha cuando Kathy contestó (no lo estaba pero se había tomado una copa y, en cuanto oyó la voz de aquella mujer, le subió de golpe al cerebro)—. Soy Claire —añadió con una nitidez desmedida, como si estuviera dictando una lección.

—¡Claire! ¡Hola! —estalló Kathy, casi histérica.

No habían hablado desde que se había casado con Bruce, o al menos no tan directamente o estando solo ellas. Habían charlado alguna que otra vez cuando se habían encontrado por el Mirador o en el pueblo. Y habían estado sentadas a pocos pasos en casa de Lisa y Joshua, babeando con la cría.

—Bruce me ha dicho que vais a estar fuera un par de semanas y me preguntaba si os hacía falta que alguien os echara una mano con los animales.

—Anda, qué amable. Pero no creo... En realidad, como vamos de acampada, nos llevaremos los perros y..., bueno, la verdad es que a los caballos y las gallinas sí que haría falta darles una vuelta.

—Y a *Sombra* —le dijo Claire, ya más recompuesta una vez superada la misión—. Vamos, no me quedaría, ni dormiría ni nada de eso. Es solo que he pensado... que a lo mejor os venía bien que alguien se pasara.

—Sería estupendo. Pero solo si tienes tiempo. También puedo pedírselo a mis padres.

—Tengo tiempo. Y Josh puede ayudarme.

—Genial. —Hubo un compás de silencio antes de que Kathy añadiera—: Bueno, Bruce no está en casa, si no, seguro que querría hablar contigo.

—No pasa nada.

—Ya te dirá él dónde está la llave y todo eso. Cambiamos el escondrijo anterior.

—Yo tengo una copia —le dijo Claire, y entonces deseó no haberlo hecho.

—Bien. —Otra pausa—. Ya le diré a Bruce que te dé los detalles.

En cuanto colgó, llamó a Joshua, a pesar de que estaba en el trabajo. Había empezado a hacer turnos en la fábrica de hornos, gracias en parte al novio de la madre de Lisa, John Rileen, que era el encargado y había movido algunos hilos. Cuando la secretaria contestó, Claire insistió en que saliera a la planta y pusiera a Joshua al teléfono, algo que solo debía hacer en caso de emergencia.

—Tenemos que cuidar la casa de Bruce y Kathy —anunció en cuanto su hermano la saludó.

—¿Cómo?

—Que se van de acampada a Arkansas, una especie de luna de miel que nunca tuvieron, y les he dicho que les cuidaríamos la casa. —Intentó modular la voz para sonar desenfadada a la par que autoritaria, con la idea de que no le discutiera nada, pero no funcionó.

—Mira, Claire, no sé de qué me hablas. Yo tengo que trabajar y cuidar de Iris. Yo no he dicho que fuera a quedarme en casa de nadie.

—¡No tenemos que quedarnos! —exclamó, como si eso supusiera alguna diferencia, pero su hermano no respondió—. Vale, ya sé que tienes que volver al trabajo. Luego lo hablamos.

En cuanto colgó, se levantó de un brinco de la silla y se puso a dar vueltas por el apartamento, inquieta por lo que había hecho, por lo que había dicho que haría, con Joshua o sin él. Intentó imaginarse la casa, con las cosas de Kathy dentro. Había ido una vez a su cabaña, hacía muchos años, pero apenas había franqueado la puerta para dejarle algo. En honor a su oficio, Kathy tenía expuesta una colección de tazas con forma de vacas, blancas y negras, con los rabos a modo de asas y caritas cómicas sobresaliendo por el borde curvado. Se las imaginó en la cocina de su madre, en la repisa de encima del fregadero. Pero entonces ya no pudo imaginar más o al menos nada más sobre la casa. La mente le tintineaba y brincaba de un asunto a otro, siguiendo una secuencia de recuerdos hogareños inconexos: de su madre montada en una silla poniendo un clavo en la pared para colgar uno de sus cuadros... y las venitas secretas que le brotaban por las corvas; de cómo se le quedaba el pelo a Bruce, enmarañado y aplastado, cuando se quitaba el gorro en invierno después de llevarlo todo el día puesto. Al rato pudo visualizarlo, aunque solo de lejos, como si estuviera al fondo del camino de acceso, la casa, el gallinero, el establo, el taller de Bruce: el clan de edificios que había constituido su hogar.

359

La mañana que tenía que ir a la casa se levantó temprano y se hizo un té.

—Va a ir todo bien —les dijo a las macetas de aloe vera, a las sillas, al reloj de cuco que tenía en la pared, con el péndulo de plata que tintineaba cada vez que llegaba al final de la cadena.

Lo hacía a menudo, hablar para sí misma y las cosas del apartamento, por telepatía o en voz alta, aunque, en algún punto remoto de su fuero interno, tenía la sensación de estar hablando con su madre. No era muy difícil, rodeada como estaba por sus cosas. Cuando se había mudado en septiembre, había tenido que desempaquetar no solo las cajas que había dejado en casa de Andre y luego recuperado, sino también las de las pertenencias de su madre que había tenido que recoger en junio a toda prisa y guardar en el apartamento del Mirador. Le había dado una buena parte a Joshua, que había llenado la casa de Lisa con los muebles viejos, al principio como jugando a las casitas, para más tarde formar un hogar de verdad. Lo que le había quedado a Claire era una mezcla ecléctica de cosas que o bien necesitaba, o bien era incapaz de tirar: un juego de porcelana, un colador de plástico, las colchas que les había hecho su madre para sus camitas y una raquítica estantería con sus libros.

Después de desayunar bajó al Mirador. Era el día que iba a limpiar el bar. Lo hacía los domingos por la mañana a cambio del alquiler. En el interior del local, sin clientes y sin los sonidos del lavavajillas, la gramola o la freidora, parecía como un lugar sagrado en su quietud. Era su momento favorito de la semana, ella consigo misma, en el primero de sus tres días libres. Cogió los productos del armario de la limpieza y se puso manos a la obra.

Cuando terminó con los cuartos de baño, pasó detrás de la barra, se sirvió un zumo de naranja y encendió la radio. Ken Johnson estaba hablando sobre una decisión del consejo escolar. Era *La hora de Ken Johnson*, un programa —como la mayoría de los que hacían los lugareños— sobre lo que le venía en gana a Ken; unas semanas le daba por poner música —que podía ir de Grateful Dead a María Callas— y otras por charlar sobre lo primero que le pasaba por la cabeza, divagaciones o comentarios incisivos, en los que podía tanto menospreciarse como echarse flores. Los programas de este tipo se conjugaban con los pocos nacionales que la emisora podía permitirse. Claire escuchaba unos y otros todos los domingos por la mañana mientras limpiaba, igual que arriba en su apartamento cuando no estaba trabajando. No tenía televisor y la radio se había convertido en lo que era en su infancia, cuando los tres se habían mudado con Bruce y todavía no había electricidad y tenían que darle cuerda a la radio: era su amiga y su compañera constante y marcaba el ritmo de sus días.

Una de esas mañanas de domingo, en enero, antes de bajar a limpiar, la encendió y escuchó la voz de su madre:

—¡Bienvenidos, amigos y vecinos! —dijo Teresa con el saludo de siempre—. ¡Esto es *Pioneros de hoy en día*!

Para Claire fue igual que si alguien hubiera entrado y le hubiera cruzado la cara. Apagó la radio en el acto, como quien echa agua a un fuego. En el silencio que siguió se quedó mirando la radio, como si fuera a combustionar, a sabiendas de que tendría que volver a encenderla. Por supuesto. Su madre estaba allí. Antes de hacerlo, bajó tanto el volumen que no se oyó nada al encenderla. Fue girando la ruedecilla en incrementos lentos. Por fin escuchó el murmullo, pero no de su madre, sino de Marilyn Foster-Timmons, que estaba nombrando una por una las emisoras locales, una lírica de números, letras y ciudades. Cuando terminó, explicó que hacía casi un año que una mujer llamada Teresa Wood había muerto de cáncer —«Muchos la conocíais», dijo Marilyn con una voz que era grave a la par que cálida— y que había presentado un programa llamado *Pioneros de hoy en día*. En breve empezaría un especial con los diez programas favoritos de los oyentes, en un minimaratón que duraría todo el día.

Claire no tenía por qué escucharlo. Marilyn Foster-Timmons le había mandado una caja llena de cedés con los 236 programas de su madre. Así y todo, se quedó escuchándolo. Al principio a regañadientes y al final completamente embelesada. Estuvo escuchándolo todo el domingo, y ni se molestó en bajar a limpiar. En un descanso garabateó una nota para Leonard y Mardell para explicarles que estaba con fiebre, bajó corriendo y la dejó en la barra para volver todo lo rápido posible al apartamento antes de que volviera su madre. Pasó horas oyéndola sin salir de la cama. Cualquier movimiento, aunque fuera en el silencio meditativo en que limpiaba el bar mientras oía la radio otros domingos, le habría fastidiado la concentración y habría eclipsado a su madre. Le habría impedido creer cosas que eran mentira; o más bien, creer una misma cosa una y otra vez: que su madre estaba en un pequeño estudio oscuro de Grand Rapids, vivita y coleando, con unos cascos gigantes en la cabeza. Creer que estaba allí, hablando con Mimi Simons sobre sus semillas ecológicas, con Patty Peterson sobre la rabdomancia o con John Ornfeld sobre cómo construir un inodoro seco en casa, cuando no hablando ella sola dos horas, contando

361

a todos los oyentes de 150 kilómetros a la redonda lo que hacían, la vida que llevaban —Teresa y Bruce y Claire y Joshua, cuando eran una familia—, el huerto que había plantado, la lana que había cardado y teñido, el telar que había construido Bruce o su receta de pepinillos encurtidos.

Claire no tenía por qué escucharlo pero lo hizo como no lo había hecho en su vida, como si solo tuviera oídos para eso mismo. La voz de su madre no había cambiado nada pero, al mismo tiempo, le pareció toda una revelación. Oía en ella cada matiz y aliento, cada deje e inflexión que había conocido. Todo atisbo de arrepentimiento o jactancia, satisfacción o desdén.

—Ha empezado una etapa de mi vida en la que puedo sentarme a disfrutar plenamente de los frutos de mi esfuerzo —dijo en medio de un soliloquio sobre cómo Claire y Joshua se habían convertido en pequeños adultos.

—Lo siguiente que hay que hacer es pulverizar las cáscaras de los huevos —aconsejó a los oyentes en una charla sobre métodos no tóxicos de prevenir las plagas.

Una hora después de ponerse el sol, Teresa terminó el último programa con una pregunta, como hacía siempre al final, animando a los oyentes a que la llamaran con la respuesta: «¿Para qué se usa tradicionalmente la catlinita?». Claire apagó la radio porque ya sabía la respuesta y no quería oír a su madre diciendo: «Y esto, amigos, nos lleva al final de otra hora. Trabajad duro, haced el bien y sed increíbles. ¡Y volved la semana que viene a por más *Pioneros de hoy en día*!». En el silencio de la noche, Claire dio una vuelta por el apartamento encendiendo luces, mientras las palabras «trabaja duro, haz el bien y sé increíble» le resonaban en los oídos. Esas tres frases contenían todo lo que Claire más había amado y despreciado de su madre, y de lo que no podía desembarazarse: todo su optimismo y su alegría, su generosidad y su gracia, su creencia inquebrantable de que ser increíble era lo más corriente del mundo, de que la mayoría de la gente, cuando la mirabas con suficiente detenimiento, era increíble. «¿Y Hitler es increíble?», le había preguntado una vez a su madre para intentar ponerla en jaque. «He dicho la mayoría, listilla», le había contestado esta, al tiempo que le daba un pellizco afectuoso en el costado. «¿Y qué me dices de Pol Pot?», había seguido Claire.

Después de escuchar el maratón de programas ese domingo de enero, Claire se tostó un *bagel* y se lo comió lentamente, con la sensación de tener un libro en equilibrio sobre la cabeza; de que si se movía demasiado rápido, la falsa sensación de reparación que le había provocado oír los programas de su madre se iría al traste y ella volvería a estar muerta. Cosa que terminó pasando, desde luego. Le había ocurrido lo mismo el día que fue a Duluth y cogió entre sus manos las cenizas de su madre, y tenía miedo de que volviera a pasarle en cuanto pisara su antigua casa. Una pequeña parte de lo que era capaz de creer que seguía intacto sobre su madre se le revelaría y le demostraría que se había ido para siempre.

No había considerado nada de eso cuando había llamado a Kathy para ofrecerse a cuidarles la casa. Pero lo pensó entonces, ese domingo de abril en que en teoría tenía que ir a la casa, mientras fregaba todas las superficies del Mirador, frotaba el suelo de rodillas y pulía las esquinas de madera de la mesa de billar para sacarle brillo.

Cuando casi hubo terminado, vio aparecer la camioneta de Leonard y Mardell por el aparcamiento. Fue a la puerta y la abrió para que pasaran.

—¿Me echabais de menos? —les preguntó cuando se acercaron.

Los domingos el bar no abría hasta las dos y, por lo general, Leonard y Mardell no llegaban hasta pasadas las doce. Después de limpiar Claire tenía el resto del día libre.

—A Len se le ha olvidado el cachivache ese —le explicó Mardell subiendo ya por las escaleras.

—¡El ordenador! Por Dios Santo, Mardy, ¿es que no puedes llamarlo por su nombre? —Le dio un beso en la mejilla a Claire al pasar a su lado.

—Hace un año no sabía ni lo que era un email y ahora no puede estar ni un cuarto de hora sin ese cacharro —protestó Mardell, que desató las tiras de su gorrito de lluvia transparente y lo dejó encima de la barra para que se secara—. Le he dicho a Ruth y a Jay que, si no lo conociera, pensaría que su padre estaba teniendo una aventura.

—¡Por Dios Santo, Mardy!

—Bueno, tampoco he dicho que sea verdad. He dicho que lo

pensaría si no te conociera. —Miró a Claire y le guiñó un ojo.

—¿Por qué no nos sentamos un rato y nos tomamos un refresco? —sugirió Leonard detrás de la barra. Hurgó en el armarito cerrado de debajo de la caja y sacó su portátil color mandarina.

—¿Qué, hoy vas a tu casa, no? —le preguntó Mardell sentándose en el taburete de al lado.

Claire asintió y le dio un sorbo a la cerveza de raíz que le había puesto Leonard.

—Supongo que te sentará bien ir después de todo este tiempo —siguió Mardell, que se llevó una mano al cuello arrugado y se echó hacia atrás la carne colgante—. Aunque serán muchas emociones, con todo lo que ha pasado... Mira, Claire, no sé si alguna vez te he contado lo mucho que lloré cuando me enteré de que Bruce se había casado con Kathy. Me partió el corazón, que fuera todo tan rápido. Y que Joshie y tú os quedarais... —Hizo un aspaviento con la mano.

—¡Mardy! —aulló Leonard.

Pero su mujer no le hizo ni caso.

—Si quieres que te diga la verdad, tuve que pedirle a Dios que me ayudara a encontrar perdón en mi corazón, Claire, te lo juro.

—No hay necesidad de... —empezó a decir Leonard.

—¡Te lo juro! —graznó Mardell mirando a su marido en lugar de a Claire—. Y no veo qué puede tener de malo decirlo, Len. Tú me dirás qué problema hay en decirlo, cuando es una verdad como un templo.

—Es hacer leña del árbol caído —refunfuñó Leonard.

—Yo no estoy haciendo leña de ningún árbol. —Miró a Claire—. ¿Estoy haciendo leña?

Claire negó muy levemente con la cabeza, sin querer ponerse ni de parte de Leonard ni de Mardell, una estrategia que había perfeccionado en los últimos meses para no meterse en sus peleas.

—Ella no cree que esté haciendo leña del árbol caído —declaró Mardell en un tono que dejaba claro que el asunto estaba zanjado.

—No pasa nada —les dijo Claire a ambos, queriendo tranquilizarlos, por mucho que ella misma no lo estuviese—. Vamos, que no va a haber problema con Kathy ni nada porque vaya a la casa.

—¡Qué te parece…! —chilló Mardell, que le dio una palmadita en el brazo a Claire con su suave mano llena de venas azules.

—La vida es larga, corazón, y el tiempo lo cura todo —intervino Leonard.

A Claire se le nublaron los ojos. Removió el hielo de la cerveza con la pajita. No sabía si el tiempo lo curaba todo pero estaba convencida de que algunas cosas sí. Con respecto a Bruce y Kathy, algún efecto había empezado a tener. Lo sentía por dentro: que lo suavizaba todo, que lo hacía más seguro y normalizaba lo que antes le resultaba devastador. No sabía si le gustaba o no esa cura. Le daba la sensación de estar traicionando a su madre, aunque fuera mínimamente.

—Ya estamos —dijo Leonard.

Los tres se volvieron hacia la cristalera y vieron llegar un coche que se paró lo justo para que sus pasajeros asimilaran el cartel de CERRADO de la puerta y se fueran por donde habían llegado.

—Tenemos que darte una noticia —anunció Mardell.

—No hace falta que sea ahora —protestó Leonard.

—Dime una razón para que no lo haga ahora, Len.

—Pues que tiene que irse, que se va a la casa.

—No, no pasa nada —le dijo Claire, que sentía curiosidad—. En realidad ni siquiera he terminado aquí todavía. Me quedan por fregar los baños.

—Tiene que ver con el hecho de que nos estamos haciendo viejos, Claire… y estamos cansados. —Mardell miró a Leonard y le guiñó un ojo—. Cariño, ¿por qué no sigues tú y le dices lo que hemos pensado?

Claire puso mucho cuidado en vestirse, como si tuviera una cita, subiendo y bajando la cremallera del jersey que llevaba, probando varias alturas por el pecho, intentando encontrar el punto justo, cuando en realidad iba a una casa vacía. Bruce y Kathy se habían ido esa mañana. Solo serían ella, *Sombra*, las gallinas y los caballos.

Le llovió por el camino. Las ventanillas laterales del coche se llenaron de vaho por la humedad, convirtiendo el bosque y las granjas por las que pasaba en un borrón gris y verde. Aun así, lo reconoció todo, incluso con ese nivel de abstracción. Había recorrido esas tierras tantas veces, en tantas circunstancias emocionales... Los árboles y las hierbas que crecían a ambos lados de la carretera, los caminos de las cabañas de la gente de la ciudad, que se usaban tan raramente en invierno que para esa época del año se habían convertido en fantasmas. Pensó en lo que le habían contado esa mañana Leonard y Mardell y en lo que le diría a Joshua cuando lo viera. Fue apartando los pensamientos de la cabeza conforme iba tachando los kilómetros, uno a uno. Redujo la marcha antes de lo necesario, soltando el pie del freno para que el Cutlass fuera en punto muerto por la autovía, el único coche a la vista. Y luego dobló con cierto titubeo por el camino de grava: «nuestra carretera», la llamaba, igual que Joshua, su madre, Bruce y, suponía, la propia Kathy. La que llegaba a casa.

Al final del camino de acceso apagó el motor y se quedó unos minutos contemplando la casa y el establo, el gallinero y el viejo tractor averiado, que no se había movido un centímetro desde la última vez que lo había visto. Era mediados de abril y las briznas de hierba y los brotes de las flores que su madre había plantado hacía años empezaban a despuntar del barro de la explanada. Cuando se bajó del coche se dio cuenta de lo raro que estaba todo, del silencio que había sin los perros.

—Gatita —llamó al ver a *Sombra*. Seguía lloviendo y la gata la miró sin moverse del refugio seco del porche—. ¿Qué me dices, entramos? —le preguntó mientras buscaba la llave en el manojo y la metía en el cerrojo con mano temblorosa.

De pronto se sintió mareada por la extrañeza de estar allí, en fuerte contraste con una familiaridad casi surrealista. Los ojos se posaron en cosas que había visto millones de veces y de las que solo fue consciente entonces, al volver a verlas: el grano de la madera de la barandilla del porche, la inclinación del marco de la puerta... Al entrar, asimiló todo el contenido de la casa de un solo vistazo y al instante se sintió capaz de distinguir todo lo que había cambiado y lo que no: había cortinas de Kathy, sillas de Kathy, cucharones de Kathy colgados de ganchos sobre la cocina. Pero aun así siguió sintiendo la casa profunda y enfermizamente suya: de ellos cuatro. Los objetos más banales de su vida en común seguían allí, cosas que no había querido llevarse porque le pareció que eran más de la casa que de ninguno de ellos: los dos guantes de horno rojos con la quemadura negra en el pulgar regordete, la vara metálica que usaban para medir la altura de la nieve, el libro amarillo con la palabra PÁJAROS en letras de molde por el lomo. Incluso los objetos menos personales —la cadena de música, la nevera o el fregadero— parecían hablarle, conocerla, extender una mano y agarrarla de la garganta.

—Hola —dijo sin esperar respuesta.

Sombra saltó a la mesa de la cocina y Claire la acarició, mirándola a los ojos verdes, sintiéndose tan exhausta como emocionada por estar en casa…, allí, quiso corregirse. Ya no sabía cómo llamar a aquel sitio.

—Aquí estoy —le dijo a Joshua al rato por teléfono.

Cogió una chincheta del corcho, se le escurrió de las manos y se agachó para ver dónde había ido a parar.

—¿Cómo está todo? —quiso saber su hermano, que ya había ido una vez a la casa a devolverle a Kathy la bandeja de la lasaña que les había hecho cuando nació Iris, aunque se había quedado en la puerta.

—Está… —Hizo una pausa mientras rebuscaba por el suelo—. Está raro, pero bien, y es interesante, e insólito. —Se levantó, dejando la chincheta por caso perdido—. Pero está bien.

—Mañana iré a primera hora de la mañana. Sobre las ocho y media.

—Me habría gustado que hubieses venido esta tarde. —Pellizcó el dobladillo de la cortina nueva de algodón, amarilla con lunares blancos, de tienda.

—Ya te dije que no iba a poder llegar hasta las seis y luego ya se hace de noche. Además, está lloviendo. En teoría mañana hace bueno.

—Vale. —Suspiró y se despidió.

Al día siguiente harían lo que habían pensado hacer con Bruce el verano anterior: plantar flores en la tumba de su madre, en la tierra donde habían esparcido sus cenizas. El día anterior

367

había ido al vivero de Blue River y había pasado una hora dando vueltas sin saber qué comprar. Al final se había decidido por dos paquetes de semillas, cada una con una mezcla de flores silvestres que saldrían al cabo de un mes y durarían todo el verano, una flor tras otra cogiendo su turno bajo el sol: sanguinarias, margaritas, milenrama, castillejas. No habían vuelto a la tumba desde que habían mezclado las cenizas con la tierra. Pensó en dar un paseo hasta allí, para charlar con su madre. «Lo siento, siento no haber venido antes a ponerte las flores», le diría. Le había pesado en la conciencia durante meses, ese descuido, esa falta de respeto, pero no se había visto capaz de hacerlo antes, no había tenido fuerzas para decirle a Bruce lo mucho que quería ir: pero no a la casa, sino a la tumba de su madre. Se preguntó si él iba alguna vez y, de ser así, qué le decía.

Volvió a concentrarse en la casa y a estudiarla con más detenimiento, cogiendo cosas para examinarlas y dejándolas justo como las había encontrado para que Kathy no pensara que había estado curioseando. Subió a la planta de arriba e hizo un tour. Habían convertido su cuarto en un estudio y el de Joshua en una especie de trastero; había una bicicleta estática y una mecedora de madera diminuta, como para un niño pequeño, y una diana colgada en la pared. Quitó todos los dardos y, uno por uno, fue lanzándolos, pero no acertó en el centro. Bajó de nuevo y abrió la puerta del dormitorio de Bruce y Kathy y escrutó desde el umbral. Había una cómoda blanca donde antes estaba el tocador de su madre y un baúl de cedro en lugar del banco. Cerró la puerta, sintiéndose alegre y liviana, complacida con su capacidad de verlo todo sin alterarse, mirarlo todo de frente sin sentir prácticamente nada.

A las cuatro ya era hora de dar de comer a los animales, de modo que salió.

—Hola, chicas —arrulló a las gallinas, como hacía su madre, mientras las conducía al corral para la noche.

Después rebuscó entre la paja para ver si había algún huevo y les rellenó el agua y el maíz partido.

Cuando dio de comer a los caballos, cogió un cepillo y los almohazó mientras comían; luego los siguió hasta el prado cuando terminaron y estuvo cepillándolos casi una hora, a pesar de la llovizna. Cada tantos minutos iba alternando entre

Beau y *Lady Mae*, para que ninguno se pusiera celoso, y los acompañaba en su búsqueda de más hierba para comer, hocicándola para morder hasta las briznas más diminutas. En una época de su infancia había pasado mucho tiempo en aquel prado: en los años justo después de irse a vivir los cuatro juntos y antes de ser adolescentes y mostrarse reacios a todo lo que les proponía su madre. En verano acampaban allí en medio sin tienda ni nada; hacían fuego y extendían en el suelo una lona con los sacos de dormir encima, los cuatro durmiendo en una fila, como troncos. Los caballos pasaban con ellos toda la noche, y de vez en cuando se acercaban para olerles el pelo o rozar los hocicos contra sus manos dormidas. En invierno hacían muñecos y ángeles en la nieve en las zonas más profundas, por donde no pisaban los caballos. O Bruce y Teresa los enterraban a los dos, los tapaban por completo, salvo por las pequeñas cúpulas de sus cabezas, y luego se iban y gritaban: «¡Claire! ¡Joshua! ¿Dónde se han metido estos niños? ¡Hemos perdido a nuestros pequeños!». Y aunque sabía que era una broma, que solo era un juego, a Claire le subía por dentro algo muy grande, una mezcla insoportable de expectación e intranquilidad, deleite y agobio, y salía de golpe de su tumba de nieve, con Joshua unos segundos tras ella, levantándose también de golpe, y ambos corrían en busca de Bruce y su madre, gritando y riendo: «¡Estamos aquí! ¡Estamos aquí!».

Lo recordó entonces, estando allí fuera en el prado con los caballos, permitiéndose conjurar todos los detalles en su mente y al mismo tiempo reteniéndolos a cierta distancia. En los últimos meses se había hecho experta en eso, en aprender a conservar las cosas pero al mismo tiempo saber dejarlas ir. Dejó de cepillar a *Beau* y miró hacia la casa. Empezaba a atardecer… pero entonces se fijó en el coche: se había dejado los faros encendidos porque había tenido que ponerlos por la lluvia. No pensaba pasar allí la noche, estuvo a punto de gritar mientras corría hacia el coche y se agachaba para pasar por la cerca, como si los pocos segundos de más que tardaría en ir por la verja fueran a cambiar gran cosa.

Cuando giró el contacto solo se oyó un chasquido. Le dio un puñetazo al volante, se bajó y cerró de un portazo con toda su fuerza antes de volver como una exhalación a la casa.

Llamó a Joshua, le dejó un mensaje y se quedó unos instantes al lado del teléfono, esperando a que la llamara, aunque sabía que era inútil. Era demasiado tarde para que su hermano accediera a ir para remolcar su coche, y menos cuando pensaba hacerlo a la mañana siguiente. Barajó la posibilidad de ir andando a casa de los padres de Kathy, que estaba a unos cuatro kilómetros, pero sabía que no iba a hacerlo. Podía haber llamado a Leonard y Mardell pero no cerraban el Mirador hasta las diez.

Se quitó el abrigo, se sentó a la mesa de la cocina y estuvo a punto de echarse a llorar de rabia por lo tonta que había sido. Cogió *El buscagangas* y se distrajo leyendo los anuncios, sin dejar de jurarse y perjurarse que no pasaría allí la noche, a pesar de que por dentro una voz le decía que sí. Al cabo de unos minutos fue a la nevera y la abrió; en el congelador había un montón de platos precocinados en delgados estuches blancos: pollo *alla cacciatore*, *fettucine* Alfredo y una cosa llamada «Fiesta del Sudoeste». Escogió el pollo, lo sacó de la caja de cartón y agujereó el plástico con un tenedor.

Mientras esperaba a que el microondas de Kathy lo calentara, pensó en Bill Ristow. En el hospital comía platos de esos para desayunar, comer y cenar. El olor al recalentar el pollo le hizo acordarse de él y de cómo se los comía de pie en la sala de familias, mientras su mujer moría al otro lado del pasillo, tragando lo que podía; melocotones en almíbar, imaginaba Claire, como su madre en sus días buenos, o una uva insoportable y luego otra. Comiendo gelatina o caramelos para poder decir que había comido algo. Llevaba sin ver a Bill desde agosto, y al poco de mudarse a Midden, sus llamadas fueron espaciándose hasta que, sin más, habían cesado. Por Navidad le mandó un crismas: «Pensando en ti, niña». Lo guardó un tiempo y lo releyó una y otra vez. Qué dulces le parecían aquellas palabras, qué simples, sencillas y ciertas. Qué curioso cómo parecían contener tanto lo que decían como lo que no: lo improbable que era que volvieran a hablar. No le producía tristeza, ni tampoco esa mezcla de pena e inevitabilidad que solía sentir cuando pensaba en él.

Sus sentimientos por David eran más complicados, aunque por lo menos ya no había tirantez entre ellos. Habían hablado varias veces por teléfono durante el otoño y el invierno, como viejos amigos, riendo con cosas con las que se reían antes, criticando lo que criticaban antes juntos, en perfecta sintonía. Se había echado novia, una chica que vivía en su mismo bloque. Se lo había dicho poco a poco, dándole datos sueltos: que se llamaba Elise; que trabajaba en un bufete de abogados y le gustaba correr; que él también había empezado a correr. A Claire se le aceleraba el corazón al mismo tiempo que se le paraba cuando le hablaba de ella pero luego, al pensarlo, acababa deseándole lo mejor.

—¿Y tú qué? —le preguntó la última vez que hablaron.

—Estoy en un paréntesis sexual —le dijo en tono de broma, como para convertirlo en un chiste a pesar de que era cierto.

Estaba limpiando de hombres su mente y su cuerpo, aunque de vez en cuando flaqueaba; se permitía tontear con algunos de los chicos con los que había ido al instituto cuando pasaban por el Mirador y se planteaba emparejarse con gente con la que, si lo pensaba bien, no pegaba nada.

—¿Crees que R. J. saldría conmigo? —le había preguntado a Joshua una vez que fue a verlo a la cárcel.

El amigo de su hermano siempre había estado rondando por allí, en todos esos años en que pasaba muchas noches y fines de semana en su casa, pero no se había fijado en él hasta que se mudó de vuelta al pueblo y este pasó un día por el Mirador.

—¿Salir? —preguntó Joshua boquiabierto.

—Sí.

—¿En plan cita? —Su hermana asintió—. Ni de coña, Claire. ¡Es mi amigo!

—Bueno, tampoco es que esté proponiendo matarlo. —Se rio y levantó las manos, como rindiéndose—. Vale, vale. No he dicho nada.

—Sí, mejor —repuso asqueado—. Además tiene novia y está muy pillado por ella. No tienes nada que hacer.

Joshua la llamó después de cenar y, tras la pelea de rigor, decidieron que era absurdo que fuera para tener que volver a la mañana siguiente y que Claire tendría que echarse a dormir en uno de los silloncitos de Kathy. Había dos, uno enfrente de otro. Cuando no conseguía estar cómoda en uno, probaba el segundo, pero eran igual de incómodos y en ninguno podía extender bien las piernas. Echó las mantas al suelo y se tendió más despierta que nunca y cada vez más agobiada, amargada, cansada y alterada con el paso de las horas. En algún punto de lo más profundo de la noche, se levantó, fue a la ventana y se quedó mirando. Había dejado de llover y el cielo estaba despejado, y pudo ver los caballos en sus cuadras a la luz de la luna. Pensó en ir a dormir con ellos, arrebujada en un saco de dormir, pero entonces se giró en redondo y se paseó por la casa en penumbra.

Fue al cuarto de Bruce y Kathy, encendió las luces y se quedó mirando la cama. Era la misma, la que había sido de su madre. Era la única de toda la casa, la única en que podía aspirar a dormir de verdad. Se sentó en el borde y pasó la mano por la colcha desconocida que la cubría. En la mesita de noche había una figurita de una vaca. La cogió, la examinó, la dejó en su sitio y abrió el cajón de la mesilla. Antes era el lado de la cama de Bruce, y vio por el contenido del cajón que seguía siéndolo. Estaba la navaja que le había dado su padre y una cartera en un estuche transparente que todavía no había estrenado, el anillo de su promoción del instituto y tres rollos de monedas de penique. Al fondo había una cinta de audio. Metió la mano y la sacó: Kenny G. Al instante la reconoció como la que había robado de casa de Bill en su primera visita, aunque no recordaba lo que había hecho con ella luego ni tenía ni idea de cómo había ido a parar allí. Había dado por hecho que la había metido en alguna parte, perdida entre las cajas que tenía en el trastero que había detrás del Mirador aún sin abrir. Metió la cinta en el radiocasete que había junto a la cama y se reclinó sobre las mantas mientras la escuchaba. Le pareció cursi, empalagosa y monótona y la apagó a los pocos minutos.

Se acordó de cuando registraba la casa los fines de semana que volvía después de morir su madre. Se acordó de esa hambre, ese apremio insaciable que tenía por encontrar lo que faltaba sin tener ni idea de qué era. Podía aceptar que fuera aquello, pensó; que fuera la cinta, y entonces ya no tendría que seguir buscando. Lenta y metódicamente, sin sentir pena, furia ni miedo, la cogió y empezó a tirar del rollo y a sacarlo del cartucho, desenrollando la cinta metálica sobre el regazo. Mientras iba formando una montañita, experimentó una extraña curiosidad, como el escrutinio infantil que se sentía al ir deshojando una flor, un pétalo tras otro, a la espera de conocer el destino, con el «me quiere, no me quiere». Pero esa vez no lo cantó para sus adentros. Dejó que fuera lo que era: destrucción por caridad, algo que ya no era. Cuando terminó, hizo una bola con la cinta, la metió en el cubo de la basura y cerró la tapa.

—Bonito día —la despertó por la mañana su hermano, que estaba al lado de la cama.

Se levantó sobresaltada y se restregó la cara.

—¿Qué hora es?

—Las nueve y poco —le dijo, y salió de la habitación.

—No te he oído llegar.

—Ya. Se hace raro sin los perros ladrando, ¿verdad?

Lo oyó abrir la nevera y cerrarla al poco. Se incorporó y miró a su alrededor. Por fin se había quedado dormida después de meterse en la cama de Bruce y Kathy con la ropa puesta.

—¿Has traído a Iris?

—Qué va —contestó desde el salón—. Lisa la quería llevar a casa de su madre.

—Ay, tenía ganas de verla.

Salió de la cama, se puso el jersey y se pasó las manos por el pelo. Había dejado de teñírselo y lo llevaba de su color original desde hacía unos meses. Cogió una gomilla de encima de la cómoda de Kathy y se lo recogió en una cola alta.

—Puedes verla mañana, si quieres. De hecho, necesitamos que alguien la cuide una hora.

—Claro.

Se quedaba con la niña siempre que podía: cuando los horarios de Lisa y Joshua coincidían. Tras horas con Iris en brazos había comprendido que la quería como solo quería a su hermano, mientras admiraba su carita hermosa, le exploraba cada dedo y cada curva, cada arruguita y recodo, maravillada por la suavidad paralizante de su piel, el botín exquisito de su cabeza

373

al reclinarse en la palma de su mano. Había asistido al nacimiento de Iris, a pesar de que ese no había sido el plan, y la había visto surgir de Lisa, empapada y gris, dos semanas y tres días antes de salir de cuentas, justo cuatro antes de que Joshua saliera de prisión. Las autoridades carcelarias de turno se habían negado a dejarle asistir al parto de su hija, pese a los ruegos de Claire y de la orientadora del correccional y en contra de los deseos de los propios guardias, Tommy y Fred. Habría hecho falta una orden del juez o del alcaide, y resultó que ese día ninguno de los dos estaba disponible. Para compensarlo, le habían dejado esperar en la sala donde recibía las visitas, esposado a la mesa. Unos minutos después de nacer Iris, Claire corrió escaleras abajo y salvó el pasillo que se convertía en el túnel de acceso a la cárcel. «¡Es una niña!», había gritado desde la sala de tramitación, sabiendo que Joshua podía oírla. «¿Una niña?», había aullado a su vez, tan aturdido como emocionado.

Fue a la cocina y se sirvió un vaso de agua.

—Bueno, ¿cuál es el plan? —preguntó Joshua en tono solemne.

—He comprado las semillas. Pero vamos a dar un paseo y la vemos.

Sombra los siguió hasta el porche y por el caminito que daba a la tumba de su madre, pisándoles los talones como si fuera un perro. Redujeron la marcha conforme el bosque dio paso al claro y apareció a la vista el óvalo de tierra que habían allanado el año anterior.

Joshua cogió una rama de pino que se había caído encima y apartó las hojas muertas de la tierra, mientras Claire se agachaba y rastrillaba otras cuantas con las manos. Pero entonces vieron que bajo la capa de hojarasca ya no solo había tierra: unas diminutas florecillas blancas y los brotes de otras surgían como un auténtico jardín a punto de estallar.

Claire respiró hondo e intentó buscarle el sentido. Su cabeza fue de una cosa a otra, desde pensar que era su madre obrando milagros para mandarles una señal desde dondequiera que estuviese, hasta comprender que había tenido que ser Bruce. Había plantado las flores sin ellos, sin siquiera avisarles antes.

—¿Qué ha pasado aquí? —preguntó su hermano.

—No sé.

—¿Crees que habrá sido Bruce?

—No lo sé. —Lo miró—. Lo mismo es mamá, a lo mejor es su forma de hablarnos.

No se lo creía ni ella, pero sintió la necesidad de que él lo creyera, igual que había tenido que seguir sosteniendo el mito de Santa Claus un par de años más después de saber la verdad.

—A lo mejor —contestó, pero por su tono de voz supo que estaba haciendo lo mismo que ella, protegerla de la verdad pese a saberla.

—O puede que Bruce lo haya hecho sin contar con nosotros —soltó.

—Puede —susurró Joshua.

Se quedaron mirándose, ambos con lágrimas en los ojos, hasta que, de pronto, algo se apoderó de ellos al mismo tiempo y se echaron a reír.

—¿De qué te ríes? —le preguntó Claire entre lágrimas.

—¡De nada! —exclamó Joshua, y rieron con más ganas aún.

—Creía que iba a ser distinto —le dijo cuando pararon de reír—. Estar aquí. Creía que iba a sentir a mamá…, y no solo aquí, sino por todo alrededor. En la casa, por el camino.

Hundió las manos en la tierra del parterre, por donde no habían crecido flores o empezaban a hacerlo. Estaba húmeda y se volvió barro al cerrar los puños y sacudirlos luego.

—Bueno, ¿y qué hacemos entonces con todas esas semillas que has comprado? —Claire se encogió de hombros. Él seguía con la rama de pino en las manos. La lanzó entonces hacia el bosque y dijo—: Tengo una idea.

—¿El qué?

Joshua sonrió.

—Tú ven conmigo. —La dejó allí plantada y volvió por el camino sin esperar a que lo siguiera, con *Sombra* detrás.

—¿Que vaya adónde? —gritó sin moverse aún.

Pero no le respondió… y tuvo que seguirlo.

Mientras regresaban por la carretera en la camioneta de Joshua y cogían la autovía, recordó que también ella tenía una sorpresa. No le había contado a su hermano lo que le habían propuesto Leonard y Mardell. Se volvió para mirarlo de perfil, esa nariz afilada que era igual que la suya y esos pelillos oscuros que le crecían por el mentón y las mejillas.

—¿Qué? —preguntó tocándose la cara, como si tuviera algo.

—Nada. —Sonrió porque sabía que le molestaría.

—Pues entonces no me mires.

Rio con ganas. Sintió una libertad extraña, un alivio profundo, como si fuera el último día de colegio y ya no tuviera que volver.

—Y no te rías de mí tampoco —le dijo sonriendo.

—Bueno, ¿adónde vamos?

—Al río.

Claire asintió al comprender al instante el plan de su hermano, y no volvieron a hablar hasta que llegaron.

El aparcamiento del Mirador estaba vacío. Era lunes y el bar cerraba. Recorrieron el pequeño sendero hasta el río. Claire fue a la roca y puso la mano contra la piedra para sentir su superficie fría, mientras Joshua extendía una manta que había cogido de la camioneta.

—Vamos a relajarnos un rato —le dijo, y se sentó en la manta.

Claire se sentó a su lado y contempló el río. El agua estaba alta y embarrada por toda la lluvia que había caído y la nieve que llevaba unas semanas derritiéndose. Las aneas que crecían por la otra orilla estaban anegadas casi hasta las puntas blandas y parduzcas.

—Qué bien, un poco de sol —comentó, y se apoyó atrás en las manos, dejando que el calor le bañara la cara. Al cabo de unos minutos, se quitó el impermeable y lo dejó a un lado. Entonces le dio la noticia—: Len y Mardell quieren que te quedes con el Mirador. Van a jubilarse dentro de un año y les gustaría cedértelo.

—¿Cómo? —Joshua se puso la mano delante de los ojos a modo de visera para ver mejor a su hermana.

—Ruth y Jay no lo quieren y Len y Mardell llevan años ahorrando… Como el bar se lo dejó el padre de él, no deben nada… Y quieren dejártelo a ti. Les gustaría que se lo quedase alguien conocido, de confianza.

—Hostia puta —musitó Joshua, que se quedó pensativo unos instantes—. ¿Y tú? ¿Por qué no te lo dan a ti?

Claire se encogió de hombros.

—Quieren que sea para ti.

En realidad se lo habían ofrecido también a ella —a los dos—, pero había rechazado la idea al instante. No podía quedarse en Midden. Era un hecho que había cristalizado en su mente al oír aquella propuesta.

—Podéis vivir los tres en el apartamento de arriba. O alquilarlo y sacar algo de dinero si se os queda pequeño.

—Pero si estás viviendo tú...

—No por mucho tiempo, Josh. —Pasó la mano por la hierba nueva que nacía al borde de la manta y tiró de una brizna de la tierra—. Creo que voy a trabajar hasta primeros de septiembre, mientras haya bastante clientela, pero luego tengo que seguir con mi vida.

—¿Vas a volver a la ciudad?

—No lo sé. —Partió la brizna de hierba en trocitos pequeños mientras consideraba la pregunta—. A lo mejor, aunque tal vez vaya a otra parte. —Levantó la vista y le sonrió—. Algún lugar desconocido donde ir a buscar fortuna —dijo con voz teatral.

—Deberías —la animó.

—Ya —contestó, aunque sintió un pellizco en la barriga ante la idea. Sopló los trocitos de hierba pero el viento se los devolvió y los dispersó alrededor de los dos.

—Eres demasiado inteligente para quedarte aquí, eso está claro. Tienes que irte y rodearte de gente inteligente.

—Ya estoy rodeada de gente inteligente, Josh. En Midden hay mucha gente inteligente. Tú eres inteligente —dijo poniendo mucho énfasis en la palabra. Al decirlo se dio cuenta de que nunca se lo había dicho a su hermano, y se preguntó si alguien lo habría hecho.

—Tú ya sabes a lo que me refiero.

—No —protestó levemente, aunque lo sabía.

Siempre sería de allí, de ese pueblo, pero no podía quedarse. Recordó lo que había sentido al caminar por las calles de Minneapolis, esa ansia, por mucho que no supiera de qué. Desde que su madre murió, había vivido ese no saber como una debilidad, una rendición sin esperanza, en lugar de como la pregunta gloriosa que había supuesto antes para ella, cuando era una hija, una chica. Vio pasar por el río una jarra de leche de plástico, que un remolino se tragó, e intentó dejar que la pregunta volviera.

—Pues Iris va a echarte de menos. Te lo digo desde ya.

Le entraron unas ganas imperiosas y tiernas de cogerle de la mano, como cuando iba a verlo a la cárcel, pero no lo hizo. Resultaría extraño ahí fuera, en la vida real, donde el amor tenía el lujo de ser difuminado y escudado de sí mismo. Pasaron varios minutos en silencio. Unas nubecillas ralas y blancas aparecieron sobre sus cabezas y taparon el sol por momentos.

—¿Qué te parece entonces lo de quedarte con el bar?

—Me parece muy interesante.

—A mí también me lo ha parecido. Puede veniros muy bien a los tres.

—Sí.

Podía ver los pensamientos moverse por la cara de su hermano conforme la idea iba tomando forma. Lo vio apoyarse atrás sobre las manos y quedarse mirando el cielo, y en aquel gesto Claire vislumbró su emoción y su alegría, su asombro y su alivio.

—¿Vivirás arriba o lo alquilarás?

Se quedó callado unos instantes pero entonces se volvió bruscamente y le confesó:

—Estuve viviendo allí.

—Ya —respondió Claire, que no estaba segura de lo que estaba diciéndole y quiso dejar que saliera de él.

—No, no me refiero con mamá y contigo. Estuve allí viviendo cuando mamá estaba mala y un tiempo después. Nadie lo sabía. Fue una especie de allanamiento de morada.

—Len lo sabía. —Vio cómo se dibujaba la sorpresa en la cara de su hermano—. Me lo contó la noche antes de que mamá muriera, cuando estuve buscándote por todas partes. Lo llamé y me dijo que fuera al apartamento, que estarías allí, y eso hice, pero no estabas. Al no ver tu camioneta, me fui al lago.

—Siempre la aparcaba en el pueblo, para que Len y Mardell

no supieran que estaba allí. La dejaba detrás de la cafetería y venía a pie.

—Anda —dijo, comprendiéndolo todo—. Claro. Qué tonta…

Se rio, a pesar de que un pájaro de dolor le revoloteó por el pecho, al sobrevenirle todo el recuerdo con una punzada. Claro, cómo iba a aparcar allí, comprendió entonces, aunque no se le había ocurrido en el momento, en lo más hondo del duelo y el miedo. Si hubiera subido las escaleras y hubiera llamado, habrían estado con su madre cuando murió: no habrían pasado varias horas en un lago helado, atrapados en el hielo; no habrían conducido por la carretera de Duluth tan rápido que no había dejado de temblar de miedo, y todo para nada.

—Lo siento, Claire.

Él intentó que lo mirara pero su hermana no pudo. Se quedó con la vista clavada en los zapatos para no echarse a llorar. Hacía meses que lo había perdonado pero todavía no era capaz de decírselo.

—Parece que a los dos nos va bien —dijo en cambio.

Su hermano asintió.

—Estamos superándolo.

Claire se quedó callada, sin querer corroborar ni admitir que era eso lo que estaban haciendo. Superar, seguir y avanzar, más allá de su madre. «Mi madre, mi madre, mi madre», se repitió por dentro. Cómo echaba de menos a su madre…

—¿Te acuerdas cuando jugábamos al Me meo en Blue River? —preguntó Joshua.

—Claro —dijo, con una sonrisa extendiéndosele por la cara.

—Éramos muy graciosos.

—Es verdad.

—Yo seguí haciéndolo. Durante mucho tiempo, hasta…, no sé…, no hace tanto. Recuerdo que faltaba a clase y venía aquí al río a fumar y luego tiraba cosas al agua y pensaba: «Me meo en Blue River».

—Es curioso cómo se le quedan a uno las cosas. —Observó el agua, por donde pasó una rama en zigzag. Recordó la vez que echaron las ramitas de lila en el río el día que Bruce y su madre juraron los votos—. ¿Y por qué dejaste de hacerlo?

379

Joshua se encogió de hombros.

—No sé, supongo que me hice mayor. —Lo pensó un rato y luego añadió—: Iris nació en Blue River, debe de ser por eso.

—¡Ya no queremos mearnos en Blue River! —aulló Claire con gesto teatral hacia el cielo, los árboles, la roca y el propio río, como si pudieran oírla y fueran a perdonarlos. Y entonces se instaló un cuchicheo sobre ellos, como si de verdad los hubieran oído y los hubieran perdonado.

Se bajó la cremallera del bolsillo del abrigo, sacó los paquetes de las semillas y le pasó uno a Joshua. Fueron hasta la orilla, los abrieron y se las echaron en la mano. Se agacharon entonces y metieron las manos en el agua helada para que se llevara las semillas. Las manos parecieron más blancas, más frágiles de lo que eran, casi brillantes bajo la superficie del agua al paso de la corriente, formando pequeñas ondas por los dedos.

—Teresa Rae Wood —dijo en voz baja Claire, como si fuera un secreto, un sacramento, una oración.

—Teresa Rae Wood —repitió Joshua.

380 Esas tres palabras eran una llama, una antorcha que llevarían toda su vida.

Se sacudieron el agua de las manos y se incorporaron para contemplar el río. Claire estaba pensando en lo mismo que pensaba su hermano, y lo sabía sin tener que preguntarle, sin tener siquiera que mirarle a la cara.

Ambos pensaban en lo que iban a hacer a partir de ese momento: ser increíbles. Como la mayoría de la gente.

Agradecimientos

*E*stoy agradecida a la Universidad de Syracusa, a la Colonia de Artistas David White, a la Fundación para las Artes Constance Saltonstall, la Fundación Sacatar y la Fundación Wurlitzer por haberme regalado tiempo y apoyo económico durante la escritura de este libro.

Gracias de corazón a toda la gente de la editorial Houghton Mifflin, sin cuyo esfuerzo y pasión este libro no habría visto la luz. Estoy especialmente en deuda con mi editora, Janet Silver, por sus consejos, su brillantez y su generosidad; con Meg Lemke, quien me guió diestramente por este camino, y con Megan Wilson, una publicista fuera de serie.

Una gran reverencia a mi agente y hada madrina Laurie Fox, de la agencia literaria Linda Chester.

No habría podido escribir este libro sin el apoyo y el amor de mis amigos y profesores, que son demasiados para nombrarlos aquí. Vaya un agradecimiento especial a Paulette Bates Alden, Christopher Boucher, Arielle Greenberg Bywater, Mary Caponegro, Arthur Flowers, Lisa Glatt, Corrine Glesne, Sarah Hart, Aimée Hurt, Tom Kilbane, Gretchen Legler, EJ Levy, Emillia Nordhoek, Dorothy Novick, Salvador Plascencia, Lee, John y Astia Roper-Batker, George Saunders, Anne Vande Creek, Bridgette Walsh y Devon Wright.

Siempre le estaré agradecida a Karen Patch, Leif Nyland y Glenn (Benny) Lambrecht por todos estos años y por ser pioneros de hoy en día conmigo.

La mayor deuda la tengo con Brian Lindstrom, por todo y más. Por el amor y la vida. Por mantener la fe y llevar la antorcha.

Este libro utiliza el tipo Aldus, que toma su nombre
del vanguardista impresor del Renacimiento
italiano Aldus Manutius. Hermann Zapf
diseñó el tipo Aldus para la imprenta
Stempel en 1954, como una réplica
más ligera y elegante del
popular tipo
Palatino

* * *

* *

*

La vida que nos lleva
se acabó de imprimir
un día de verano de 2016,
en los talleres de Liberdúplex, s.l.u.
Crta. BV-2249, km 7,4, Pol. Ind. Torrentfondo
Sant Llorenç d'Hortons (Barcelona)

* * *

* *

*